汉译世界文学名著丛书

游美札记

〔英〕查尔斯·狄更斯 著

张谷若 译

汉译世界文学名著丛书
出版说明

1902年，我馆筹组编译所之初，即广邀名家，如梁启超、林纾等，翻译出版外国文学名著，风靡一时；其后策划多种文学翻译系列丛书，如"说部丛书""林译小说丛书""世界文学名著""英汉对照名家小说选"等，接踵刊行，影响甚巨。从此，文学翻译成为我馆不可或缺的出版方向，百余年来，未尝间断。2021年，正值"汉译世界学术名著丛书"出版40周年之际，我馆规划出版"汉译世界文学名著丛书"，赓续传统，立足当下，面向未来，为读者系统提供世界文学佳作。

本丛书的出版主旨，大凡有三：一是不论作品所出的民族、区域、国家、语言，不论体裁所属之诗歌、小说、戏剧、散文、传记，只要是历史上确有定评的经典，皆在本丛书收录之列，力求名作无遗，诸体皆备；二是不论译者的背景、资历、出身、年龄，只要其翻译质量合乎我馆要求，皆在本丛书收录之列，力求译笔精当，抉发文心；三是不论需要何种付出，我馆必以一贯之定力与努力，长期经营，积以时日，力求成就一套完整呈现世界文学经典全貌的汉译精品丛书。我们衷心期待各界朋友推荐佳作，携稿来归，批评指教，共襄盛举。

商务印书馆编辑部
2021年8月

序　言

狄更斯执笔写作《游美札记》的时候，只有三十岁，正当他雄姿英发的盛年。

这位来自中下层社会的英国伟大小说家，一八一二年出生，早岁在生活和创作道路上艰苦跋涉，到一八四二年发表《游美札记》以前，已先后发表了《博兹特写集》《匹克威克外传》《奥列佛·退斯特》《尼古拉斯·尼克尔贝》《老古玩店》《巴纳比·鲁吉》等许多优秀作品。此时，年轻的狄更斯不仅在英国本土，而且在欧美各国，已经建立起声誉。特别是在美国这个历史、文化以至语言方面都与英国具有不可分割联系的国家，狄更斯赢得的读者更为广泛。不少美国读者，包括美国著名作家华盛顿·欧文，曾经写信给狄更斯，要求和他见面。狄更斯在此之前一段时期，由于长年不知疲倦地从事写作而积劳成疾，虽已治愈，仍需暂时辍笔，改变一下生活方式，以便养精蓄锐，迎接将来更艰巨的创作生活。在这样的情况下，他欣然接受了美国朋友的邀请，于一八四二年赴美游历。这部作品，就是狄更斯此次访问美国的主要成果。

狄更斯作为英国十九世纪一位民主主义、人道主义的作家，毕生为谋求社会底层人民的福利而积极行动。从他开始创作活动之初，就热情关怀和参与社会改革。他不仅通过自己的作品，而且通过各种集会、演说、交游和亲自创办报刊，为改革英国资本主义社会制度的种种弊端而思考，而奔走，而疾呼。狄更斯在出访美国之前，就时常在国内各地深入下层，搜集创作素材，同时进行考察。《尼古拉斯·尼克尔贝》和《老古玩店》等优秀长篇小说中的一些素材，就直接取自他的社会调查所得。当时美国这个国家，经过一七七五年至一七八三年的民族解放战争，宣布了独立，到十九世纪前半叶，还是一个十分年轻的共和国。在欧洲一般人心目中，这是一个没有君主、没有封建制度，也没有国教的自由平等的新型国家，这是一切民主主义、改良主义仁人志士心向往之的世界上第一个共和国。狄更斯曾经研读过《美国人家居情况》[1]和《美国社会》[2]等介绍美国社会生活的著述，他早已怀有到美国去的设想，用他自己的话来说，那是为了要去了解：在那里"纠正旧世界的欺诈和罪恶"的政治家们，"是不是把从政之路由尘土飞扬变而为一尘不起"，"把势位之途的污浊清理扫除"，"是不是只为公众的福利而辩论、而制订法律，除了为国为民，没有党派之争"。由此可见，狄更斯这一次访美，并不仅仅是与美国朋友进行一般的友好往来，更不是单纯娱乐性的游山玩水。这是一次目的明确的政治考察。狄更斯早有计划，要在访问归来后根据所见所闻写一部作品。《游美札记》就是这样的一本长篇特写。

---

[1] 作者特罗洛普（Fanny Trollope）。
[2] 作者马丁诺（Harriet Martineau）。

这是狄更斯首次访美①,也是他首次出国。他于一八四二年一月三日从利物浦乘船出发,在大西洋上经过十七个昼夜的颠簸,才到达波士顿,登上美洲大陆,先后经过哈特福德、新港、纽约、费城、华盛顿、里士满、巴尔的摩,穿过阿里根尼山到匹兹堡、辛辛那提、圣路易斯、哥伦布,渡过伊利湖,至尼亚加拉大瀑布,然后到加拿大,最后回到纽约,于六月七日在纽约登舟归国。八、九两个月就写成了这部札记。在历时半载的旅游生活中,年轻的作家通过参观、访问、公众集会和私人会见,广泛接触了美国各阶层人民,上至国家总统,下至身穿号衣、排列齐整、专程赶来欢迎的车夫。这部札记,按照实际旅行路线和日程,逐一记录了作家的经历、见闻和观感。狄更斯在这部书的结束语中说道:"我一开始的时候,就把后面这一句话当作我惟一的目标:那就是,我到什么地方,也把读者老老实实地带到什么地方;这个目标可以说达到了。"作家对自己作品的这一估计,看来是符合实际的。在这部二十余万言的长篇报道中,天才的小说家又一次发挥了他早年当新闻记者的才能,以准确、明快、流畅的笔触,驾轻就熟地描绘了沿途所见的处于开发殖民之际的美国风光景物、城镇乡村、民情风俗,特别是美国社会结构和政治生活。人们开卷读来,会很自然地随着它的篇章逐页"旅游"下去,了解到十九世纪中叶美国大陆多方面的情况。

---

① 狄更斯晚年,于一八六七——六八年曾第二次访美,巡回朗诵自己的作品,归来后未就此写任何作品。

美国人民是一个热情的民族。在狄更斯访问期间，他们对他的欢迎真可谓盛况空前。狄更斯虽然在出国之前对这个所谓民主自由的新型国家怀有美好的向往之情，到达后又受到礼遇，但他在归国不久发表的这部作品中，却并未因此而言其实地一味称颂美国；但是他也没有像一些怀有某种政治目的或以个人好恶论事的旅游者那样，对他所访问的国家吹毛求疵地一概贬抑。这位正直的新闻记者和小说家是从具体事实出发，在客观描述的基础上，发表个人观感，作出自己的评论的。他每到一个城市，几乎都要参观那里的行政、立法、司法机构以及其他各种公共机关、慈善事业，并抽样了解普通人民的生活。按照各地区、各城市具体情况的不同，他在札记中分别情况加以描述，分别做出不同评论。有时还在这些情况和现象彼此之间进行对比，或将这些情况和现象与英国相类似的情况和现象进行对比，借此乘机呼吁改革英国某些不合理的制度。就用这样的方式，他所介绍的诸如波士顿盲人院等慈善机关、费城等地监狱的管理制度等等，才分别在读者头脑中留下优劣不一的深刻印象。

从总的方面看，狄更斯在这部作品中对美国一般社会生活各方面的报道是瑕瑜皆录、褒贬并存，做到了真实、客观。狄更斯访问之时的美国，尚处于资本主义发展的初期，它与资产阶级革命已经过去二百年而且革命又极不彻底的英国相比，自然表现得朝气蓬勃；它与自己本身发展到帝国主义阶段相比，也还显得蒸蒸日上，狄更斯笔下对美国当时社会某些进步方面所做的肯定，应该说是符合历史真实的。从文学作品的认识作用来看，札记中提供的大量资料，对我们今天研究美国资本主义发展的过程，仍有一定的参考价值。

然而美国毕竟是一个资本主义制度的国家，它那些蓬勃发展、欣欣向荣的景象，并不足以掩盖这一制度与生俱来、无法避免的矛盾和弊端。狄更斯以他那天才作家和真诚记者敏锐的洞察力发现了这些弊端，并在札记中不留情面地予以揭露、批判以至鞭挞。

关于美国奴役黑人的现象及奴役黑人的制度，札记中提到的次数最多，占用的篇幅最大。狄更斯在旅途中随时注意和关心这方面的问题。他第一次坐上美国的火车，从波士顿到洛厄尔参观，就发现了黑人坐车必须和白人隔开。在纽约监狱，他特别注意到监狱底层专门关黑人的那些最不卫生的地方。在费城监狱，了解到黑人儿童和白人儿童待遇不同。后来乘车到里士满，进入蓄奴区，看到"到处都是萧条的景象、残破的面目"，并指出这些都是奴隶制度的必然恶果。他以无限痛惜的笔调描述黑人孩子们在门前的地上和猪狗一块儿打滚，被卖掉的黑人妇女带着孩子悲惨地和丈夫生离。在札记将近结尾的时候，狄更斯特辟篇章（第十七章），专论美国的奴隶制度。他引用了大量报载的事实和数据，转述黑人所受到的割鼻、伤目、截肢、烙印等等非人的虐待，并进行分析评论。在这一章里，狄更斯慷慨陈词、大声疾呼，对惨无人道的奴隶制度做出了强有力的鞭挞。这一章的意义，还不仅仅限于批判奴隶制度本身。它那字里行间饱含着强烈的人道主义，蕴蓄着对被压迫、被奴役、被凌辱的弱小者深切的同情，正是全部作品中贯彻始终的思想，也是狄更斯一生的生活和创作中贯彻始终的思想。由于这部作品集中反映了这种思想，因此比起一般游记来，它的内容和主题更为深刻和突出，更富于政论性和战斗性。我们今天从研究狄更斯的思想着眼，这部作品可能比他的小说作品具有更为明显、更加重要的参考价值。诚然，狄更斯批判美国政治结构和奴隶制度的立场，还仅仅达到民主主义、人道主义的高度；不过，我们也不能对一百多年前的一位资产阶级作家过分苛求，让他必须对当时美国的资本主义制度做出全面、彻底的分析、批判。

《游美札记》毕竟仅仅是一部旅游随笔，是报告文学作品，它与狄更斯那些光芒四射的长篇小说巨著相比，自然有星月之别，研究者历来对它所倾注的精力，远逊于那些长篇小说，而且在有关《游美札记》的论述中，不论中外，还有一些似乎并未对这部作品的内容作出正确的理解。有的研究者只是根据自己本人研究这部作品当时国际形势和国际关系的需要，对书中所反映狄更斯对美国的看法加以不确切的诠释。诸如把狄更斯对美国某些监狱管理制度的批评夸大为反映了监狱制度的惨无人道，把狄更斯对于当时美国民性和社会风尚以及日常生活的一般性介绍或略试品评解释为强烈的贬斥和指责；还有的评论者，由于狄更斯肯定和赞扬了当时美国现实社会的某些优点和长处，就一反当时历史的真实，不分青红皂白地强称这是狄更斯思想局限性的表现。这样的研究态度和方法，似乎不宜为我们提倡和取法。

任何一部文学作品，从来都难得完全一致的评价。《游美札记》也不例外。这部作品发表之初，由于它那犀利的笔锋触及了美国社会的时弊，在美国立即激起一些人的反对，而狄更斯则泰然处之，不为所动。正如他写给波士顿市长的信中所说，作为一个坚持真理的人，他一定要说真话，如果因为他说了真话，一些喜怒无常、不辨是非的人就喝倒彩，那他只能嗤之以鼻。狄更斯不仅在当时采取了这种态度，而且在游美的次年，又开始陆续发表他的另一部小说巨著《马丁·瞿述伟》，在这部作品中，通过主角小马丁旅美冒险生涯的描述，对美国社会的黑暗面作了进一步的暴露和批判。

《游美札记》从发表至今已将近一个半世纪，它始终受到研究者、批评家和一般读者的注目；同时也受到一切正直的美国人的喜爱。这部作品成书之初，也就是一八四二年秋天，恰逢美国著名诗人朗费罗去英国访问，狄更斯与这位诗人朋友一见面，就把一部《游美札记》送到他的手中。诗人一口气读了下去，大为赞赏。其中《奴隶制度》一章，使他尤为感动。朗费罗回国不久发表的一首长诗《奴隶之梦》，就是受到这段文字的启发写成的。

在英美文学批评界，对这部札记的艺术价值和内容也有过不甚公平的评价。有的批评家说它是一部乏味的作品，是失败之作。这种批评似乎忽略了这部作品体裁上的特点：它只是一部游记，它属于报告文学，并不适于与狄更斯那些富有生动形象和诱人情节的长篇小说相类比。如果我们从狄更斯浩如烟海的作品中单独抽出这一部，与古今中外同一类型的文学形式——游记进行比较，就不难发现，它不仅以丰富的内容和鲜明的战斗性见长，而且也以其叙述之流畅、描写之多采、议论之富有说服力和哲理性而同样不愧列为报告文学的佳作。其中关于美洲大陆自然风光的描写，特别是对尼亚加拉大瀑布声貌并重的勾画，对奴隶制度雄辩的论析和有力的鞭挞，都极为脍炙人口。有关这方面的一些篇章，至今仍被选入英美和其他国家（包括我国）的教科书中。即使是狄更斯沿途所见、寥寥数笔略加描述的一景一情一人一物，也都绘声绘色，妙趣横生。这些都与他小说创作中的文笔一脉相承，体现了这位天才作家不同凡响的才华。因此，这部作品对于我们今天深入研究狄更斯的创作技巧和艺术特色，也有一定的借鉴作用。狄更斯后来还写作发表过他记录旅居意大利见闻的游记《意大利风光》，同为旅游札记，这后一部则显得芜杂散漫，相形见绌。不过，由于《游美札记》毕竟只是两个月之内迅速完成的旅游随笔，在剪裁和叙述上也有粗疏和冗杂之处，有些地方文字也嫌拖沓，因此有的批评家所谓的"乏味"，也并非全然无稽之谈。但是，这些星星点点的瑕疵，终不足以降低整个作品的价值。应该说，这是一部经受住了时代考验的长篇报告文学，不愧为一部游记名作。

张　玲

目　录

第一章　启程 …………………………………………… 1
第二章　途中 …………………………………………… 16
第三章　波士顿 ………………………………………… 40
第四章　美国的一条铁路　洛厄尔和它的工厂制度 ……… 94
第五章　伍斯特　康涅狄格河　哈特福德　新港到纽约 … 108
第六章　纽约 …………………………………………… 122
第七章　费城和它的单人囚室 ………………………… 153
第八章　华盛顿　立法院　总统府 …………………… 176
第九章　波托马克河上夜间航行的汽船　弗吉尼亚的道
　　　　路和一个赶车的黑人　里士满　巴尔的摩　哈
　　　　利士堡邮车　哈利士堡一瞥　运河上的船 ……… 201
第十章　运河船进一步的描写，船上日常生活的安排
　　　　和船上的旅客　经过阿里根尼山往匹兹堡去
　　　　的行程　匹兹堡 …………………………………… 226
第十一章　坐着往西去的小汽船从匹兹堡到辛辛那提　辛
　　　　辛那提 ……………………………………………… 242
第十二章　坐另一条西去的小汽船从辛辛那提到路易斐

　　　　　　尔　又坐另一条从路易斐尔到圣路易斯　圣
　　　　　　路易斯……………………………………254
第十三章　镜原远游的往返……………………………271
第十四章　回到辛辛那提　从辛辛那提坐驿车到哥伦布，
　　　　　　再从哥伦布到散达斯基　又过伊利湖，到了
　　　　　　尼亚加拉大瀑布…………………………283
第十五章　在加拿大——多伦多；金兹顿；蒙特利尔；
　　　　　　魁北克；圣约翰　又回到美国——黎巴嫩；
　　　　　　震颤教村；西点……………………………308
第十六章　归途……………………………………………333
第十七章　奴隶制度………………………………………345
第十八章　结束语…………………………………………371

第一章
启　程

一千八百四十二年一月三号早晨，我上了"布列坦尼亚号"汽机邮船①（该船注册载重量为一千二百吨，由利物浦开往②哈利伐克斯③及波士顿，船上载有女王陛下的邮件④）：我把船上一个"官舱"房间的门开开，把头探进房间里去，那时候，我那种三分"亦庄"、七分"亦谐"的惊愕心情，是我永远忘不了的。

这个官舱房间，是给"查理·狄更斯先生和他的夫人"特别订下来的，即便在我当时惊愕的心情中，我也分明看了出来；因为在这个房间里钉着一块极难够到的搁板，搁板上像一块橡皮

---

① "布列坦尼亚号"是"丘纳得"（Cunard）汽船公司第一条由利物浦开往美国波士顿的汽船。邮船也载客、载货，但载邮件也是重要任务之一。汽船出现不多年，帆船仍旧存在，"汽机邮船"所以别于"帆邮船"（sailing packet）。狄更斯从美国回英国的时候，就坐的是帆邮船。

② "由利物浦开往……"原文所无，译者所加。由英国开往美洲的船，一般由利物浦、南安普敦（Southampton）或伦敦启碇，但绝大多数系由利物浦开行，这在英国原是不言而喻，所以在原书里不必先行提出。

③ 哈利伐克斯：加拿大新斯科舍省（Nova Scotia）的首城。

④ 载有女王陛下的邮件：邮船之设，最初是为了递送政府文书或信件的。英国这种制度始于十六世纪末。

膏似的放着一床极薄的褥子，褥子上搭着一床极平贴的被，被上别着一个小小的字条，字条上清清楚楚地说明，这个房间，是给"查理·狄更斯先生和他的夫人"特别订下来的。不过事实虽然分明，而要使我相信这个事实，却不容易。因为，查理·狄更斯先生和他的夫人，曾对于房间，白天黑夜，商量、琢磨了至少有四个月之久，而落到的结果，却是这样；所以，如果说，这个房间，就是他们商量、琢磨的那一个，那是我当时万难接受，万难领会的。本来查理·狄更斯先生，受了未卜先知的精神强烈的支配，曾一贯地说过，他们那个想象中舒服的小房间，里面至少会有一个小小的沙发；他的夫人，却态度谦虚而又最落落大方，知道房间一定地方有限，所以一开始就认为，只要房间里有个看不见的角落，最多能放下两个特大的旅行皮箱就可以了。他们本来想的是那样，而现在这个房间，却不要说没有放旅行皮箱的地方，就连把旅行皮箱从房间的门那儿弄到房间里去，都像哄一只长颈鹿，或者强迫一只长颈鹿，叫它钻到花盆里一样；所以，如果说，这个房间，有丝毫可能就是他们想象的那个，那是我当时万难接受，万难领会的。本来在伦敦城圈[①]那家轮船代理店的柜房里，挂着有亮釉子的石印轮船图样，那个图样里的洞房密室，是一位高手画的，不但雅致、优美，更是豪华、富丽；而现在这个房间，却只是一个小阁子，完全不合实际用途，绝对令人无可奈何，极端违情背理，不伦不类；所以，如果说，这个房间和图样里的房间有

---

① 伦敦城圈：非伦敦全市。这是伦敦中古的范围，只占现在伦敦极小的一部分。有它自己的市长等，仍保存旧制。为商业各机构，如英伦银行、交易所等所在地。

丝毫的关系,有点滴的联系,那是我当时万难接受,万难领会的。简截言之,在现在的情况下,如果说,图样上"官"气十足的房间,不是船长当作好玩儿的虚构、一时高兴的戏谑,得之于心而绘之于图,为的是好叫旅客对于那个马上就要真相大白的"官"舱房间,能够感到别有一番滋味,另有一种意趣;如果说不是那样,那是我当时万难接受,万难领会的。我当时在钉在墙上、蒙着马鬃布的一种窄板或者说鸟儿架子①上(房间里有两件这样东西)坐下,脸上丝毫没有表情,看着那几位和我们一块儿来到船上的朋友;只见他们硬要从门那儿挤进来,把脸都挤得显出各式各样的奇形异状。

我们还没来到甲板下层的房间里以前,就已经吃了不小的一惊了,如果我们不是世界上最乐观的人,那一惊本来可以使我们料到最坏的情形的。原来我刚才提过的那位富于想象力的画家,在他那幅伟大的轮船图样里,还画了一个一眼几乎看不到头的屋子,屋子里的陈设那样富丽豪华,正像洛宾斯②先生所要说的那

---

① 蒙着马鬃布的窄板或鸟儿架子:指房间里的家具而言。蒙马鬃布的家具,流行于英国十八世纪后半及十九世纪前半。

② 洛宾斯(George Henry Robins,1778—1847),十九世纪四十年代伦敦的拍卖商,以口才著。他所出的拍卖物品目录通告,总是特别妙文纷披。下面那一句话,就是他的目录通告里的辞句。

东方指阿拉伯、波斯、土耳其等国而言。地毯、靠垫、香水、香料等奢侈物品,多为这些国家所产或所兴。罗马时代即以奢华著。如罗马诗人贺拉斯在他的《歌唱诗集》第1卷第38首里说的,"我讨厌波斯的富丽、豪奢。"后来诗人更多歌咏其盛,如英诗人汤姆森(James Thomson)在他的寓言诗《惰堡》(*Castle of Indolence*)第1卷第33节说: (转下页)

样，比起东方来，都远远超过；同时屋里满是一簇一簇的女士和男士（不过并没满到令人感觉不便的程度）正在那儿尽情极致地享乐、欢笑。但是，我们下到船舱以前，曾从甲板上走过一个狭而长的房间，那个房间却很像一个硕大无朋的棺material，只是两边有窗户，稍为不同。房间往里去的那一头，安着一个使人见了觉得凄惨的火炉子，炉子旁边有三四个怕冷的茶房，站在那儿烤手；房间的两边都是阴惨惨的，每一边安着一张条桌，都和房间一样地长；每一张条桌上面低矮的天花板上，都钉着一个架子，里面塞着酒瓶和酱、醋瓶子；这种情形，使人不觉想到恶劣的天气和摇晃的船身。那时候，我还没看到这个房间的想象图样，我十分欣赏它是后来的事；但是我虽然还没看到那幅图样，我却看到，帮着我们准备这次旅行的一个朋友①，一进这个房间，脸上就一下发起白来，往他后面另一个朋友的身上倒退了去，不由自主地用手往额上打了一下，同时放低了声音，说"不可能！不会有这样事！"一类的话。不过，他强自镇定，先干咳了一两声，然后苦笑着（这种苦笑，直到现在，还如在目前）大声说道："啊！这是小餐厅吧，茶房，是不是？"同时往房间的四周看着。我们先就

（接上页） ……厅堂中……
谁不说，陈设得多富丽堂皇，精致优雅？
这都是土耳其和波斯国土上的精华，
只见地毯上铺地毯，靠垫上摆靠垫，
小卧榻在四面环摆罗列，整齐翩联……

① 这是约翰·福斯特（John Forster，1812—1876），狄更斯的好友之一，后来给他作了第一部传记。

知道茶房一定要怎样回答的了，我们都很了解我这位朋友当时多么难过。他过去说到"大菜间"不止一次了；他老是按照那幅画儿上的样子想的，他也老是按照那幅画儿上的样子行动的。他和我们谈起来的时候，总是告诉我们，说我们对于大菜间，想要有正确的概念，总得把平常的客厅，在大小和陈设方面，扩充七倍，即使那样，也还远不及事实。现在他问了那句话以后，那个人在回答他的时候，承认了真实情况——直截了当、毫不假借、赤条精光的真实情况，说："这就是大菜间，先生。"他一点不错叫这一下打击得晕头转向。

一个人，眼看就要和朋友分离了，眼看就要踏上好几千英里的征途，一路上云凄雾迷，雨骤风狂，把他和他天天接触的人可怕地隔开，这种人，离别之苦，已经就够使他销魂的了，决不肯使他现在仅有的这一晌聚首谈笑的时间，也笼罩上了愁云惨雾，即使笼罩上暂时的失望或挫折，一瞬即逝的阴影，他都断然不肯；这种人，既然是这样的心情，那他遇到刚才这种令人惊愕的情形，顶自然的办法，就是把失惊的呼声变为欢乐的笑声。我可以说，我就是那样一个人，所以我也就采取了那样办法。我当时一面仍然坐在前面说过的那块木板上，或者说鸟儿架子上，一面马上狂笑起来，笑得全船都发出反响。这样一来，我们头一次来到了这个官舱房间以后不到两分钟的工夫，我们大家就都异口同声地认为，这个房间是人想得到的办法中，顶好玩、顶有意思、顶美妙的房间，如果把它再扩大一英寸，那事情就要变得很令人不快、很令人引以为憾了。有了这样的想法，再加上我们把门关得只露一点缝儿，把身子像蛇一样从门缝里挤进挤出，再把洗脸架占的那块地方也算作人可以待的地方,这样我们就证明了我们同时能把四个人挤到房间里来;同时,你请我、我求你,互相请求,来看这个房间如何通风(在船坞里)①,如何有一个美丽的窗眼,可以整天开着(如果天气允许的话),又如何恰恰在镜子外面安了一层厚玻璃,可以使刮胡子这件事变得非常易行,非常可喜(如果船晃得不太厉害的话);有了这种种看法,于是我们大家到底一致同意,认为这个房间不但不小,反倒很大。其实,要说实在的,我毫无疑问心里相信,这个房间,除去那两个吊铺,剩下的地方,比那种把门开在后面、把客人像一袋子煤似的往路上折的雇脚马车②,一点也不更大;至于那两个一上一下的吊铺,我可以说,所有供人睡卧的设备中,除了棺材,没有比它们再小的了。

各方面,不管有关的还是无关的,都这样绝对满意,把房间大小的问题解决了以后,大家跟着就都在女客房间里的炉子旁边坐下——为的是试一试坐船的滋味如何。那儿光线暗一些——那是不错的;不过有人说,到了海里,当然就会亮起来了。大家都异口同声地说"当然,当然",表示同意这种提法;不过我们为什么都那样想,却很难说出理由来。我还记得,我们当时在这个

---

① 在船坞里:这是说,如果到了海上,因有风浪,窗眼等处都关紧,就不能通风了。

② 雇脚马车:一种单马双轮轻便敞车,盛行于1820年以后。这种车,车身浅,又是敞着的,路又不平,车又跑得很快,所以很容易把人折出来。狄更斯在他的《博兹特写集·记最后一个马车夫》里,描写到这种车,说上车下车,都很费劲儿。又接着说,应该怎样上车下车。后来又说:"如果你走远路,这种下车的指导,全用不着,因为你走不到三英里,车准会把你从车里轻快地折了出来。"

和我们的官舱连着的女客房间里，又发现了一种可以令人安慰的题目，接着就谈起来，等到把关于这个题目的话都谈尽了的时候，我们跟着又谈到将来不论在什么时候，什么时间，都有完全坐在那儿的可能；谈完了，大家都一时想不到别的话可说，就手扶着下颏，眼看着火炉，默默无言；那时候，我们中间有一位，用一种作了新发现的庄严态度说："和了糖跟香料的红酒，在这儿喝起来，一定更有味道。"这句话，我们大家听来，都认为说得很有力量，好像船上的房间本身，有一种香味，有一种美味，能把酒的质量提高，高到在任何别的地方都决做不到的程度。

不但这些话使人大为宽慰，还有一位女茶房，叫人看着，也极为宽慰。这位女茶房，正忙忙碌碌，从沙发的肚子里和叫人意想不到的柜子里，往外拿干净床单子和台布。那些柜子，都造得非常巧妙，看着女茶房把它们一个一个开开，都叫人感到目为之眩，头为之痛。看着那位女茶房的动作，看到每一个角落，每一个旮旯儿，每一件家具，都是另外一件东西，另外一件家具，都只是一种障眼法，一种烟幕，一个暗中的储藏所，它们表面上的用途，只是最小的一部分——看到这种种情形，真把人弄得头昏眼花。

那位女茶房，说了一些关于一月里航海的故事，虽然都是编造的，但是用意却是虔诚的，所以我求上帝加福于她！她说，她记得很清楚，如何在去年同样的一次航行中，没有一个人患病，大家都从早到晚，整天跳舞，一直不间断，跳了十二天，真正一片欢腾，一团喜悦！因为她这番话，我也求上帝加福于她！她满面嬉笑；她说的是一口受听的苏格兰方言，让我的旅伴①听了，起故园之思；她老预言顺风，预言好天气（全没应验，不然我也不会这样喜欢她了）；她表现了无数女性所特有的体贴周到，这些体贴周到，虽然没有惨淡经营地连成一片、合为一体、组织成形、成为范例、指明作用，但是却明明白白使人觉得，在大西洋这一岸上的年轻母亲，都和她们留在大西洋那一岸上的孩子，永远离得很近②，让人觉到，初次旅行的人认为是一趟郑重其事的航行，在得其诀窍的人看来，却只是一场欢乐，要出之以歌咏，和之以吟啸；由于她所有的这种种表现，我祝她永远快乐。我祷告上帝，让她长久快活轻松，让她长久眉开眼笑！

这个房间往大里"长"得本来就够快的了，但是到了现在，它变得十分宽敞，几乎连凸形窗户③都有了，可以从那儿往外远眺海洋。于是我们喜气洋洋地又上了甲板。只见甲板上，到处都扰扰攘攘，作开船的准备，在那个霜冻料峭、空气清爽的晨光中，叫人的血液加快速度，在血管里不由自主地带着欢悦，回旋沸腾。因为那时候，每一条壮丽的大船，都停泊在水上，随着波浪起伏，所有的小船，都在水上发出泼剌的声音。码头上就站着一簇一簇

---

① 旅伴指狄更斯的太太而言。她生于爱丁堡，她说的话里杂有苏格兰方言。她家里的人也大半都说苏格兰方言。所以她听到女茶房的方言，想起家来。

② 狄更斯这样写，可能想起了他留在英国、托给朋友照管的孩子。在他刚一打算到美国去的时候，关于孩子的问题，很费踌躇；到了美国以后，给他朋友的信里，屡屡提到思念孩子的话。

③ 凸形窗户，凸到墙外，这种窗户，往往自成一个小而雅的屋子，更便于眺望外面的景物。

的人，带着又惊又喜的眼神，看着这条驰名全球、驶行如飞的美国汽船。另有一些人，就在那儿"弄奶上船"，换句话说，也就是赶牛上船①。又有一些人，就在那儿装新鲜食物，把冷气房都装得满满的，一直装到"嗓子眼儿"，装的是肉、蔬菜、白白的奶猪、几十几十的小牛头、无法估计的牛肉、小牛肉、猪肉和家禽。又有一些人，就在那儿圈绳子，弄麻刀。另有一些人就往统舱里装箱笼包裹。事务长站在一大堆旅客的行李中间，刚把个脑袋露着一点儿，显出不知所措的样子来。到处都忙忙碌碌的，给这次伟大的航行作准备。每人心里也都把这次伟大的航行看作是最重要的事情。这种情形，再加上寒日明朗，空气清新，水上縠纹微生，甲板上晨冰微结，结得薄薄的一层白，稍微一踩，就发出清脆的声音，令人鼓舞，不能自己。我们在甲板上待了一会儿之后，又回到岸上，转身看着船上。只见船桅上用鲜艳耀目的旗子，列成旗语，标着船的名字，在这些旗旁边，就是灿星和花条罗列的美国国旗。我们看到了这种光景，那三千英里的长途和那更长、更使人黯然、为期整半年的离别，都一齐缩小而消灭，好像船已经开出去到达目的地而又回到祖国，利物浦的考布格船坞②里也不是冬天，而是艳阳的三春了。

---

① "弄奶上船……赶牛上船"：有人说，奶牛性娇，在船上不出奶，故此处应以"赶牛上船"为比喻，而实则为"弄奶上船"。但英国另一小说家特罗洛普（Anthony Trollope，1815—1882）在他的短篇小说《巴拿马之行》（*The Journey to Panama*）里说到"船上有母牛一头、活绵羊一打、公鸡和母鸡几千只"，则活物亦上船。

② 考布格船坞为利物浦的船坞之一。船停在船坞里，因装卸货方便。

我没问过我认识的大夫,所以不知道究竟像甲鱼、冷奶酒,还有哈克酒、香槟酒、红甜酒和所有的包括在平常一顿美餐的范围之内零七杂八的东西——特别是照着阿载尔飞饭店里我那位无可挑剔的朋友拉德里先生①那种阔绰排场的安排——是否到了海上,就特别会发生变化。②是否一盘平常的羊排骨,和一杯车里酒,不大容易令人错乱迷惑地变成另一样东西。我自己的意见是:一个人,在开船以前,对于这种细节注意不注意,都没有什么关系,因为用一句常言来说,"到末了总归都是一样的"。虽然如此,我却明白,那一天我们的正餐却无可否认,十分完美,它不但包括了所有刚才说的那些项目,还包括了许多许多别的项目。我们也都真没辜负那一顿美餐。同时,我还知道,除了大家都有一种默契,对于明天避而不谈以外——我们可以设想,一个细心的狱吏,对于第二天就要执行绞刑的敏感犯人,大概就是那样心理——一切都很圆满,并且总的看来,我们很够欢乐。

到了第二天早晨,开船那一天早晨,我们一块儿吃的早饭。那时候,只见大家战战兢兢,惟恐谈话有一刻的停顿,只见每个人都令人吃惊地欢乐;其实每个人这种硬装出来的欢乐,和他天生的欢乐脾气比起来,相差的程度,也就和两英升多点就卖五镑

---

① 阿载尔飞饭店不是伦敦那个,而是指利物浦的那个而言。拉德里应是该饭店经理;饭店菜单,由他提调。

② 到了海上……发生变化:暗用莎士比亚《暴风雨》里小精灵阿丽艾尔所唱之歌的一句话。该歌言国王身上的东西,到了海里,凡能变的,都变成富丽的东西,如骨头变成珊瑚,眼睛变成珠子之类。所以此处暗喻平常的东西,到了海上,变得富丽。

的洞子货豌豆①，在味道方面，和在天然的雨、露、空气中长出来的豌豆，比起来一样。但是等到一点钟，上船的时刻快要来到了的时候，大家原先那种滔滔不绝的声音就越来越微弱了，虽然大家坚决在相反的一方面不折不挠地努力，仍然没有效果。到了后来，事情既然已经无法掩饰了，大家就都索性撕掉了假面具，公开地预测明天这个时候我们应该到什么地方，后天这个时候应该到什么地方，等等等等。同时大量的口信或书信，都托那些当天晚上就打算回到伦敦的朋友带去，叫他们把这些口信或书信，在火车到了尤斯屯广场②以后，千妥万妥地，在最短的可能时间以内，就送到接受口信或书信的人家里或者不管什么地方。托付的事，问候的话，在这种时候，纷至沓来，所以还没等到都托付完了，问候完了，我们一下就发现我们已经登上了一个小汽船的甲板，夹在一大堆密不透风的旅客、旅客的朋友和旅客的行李中间，也分不清哪是人、哪是东西，在蒸汽呼呼、烟气扑扑中，往邮船那儿开去了。邮船已经在头一天下午由船坞开了出来，现在停在河里的停泊所。

你瞧，那儿就是邮船！大家都往它停泊的地点看去。只见它在冬日刚到下午的时光里那种越来越浓的雾气中，微茫出现；每

---

① 两英升普通的豌豆，不过几分钱。而两英升洞子货豌豆却要五镑，这当然是又贵又不好。这种货是指伦敦最大的菜市场考芬特园所卖的而言。狄更斯在他的《小杜丽》第1卷第14章里说，在考芬特园，冬天，花儿一束、菠萝一磅、豌豆一品特，都要卖好几个几尼（一几尼为一镑一先令）。

② 尤斯屯广场：在狄更斯时代，为伦敦第一个火车终点站，是由利物浦到伦敦下车的地方。

一个指头都指的是它，到处都听到对它发生兴趣、把它大加赞扬的话。有的说，"这条船真漂亮！"又有的说，"这条船真齐整俏丽！"有一位绅士，懒洋洋地把手插在口袋里，把帽子歪戴在一边，原先曾打着呵欠问另外一个绅士，他是否也要到那边去——好像这只是一个渡口似的——因而使别人得到很大的安慰，即便这位绅士，现在也屈尊就教的样子，往邮船那方面看去，并且点头，好像是说，"那不会有错儿。"明智的布尔雷勋爵点的头①，比起这位神通广大的绅士点的头里所含的意义连一半都不及。他曾旅行过十三次②，却连一次意外都没遇上（这是船上所有的人都知道的，至于怎样知道的，却无法说出）。另外有一位旅客，穿戴得包头裹脑的，因为冒昧地带着又胆小又感兴趣的样子，问别人可怜的"总统号"③沉了有多久，惹得全船的人都拿眼瞪他，都在心里拿脚踩他、拿脚碾他。他紧靠着那位懒洋洋的绅士站着，带着

---

① 布尔雷勋爵：英国十八世纪末戏剧家谢立丹（Sheridan）的《戏剧批评者》（*The Critic*）第3幕第1场里有一段情节：布尔雷上场，走到台前部，把头摇了一摇，一句话都没说，下场。泊夫（一个文学骗子）说，"这一摇头，是要你明白：不管英国的事业有多正大，不管英国的办法有多明智，但是如果英国人民方面，不表现更勇敢的精神，那英国就要在西班牙国王的野心下，成了牺牲。"泊夫的朋友说，"天哪，他这一摇头，就含了这么多的意义在内？"泊夫说，"不错，我所说的每一个字，都含在他那一摇头之内。"原为"摇头"，而引作"点头"，这是所谓"误引"（misquotation），这类误引变为通用而原文反不彰者，为数甚多。

② 西方迷信观念，十三为不祥数字，故旅行十三次而未遭意外，可惊奇。

③ "总统号"：美国一艘汽船，于1841年3月21日由纽约开往利物浦。在3月24日还有别的船看见它，以后就永无踪影了。坐船的时候，最忌讳船沉一类的话，所以问那个问题的人遭到白眼。

要笑又笑不出来的样子对那位绅士说，他相信，这是一条很坚固的船。那位懒洋洋的绅士，听了他这句话以后，先正对着他打量了一番，又正对着风打量了一番，然后出人意料地说了一句并非吉利的话，"不坚固怎么成！"由于他这一句话，马上大家对他的敬意就减低了；同时，旅客都带着对他挑战的态度，喊喊喳喳地说，他是个傻瓜，他是个骗子，他显然什么都不懂。

不过这阵儿我们的小汽船已经靠在那条邮船上了，只见邮船上那个硕大无朋的红烟囱，正滚滚地冒着黑烟，使人对于它郑重其事、想作一番事业的企图，抱有深厚的希望。装着货的箱子，旅行用的箱子，普通的箱子和手提的绒毯包，早已经一个递给一个，以叫人喘不过气来的速度，运到船上去了。船上的职员们都干净俏丽地穿戴着，站在梯子口那儿，搀扶旅客上船，督促水手工作。刚刚五分钟的工夫，那个小汽船上就空无一人了。那时候，邮船上，刚到的旅客，就像一支军马一样，到处围攻，到处蹂践，顷刻之间，布满了整个的船，每一个角落，每一个旮旯儿，都挤着几十几十的人。他们之中，有的成群打伙、闹闹嚷嚷，自己拿着行李往甲板下的舱里去，跟跟跄跄往别人的行李上摔斤斗；有的在别人的房间里舒舒服服地安置下以后，又发现弄错了，只得又挪出来，因此越发闹得一团乱糟；有的硬要把锁着的门开开，硬要在此路不通的静僻地方打开通路；有的乱吩咐茶房一气，把茶房支使得东一头西一头地在甲板上的寒风里来回地跑，他们的头发都像空中精灵的头发一样，他们的差使都是无法了解，无法执行的。总而言之，当时是一片最出乎寻常的混乱，叫人看了心摇目眩，手足无措。在这种混乱之中，那位懒洋洋的绅士——他好像没有任何行李，好像连个朋友都没有——就在上层甲板上逍遥自在地溜达，冷静地吸着雪茄；他这种漠不关心的态度，马上使他的地位，在有闲工夫观察他的动作那些人们心里提高了，因此每次他抬头往桅杆那儿看的时候，或者低头往甲板上看的时候，或者侧目往船帮那儿看的时候，别人也都跟着他往这些地方看，好像心里纳闷儿，不知道他是否在这些地方发现有什么毛病，如果发现了，他是否肯告诉大家。

那儿是什么？船长的船！船上就是船长本人①。我们大家心里想的，眼里盼的，正是这样的人物：他结实、紧凑、短小精悍，有一副赤红的脸膛，这副脸膛，就等于是一副请帖，让你一见就要去和他双手紧握，他有一双清朗、诚实的蓝眼睛，一个人，从这双眼睛里看到自己的影子，有说不出来的安慰。"打钟！""铛！铛！铛！"连钟声都是匆忙的。"上岸啦！""叫谁上岸？"——"对不起，送客的上岸啦。"他们走了，连告别都没来得及就走了。啊！这阵儿他们从小船上摆手告别了。"再见！再见！"他们欢呼了三声；我们也欢呼了三声，他们又欢呼了三声；跟着他们就不见了。

溜达过来，溜达过去，这样溜达了一次，又一次，以至无数次！等末班邮件是天下最腻烦的事了。如果我们能在刚才的欢呼声中启碇，那我们就可以兴高采烈地开船了。但是停在这儿，一停两个多钟头，停在这寒气袭人的雾里，既不算留在故国，又不

---

① 这是休莱特船长（Captain Hewlett），1844年狄更斯又在利物浦和他相遇，并叙旧交。休莱特请他又登上"布列坦尼亚号"。

是开往外国，真使人感到越来越无聊，越来越消沉，以至于无聊消沉到极点。到底雾里出现了一个小点儿了！有点儿意思。原来那就是我们等的那条小船！太应时对景了！船长拿着扩音筒站在明轮壳①上了，职员都各就其位了，水手都聚精会神地作起准备了，旅客原先低沉下去的心情现在重新恢复了；大司务刚刚还正做着美味的菜，现在也住了手，满脸带着发生兴趣的样子往外看去。那条小船靠上邮船了，邮包都不管好歹、横拖竖拽地弄到邮船上了，也不管什么地方，先暂时放下了。大家又欢呼了三声；第一声欢呼还在我们的耳边上响的时候，邮船就好像一个强壮的巨人刚刚吸了头一口气一样，颤动起来了；那两个大轮子也头一次凶猛地转动起来了；那条华丽高贵的船，在风送潮拥中，冲开喷涌飞溅的浪花水沫，骄傲地往前驶去了。

---

① 明轮壳：在汽船发明初期，轮子都安在船外的船帮上，轮子外有壳，以防海水溅到甲板上。同时一面用蒸汽机，一面仍旧用帆。

第二章
途　中

　　那天我们大家一块儿吃的饭。我们这支队伍真不小——一共有八十六名之多。船上既然装了那么多的煤①和那么多的旅客，所以船吃水很深，再加上风平浪静，因此船简直好像一点都不动似的。因为这样，所以饭还没吃到一半的时候，即便那些原先顶自馁的旅客，也都令人惊奇地精神百倍；至于那些在早晨的时候，对于"你晕船不晕船？"这句普通的问话干脆用"晕！"字回答的人们，现在则对于这句话，有的就用模棱的话回答，说："我想我不至于比别人更糟吧。"有的就完全不顾自己的话能否兑现，大胆地说，"不晕！"说的时候，还带着不耐烦的神气，好像他们想再补充一句，说，"我很想知道知道，先生，你有什么理由，偏偏认为我应该叫人疑心？"

　　但是虽然大家都把信心和勇气提得这样高，我却不能不注意到，很少有人吃完了饭，对酒杯流连的，没有人不特别喜欢到房间外面去的，没有人不喜欢靠房间的门儿最近的座位的，也没有

---

　　① 狄更斯给他朋友的一封信里曾说："由伦敦到哈利伐克斯，一条船要烧七百吨煤。"狄更斯所坐的船不过一千二百吨，而烧煤要七百吨，则煤之多可知。

人不想抢靠房间的门儿最近的座位的。我也不能不注意到，吃茶点的时候，到的人比吃饭的时候少；玩默牌的人也没有按理应有的那样多。不过顶到那时候，还没有什么人病倒，只有一位女客，在吃饭的时候，刚刚有人给她递过来一块最美的黄色蒸羊腿，外带绿色刺山柑子①苞儿，就有些匆忙地离开饭桌，跑到自己的房间里去了。当时大家散步、抽烟、喝掺水的白兰地（不过总是在房间外面），兴致始终不减，一直到十一点钟左右，那时候，"钻被窝"正该当令了（没有人坐了七个钟点的船以后还说"就寝"的）。先前甲板上一直是穿靴子的脚不断地踩得乱响，现在却变得一片"沉"静了，"沉"得仿佛叫人觉得都压的慌。船上所有的搭客都趸到甲板下层去了。甲板上，只剩了几个散兵游勇了。他们大概也和我一样，怕往甲板下面去。

一个坐船还没坐得惯的人觉得，现在船上这种时光，使人起异样之感。连过了一些时日，在当时的新鲜劲儿早已消失了以后，那个时光里的特别滋味和魔力，还依然留在我的心头。只见到处一片昏暝，而一团黑乌乌的庞然大物，却就在这一片昏暝里坚决地一直前奔；只觉一片汪洋，一直往前冲去，听起来虽然非常清晰，看起来却异常模糊；船后面就跟着一道宽阔如带、又白又亮的船踪；船前头就是守望的人，要不是他们的身子把十几颗闪烁的星星都挡住了，就很难看见他们那种贴着昏暗的天空而站立的

---

① 刺山柑子，又名老鼠瓜，学名 Capparis spinosa，为英文之 Caper，无毒，故可食。续随子学名为 Euphorbia Lathyris，有毒，故不可食。一般字典译 Caper 为续随子，似非。

形体；舵轮前就是舵手，面前放着照亮了的罗盘心，在一片昏暗中，就这一点点亮光照耀，只显得它好像是一个有知觉、有神灵的东西似的；在滑轮、绳索和链子中间，就是凄凉的风，像叹息似地吹过；从甲板上的每一个罅隙中，每一个孔洞里，每一小片玻璃上，都透出闪光，好像船上到处憋着红火，它那种不可抵抗、致人于死、毁灭一切的力量，实在难以抑制，一有出路就要喷涌而出似的。还有一节：在刚一开始的时候，甚至于过了一些时候，在一切都变得熟悉了以后，如果你一个人独处深思，想把那个时光和受了那个时光的影响而变得崇高的事物琢磨一下，你很难琢磨到它们应有的本来面目或情态。它们老随着你那种漫无目的的思想而变化；它们老化为你远远地撂在后面的事物；它们老呈现你从前留恋过的那种地方的熟悉面目；它们甚至于老使这种地方充满了幢幢的人影。街道、房子、屋子和本人逼真的形体，真到使我惊讶的程度，真到使我觉得远远超过我对于不在跟前的老友所能想象出来的程度——这种种东西，遇到这种时光，有许多许多次，从我最熟悉的物件上，从我在它们的本相、用途和目的方面熟悉得像我的两只手那样的物件上，突然出现。

但是，由于这一次我的两只手，还有我的两只脚，都冻得冰冷，所以我就在半夜的时候，蹭到甲板的下面去了。甲板的下面决非舒服之地；那儿毫无疑问使人透不过气来；同时，那儿有一种异乎寻常的混合怪味，你想不闻它，决办不到，除了在船上，在任何别的地方，你想闻到它，也办不到。这种气味，非常细致，它好像弥漫了整个的船舱。身上没有一个毛孔它不钻之而入的，舱里没有任何风丝它不乘之而来的。两位女客（其中之一就是我的太太），早已躺在沙发上，默默地忍受痛苦了。一个女仆（就是我太太的）①就蜷伏一团，躺在地上，嘴里直抱怨自己的命，脑袋在脱离了原地的箱笼中间直磕，把卷发纸②都磕乱了。每一样东西，都往不应该歪的方向歪——这种情况本身就是一种越来越严重的局势，几乎令人难以忍受。一分钟以前，我本来把房间的门敞着的，那时候，船正沉到一个巨浪低坡的深处，等到我转身去关门的时候，船却升到巨浪高峰的顶上了。一会儿，船身的每一块窄板、每一块横木，都吱咕吱咕地响起来，好像这条船是用藤子作的一般；另一会儿，这些窄板和横木就噼里啪啦地响起来，好像干得不能再干的树枝，堆成其大无比的一堆，正一下全着起来了一样。在这种情况下，除了睡下，没有别的办法；因此我也就睡下了。

跟着来的那两天，都和这头一天差不多。风还顺，天气干爽。我躺在床上看书，看的还真不少（但是到底看的是什么，直到现在，我也不知道）。有时东摇西晃地到甲板上去转一下，净喝搀水的白兰地，喝的时候那样恶心，真叫人说不出来；死乞白赖地吃硬饼干；幸而还没病倒，不过离病倒也不远了。

到了第三天了。早晨的时候，我从睡梦中被我太太凄惨的尖叫声吵醒了；原来她非要我告诉她，到底有没有危险不可。我当

---

① 这是狄更斯太太的得力女仆安（Anne）。
② 卷发纸：任何硬一些的纸，都可以作卷发纸。把纸卷成一窄条，在每一窄条上卷一绺头发，经过相当时间，再把纸拿下来，头发就鬈曲了。妇女多在夜间把头发卷上，在早晨把纸取下。现女仆因晕船，顾不得仪容，所以也顾不得把卷发纸取下来了。

时从迷离中睁开眼,从床上往四外看去。只见水盂子[①]正像一只活跃的江豚一样,又扎猛子,又跳高。所有比水盂子小一点的东西,都漂在水里,只有我的鞋,像两只装煤的平底船[②]一样,因为在一个绒毯手提包上搁了浅,才算高居爽垲之地,幸免沉沦之劫。但是一眨眼的工夫,这两只鞋也一下跳到空中了,而原先钉在墙上的镜子,却一下紧紧地贴在天花板上。跟着,房间的门完全不见了,而另一个新门却在地面上出现:那时候,我才明白过来,原来这个官舱房间正在那儿"拿大顶"呢。

还没来得及作任何符合于这种新局面的调整工作,船却又正过来了。还没来得及说"谢谢上帝!"它又歪起来了。还没来得及说船又歪了,它就撒腿往前冲去,好像一个活东西,不用人管,自己就生龙活虎地跑了起来。它跑过各式各样的坑和堑,磕得膝盖都破了,累得腿都软了,一路上老摔跤。还没等到人们有工夫惊讶,它就往空中跳起高来。还没等到跳完,它就又扎到深水里去了。还没等到它从水里探出头来,它就又翻了一个斤斗。还没等到站住了脚,它就又朝着后面冲去。它就这样,不断地踉跄、浮沉、挣扎、跳踯,往水里扎,往空中钻,前后摇晃,上下颤抖,左翻右滚,高起低伏:这种种动作,有的时候,同时一齐全来;又有的时候,就一个一个地轮流着来,闹到后来,把人弄得简直

[①] 水盂子:这是没有自来热水设备的寝室里盥洗用具之一,和脸盆成一套,先用它盛洗脸水,然后再倒在脸盆里,所以相当大。不是漱口或喝水用的水盂子。

[②] 装煤的平底船:这是伦敦泰晤士河上常见的船。狄更斯童年在皮鞋油工厂做工,该厂就靠泰晤士河,从窗户中能望见这种船;在吃饭休息的时候,狄更斯常和他的伙伴一同在这种船上玩。这种船他极熟悉,所以此处用作比喻。

要抢地呼天。

一个茶房过来了。"茶房!""什么事,先生?""这到底是怎么回事?你说这是怎么啦?""浪大一点儿,先生,又是打头风。"

打头风!你想要知道什么是打头风吗?那你就把船头来想象一下,想象船头就是一个人的脸,有一万五千个参孙①合起来成为一个人,死乞白赖地要把船赶回去,每逢它想前进一英寸的时候,这个大力士就往它那两只眼睛正中间那块地方上狠打。你再把这条船想象一下,想象它挨了这样的打,它那个巨大的身躯上每一条筋都肿了,每一条血管子都破了,而它却赌誓发咒,不前进毋宁死!你再把风、雨和海想象一下,想象风呼,海啸,雨打,都一齐凶猛地向它进攻。你再把天空想象一下,想象天空中是昏沉杳冥,风狂雨骤,黑云以令人可怕的同情,和浪涛起共鸣,在天空中又造成另一个海洋。你想象出这种种现象,再加上甲板上和船舱里忙乱的脚步声,水手们破着嗓子的吆喝声,船帮上流水洞那儿海水灌进冒出的卜卜声,还有巨浪时时打在甲板上的砰轰声,听来像在拱顶地下室里听到的那种沉重、低闷的雷声一样——你这样想象了以后,你就可以领会到那个一月里的早晨刮的打头风是怎么回事了。

至于杯盘锅盆打碎了的声音,茶房摔倒了的声音,甲板上没拴得牢的酒桶和几十个装着黑啤酒而擅离岗位的酒瓶子乱跑乱滚、欢跃狂舞的声音,还有那七十多个晕得都不能起来吃早饭的旅客,从各自的官舱房间里发出来的那种十分刺耳、绝难使人鼓舞的声

---

① 参孙:犹太人的大力士,事迹见《旧约·士师记》第13、14章。

音,这都可以叫作是船上的家常声音,这我都不谈。我所以不谈这些声音,只是因为,我虽然躺在那儿听这个音乐会听了四天,但是我真正听见了这些声音的时间,却只有十五秒钟,这十五秒钟过去了以后,我就晕得什么都顾不得,又躺下了。

不过读者要明白,我这个晕船,不同于平常所说的晕船——我倒愿意我是那样,但是事实却又不然——我这种晕法,是我从来没听人说过,从来没见人写过的,不过我认为,那却毫无疑问是很普通的。我整天价躺在那儿,非常冷静,非常满足;不觉得疲乏,不想起来,不想晕得轻一些,也不想吸新鲜空气;没有任何好奇的心,没有任何懊恼的事,没有任何关心的事,连一丁点都没有。我只记得,在我这样对于一切都漠然无动于衷的时候,我感到一种悠悠然的舒畅(如果任何那样毫无生意的心情当得起这样一种叫法的话),一种像魔鬼一样、幸灾乐祸的快感。原来我的太太晕得太厉害,不能对我呶呶了。如果我可以举一个例子来说明我当时的心情的话,那我可以说,老维莱特先生、在骚乱的群众闯进他在齐格维尔的酒吧间以后的心情[①],恰恰和我的一样。在那个时候,没有任何事物能使我惊异。那时候,假使我的性灵

[①] 老维莱特:狄更斯的小说《巴纳比·鲁吉》(1841)里的一个人物。该小说写英国历史上所谓的"高顿之乱"(1780)。老维莱特在伦敦附近的齐格维尔区开酒店。义民要到附近去烧地主的房子,先到他的酒店里喝酒,乱中把他的家具等都捣毁,把他的酒都喝光,把他绑在椅子上(当时还有人主张要把他处死)。在当时这场骚乱中,他只坐在那儿,傻了似的,瞪目而视,看着义民离开,心中一无所觉,仿佛像在梦中。他虽然被绑,却非常满足,好像身穿光荣的长袍一样。(见该书第54章及55章)

一瞬之间在我心上一闪，使我想起故国，于是我在大白天里，睁着两只大眼睛，看见有一个精灵，以邮递员的身份，身上穿着猩红袄，手里拿着铃儿①，来到我这个狗窝一般的小房间里，一面对我道歉，说别嫌他身上湿淋淋的，因为他没有法子，不能不从海里涉过，一面递给我一封信，信封上用我很熟悉的笔迹写着由我收启字样，那时候，假使有这样的事，那我敢保证，我一丁点都不会惊讶：我一定会认为一切都是事理之常。那时候，假使海王神，手拿三刃叉②，叉上挑着烤鲨鱼，来到我面前，那我一定也会认为是每天最常见的事情。

有一次——只有一次——我跑上了甲板。我不知道我怎么会跑到那儿去的，也不知道是什么东西支使我，叫我跑到那儿去的，但是我却毫无疑问跑到那儿去了，并且还衣帽整齐，身上穿着肥大的粗呢水手服，脚上穿着靴子，一个神志正常而没有劲头的人决难穿得上的。在我有一会儿的工夫醒悟过来的时候，我只知道，我站在甲板上，手里抓着一件东西，至于是什么东西，我却不知道。我这会儿想，我那时抓的是水手长吧，不过也可能是一个水管子，甚至于也可能是一头牛。我现在说不上来，我在甲板上待了多久。我说不上来是待了一天，还是待了一分钟。我只记得，我当时努力想要想一件事（不论什么事，只要是这个世界上有的就成，我当时并不斤斤拘于任何一事）而却想不成功。我当时连

---

① 英国邮递员，过去有一个时期，穿红制服，摇铃。摇铃为的是便于有信要寄的人可以出来把信交给他。

② 海王神：希腊罗马神话中统治海洋的神。三刃叉是他的标志。

哪儿是天，哪儿是海，都分辨不出来，因为，那时候，天海相接的地平线，像喝醉了酒似的，四面八方、上下左右，乱飞乱舞。但是，即便我在那样一无所能的情形下，我还是认得，站在我面前的，是那个懒洋洋的绅士——全副海上装束，身上是一套粗毛呢蓝裤袄，头上是一顶油布帽子。不过我当时的脑子太痴呆了，所以我虽然认识他这个人，却没能把他这个人和他这身衣服区分开，因此，我记得，我死乞白赖地叫他"领港的"。跟着又有一会儿，我完全失去了知觉，到了我又醒过来的时候，只见他已经走了，另有一个形体，站在他原先站的地方上。这个形体好像在我面前又摇又晃，忽伸忽缩，和从一个摇晃不定的镜子里看到的人影那样。但是我却知道，这个形体不是别人的，是船长的。我看到他脸上那种一团兴高采烈之气，立刻受到感染，所以我当时竟对他尽力微笑起来，一点不错，即便在当时那种情况下，我都对他尽力微笑起来。我从他做的手势里，知道他是在那里跟我说话，不过过了很大的一会儿，我才明白过来，他是在那儿劝我，叫我不要在深到膝盖的水里站着，像我当时那样。至于为什么我站在那样深的水里，我现在当然不明白。我当时想对他说句感谢的话，但是却说不出来。我只能指着我的靴子——或者说，指着靴子应该在的地方，用一种伤感的语调说，"靴子底是软木的。"同时，硬要往一湾水里坐下去（这是后来他们告诉我的）。船长看到我失去理性，并且有一阵儿疯癫起来，他就很仁慈地把我亲自送到下面我的房间里去了。

我一直在我的房间里待着，待到好了一些的时候为止。在这个时间里，每逢有人劝我吃东西，我就觉得难受，那个难受劲儿，比一个从水里捞起、由不省人事渐渐缓醒过来的人只稍好一点儿。船上有一位绅士，拿着要见我的一封介绍信，是伦敦一个我们都认识的朋友给他写的。就在刮头风那天早晨，他把那封信，连同他自己的名片，打发人送到下面的官舱里。从那时候起，我就心里老嘀咕，惟恐他会起居如常，照旧行走，一天盼我一百回，盼我到大菜间里去会他。我就把他想象成那种铁打的人——我不承认他们是普通的血肉之躯——满面红光，声音洪朗地问人：什么叫晕船？晕船是不是真像平常说的那样不好受？这种想法使我如受酷刑。后来，我听到船上的大夫提到这位绅士，说没有办法，只得给他在肚子上糊了一贴很大的芥末糊药①。我听了这个话的时候，心里那样痛快，对大夫那样感激，我不记得我从来还有过第二次。我晕船之慢慢好起来，就是从我听到那个消息的时候开始的。

现在看来，我的晕船病之所以能好起来，没有疑问，实际应该归功于一场九级大风，这场大风，是我们在途中大约十天的一个黄昏时候慢慢刮起来的，越刮越凶，一直刮到第二天早晨，只在靠近半夜的时候，停了有一个钟头的工夫。那一个钟头里是不近情理的平静，平静之后，是暴风重来之前的密云不雨，装腔作势，这两种现象里那种使人可畏、可怖、可惊、可敬的性质，都到了不可思议的程度，因此在暴风重新凶猛地刮起来的时候，人

---

① 这是反刺激剂，贴在发炎的地方，减少痛苦，像我们"拔罐子"那样。从前以为晕船是胃的关系，所以把它贴在肚子上（现知晕船是耳朵的一种神经失去平衡）。

们反倒觉得好像松了一口气似的。

那天夜里,船在那种惊涛骇浪中不顾困难往前行进的情形,是我永远忘不了的。"是不是还有比这个更糟的呢?"这是我常常听见人家互相问的一句话。那时候,船上所有的东西,没有不又出溜,又磕撞的。任何漂在水上的东西,像这条船折腾得那样厉害,而却能不翻个儿,能不沉没,那是很难领悟的。不过,一艘汽船,冬天夜里,在浩瀚的大西洋上遇上了风浪,它要怎样折腾,即便想象力最强的人都无法想象。如果说,船侧着身子被扔在浪里,把桅杆都蘸到水里去了,它又从水里跳开,滚到另一面,滚的时候,一个大浪头,轰然一声,像一百尊大炮一齐放起来那样,打到它身上,把它打得翻了一个个儿,又翻到了原先那一面;如果说,船有时站住不动,有时踉跄前进,又有时全身哆嗦,好像一下打闷了一样,跟着心房剧烈地跳着,像一个怪物叫人扎得疯了似的往前冲去,只落得叫狂怒的浪头把它捶打,把它击撞,把它往碎里挤压,在它身上狂舞乱跳;如果说,雷、闪、雪、雹、风、雨都正凶猛地相斗,看谁打得过谁;如果说,船上每一块木板都会呻吟,每一个钉子都会叫喊,大洋里每一滴水都会呼号——如果这样说,都决不足以表达那一天的情况。如果说,一切都是极雄伟壮丽之大观,极千奇万异、惊心动魄之能事,也不算什么。语言不能表达那种现象。脑力不能想象那种情况。只有在梦中,才可以使那种现象和那种现象的凶猛狂暴,重新出现。

然而,在这种种可怕的现象中,我所处的境地,却那样令人大发一噱,因此,即便在当时,我都深深地感到我那种处境的滑稽,和现在感到的一样;即便在当时,我都忍不住发起笑来,正像在最能令人欢畅的时候,遇到了滑稽事儿,忍不住要发笑一样。原来半夜左右,来了一个"过杆浪",从天窗冲进来,把上层房间的门冲开了,汹涌澎湃地冲进了下面女客的房间,把我太太和一位苏格兰女士吓得难以言喻。这位苏格兰女士,我附带说一下,曾在这以前,打发女茶房传话给船长,除了问好以外,请船长在所有的桅杆和烟囱上,立刻安装钢制避雷针,以免船受雷殛。现在"过杆浪"冲进了她们的房间以后,她们,还有前面说过的那个女仆,都惊慌得不知所措,叫我不知怎么对待她们才好。我当时自然而然想到给她们一点可以使她们镇定、可以安慰她们的酒喝一喝;我一时也想不起其他更好的酒来,只想到搀水白兰地,于是马上弄了一玻璃杯搀水白兰地。那时候,如果不抓住点什么东西,就坐也坐不成,立也立不成,所以她们都挤在一个沙发的一头——这个沙发,是房间里钉死了的一件家具,从房间的一头一直伸到房间的另一头。她们挤在沙发的一头,互相揪扯着,心里只怕不定什么时候就会淹死。就在这种情况下,我手里拿着那杯白兰地,往她们坐的那一头靠拢,同时打迭起许多安慰她们的话,要让我先靠拢到那一位受罪的人把酒喝下去。不料正在那时候,她们三个,又都慢慢地从沙发那一头滚到沙发的另一头去了!我见了这样,这一惊非同小可。等到我跟跟跄跄又蹭到她们坐的那一头,又把杯子端起来的时候,没想到船又歪了一下,把她们又折回原先那一头去了!因此,我这番好心,在这种挫折之下,宣告惨败。我大概和她们这样你追我躲、闹了至少有一刻钟的工夫,连一次挨近她们都没办到,等到我好容易挨到她们的时候,搀水白兰地已经撒来撒去,只剩了一茶匙了。要使这幅"合影"表现得完全，读者还要明白，这个手足难措、把她们三个追来赶去的人，还由于晕船，面色非常苍白，自从在利物浦刮了一次胡子，梳了一回头，再就没刮胡子，没梳头，穿的衣服（内衣不算）有一条厚料防风裤，一件蓝夹克（这身夹克在里士满的泰晤士河上①，本来还有人羡慕过），没穿袜子，只有一只脚穿着便鞋。

关于第二天早晨那条船所玩的狂乱、荒谬把戏——这种把戏，使躺在床上变为虐谑，使起床变为不可能（除非折到床外），我这里不谈。但是中午我一点不错，连滚带爬、上了甲板，那时候，只见一片荒寒，满目凄凉，那种景象是我从来没看见过的。海和天都变成了上下一律的沉闷、重浊、铅灰颜色。即便在我们四周那片荒凉景物上，都没有任何远景可言，因为波浪滔天，四围的地平线像一个黑色的大圆箍一样，把我们箍了起来。这种景象，从空中看来，或者从岸上的高崖上看来，毫无疑问，是海天浡漾、云水嵯峨的了；但是从翻转折腾永不停止的淋漓甲板上看来，那种景象却只有令人头晕目眩、心惊神乱。在头天晚上的狂飙里，救生船像一个核桃一样，让大浪一下打得四分五裂；现在这条救生船的残躯，还在空中②奄拉着，只剩了一束横三竖四的板子。明轮壳上的护板，整个叫浪卷走了，明轮都赤裸裸地露在外面，因此卷起的浪花毫无约束，在甲板上四外打漩，往甲板上四外飞溅。

---

① 里士满是泰晤士河边上的一个市镇，离伦敦约十英里，是避暑和划船的地方。蓝夹克如水手服，为划船的人所穿。狄更斯的《博兹特写集》说到一小队划泰晤士河船的人，全副水嬉打扮，身穿蓝夹克、条布衬衫，头戴各种便帽。

② 救生船一般是吊起来或支起来放着的，故悬在空中。

烟囱上都挂了一层盐而变成白色;顶桅杆都卸下来了;暴风帆张起来了①;索缆都绞在一起,扭在一块,湿淋淋地耷拉着:要找比这个更惨淡的景象是很难的。

我现在由于受到照顾,在女客房间里舒舒服服地得到了一个安身立命之所,在这个房间里,除了我们自己以外,只有四个另外的旅客②。其中一个是前面提过的那位身材小巧的苏格兰女士,她是要到纽约去就她丈夫的。她丈夫在三年以前就已经在纽约安下家了。第二个和第三个是一对年轻夫妇,男的是一个忠诚的约克郡青年,在美国一家商店里做事,就在那家商店所在的城市里安下了家,现在正把他那位年轻而漂亮的太太接到那儿。他娶这位太太,还只有两个星期,她是我所见到的英国乡村妇女中典型的漂亮人物。第四个和第五个(也就是最后一个)也是一对夫妇,也是结婚不久,这是从他们两个你亲我爱那种甜蜜劲儿上可以看出来的。不过关于他们两个,我了解的并不多,我只知道,他们这一对是有些神秘性的,是私逃出来的,女的人也特别漂亮,那位男的身上带的枪,比鲁滨孙带的还多③,穿着一件猎人服,还带

---

① 当时的汽船兼用帆。顶桅杆卸下来,用以防风大时船只卜重下轻。暴风帆是一种粗帆布作的,比普通的帆小,质地坚韧,既不致被风吹破,又因受风的面积小,不至于吃太多的风力。

② 四个另外的旅客:原文如此;但作者接着在下面却列举了五个旅客。

③ 《鲁滨孙漂流记》:鲁滨孙从破船上拿走了三支猎枪,两支手枪,七支火枪。他头一夜在岛上睡的时候,头上放着两支手枪,身旁放着一支火枪。他头一次出去探查岛上的时候,扛着一支火枪,别着一支手枪。但1719年此书出版时,其里封面插图上画的鲁滨孙,却扛着两支火枪,别着一支手枪。

了两只大狗在船上。我现在又想了一下，才想起来，那个男的吃滚热的烤猪，喝装瓶的熟麦酒，来治晕船的毛病。他一天又一天，老躺在床上，以令人惊异的毅力，坚持不懈地采用这种医疗法。我可以对好奇的人附带地说一下，他那种医疗法，完全无效。

既然天气继续顽强地并且几乎空前地恶劣，我们经常在正午以前一点钟左右，就蹭到这个房间里，总或多或少地有些晕晕忽忽，嘈杂恶心。到了那里就在沙发上一躺，以图恢复。在这个时间里，船长总要来一下，报告我们风力和风向，给我们定心丸吃，说明天一定会好起来（在船上，天气总是第二天要变好了的），告诉我们船走的速度，还有别的。但是关于观察天象来定经纬度的话，却没有任何可以报告的，因为看不见太阳，凭什么作观察呢？不过我把一天的情形说一下，就可以知道其余那些日子里的情形了。以下就是一天的情形。

船长走了以后，如果房间里够亮的，我们就作看书的安排，如果不够亮，我们就打一会盹儿，再谈一会话，打盹谈话，交替而行。到一点钟的时候，钟声就响起来。这时候，女茶房就端着一盘子冒热气的烤土豆和另一盘子烤苹果，还有一碟子一碟子的猪脸、冷火腿、咸牛肉，或者一堆冒热气、不常见的肉片，来到房间里。于是我们大家就开始吃起这些美味来，尽力地吃（这时候我们的胃口很好），同时尽力把时间拖长了。如果炉里的火着着（炉子有时也着），我们就兴致很好，如果不着，那我们就互相对说一句很冷；两手对搓几下，把褂子和大衣盖在身上，然后躺下，说话，看书（如果够亮的话，像前面说的那样），这样一直到五点钟吃正餐的时候。那时候，钟又响起来，女茶房又端了一盘子土豆（这回是煮的）和一大堆形形色色的热肉出现，各种肉里，总有烤小猪，那是当药吃的。我们大家又都在桌旁坐下吃起来（兴致比上一次还好一些）；最后吃有些发霉的苹果、葡萄和橘子，把时间拖长，喝葡萄酒和搀水的白兰地。酒瓶和酒杯还没拿走，橘子和别的水果还都随着自己的意思或者随着船的意思乱滚一气的时候，大夫就来了，他是应了我们特别的晚间邀请而来和我们玩三场一胜牌的。他一来，我们就凑起人手，玩起默牌来；① 因为那天晚上天气坏，牌在桌子上放不住，所以我们抓到牌，就把它们放在口袋里。玩牌的时候，我们都不说话，那种庄严沉默，真可以成为模范（中间有一小段时间喝茶吃烤面包，当然不算在内）。我们玩牌玩到十一点或者十一点左右；这时候船长又来了，他头上戴着宽边防水帽，用带子在下颔那儿系着，身上穿着领港服，把他站的那块地方都滴湿了。这时候，牌已经玩完了，酒瓶和酒杯又都摆在桌上了，我们大家愉快地谈关于这条船、关于旅客、关于一般的话。谈到一个钟头以后，船长（他从来不睡，也从来没有不高兴的时候）就把上衣的领子竖起，准备往甲板上去，跟着和大家一一握手，像赴做生日的宴会一样地快活，笑着走到外面的风雨里去了。

至于每日新闻这种货色，我们并不缺乏。一会儿有人报告，说一个旅客昨天在大菜间里玩二十一点牌输了十四镑。又一会儿就有人报告，说另一个旅客，天天喝一瓶香槟酒，至于怎样弄到的，却没人知道（因为他只是一个铺子里的伙计）。总机师就明明

---

① 三场一胜牌：打三场算赢输，默牌之一种。默牌因玩牌时不能说话，故名。

白白地说,他从来没碰见过这样的时光——他的意思是指着天气说的。病了四个很棒的水手,他们认输了,因为完全累坏了。好几个床位都灌满了水,所有的房间没有不漏的。船上的厨师,偷着喝坏了①的威士忌,喝得大醉,他们用救火机给他喷了好些凉水,一直到他完全醒过酒来的时候才罢。所有的茶房,在开饭的时候,都往梯子下面掉过,他们身上、脸上,没有不贴着膏药的。烤面包的师傅倒下了,做点心的师傅也倒下了。他们弄来了一个新手,他自己本来也晕得厉害,却非要他补做点心的缺不可。他们把他安置在甲板上一个小房间里,用空酒桶把他夹起来,这样支着他,吩咐他叫他擀点心皮儿;他就说,这种东西,他看着就要活不成,因为他患严重的肝病②。新闻!在岸上,十二件杀人的新闻,也不会像船上这类琐事那样使人发生兴趣。

我们一面玩牌,一面谈这些新闻。有一天,我们就以为我们驶进了哈利伐克斯港了,那是船开了以后第十五天夜里。那夜没有什么风,月亮很亮——我们看见了港外的灯光,叫领港的带着船前进——没想到,船一下触到一片泥滩。当然,船上一下就乱了起来,大家都往甲板上跑;两边都一下挤满了人,有几分钟的工夫,我们那个乱劲,正是最喜欢乱的人所愿意看到的。不过后来把旅客、炮、水桶和别的分量重的东西,都挪到了船的后部以后,船头的分量就轻了,船一会儿就退出泥滩了;跟着它又往前

---

① 坏了:据狄更斯的信里说,是灌进海水去而坏了的。
② 点心皮只能用油调面,不能用水调面,这样皮才酥。这叫有肝病的人看着,只觉得油腻而不受用。狄更斯的信里说,这个做点心的人,是由船长亲自监视的。

朝着一溜令人看着起厌恶之感的东西驶了一会（在刚一闯祸的时候，就有人对那一溜东西高喊"礁石当前"），明轮又打了会倒车，同时铅锤往越来越浅的水里探测了一气，于是我们终于在一个怪模怪样、土头土脑的角落里抛了锚。船上的人都认不出那个地方是哪儿，虽然船四周都是陆地，并且离我们那样近，连陆上摇摆的树枝子我们都看得很清楚。

在半夜三更那种寂静中——在好多天以来老在我们身边不断地咔哒咔哒、扑通扑通的机器，忽然令人意想不到地停了下来而引起的那种死了一般的沉静中——看到每个人，上而船上的职员，中而所有的旅客，下而火夫和锅炉员，脸上都表现出一种莫名其妙的惊讶，是够奇怪的。那时候船上所有的人，都一个一个从舱里上了甲板，聚在机器舱的舱门那儿，在烟气朦胧中，挤在一起，低声互相交换意见。船上先放了几个火箭和几声号炮，希望岸上能有反响，或者至少能出现亮光。但是岸上并没发出任何声音，也没出现任何亮光。于是船上决定打发一只小船往岸上去探一下。当时有几位旅客自告奋勇，要随着这条小船一同前去，他们的心眼那样好，看着令人可乐。他们当然说，他们所以要随小船上岸，只是为了大家的好处，决不是由于他们认为这条邮船现在处境危险，也决不是由于他们害怕潮水一退，船有翻的可能。同时，那位领港的，在一分钟之内，一下变得非常不得人心，那种狼狈样子，叫人看着，也同样可乐。他从利物浦随着船一直来到这儿，在以前的全部航程中，都是以会讲故事，善说笑话出名。但是就是先前听他说笑话的时候笑声最高的人们，现在用拳头在他脸上比划，说这个那个，都是他搞坏了的，当着他的面儿叫他恶棍。

小船一会儿离开大船了，船上带了一个灯笼和一些蓝焰火药[①]。不到一点钟，小船就回来了，带小船的职员，在小船上带回相当高的一棵小树来，是连根拔起来的。因为船上有些怀疑的旅客，认为船遇了险了，而船上的人正设法骗他们，他们说什么也不肯相信带小船的人真到过岸上，他们认为，领小船的人不过是假装着往岸上摇小船，其实只是把小船摇到雾里就算了，特别为的是骗他们，好把他们置之死地。这班人，看见这棵小树，当然就无话可说了。船长本来在一出事的时候就已经料到，说我们这是走到叫作东路的地方了。果然不错是那样。那个地方是世界上所有的地方之中，我们最无理由、最不应该到的。我们所以到了那儿，只是因为来了一阵雾，同时领港的又弄得不对头。我们四围都是各式各样的礁石、沙埂和浅滩，但是我们的船却侥幸，恰好在这片地方上唯一的安全地点浮着。听了这个消息以后，大家都放了心了，同时又确实知道，退潮的时候已经过了，我们就在半夜后三点钟睡觉去了。

第二天九点半钟左右，我正穿衣服，听见甲板上声音嘈杂，所以我也急忙上了甲板。我头天晚上离开那个甲板的时候，甲板上是一片黑，一片雾，一片湿，那时我们的四围只是荒凉的小山围绕。现在呢，我们却正在一道平静而宽广的水道里，以一小时十一英里的速度往前通畅地行进。我们的旗子在空中飘扬，水手们都把他们最"帅"的衣服穿了出来，职员也都穿着制服；太阳像英国四月里的天气那样照耀；两岸的陆地往远处伸展，上面有

---

① 蓝焰火药：点起来用作信号。

一片一片的雪；木骨房子，都是白色的；人们都站在门口；电报往来；旗子飘扬；码头出现；有许多船；码头上站着许多人；远处传来嘈杂的呼喊声；大人小孩都从很陡的路上往栈桥那儿跑：一切一切，让我们那种不习惯的眼睛看来，都是光明、华丽、新鲜的，远过于语言所能形容。我们来到一个码头，码头上一片仰起来的人脸；我们靠了码头，在吆喝的声音中，在勒紧锚缆的动作中，船刚刚泊定，还没等到桥板搭好，我们几十个人就往桥板那儿跑去，还没等到桥板够着了船帮，我们就跳到久别重逢的陆地上了。

我现在想，在那时的乘客们眼里，这个哈利伐克斯一定和乐土一样，其实它只是一个出奇地丑恶而死沉的地方。虽然如此，我却是对于这个城市和这个城市的居民怀着极愉快的印象而离开它的。这种印象，我一直保留到现在。在我回国的途中，我没有机会再回到这个城市，和我那几天在那儿认识的那些朋友再握一次手，这是我引以为憾的。

我们到哈利伐克斯那天，正碰上是省立法参议会和省立法总议会开幕的日子。开幕的仪式，完全按照英国议会的样子，不过规模较小，所以让人看来，好像从望远镜的反面出现的西敏寺①一样。行政长官，以代表女王的资格，发表了可以叫作是"发自御座"的演说，他把他照例要说的一套话说得冠冕堂皇。几乎还没等到这位大人把话说完了，楼外的军乐队就很起劲地奏起《上帝

---

① 西敏寺：即威斯敏斯特，英国议会所在地。英国议会开幕时，照例要由国王宣读一篇"发自御座"的演说。

助吾女王》来。人们都高声欢呼。执政党党人就搓手①，反对党党人就摇头；执政党党人就说，从来没听见过这样好的演说，反对党党人就说，从来没听见过这样坏的演说。总议会的议长和议员们，都从栏②前退出，在他们自己中间再大大地谈一气，而少少地做一点。简单言之，现在一切的进行，将来一切的进行，都恰恰和英国国内在同样的场合下一模一样。

这个城市是建筑在一个山坡上的，在顶高的地方上修了一座炮台，工程还没完。有好几条宽阔、像样子的大街，从山顶一直通到海滨，同时有几条和河道平行的街道和这些条街十字交错。房子大半是木骨。市场上货物充斥，吃的东西都非常便宜。因为按照那个时季说，天气得算非常温和，所以看不见雪橇。但是在场院里和僻静的地方上，却能看见无数的车辆，其中有些非常华丽，很可以不用改装，就弄到阿司特利马戏场③里去扮惊险剧里的凯旋车。那天天气特别晴朗，空气清爽宜人，那个城全部面貌都显出一团繁荣、熙攘、勤劳的气氛。

我们的船在那儿停了七个钟头，为的是装卸邮件，交换邮件。

---

① 英美人搓手，表示喜欢，满意。《匹克威克》第34章里说："道德孙和昭格，露出一切满意、得志的样子来直搓手。"

② 立法议会会堂进门处，有栏一道，限非议员止步。英贵族院的栏，在该院北端，亦即下首。议会开幕时，平民院议长及议员在此参加，开幕式终了，两院各自开会。此仿其制，故后文有"在他们中间……谈"等语。

③ 阿司特利马戏场：原在伦敦西敏寺桥路，为当时伦敦著名的娱乐场所。狄更斯在他的《博兹特写集》，萨克雷在他的《纽克姆一家》里都有关于这个马戏场的描写。

后来，到底把所有的包件和旅客（旅客中有两三个活宝贝儿，因为吃蛎黄、喝香槟，太过量了，都人事不省，仰卧在人迹罕到的街道上）都弄到船上了，机器于是又开动起来，我们的船离开码头，准备开往波士顿了。

我们到了芬狄湾①，又遇上了坏天气，那时我们就又在船上跌跤打滚，折腾了一整夜和第二天一整天。第二天下午——那就是说，一月二十二日，星期六——来了一只美国领航船，靠在我们的船旁，跟着不久，汽机邮船"布列坦尼亚号"，由利物浦开出，在途十八天的电报，就在波士顿收到了。

美国土地开始从碧海中像蚁山一样片片出现，跟着就渐渐一点一点几乎令人不知不觉地伸展成连绵不断的海岸；我对于这片土地，由小而大，尽力看去，那时我所感的兴趣，即使夸大一番，也不为过。尖峭的风正对着我们吹来，岸上满是坚霜，寒气异常凛冽。但是空气却极其清朗、干爽、明净，因此寒气不但使人可以忍受，而且使人感到美妙。

关于我怎样在甲板上四面注视，一直注视到船开到船坞为止；我怎样即使能有阿尔古司那样多的眼睛②，也要把每一只眼睛都睁得大大的，来观察新的事物：关于这种情形，我不想在这里叙说，省得占了篇幅。我当时犯了外国人的错误，在船靠岸的时候，看见一群极活跃的人，冒着生命的危险，攀到船上，当作是英国国

---

① 芬狄湾：在加拿大东南。那儿的潮高到六十至七十英尺。
② 阿尔古司：希腊神话里的人物，他有一百只眼睛。

内那些卖报的[1],而其实,虽然他们之中,脖子上也有挂着新闻袋的,所有的人手里都拿着大张的纸,他们却都是编辑。他们亲自上船,(有一位围着毛领巾的告诉我)因为他们喜欢上船这种兴奋劲头。关于我这个错误,我也只在这里一提了事。我在这里,只再说一件事就够了:这些编辑里面,另有一人,为了照顾我(我在这里对他表示极大的感谢),跑在我前头,给我到旅馆去订房间[2]。等到我跟在后面不久也到了旅馆的时候,我只觉得,我走过旅馆的过道那时候,我的身子摇摇晃晃,不由自主地学起新编的海上惊险剧里提·皮·库克先生[3]来了。

"请你开饭,"我对旅馆里的侍者说。

"您什么时候用?"侍者说。

"越快越好。"我说。

"要马离[4]?"侍者说。

---

[1] 狄更斯的一封信里说,他刚到波士顿码头,看见一些人,腋下夹着报纸,攀到船上,他说,"这和我们的伦敦桥一样。"以为这些人是卖报的,谁知道他们都是编辑。

[2] 这是当时波士顿的一个画家亚历山大(Francis Alexander)。在狄更斯还没去美国以前,狄更斯就答应过他,要请他给自己画像。

[3] 提·皮·库克(T. P. Cooke, 1786—1864):英国演员,狄更斯的朋友,以演《领航者》和《黑眼睛的苏珊》等出名,两剧都是有关水手生活的,后者在1829年上演过四百次之多。坐船的人,刚一下船,仍旧和在船上一样,走起来仍觉得身子摇晃。

[4] 马离:美国话"right away"是"马上"的意思,狄更斯不懂,以为"away"是"离开"的意思,所以他说"要在这儿"。译文试用"马离",以求双关。"马离"本应作"麻利"。

我犹疑了一下说,"不要,"说的时候心里毫无把握。

"不要马离?"侍者说,说的时候那样诧异,使我为之一惊。

我带着怀疑的样子看着他,回答说,"不要,我倒想就在这个房间里用,我很想那样。"

侍者听了这个话,我想他当真要发狂;如果不是由于另一个人插上嘴去,在他耳边低声说了一句"他马上就用",他真会发狂的。

"啊,这是哪儿的事!"侍者说,带着毫无办法的样子看着我:"还是要马离。"

我那时才明白过来,"马上"和"马离"原来是一回事,因此我把原先回答他的那句话反过来,跟着十分钟以后,就坐下吃起饭来,饭还真好。

旅馆很好,名叫特锐芒家。它里面有[①]那么些走廊、游廊、凉台、穿堂,我简直记不清,说出来读者也不会信。

---

① The Educational 出版社(伦敦,未注明出版年份)出版的《狄更斯文库》,"它里面有"一句作:"它比培福广场稍微小一些,里面有……"培福广场是伦敦布露姆波里住宅区的广场之一。

第三章
波士顿

在美国所有的公共机构里，服务人员一般都是极有礼貌的。在这一方面，我国的公家各部门，则大多数都应大加改善，其中特别是税关，更应该拿美国的税关做榜样，使外国人不要觉得英国税关那样可憎，那样无礼。法国的税关人员那种卑鄙无耻的贪婪，固然够叫人看不起的了；但是我们国家的税关人员那样粗野无礼，也同样使一切不得不和他们打交道的人起厌恶之感，而国家居然养活这样一群恶狗，在国门那儿猖猖向人，实在有损国体。

我在美国登陆以后，美国税关和英国税关那样不同，他们的税关人员执行职务的时候，那样周到，那样有礼貌，那样不惮烦，都使我不能不留下深刻的印象。

我们到了波士顿，因为码头上有所耽搁①，一直到天黑了以后才下的船，所以在我们到了波士顿以后第二天早晨，我往税关那儿去的时候，才第一次看到这座城市的面目。那天正碰上是礼拜天。我附带地说一句，我们在美国第一顿饭还没吃到一半，就接

---

① 码头上有所耽搁：狄更斯的一封信里说，丘纳得轮船公司在波士顿的税关那儿有自己的码头，但是很窄，所以我们靠拢码头，至少费了一个钟头。

到了正式的请帖,请我们到教堂去作礼拜①,下请帖的人把那天早晨他们自己在教堂里的包席和座位让给我们,其数之多,我都说不出来;不过如果读者允许我不要仔细算计而作一个低低的估计的话,那我可以说,那天让给我们的坐席,足足可以容下几十家都是成年人的人家。我们受邀进教堂作礼拜的教会,其派别之不同,也得用相当大的数字表示。

我们当时没有衣服可换,所以那天不能到教堂里去,因此我们对于所有的邀请,不得已一概谢绝。那天钱宁博士②在过了好久之后,头一次讲道,我也错过机会没能去听,那也实在是出于无可奈何。我在这里把这位著名而多才能的人物指名道姓提出来(我和他以后不久就认识了),只是因为,我对于他那样的才能和人品,对于他那样永远热心大胆和那种最令人憎恶的污点、最肮脏龌龊的耻辱——奴隶制度,作对头,爱慕敬重,我得把我对他这种爱慕敬重笔之于书,心里才舒服。

我现在再言归正传,谈一谈波士顿。我在那个礼拜天早晨走到波士顿街上的时候,空气异常地清新,房舍异常地整洁、华美,彩画的招牌异常地绚烂,涂着金黄色的字异常地辉煌,墙上的砖异常地红,石头异常地白,百叶窗和地窨子门前的栏杆异常地绿,街门上的门钮和门牌异常地亮、异常地晃眼:一切一切,

---

① 这是美国特有的风俗。
② 钱宁博士(W. E. Channing,1780—1842):美国牧师、作家和慈善家,为美国神一体派(Unitarianism)的创始人之一,也是一个反对奴隶制度最力的人。他由1803年起,作了波士顿联邦街教堂的牧长。

都异常地轻淡、缥缈；所以这个城市每一条街，都看着恰恰和哑剧①里一个场面一样。在商业区里，商贩——如果在这个人人都是大商人的城市里我可以冒昧地叫任何人是商贩的话——在自己的铺子上面住家是很少见的②，因为在一所房子里，往往有好些家做买卖；房子的前脸，都满是招牌和字号。我顺着大街走去的时候，我总是仰着头看这些招牌，心里老有把握似的盼望，这些招牌中间，会有一些变成别的东西。我每次遇到突然转过一个畸角的时候，我没有不东张西望、寻找小丑和潘塔露恩的，我总认为，他们就藏在近处的门道里或者柱子后面。至于哈勒昆和考伦宾③，我一下就发现，他们就寓在（在哑剧里，他们永远是在寻找寓所）一个钟表匠的家里，一所很小的房子，只有一层，靠近旅馆，房子前面，几乎满是各式各样的招牌和广告，同时还挂着一个大钟面儿——那当然只是为的好从那里面跳过去用的④。

郊区比市区，显得更轻淡、缥缈，如果还能更轻淡、缥缈的

---

① 哑剧：以动作和表情表演故事，在英国，这种戏剧间插玩笑的对话。这种剧是英国过圣诞节的时候常演的。一般分两部分，前半演根据通俗寓言故事的笑剧，后半则演小丑和潘塔露恩（一个愚而诈的老家伙）的戏谑，而终之以哈勒昆和考伦宾的跳舞。这种剧布景鲜明，所以狄更斯用它来比波士顿的街道。街道既然像哑剧的场面，则场面上当然应有剧中人物出现，所以后面狄更斯说，他到处寻找剧中人小丑等。

② 楼下开铺子，楼上住家，是十七——十九世纪英国人的习惯。

③ 在哑剧里，哈勒昆和考伦宾是一对情人。这种剧最常用的逗笑方式是租房而永不付房租。

④ 大钟面是钟匠的招牌。这个钟面，应该是一个圆圈作的，所以小丑能从它里面跳过去。跳圆圈是小丑演的一种把戏。

话。安着外斜式绿百叶窗的白色木骨房子（都白得叫人看着眨巴眼），四面八方地遍布各地，散处各方，都好像完全和大地不相连属。至于小型的教堂或圣堂，都盖造得异常地整齐、亮爽，油漆得异常地晶光耀眼；因此我几乎相信，整个的建筑，可以像一个小孩子的玩具一样，拆成一块一块的，塞在一个匣子里。

这个城市是很美的；我相信，一个生人来到这个城市，决不会不喜欢它。私人住宅，绝大多数都宽绰而幽雅，商店都非常完备，公共建筑都很宏壮。州议会厅盖在一个小山的顶上，小山的坡儿，先是不太陡峻，但是到了后来，却忽然几乎由水边上突兀地耸立起来。厅前是一片青绿的草地，叫作公地。它的位置是轩敞的，从那儿能看到城市本身和城市附近的全幅鸟瞰图。除了各式各样、宽绰宏敞的办公室以外，这个厅里有两个壮丽整齐的会堂，一个是州众议院开会的地方，另一个是州参议院开会的地方。我在那儿所看到的议会，都完全是在庄严堂皇、文质彬彬的气氛下举行的，并且毫无疑问，是要人们对它重视敬仰的。

波士顿之所以文雅，所以有学术气氛，所以比别的城市优越，毫无疑问，大半得归功于剑桥大学[①]潜移默化的力量，那个大学离城区不过三四英里。它的住校教授，都是学识丰富、造诣多方的知名之士；并且，我想不起任何例外，全都是可以使文明世界里

[①] 剑桥大学：即哈佛大学，因坐落在波士顿附近的市镇剑桥，故名。剑桥隔查尔斯河（Charles River）与波士顿相对，实际上等于波士顿一郊区。

的任何社会生光彩、增荣誉的人物①。许多住在波士顿本城和波士顿附近的士绅，还有绝大多数在那儿从事自由职业的人（我想我可以毫不犹疑地加上这一句），都是出身于那个大学的。美国的大学，尽管有它们的缺点，但是它们却不传播一偏之见②，不培养顽固之徒，不翻尸倒骨地发掘陈旧的迷信，从来不阻碍人民的进步，从来没有因为宗教见解不同而把人拒于校门之外；最重要的一点是，在它们的教与学两方面，它们都承认校门以外还有一个世界，并且还是一个广阔的世界。

我看到了这个学府对波士顿这个小小的社会③所发生的那种几乎眼所不见、却又确乎实有的影响；我到处看到了这个机关所培养出来的那种仁爱之志和向善之心；看到了它所孕育的亲爱和友善，它所扫除的虚荣和偏见：我看到了这种种，我永远感到不可言喻的愉快。波士顿所崇拜的金牛④，比起大西洋这岸上这个大柜房里别的部分所扎起来的巨大偶像，只能算是一个矮子，并且在整个众神殿⑤里所供养的全部较好众神之中，万能的金元变成了比较无足轻重的东西。

---

① 在狄更斯第一次游美的时候，哈佛大学的教授里有朗费罗（Longfellow），著名美国诗人；有斐尔屯（Felton），美国古典学者，后来做了哈佛大学校长；有斯帕克斯（J. Sparks），美国历史学家，后来也做了哈佛大学校长。

② 哈佛大学在刚一开办的时候，和政治、宗教有密切联系，到了十九世纪中叶，名义上和政教脱离关系，实际上哈佛大学始终是为统治阶级服务的。

③ 1842年，波士顿人口为十二万五千。

④ 金牛：犹太人，受埃及的影响，造为金牛，设坛祀之，因而受到上帝的惩罚。屡见《出埃及记》《列王纪》等处。此处意为金钱偶像之崇拜。

⑤ 众神殿：祀奉诸神之宫殿，特指古罗马的众神殿而言。

更重要的是：我真诚地相信，这个马萨诸塞首城里的公共机关和慈善机关十分完备，细致体贴，几乎尽了人类的智慧、慈悲和人道所能做到的一切。他们对贫苦失所、穷独无告的人谋求幸福的慈心，在我参观这些机关的时候，使我受的感动之深，是我一生中所没有过的。

在美国，所有这一类机关，都是受州政府的支持，或者受州政府的帮助的，这是美国这种机关里了不起的、使人愉快的一个方面。即使有些机关，不需要州政府的帮助，它们也都和政府合作，而显然是属于人民的。我总觉得，一个公家慈善机关比一个私人慈善机关，总要好到不可同日而语的程度，不管私人慈善机关的基金有多雄厚；因为从原则方面看，从鼓励或打击人民的勤俭方面看，都是公优于私。在我们自己国里，一直到最近几年，政府对于广大群众的疾苦，不表现特别关怀的态度，对于广大群众的生活，也不承认有改善的可能，这成了一般风气，所以私人慈善机关就史无前例地纷纷兴起，给贫穷和苦难的人们，作了无量的功德。但是既然政府在这些慈善机关里，既无行动，又无作用，因此人民对这些机关所生出的感激、爱戴，政府自然无权分受；同时，政府所给人民的容身之处和救济之助，既然只限于贫民院和监狱，所以贫民也就把政府看作是一个严厉的主人，勇于矫正人民的错误，惩罚人民的罪恶，而不是慈爱的保护人，在人民需要帮助的时候，给人民仁慈，对人民关怀：这种看法本来是很自然的。

英国的私人慈善机关，正强有力地说明了"恶之中有善生焉"①这句格言。在博士公堂遗产法厅②所保存的记录里,可以找到无数的事例,证明这句格言。有些非常有钱的绅士或者女士,受了穷亲戚的包围,据最低的估计,每一个星期要写一次遗嘱。这位绅士或者女士,即便在他们最健壮的时候,脾气都不见得好,到了现在,从头到脚,无一处不酸痛,从早到晚,无一时不闹脾气,喜怒无常,爱憎无端,烦躁不时,疑虑不定。最后,取消旧遗嘱,重写新遗嘱,就成了这种人生活中唯一的工作了。他或者她的亲戚和朋友(这些人中间,有的就是为了继承这种遗产的一份而生活、而长大了的,因为这样,他们从在摇篮中的时候起,就根本不能做任何有用的工作)有时出乎意料,让人一古脑儿取消了继承资格,有时又让人恢复了继承资格,又有时又让人取消,这样取消了又恢复,恢复了又取消,把一家亲友,连最疏远的包括在内,都闹得经常像在害热病的痛苦中。到了最后,到底有一天,眼看这位老女士或者老绅士活不久了;这种情形越明显,这位老绅士或者老女士就越清楚地看出来,每个人都在那儿算计他或者她这个可怜就要死了的人。于是这位老女士或者老绅士写了最后的遗嘱(这一次却断然决然毫无疑问是最后的遗嘱了),写好了把它藏在一个瓷茶壶里,第二天就死去了。他或她死了以后才发现,他或她的全部动产和不动产,都捐给半打慈善机关了。这

---

① 恶之中有善生焉:善和恶是联系着的,这种观念,从罗马时代就在奥维德(Ovid)的著作中出现。英国作家中,弥尔顿的《失乐园》第1卷以及第4卷里,都有这种观念表现。十九世纪文人著作中更常见。

② 博士公堂本为民法博士协会餐厅,后为该会会所,在伦敦圣保罗大教堂附近。里面是有关结婚证和离婚案件以及遗嘱登记的地方。

样一来，现在死去的这位立遗嘱的人，完全出乎恶意而做了很大的好事，不管这样做要引起多深的仇恨，多大的苦恼。

波士顿的泊金会和马萨诸塞州盲人院是受董事会监督的，董事会每年向总所报告一次。马萨诸塞州的贫苦盲人，得以免费进院。从邻州康涅狄格、缅因、佛蒙特或者新罕布什尔来的盲人，则须有盲人各所属该州的证明；如果没有这种证明，那他们就得有亲友作保人，保证第一年交饭费及教育费约二十英镑，第二年约十英镑。"过了第一年，"董事会说，"每人就都有一本流水账，院里只问他要他实际花费了的饭钱，每星期不得超过两元——比八先令稍稍多一点儿——政府替他付的款或者他的亲友替他付的款，都记他账上的贷方；他自己挣的钱，除去原料和工具的成本以外，也记在他账上的贷方；这样一来，他每一个星期所挣的钱，凡是超过了一元的，都归他自己所有。到了第三年，就要搞清楚了，他自己所挣的钱，是否多于他实际的饭费，如果多的话，他还是愿意留在院里，拿他自己所挣的钱呢，还是不留在院里呢，都完全听他自便。那些不能自食其力的人，就不再留在院里，因为把盲人院变成救济所，或者说，在蜂窝里，把工蜂赶走，而只留下不能工作的雄蜂，本是不相宜的。那些由于体力或者脑力有缺陷而不胜任工作的人们也就因而没有资格做人人勤劳的社会中成员之一；他们到专为残废老病的人设的机关里去更合适。"

我到这个盲人院去参观的时候，是一个天气清朗的冬晨：天空像意大利的天空一样，四围的空气那样清澈、明朗，连我这双眼睛，本来目力不是顶好的，也都能辨出远处的建筑物上极细微的线条和雕镂的片断。这个盲人院，也和美国大多数这一类的群众性机关一样，离城有一二英里地，地点高爽而合于卫生，是一所空气流通、房间宽敞、形式美观的大楼。它高踞在俯视海港的一座小山上。我到了门口的时候，停了一会儿，看到整个的地方，那样清新，那样明朗；那时候，我看到海上晶莹的浮沤，在水面上闪烁，从水底下上涌，好像水底的世界，和水上的世界一样，也有晴日四射，也有阳光洋溢。我看到海里船上一个一个的帆，只是几个发亮的白点儿，好像一片辽阔、深远、静穆的蔚蓝中惟一的云翳。我转身又看见一个瞎眼的男孩子，把脸转到那一方面，好像他心里也有些感觉到这个光明辉煌的远方似的。那时候，我不由觉得有一种难过的感觉，觉得这地方不应该那样光明，同时有一种奇异的想法，愿意这地方，为了那个瞎眼的孩子起见，能稍微暗一些才好。这种难过和愿望，当然一瞬即逝，并且只是一种妄想，虽然如此，我当时还是深切地有过那样感觉。

那些孩子们都在各自的屋子里，作日常的功课，只有那几个已经作完了的，在那儿玩。在这个盲人院里，也和在别的机关里一样，都不穿制服。我是非常赞成不穿制服的；我赞成的理由有两种。第一，我认为，我们在英国，只是因为我们固守毫无道理的习惯，凡事不好好地想一想，才使我们安于那种喜欢戴徽章和穿号衣的做法。第二，不穿制服，不戴徽章，那每一个孩子就可以他本来的面目出现于参观者面前，他的个性一无所掩，不像那种毫无意义的服装，使我看来看去，个个人都是晦暗无色，单调乏趣，丑恶难看，和别人一样，分不出谁是谁来。这是一个值得好好考虑的问题。即便在盲人中间，也要对注意个人外表这种无伤大雅的骄傲之心稍加鼓励；这种办法是明智的；而把慈善机关和皮裹腿看作是不可分离的东西，只是一种任意而行的荒谬见解；这两种的好坏是用不着解释的。

良好的秩序、清洁的习惯、使人舒服的设备，充满了这座大楼的每一个角落。每一班盲童，都各自跟在他们的教师身边，他们对问他们的问题，回答得很快，回答得很有见地，并且还出之以友谊竞赛的精神，互争前列：这使我很觉得高兴。那些在那儿玩的盲童，也都和一般的孩子一样，快活而闹嚷。在他们中间好像有一种更痛痒相关、更亲密友爱的情谊，远过于没有残废之苦的孩子中间那样。不过这种情形是我很早以前就视为应该，看到以后不以为怪的。在上帝伟大的安排中，对于受苦的人本是要更加爱护的，这种情形，就是那种安排里的一部分。

大楼的一部分，划作车间，专为那些已经受完教育、学会一种技术但却不能像普通的人那样操作的盲人预备的。有好几个人正在那儿工作，有的做刷子，有的编席子，有的做别的东西；在这座楼别的部分所看到的那种快乐情绪，勤劳作风和良好秩序，在这一部分也同样看到。

钟声一响，所有的盲童，都没人领导或指引，而朝着一个宽敞的音乐厅走去。他们到了那儿，都在半圆形围在台前的座位上各就其位，听风琴独奏，演奏人就是他们里面的一个。他们听的时候，显然很感快乐。这个演奏人是一个男的，年纪有十九岁或者二十岁。他奏完了，跟着是一个女孩演奏。这时候，他们大家一齐唱起一首圣诗来，那女孩子给他们伴奏，唱完了圣诗，又来了一段合唱。他们的情况固然不错毫无疑问是快活的，但是看他们的样子，听他们唱，都总不免要使人非常难过；同时我看见一个瞎眼的女孩子,紧坐在我身旁(那时正因病而四肢暂时失灵),把脸冲着唱歌的人,一面听,一面流眼泪。

观察盲人的脸,看到他们毫无掩饰地把心里所有的思想感情都在脸上表现出来,是一件奇异的事;一个眼睛好的人,看见他们那种情形,再想到自己戴的那副假面具,也许会脸红的。他们脸上,除了老挂着一种焦虑的神气(这种表情,在我们暗中摸索着寻找路途的时候很容易在我们自己脸上看出来)以外,他们心里每一种思想,只要一想到,就像闪电那样快,像自然那样真,在他们脸上表现出来。如果在一个狂欢会上或者在宫廷里的客厅里,人们能有一会的工夫,像瞎眼的男女那样,忘记了自己还有眼睛,那就可以看出来,没有眼睛的人,可以泄露出什么样的秘密来,而有眼睛的人,可以弄出什么样的虚伪把戏来(然而失去了这个感官,我们还那样觉得可怜哪)。

我这样想的时候,我正在另一个屋子里,坐在一个既瞎且聋又哑、既没有嗅觉还几乎没有味觉的女孩子——一个好看的小女孩子面前;只见一切人所具有的性能,对于前途的希望,学好向善的心愿,爱人爱物的本能,在她那娇弱的身躯里,无一不备,但是在感觉方面,却只备一觉——触觉。她就坐在我跟前,她那样子,就和砌在一个大理石盖的幽室里一样,对于一线的亮光,一丁点儿的声音,全都不能接受;只能从墙上一个小窟窿那儿,伸出她那一只可怜的小白手来,向好人打招呼,求他拯救她,使她那个一灵不泯的精神得以醒过来。

拯救她的人,在我看到她以前很早就来了。所以那时,她脸上露出一股聪明,一片快乐。她的头发是她自己亲自梳的,盘在头上；只见她头脸端正，天庭广豁，秀丽地表示出她的头脑在智力方面的能力和发展。她的衣服，也是由她自己穿戴的，是整洁、朴素的模范。她打的毛活儿，就放在她身旁；她的作文簿，就放在她依靠的书桌上。这个孩子，本来只剩了一副令人可伤的残躯剩骸了，现在却在那副残躯剩骸上面慢慢地生出来这样一个新人来：温柔、慈爱、不知何为伪诈，一片感激涕零。

她也和这个机关里别的人一样，在眼皮上扎着一块绿色的带子。她自己做了一个玩具娃娃，放在近处的地上。我把这个娃娃拿起来一看，只见这个女孩子给这个娃娃也做了一条带子，和她自己扎的那条一样，扎在娃娃的假眼上。

她坐的地方，四围都是桌子和板凳，围成一圈，把她围在里面，她就坐在那儿写当天的日记。她不大一会儿写完日记之后，就和坐在她身旁的一位教师，很生动地作起手谈来。这是这个可怜的女孩子最喜欢的一位教师。即便她的眼睛能看见那位漂亮教师的面目，那她爱那位教师的程度，也决不会减低，这是我敢担保的。

那位帮助她，使她变成现在这种样子的善人，曾写过关于她的身世报告，我现在从这个人所写的报告里，摘录几段，这几段虽然不相连属，但是也可以看出她那身世的片断来。那位善人的叙述，很美丽，很动人，我没能把它全部录下，我深以为憾。

这个女孩子叫劳拉·布利直曼[①]。"她于一八二九年十二月二十一日生在新罕布什尔的汉诺维。据说她还是一个婴孩的时候，

[①] 这个不幸的女孩，英语各辞典以及同类书中，都有记载。

很活泼，很美丽，有一双水汪汪的蓝眼睛。从她出生那天起，到她一周岁半的时候止，她一直都是特别地小，特别地弱，因此她的父母差不多都认为她不能长大成人。她有严重抽风的毛病，抽起来的时候，她那小小的身躯所受的痛苦，几乎超过她能忍受的程度；她那条小命儿永远是处在岌岌可危的情势中。但是她活到一岁半的时候，她好像好起来了，危险的症候也减轻了，到了她活到二十个月的时候，她的身体完全健壮起来了。

"那时候，她以前那种发育不全的智力迅速地发育起来。在她所仅有的那四个月的健康体力中，能看出来，她非常聪明（这是她那慈爱的母亲说的，自然不免稍有夸大）。

"但是她忽然又病了；病势猖獗了有五个月之久，在这五个月里，她的眼睛和耳朵，都发炎、化脓，排出秽物。但是虽然她的听觉和视觉，完全一去不回了，而这个可怜的孩子得受的罪还并没完。她继续发高烧有七个星期；她躺在一个暗室的床上有五个月。那时候，离她能不用人扶着而走路的时候还有一年，离她能整天坐着的时候还有两年。那时就看出来，她的嗅觉几乎完全失去，因而她的味觉也变得很钝。

"这个可怜的孩子那个身体，一直到她四岁的时候，才好像恢复了健康；到了那时候，这个孩子才能学着说话、走路。

"但是她当时的情况是什么样子呢？像在坟里一般的黑暗和寂静包围了她。她看不见她母亲的笑容，因此也没法回答她母亲的笑容。她听不见她父亲的声音，因此也没法模仿她父亲的声音。父亲、母亲、兄弟和姊妹，对于她，都只是她能摸到的一种有形体的物质，和家里的家具没有什么两样，所不同的只是他们有体温,能行动而已;不过和猫狗比起来,即便在这方面也没有什么不同。

"但是,老天赋予她的那种一灵不泯的心灵却无法磨灭,无法戕贼,无法残害;并且虽然这种心灵和外界沟通的道路,大多数都堵塞住了,它却在别的方面找到出路。她刚会走的时候,她就开始在她住的那个屋子里探索一切,接着又在全部的房子里探索一切;凡是她的手所摸到的每一件东西,什么形状,多大密度,是轻是重,是冷是热,她全都熟悉起来。她母亲在家里做家务事的时候,她就跟着她,摸她的手和她的膀子。她凡事都想模仿的心愿使她把一切动作都自己重做一遍。她甚至于还学会了一点缝纫,学会了打毛活儿。"

她交流思想的机会是很有限的,这一点用不着我对读者说;同时她这种悲惨情况,对于她精神方面的影响,不久就明白显露。我们对于那般不可理喻的人,只能服之以力,根据这个道理来看,再加上她那样五官不灵的苦况,如果没有意想不到的及时帮助,那她的情况不久就要变得比自生自死的野兽还要不如了。

"正在这时候,我很侥幸,听人说到这个女孩子;我一听人说到有她这样一个人,我马上就急忙到汉诺维去见她。我看她身材秀美,脾气中兼有神经质和多血质,头部大而端正,全身各器官的活动都正常。她的父母很容易地就叫我说服了,同意叫她到波士顿来;他们是一八三七年十月四号把她送进现在这个机关的。

"她刚一来的时候,有一个时期,茫然不知所措;过了大约两个星期,等到她对于她的新环境习惯了,对于和她住在一起的孩子们也都有些熟悉了之后,就开始试着教给她使用人造手势,如果她会使用这种手势,她就可以和别人互相交流思想了。

"在当时的情况下,有两种办法可以采用。一种是在她自己已经开始用的那种由自然语言的基础上建立一套手谈;另一种是,教给她普通使用的纯人造手势——那也就是说,教给她一套字母的手势,把这些字母结合起来,她就可以表达她对于任何事物存在以及事物情态和情形的观念。第一种办法,虽然容易,但是效果却不会好;第二种办法,虽然好像很难,但是,一旦学会了,却有很好的效果。所以我就决定采取第二种办法。

"我的实验是先从常用的东西,像刀子、叉子、匙子、钥匙之类开始;我把这些东西上都标上签儿,签儿是印在纸上、凸起来的字母。我叫她用手仔细摸这些签儿,不久之后,她当然不但能分辨出来匙子和钥匙这两件东西不同,同时也能分辨出来,'匙子'和'钥匙'这两个签儿上鼓起的字母也不同。

"跟着又把没贴在东西上的签儿(签上印着的字,和贴在东西上的一样)放在她手里,她不久就发现,这些签儿,和贴在东西上的是一样的。她把'钥匙'这个签儿放在钥匙上,把'匙子'这个签儿放在匙子上,这样就表示出来,她认识到了某个签儿是表示某件东西的了。她这样做了之后,我就用自然表示赞成的方法鼓励她——那就是,用手拍她的头。

"凡是她的手能拿的东西,都用这种办法教给她;她很容易地就学会了把签儿放在应当放的东西上。但是,显然易见,她所运用的智力,只限于模仿和记忆。她记得,'书'这个签儿原来是放在书上的,于是她也把'书'这个签放在书上,她这样放的时候,第一步用的是模仿力,第二步用的是记忆力,她这样做的惟一动机，只是想要受到夸奖，但是显然易见，她还不能了解签儿和东西之间有什么关系。

"过了一些时候，不再给她签儿，而是把单个的字母（每一个字母都印在一块单张的纸上）递到她手里，再把这些字母平排儿排列起来，排成'匙'字和'书'字等等。跟着又把这些纸片混在一块，跟她做手势，叫她自己把字母排起来，排成'匙'字和'书'字等等。这个她会了。

"在这以前，学习的程序是机械的，学习成功的机会，也就像教一个很机伶的狗种种把戏一样。这个可怜的孩子，默不出声的带着惊异的心情坐在那儿，耐心地模仿她的教师所做的一切动作；但是到了现在，她一下恍然明白了事情的真相了——她的智力开始活动起来了。她了解到，用这种办法，她可以把她心里所想到的任何东西，用手势表示出来，传达到别人的心里；她了解了这一点的时候，她脸上立刻出现了如有所悟的表情。现在不再像教狗或者鹦鹉那样了。现在是一颗一灵不泯的心灵急切地抓住了一种可以使它和别的心灵息息相通的新链子了。我几乎可以指出，是哪一分钟，这种真理打开了她的心窍儿，在她脸上放出了光明。我当时看出来，障碍扫除了；从那时以后，不用别的，只要能有耐性、有恒心、老老实实、干干脆脆、努力做下去就成了。

"直到这时的结果，可以很快地就说了出来，很容易地就看了出来。但是在当时教学的程序上，却不是那样，因为经过了许多星期显然徒劳无功的努力，才有了那种结果。

"我在前面说做手势的时候，我的意思是说，手势的动作是教师做出来的，那女孩子只是摸着教师的手，模仿他的动作。

"下一步就是得弄到一些金属字模子,字模子的一头铸着一个字母。还得弄一块板子,板子上要凿上方孔,在这些方孔里,她能够把字模子安上去以后,只有字模子有字的那一头露在板子的面儿上,可以摸到。

"这样一来,每次给了她一件新东西的时候,比如说,一支铅笔或者一个表——她就能把表示这件东西的字母找出来,把它们安在她那块木板上,带着显然快乐的表情,读这些字。

"她这样受了好几个星期的训练以后,她的词汇扩大了;于是就进行另一个重大步骤,那就是:教给她不要用笨重的字模子和木板等器具,而用自己的手指头做种种姿势来表示不同的字母。这种办法她很快地并且很容易地就学会了,因为,除了教师教她以外,她现在能运用自己的智力了,这对于学习是很大的帮助。所以她进步得很快。

"她这样开始学习以后,大约过了三个月,我做了关于她的情况第一次的报告,报告里说:'她刚刚学会了使用聋哑人通用的那一套手势字母;看到她那样快、那样正确、那样热心努力学习,使人感到快乐,感到惊异。她的教师给她一件新东西,比方说,一支铅笔;教师给了她这件东西以后,先让她把它考察一下,对于它的用途先有一个概念;跟着教给她如何用自己的手做手势,把字母表示出来,把这件东西的名字拼出来。教师用手指头做出不同的字母来的时候,她就抓住了教师的手指,一个一个地摸。她把头往一边歪着,像一个人倾听什么似的;她把两片嘴唇张着;她好像连气都不喘;她脸上的表情最初是焦灼的样子,后来慢慢地微笑起来,那是她了解了她所学的东西了。于是她把她的小指头举起来,用手势字母把那个字拼了出来;跟着她又把字模子拿过来,把字母排好;最后,要表示她没弄错,她就把排好了的字母全部拿起来,把它放在铅笔或者任何当时学的东西上面或者附近。'

"在跟着来的那一整年的时间,用在以下各方面:(1)满足她对于所有她能拿的东西在名字方面热烈的追求;(2)训练她使用手势字母;(3)尽一切可能扩大她对于具体东西相互关系那一方面的知识;(4)加意保护她的健康。

"在那一年的末了,又把她的情况做了一个报告,下面就是这个报告的摘录:

"'现在看出来,毫无疑问,她看不到任何亮光,听不见任何声音,从来没用过嗅觉,即使她有这种感觉的话。这样,她的心灵完全处于一片黑暗和寂静之中,黑暗和寂静得和一闭永不开的坟墓在半夜的时候那样。她对于好看的景象,好听的声音,好闻的气味,毫无所知。但是,她却和一只鸟儿或者一只羊羔一样地快活,一样地好玩儿;她运用智力的时候,或者她学会了一种新东西的时候,她都感到很大的快乐,这种快乐,很明显地在她那感情流露的面目上表现出来。她好像从来没烦躁过,而永远是一个孩童那样轻快、欢乐。她喜欢玩笑、戏耍;她和别的孩子一块儿玩的时候,在一群人中间她的笑声最尖最高。

"'她一个人待着的时候,如果她正缝衣服,或者正打毛活,那她就很快乐,同时她可以一气做好几个钟头。她无事可做的时候,她就作想象的对话,或者回忆过去的印象,她显然以这种活动自娱;她用手指头数数儿,或者用聋哑人所用的手谈字母把她新近学的那些东西的名字拼出来。在这种孤独的自我交谈中，她好像在那儿推理、思索、辩论。如果她用右手的指头作符号拼字而把一个字拼错了，那她就马上像她的教师对她那样，用左手打她的右手，表示不以为然。如果她把字拼对了，她就自己用手拍自己的头，同时显出高兴的样子来。她有的时候用左手做手势故意把一个字拼错了，跟着带着恶作剧的样子待上一会儿，大笑起来，以后又用右手打左手，好像矫正左手的错误似的。

"'在这一年之中，她在使用聋哑手谈字母这方面，得到很大的熟练技巧，她拼起她所学会了的字句那时候，那种快法和巧法，只有习惯于这种语言的人，眼睛才能跟得上她的指头那种迅速的动作。

"'她用这种语言表达自己的思想那种迅速的程度固然令人惊异，但是她对别人用这种语言表达思想的时候那种毫不费力、毫无错误的了解能力，更令人惊异。她把别人的手握在自己手里，一个一个地摸那个人作的手势，这样她了解了每一个字母，从而获得整个字或整个句子的意义。她就用这种方法，和她那些瞎眼的同伴交谈。她们中间两个人相遇的情形，最生动有力地表现出来，精神力量如何能强使外物顺从己意；因为，如果两个哑剧演员，用他们身体的活动和面部的表情表达他们思想感情，需要很大的才能和技巧，那么，两个完全叫黑暗包围起来的盲人，其中还有一个听不见一点声音，到了一块儿，想要交换思想和感情，那他们的困难该多大！

"'劳拉把手向前伸着，从穿堂走过的时候，她对于她所遇到的人，马上就能辨认出来，同时她在她们旁边走过的时候，对她们做她认出她们来的手势。如果她遇到的人是一个和她年龄一样的女孩子，特别是一个她喜欢的女孩子，那她脸上马上就露出光明的微笑，表示她认出那个女孩子来，跟着两个人就互相挽胳膊，互相握手，同时小手指头迅速地通起话来；小手指头的迅速动作，把一个人心里的思想和感情，通过心灵的最前哨，传达给另一个心灵的最前哨。她们互相问答，互相交换快乐或愁闷，相对接吻，相对告别，恰恰和五官俱全的孩子们一样。'

"在这一年里头，她离开家以后六个月，她母亲来看过她一次，她们母女相会的光景是极有意思的。

"她母亲有一阵儿满眼含泪，站在那儿，看着她这个不幸的孩子；那时候，劳拉正在屋里和别的孩子们一块儿玩，并不知道她母亲在她跟前。后来劳拉往她母亲那面一跑，碰在她母亲身上，于是她马上就摸索起她母亲的手来，考查起她母亲的衣服来，要想知道她是否认识这个人；结果她不认识，因此她就像对生人那样转身走开了；她母亲，这个可怜的女人，看到她自己亲爱的孩子都不认识自己了，那份难过，不由得尽情流露。

"于是她给了劳拉一串珠子，那是劳拉在家里的时候常戴的；这孩子拿到这串珠子，一下就认出来它的来历；她露出很快乐的样子来，把珠子戴在脖子上，跟着急忙找到了我，告诉我，她知道这串珠子是从她家里来的。

"于是她母亲伸手抱她，但是她却把她母亲推开了，她不愿意和生人在一块儿，而愿意和熟人在一块儿。

"这时候，她母亲又给了她另一件从家里带来的东西，她摸到这件东西，开始露出很感兴趣的样子来。她把这位生人又更仔细地摸了一遍，告诉我，说她知道，这个人是从汉诺维来的；这个生人抱她，吻她，她也不再拒绝了，不过只要有人稍微跟她一打招呼，她就带着满不在意的样子离开了她母亲。她母亲这时候的痛苦，叫人看着真难过。因为，她虽然原先就想到了，她的孩子会有不认识她的可能，但是，一旦当真受到了自己亲爱的孩子冷淡的待遇，那她的痛苦就不是一个女人的天性所受得了的了。

"过了一会儿，她母亲又把她抱住了，这时候，这孩子心里好像模模糊糊地觉出来，这不会是一个生人，因此她把她母亲的手很急切地摸了一遍，同时脸上露出深感兴趣的样子来；她脸上先发起白来，跟着又一下发起红来；在她心里，希望和疑虑焦灼好像正作斗争；她那种感情的冲突，在人脸上从来没表现得那样明显。正在她痛苦地疑虑不定的时候，她母亲把她紧紧抱住，亲热地吻她；于是这孩子一下明白了事情的真相，她脸上一切疑虑和焦灼都消失了，她只带着极端欢喜的表情，急切地伏在她母亲怀里，让她母亲亲热地抱她。

"这样一来，她对于珠子完全不注意了；给她玩具，她也完全不理会了。刚才的时候，本来她极喜欢离开生人而和她的同伴在一块儿的，现在她的同伴却不管怎样从她母亲怀里往外拽她都拽不开了。我跟她打招呼，要她到我这边来的时候，她虽然像平常那样马上就听从了，但是这种听从却是很痛苦的，出于无奈的。她紧紧抱住了我，好像不知所措、满怀恐惧似的；待了一会儿，我把她送到她母亲跟前的时候，她一下跳到她母亲的怀里，露出急切、快乐的样子，紧紧地抱住了她母亲。

"从她和她母亲后来的分别里，也同样可以看出来她对她母亲的亲热，对情况的了解，和对分离的决心。

"劳拉跟着她母亲到门口那儿，一路上都是紧紧揪着她母亲的；她们走到门槛那儿的时候，她站住了脚，用手往四外摸去，为的是好知道都是谁在跟前。她摸到一位女管理员（她很喜欢这位女管理员），她就用一只手紧紧拉着她，用另一只手哆哆嗦嗦地拉着她母亲，这样站了一会儿的工夫。于是她撒开她母亲的手，用手绢捂着眼，转身紧紧拉着女管理员啜泣起来；这时她母亲走了；她的激动，也和她的孩子一样地强烈。

"在前几次的报告里，曾经提到，这个女孩子能够分辨别人智力的高下；遇到有新来的人，过了几天，经她发现这个人智力低下，她就几乎以鄙视的态度对待她。她的性格里这一种不友好的态度，在这一年里，大大地发展了。

"她只挑那些聪明伶俐，和她最谈得来的孩子作朋友，作戏侣。她显然易见，不喜欢和那些智力低的人在一块儿，除了在她想利用她们的时候；而她想要利用她们，是很明显的。她就利用她们的短处，让她们伺候自己；她那种利用的方式，她知道，是不能加到另外的人身上的；同时，她以不同的方式，表现她的撒克逊血统。

"她喜欢感到教师和她所敬重的人对别的孩子留意，和别的孩子亲近。不过这种留意和亲近，都不能做得太过，如果做得太过，她就嫉妒起来。她也要教师对她留意，和她亲近，而她所要的，即便不是最大的份儿，也得是较大的份儿；如果她得不到那么多，她就说，'你不爱我，我妈会爱我的。'

"她强烈喜欢模仿的意向使她做了一些她完全不能了解的动作;她之所以那样做,除了满足内心的要求而外,并得不到别的快乐。她曾有过一次,把一本书放在她那双看不见东西的眼睛前面,嘴里咕念着,像她所了解到别人读书的时候所做的那样,静静地坐了有半小时之久。

"有一天,她假设她的玩具娃娃病了,她就做出看护它、给它吃药一系列动作。跟着她又把娃娃很小心地放在床上,在它的脚下放了一瓶子热水,一面哈哈地笑。我从外面回来的时候,她非叫我去看她的娃娃不可,并且叫我给它诊脉;我告诉她,叫她给娃娃背上贴一张膏药的时候,她好像特别地感到可乐,乐得几乎叫起来。

"她对于别人是非常友爱,非常亲热的;她坐在她的小朋友旁边做工作或者功课的时候,每隔几分钟,她总要把工作或功课扔了,而去抱她的小朋友,吻她的小朋友,那种热烈、真诚,叫人看着非常感动。

"她自己一个人待着的时候,她就找点事情做,并且显然自得其乐,好像非常心满意足;她想把思想用语言表达出来的自然意念非常强烈,所以她时常用手谈来自己对自己谈话,虽然这种语言迟缓而使人腻烦。不过只有她一个人待着的时候她才安静;因为如果她觉得有别人在她跟前,她就不能老老实实的了,她就非得紧靠着她们坐着,握着她们的手,和她们打手谈不可。

"在她的智力方面,使人高兴的是:她的求知欲永无餍足,她了解物事的关系很迅速。在品性方面,使人觉得美的是:她经常快活、高兴、锐敏地领略有生之乐,广泛地爱人,信心坚定,深切地同情困难，忠诚真实，抱有满怀希望。"

以上是劳拉·布利直曼简单而却极有意思、极有教育意义的历史里一些片断。写这个历史的人，也就是她的恩人和朋友郝博士[①]。我希望并且相信，没有什么人读了这些片断以后，会听到郝博士而漠然冷淡的。

郝博士作了我前面引过的那个报告以后，他又作了进一步的报告。在这个报告里，郝博士把这个女孩子在后来的十二个月里心灵方面迅速的成长和进步，作了详细的记叙，把这个女孩子的历史继续写到去年年底。有一件事情，很值得注意：原来我们会说话的人，在梦中说话，在梦中自己和在梦中出现的人进行想象的对谈；这个不会说话的女孩子，则在睡梦中用手谈进行想象的对谈。同时他们曾确实看到，在她睡眠不稳或者梦魂颠倒的时候，她就用她的手指头乱做起手势来，表达她的思想，这和我们在同样情况下，说话凌乱无序、含混不清，正是一样。

我翻阅了她的日记本，只见她的日记是用清楚整齐、容易认识的方体字写的，所用的词句，不必加以解释，就可以使人了解。坐在她身旁的一位教师，听见我说我很想看一看她写字，就和她打手谈，叫她在一张纸上，写她自己的名字，写了两遍或三遍。在她写的时候，我看到，她右手拿着笔，却老用左手按着右手，并且跟着右手动。没有任何东西指示纸上的行列，但是她写的时候，却行列平正，笔道流利。

[①] 郝博士（S. G. Howe, 1801—1876）：美国慈善家。他于1832年作了泊金会和马萨诸塞州盲人院的监督。

直到现在，她完全没意识到有参观的人在她跟前；不过在她把她的手放到陪伴我那位绅士的手里那时候，她马上就把那个人的名字在教师的手掌上表示出来。她的触觉现在确实发展到非常精细的地步，精细到只要是她摸过的人，不论过多久，她都能认识。我可以断言，陪伴我们的这个绅士，并不常和她在一块儿，并且确实有好几个月没见到她。她一摸我的手，就一下把我的手甩开了，她对一切生人都是这样。但是她摸着我太太的手的时候，却显然感到快乐的样子握住不放，并且还吻她，还以女孩子所特有的那种好奇和兴趣，仔细摸她穿的衣服。

她快活、高兴；和她的教师接触的时候，显出一派天真烂漫、喜爱玩笑的情形。她有一个她喜爱的戏侣与同伴，也是一个瞎眼的女孩子；如果她认出来那个女孩子，而那个女孩也默默地同样感到未来的意外快乐，坐在她身旁，那时候，她那种快乐，叫人看着，实在觉得优美。在那时候，起初从她嘴里发出一种怪声，叫人听来，感到有些难过；在我参观的时间里，有两三种情况，也使她发出了那样的声音来。但是在她的教师轻轻在她的嘴唇上碰了一下以后，她就立刻不吱声儿，而大笑着很亲热地抱起她的教师来。

我以前还到另一个屋子去参观过。在那个屋子里，有几个瞎眼的男孩子，正在那儿打秋千，爬绳子，做各种游戏。我们一进门儿，他们就都对陪伴我们的助教嚷着说，"看我，哈特先生，请您看我，哈特先生。"我当时想，即便在这种喊声里，都可以看出来，他们在他们那种情况下特有的焦灼心理，那就是说，他们愿意别人看见他们所作的那种轻巧敏捷的小小活动。他们中间，有一个爱笑的小家伙,正离开众人,站在那儿,自己单独作一种练两臂和胸部的体操;他对于这种体操很感快乐,特别是在他一伸胳膊,把胳膊碰在另一个孩子的身上的时候。这个小男孩,也和劳拉·布利直曼一样,又聋,又瞎,又哑。

郝博士给这个孩子初次受教育写的报告,使人感到特别有意思,和劳拉本人有特别紧密的联系,所以我不由得要摘录下一小段来。我可以先这样介绍一下:这个孩子叫欧利佛·卡司维尔,十三岁;他三岁零四个月以前,各种器官,完全正常。他长到三岁零四个月的时候,得了一场猩红热;病后四星期,他的耳朵聋了;又过了几个星期,他的眼睛瞎了;到了六个月的时候,他也不会说话了。他时常在别人谈话的时候,先摸那个人的嘴唇,然后再摸自己的嘴唇,好像要搞清楚,他自己的嘴唇,也生得很正常似的;从这里可以看出来,他对于他的哑巴,是很感焦灼的。

"他刚一来到这个机关,"郝博士说,"他的求知欲就明显地露出,因为他急切地把他那新环境里每一件他能摸到或嗅到的东西,都仔细地考察了一遍。举例来说,他有一次踩到一个炉子开关板上,跟着他马上就伏下身去,用手摸这对开关板,他不久就发现,上层板是怎样安在下层板上面的。但是这样他还不满足,所以就躺下去,把脸贴在板子上,先用舌头舔上层板,后用舌头舔下层板,最后好像发现,这两层板子是用不同的金属做的。

"他表达思想感情的动作是生动的,他的纯粹自然语言,那就是说,哭、笑、叹气、接吻、拥抱等等,都和好人一样。

"他用他的模仿力作指导所作的比划表达方式,是可以叫人猜得出它的意思来的——例如他把手摆动,表示小船的动作,用手划圈，表示车轮子之类。

"教育他的时候，第一步就是得把他这种表达方式给他打破了，用纯人为的方式来代替它。

"我利用以前的经验，把旧办法里的步骤，省去了好几步，一开始就教给他用手谈的方式。这样，我先拿过几样名字简短的东西来，像杯、碗、盆之类，再告诉劳拉，叫她做我的助手，我就坐下，把他的手拉着，放在这些东西的一件上面；跟着用我自己的手，比划着拼'杯'这字的字母。他急切地用两只手来摸我的手，在我重复以前的动作那时候，他显然在那儿尽力模仿我那些指头的动作。过了几分钟以后，他就能用一只手摸着我的指头，把另一只手伸着，尽力模仿我的动作了，模仿对了就哈哈大笑起来。劳拉就在他身旁，她对于这个兴趣之大，都使她发起抖来；他们两个表现了一幅很奇特的画图：只见她，面色发红，表情焦灼，小指头跟着我们的每一个动作，在我们两个的指头中绕来绕去，但是绕的时候，却那样轻巧，决不至于妨碍了我们的动作；欧利佛呢，就聚精会神地待在那儿，把头微微歪着，把脸往上仰着，左手抓着我的手，右手伸着。对于我每一个动作，他脸上都表示出极度的注意来；在他尽力模仿我的动作那时候，他脸上是一片焦灼；他认为他也能做出我的动作那时候，他脸上就微微露出笑容；他的模仿一下成功，他知道我在他头上拍那时候，他的微笑就马上变为快乐的大笑；这时候，劳拉就热烈地拍他的背，乐得又蹦又跳。

"他在半点钟里，学会了六七个字母，他好像对于自己的成绩觉得很高兴，至少在他得到我的夸奖那时候是那样。半点钟以后，他的注意力开始松劲了，我于是就和他一块儿玩起来。显然易见，在刚才那一切动作里，他只是纯粹模仿我那些指头的动作而已，他把手放到杯、碗、盘等等东西上面，也只是作为模仿程序里的一部分；他对于手势和物件之间的关系并没有任何认识。

"他玩腻了，我又把他带回桌子旁边；他很愿意重新开始他的模仿程序。他不久就学会了拼'笔''钟''钥匙'这几个词的字母，同时，通过把每件东西重复地往他手里放的办法，他到底看出来我所要他知道的那种字母和东西之间的关系了。显然可见他看出这种关系，因为我把拼'针''笔'或'杯'的字母比划出来以后，他就能把字母所代表的东西挑出来。

"他第一次认识到字母和东西之间的关系，不像劳拉第一次认识到这种关系那样，他心里没透出聪明的灵性，脸上没露出欢乐的笑容。于是我把这几件东西都摆在桌子上，带着孩子们，稍微离开桌子一点，叫欧利佛用手指头拼出'钥匙'这个名词的字母；他这样一来，劳拉就走到桌前，把钥匙拿了过来。那个小家伙好像觉得这个很好玩儿，脸上非常注意，露出笑容。我于是又让他做手势拼'面包'这一个词的字母；他做了那样手势以后，劳拉就一转眼的工夫给他拿了一块面包来。他先把面包闻了一下，又把它放在嘴唇上，露出如有所悟的样子把头一歪；跟着又好像思索了一会儿；于是马上大笑起来，这一笑的意思，好像是说，'阿哈！我现在懂得了，原来这么一来，会有这种结果。'

"现在可以清楚地看出来，他有学习的能力和心意，他正是教育的适当对象，只要对他有恒，对他留意就成了。因此我就把他交给了一个聪明的教师，相信他一定会很快地进步。"

劳拉·布利直曼那颗不见天日的心灵里,头一次射进去了一线之光,因而对于她有了现在这种希望那一瞬的时间,是这位功德无量的绅士最欢喜的一瞬,他叫那一瞬是可喜的一瞬,这本是应该的。在他整个的一生中,不论多会儿,他回忆起那一瞬的时间来,他都要觉得,那一瞬就是他那纯洁、永新的快乐所由来的一种源泉,那一瞬的时间,即使他这种为别人谋福利的高尚一生到了暮年,也要同样辉煌地放出光芒。

　　他们师生之间那样亲爱,迥不同于寻常师生之间的尊敬与爱护;也就像使那种亲爱情义发生的情况迥不同于寻常的生活那样。他现在正研究如何能教给她更高的知识,如何能使她对于宇宙伟大的创造者有应有的了解,这个宇宙对于她无色、无光、无声、无臭,但是却使她领略到深厚的喜爱和快乐。

　　你们这些视而不见、听而无闻①的人啊,你们这些假冒为善、面带忧容、故意愁眉苦脸、好叫人认为你们禁食②的人啊,你们应该跟着这个既聋又瞎且哑的人学,学她那样舒畅,那样愉快,学她那样温良,那样知足!你们这些自命为圣贤而紧锁眉头的人,这个目无视、耳无闻、口无言的孩子,可以教导一些你们极应遵从的道理。让她那可怜的手轻轻地放在你们的胸前好啦,因为那双手的接触中救苦、医疾的能力,也许有的地方可以和伟大的主同气连枝,你们本来把这个伟大的主所给的训诫都误解了,把他

---

①　视而不见、听而无闻:见《新约·马可福音》第8章第18节等处。
②　《新约·马太福音》第6章第16节:你们禁食的时候,不可像那假冒为善的人,脸上带着愁容。因为他们把脸弄得难看,故意叫人看出他们是禁食。

所给的教导都枉屈了，至于他对于全世界所表示的仁恕和慈爱，你们也和你们慷慨用坠到地狱来威吓的堕落罪人中间最坏的那些一样，没有一个在你们的日常生活中了解领会的。

我站起身来，要离开那个屋子的时候，有一个服务人员的小孩子，一个美丽的小孩子，跑来和他父亲打招呼。在那一刹那里，我看见那个视力正常的孩子杂到一群眼不见物的孩子中间，我所感到的痛苦，也和我两个钟头以前看见门廊下面那个失明的孩子所感到的一样。啊，走到屋子外面，只见外面的光景，和屋子里面那么些不见天日的小小生命一比，更显得一片光明，更显得一片深深的蔚蓝，固然先前外面的光景也就够光明、够丰富的了。

在叫作南波士顿的地方，有好几个慈善机关，都丛聚一起，它们的位置，也都十分合于它们的目的。这些慈善机关之中的一个是州立疯人医院。这个医院，是按照那种以友爱感化为主的开明原则进行管理的。这种原则，在二十年前，让人看作坏不可言，坏得甚于异端邪说，但是在英国汉维尔的贫民疯人院①里，却由于采用了这种原则而获得了很大的成就。"即便对于疯人，也要表示一种有信心，肯信赖的愿望来"，我们顺着穿堂走去的时候，住院大夫这样说；我们走着的时候，疯人都毫无拘束地往我们身旁拥上来。如果有人看到这句格言实行之后的效果还对这种原则怀疑，那关于这样的人，我只能说，在他们被告犯了疯癫而受审判的时候，我希望千万别找我做陪审员，因为只就他们还怀疑这种原则这一点上说，我就认为足以证明他们神志失常，而要说他们

---

① 汉维尔在伦敦西约七英里，那儿的疯人院可容一千人。

是疯子。

在这个疯人院里,每一座病房都是一个长穿堂或者过道的样子,病人的卧室,就把门开在穿堂的两边。他们就在这个病房里,工作、读书、玩九柱戏和别的游戏;如果天气不允许他们作户外运动的时候,他们就一块在那儿消磨长日。在每一个这样的病房里,杂在一群女疯人(有白人也有黑人)中间,安安静静并且事有当然的样子,坐着大夫的夫人和另一位女士,还带着两个小孩,这两位女士态度优雅,容貌端丽,不难一眼看出,她们身在病房这件事本身,就对于围在她们身旁那些病人,有很大的有益影响。

有一个年事渐长的女人,头靠着壁炉搁板,端着威仪俨然、文质彬彬的架子,坐在那儿,身上穿的是华服丽裳的残片剩段,和买直·维尔德斐尔①穿的一样。特别是她头上布满了纱片、布头和纸片,插着许多奇奇怪怪的针头、钉头和簪把,因此把个头弄得和一个鸟巢一样。她在想象中自认为戴了满身珠宝而容光焕发,她戴着一副金边眼镜,这却没有疑问是真的金边。我们走近她跟前的时候,她态度文雅地把一张油垢沾污的旧报放到膝盖上;我认为,那张报一定登载着她在一个外国宫廷里召见的新闻,而她正在那儿看那段新闻呢。

---

① 买直·维尔德斐尔:司各特的小说《米德娄什安的心》(爱丁堡监狱诨名)(*The Heart of Midlothian*,1818)里的一个人物。她是一个神志失常的女人。在义民打开监狱的时候,有一个人,都叫他是买直·维尔德斐尔,化装女人,指挥他们。法庭根据这个线索,传买直·维尔德斐尔讯问她。在第14章里,她在检察官面前出现的时候,身上光怪陆离地穿着一件蓝骑马夹克,缘着年久失色的花边,头上是苏格兰帽,装饰着凋零的鸟羽,下身是猩红薄呢马裙,绣着年久失色的花朵。

我这样不惮烦地把这个疯妇描写，因为从她身上可以看出大夫都用什么方法取得病人的信心，保持病人的信心。

"这一位，"他高声说，一面拉着我的手，以极有礼貌的态度，走向那个光怪陆离的女人——同时凡是可以使她疑心（即使极轻微的那种疑心）的低语或神情，都一概避免，也不对我交头接耳或者单独进行谈话。"这一位女士，先生，就是这一所大宅子的女主人。这所大宅子都是她的。其他的人，都和这所房子没有一丁点儿关系。您可以看出来，这是一个大户，需要好些人伺候。她的穿戴用度，你可以一见就看出来，都是最华贵，最豪奢的。她很和蔼；我来看她，总没有挡驾的时候；还蒙她容纳我和我太太一家住在这儿。在这些方面，我们都非常感激，那是不用说的。你看，她非常彬彬有礼——她听了这句话，以自贬身份的态度鞠了一躬——不惜屈驾就教，允许我唐突冒昧，把你介绍给她。这是从英国来的一位客人，夫人；他一路饱受风浪之苦，刚刚来到这儿——他是狄更斯先生——这是这所房子的女主人！"

我们两个，以极庄严的态度，极尊敬的礼貌，互相交换了最尊荣威严的问候，才分了手。别的疯妇，对于这种诙谐，好像完全了解（她们不但对于这一次诙谐，对于所有别的诙谐，也都了解，但是在关系到她们自己的时候，就不了解了），并且觉得这种诙谐非常可乐。我在同样的情况下，了解了她们每个人各自所患的不同疯病。我们离开她们的时候，她们无人不是一团高兴。按照她们性质不同、程度各异的幻觉和错觉而采用上面说的那类办法，不但可以在医生和病人之间建立起彻底的信赖，并且也很容易了解到，有许多机会，可以抓住她们任何清醒的时候，使她们看到自己在幻觉中最龃龉矛盾、最滑稽可笑的一方面，因而惊醒过来。

在这个疯人院里，每天吃饭的时候，每人都有一把刀子和一把叉子，医生就和他们杂坐在一起（医生对待他们的办法，我前面已经描写过）。在每一次吃饭的时候，疯人中间疯得顶厉害的那些人所以没有拿刀子把别人的咽喉拉了，完全是凭道德的感化，约束了他们。在这个疯人院里，这种感化的效果，达到了绝对可靠的程度，并且，即使用它作约束的手段，它比有了世界以来，由偏见、愚昧和残酷而发明的腰衣、手铐、脚镣，在效果方面，都不止大一百倍，更不用说用它作医治的手段了。

在工作车间里，每一个疯人，都像好人一样，毫无拘束地把他工作所用的工具交在他们手里。在园子里和农田上，他们用锹、耙、锄一类工具工作。在娱乐方面，他们散步、跑步、钓鱼、画画儿、看书、坐在特为给他们预备的马车里到外面兜风。他们中间有一个缝纫社，专为穷人做衣服；这个社也开会，也作决议案，而却从来没有像我们知道的在其他地方好人开会那样，一来就挥拳动刀；他们进行会议的时候，都是文质彬彬到极点的。他们那种暴躁易怒的脾气，都因为从事这些活动而烟消雾散，要是没有这些活动，那他们就该在他们的皮肉、衣服和家具上，找发泄的出路了。他们都老是兴致勃勃、举止安详、身体健康。

他们每星期开一次跳舞会，医生、医生的家属、护士和服务员，都踊跃参加。他们随着钢琴活泼生动的伴奏而跳舞，而走步，二者交替进行。有的时候，有的绅士或女士（他们的优点以前就证实了的）给大家唱歌。歌声从来没有在唱到动情的节骨眼那时候变成狂嗥或尖叫；我得承认，我原先本来还担心来着，认为危险就在那种节骨眼上。他们的舞会,开始的时间很早,八点钟吃一回点心,九点钟散会。开会的时候,他们全体,自始至终,都是文质彬彬、礼貌周全的。所有的人,在仪容和态度方面,都跟着医生学,而医生呢,则是他们中间的切斯特菲尔德①。这种娱乐会,也跟别的集会一样,是妇女中间好些天内容丰富的谈话资料,而男士们呢,就都那样想在舞会上大出风头,以至于他们有时竟让人发现,在私下里练习跳舞的步法,以备在跳舞会上大显身手。

显而易见,这种制度的特点之一是,即使在这班不幸的人中间,也要鼓励他们,教导他们,要他们有体面的自尊心。在南波士顿所有的机关里,这种精神或多或少地普遍存在。

那儿有一个机关叫励勤院。在那儿,有一部分,专收由于年老或其他原因而没有办法的贫民。在那一部分里,可以看见这一类的话写在墙上:"谨守勿忽:自治、恬适、平静是幸福。"那儿并没有人这样假定,这样视为当然,说:凡是到那儿来的人,就都不会有好心眼儿,就都不能不坏,所以应该老拿威吓他们的话,强制他们的办法,来吓唬他们。他们一进门所遇到的,只是前面说的那种温柔和善的呼求,屋里的一切,都很朴素而简单(这本是应该的),但是虽然朴素简单,却是以保持安静、使人舒服为目的而安排的。这种安排比起别的安排来,也并不多费钱,但是这种安排里,却对于那班弄得只能在这儿找一个栖身之地的人们,

---

① 切斯特菲尔德(Chesterfield,1694—1773):英国十八世纪一个伯爵,政客、演说家兼作家,他在给儿子的书札中,教导他立身处世之道,以如何做坏事而雍容尔雅出之为主。

含有无限的体贴,使他们的感激之心一下就油然而生,学好之念,一下就自然而发。他们住的地方,不是那种分成一长溜、一长溜连接、蔓延的病房,衰老病弱的人们,得在那儿把大部分的生命消磨在愁苦、无聊中,得在那儿整天价冻得发抖;他们住的房子是一所大楼,分成单间,每个单间都同样可以受到日光和空气。他们都想把各自的房间收拾得舒适、整齐,从这里可以看出他们都有努力向上,俭侈适中的自好之心。

我不记得任何房间,有不洁净、不整齐的,窗台上有没摆着一两盆花的,搁板上有没摆着盘碗的,墙上有没挂着带颜色的画片儿的,门后有没挂着木壳的钟的。

孤儿和儿童住在和这座楼相连的另一座楼里,虽然和这座楼是分开的,但是却是属于同一机构。这些儿童中间,有的非常地幼小,楼梯为了适应他们那种小小的脚步,都得用小人国里的尺度来量才成[①]。对于他们年小力弱的体贴,同样地表现在他们坐的椅子上,那些椅子,精巧细小,和贫民玩具娃娃房子里的家具一样。我可以想象到,我国的贫民委员会的委员们,想到这些小小的座儿都有背儿和扶手,一定会大发一噱;但是既然儿童幼嫩的脊椎,早就有了,在他们坐在萨默塞特大厦里从事救济工作以前就有了,所以我认为,即使这种设备也是慈悲仁爱的。[②] 在这儿,

---

① 英国作家斯威夫特的《格列佛游记》里小人国一切人和物,都是平常人和物的十二分之一。

② 英国的贫民委员会是以残酷出名的,所以他们认为给儿童的椅子安椅子背和扶手是可笑的。萨默塞特大厦是伦敦的一个建筑,在河滨街;里面是政府各机关的办事处,贫民委员会也在其中。

我同样地看到墙上的标语而高兴；那些标语，都是一条一条的寻常道德格言，很容易记，很容易懂；其中有"彼此相爱"——"上帝对于他所造之物中，虽极小也都关怀"之类，以及同样性质的简截格言。这些小学生里最小的那些所用的书，所做的功课，也同样地周到体贴，也都是按照他们孩提的能力安排的。我们看了他们的功课以后，四个小不点的女孩子（其中之一是个瞎子）合唱了一个短歌，歌里说的是快乐的五月；但是由于这个歌很凄凉，我却觉得它更适于英国的十一月。她们唱完了歌以后，我们就上楼去参观她们的卧室；在这些卧室里，一切安排的美好和温存，都不下于我们在楼下所看到的。我看到了，那儿的教师，在性格方面，也和这个地方的精神是一致的，所以我跟这些孩子告别的时候，我心里那样轻松，是我向来跟贫民孩子告别的时候还没有过的。

附属在这个励勤院的，还有一个医院，那儿也是秩序顶良好，同时，我很高兴地说，有好些床位是空着的。但是它有一个缺点——这是美国所有的室内共同的缺点——那就是说，屋子有一个该死的炉子老在那儿，烧得红彤彤的，使人气闷，简直是和一个魔鬼一样，炉子里冒出来的烟，能把天下最清新的空气都弄得浑浊起来。

在这块地方附近，有两个专为男孩子设立的机构。一个叫作波艾尔司屯学校，是专收容那些没有人管、但是却没犯过任何罪的穷苦孩子的；他们虽然没犯过罪，但是如果不把他们从要吃人的街上收容到这儿，那他们在事序推移的常态下，会很快就变成犯罪的人。另一个专收容犯过罪的少年，叫作自新院。这两个机构设在一所房子里,但是这两种孩子却从来没有接触。

波艾尔司屯学校的学生,在外表方面,比起别的机构来,都好得多,这本是一下就可以想得到的。我到他们那儿参观的时候,他们正上课,他们能不用看书本,就正确地回答下面这一类问题,像英国在什么地方?离美国有多远?人口有多少?她的都城叫什么?她是什么政体?等等。他们也唱了一个歌,歌里说的是农人播种的劳动;他们唱到下面这种地方的时候,像"他就这样播种","他转过身来","他拍手"之类,他们还作出和字句相应的动作;这种动作使他们对于唱歌发生更大的兴趣,同时又训练他们,使他们习惯于作整齐划一、相互协作的行动。看来他们教育得很好,而在吃的方面,也很不错,不亚于教育方面,因为我从来没见过脸那样胖,腰那样壮的孩子。

那班犯罪的少年,在外表方面,可就差得远了;在这个机构里,还有好些黑人的孩子。我首先看到的是他们工作的情况(编筐,做棕叶帽子),以后又看到他们上课的情况,听他们唱了一个赞美自由的歌——这个题目,对于囚人,得说是格格不入,同时,我们觉得,要使他生起烦恶之感的——这些孩子一共分成几班,每一班都用一个数目表示,戴在胳膊上的徽章上。一个刚到这儿来的孩子,先安插在第四班里,那也就是最低的一班。以后,如果他守规矩,好好地学,他就可以逐渐由第三而第二,而升到第一班。这个机构的计划和目的是:用坚定而和蔼、合理而明智的待遇,使犯罪的少年得到改造;使他们的监狱,由腐蚀他们的道德,恶化他们的行为那种地方,变为净化他们的思想,改善他们的行为那种地方;使他们深入人心,牢牢记住,如果他们想要过幸福的生活，只有一条道路，那就是勤苦的道路；教导他们，如果他们向来没在这条路上走过，现在应该如何在这条路上走；如果他走迷了路，应该如何回头：总而言之，要从毁灭中把他们救出来，使他们成为社会上一个悔过、有用的成员。这种机构的重要性，不论从哪一方面看，不论是为整个人类着想，还是为社会政策着想，都是不言而喻的。

我再把这种机构的一个说一下，来结束我关于这一方面的记叙。这个机构是州立自新所；在这个自新所里，静默是要严格遵守的一条规则，不过这里面的囚人可以互相见面，一起工作，因而得到精神上的宽解和安慰。这是监狱纪律的改良办法。我们曾把它输入了英国，并且在过去几年中行之有效。

美国是一个新兴起而人口不过多的国家，所以在她的监狱里，她都有一种方便，那就是，她能给她的囚人找到又有用处、又有利益的工作；而在我们英国呢，连从来没犯过罪的老实人都往往找不到工作，我们反对囚人工作的偏见，自然要强烈，自然要几乎不可克服了。即便在美国，把囚犯劳力和自由劳力放到一起，使它们竞争这个原则，也已经有许多人反对，并且反对的人，还要与日俱增，因为在二者的竞争中，显然易见，自由劳力要吃亏的。

但是就是由于这种原因，我国最好的监狱，刚一看起来，好像比美国最好的监狱管理得更好。因为，囚徒可以不甚作响，甚至于不作一响而踏着脚踏轮[①]；甚至于五百个囚徒可以在一个屋

---

① 脚踏轮：用脚踏的力量使之转动的轮子，是从前英国狱里使囚人服劳役的一种方法。

子里摘麻刀而鸦雀无声,同时,这两种劳力,监视起来都可以滴水不漏,无隙可乘,所以即便因犯中有想对别人说一句话的都绝对不可能。反过来看,织布机、打铁炉、木匠的锤子和石匠的凿子,都是声音嘈杂,震聋发聩的,大有利于交谈的机会——尽管这种机会时间短促,行动匆遽,但是机会终归是机会——而这些工作本身,既然要工人在一起做,往往还要工人肩并肩地做,而他们中间又没有任何栅栏槅子,把他们互相隔开,这种情形自然随时可以给囚人通话的机会。同时,如果一个参观者,看到一群人,在那儿只做他在户外熟睹惯见的平常劳动,又看到同样的人,在同一地方,穿着同样的衣服,却做的是到处都认为是身犯重罪的囚徒在狱里所做的卑贱劳动,如果在这种情况下,他想要使头一种光景在他心里引起来的印象,抵得过后面那种光景所引起的一半那样强烈,那他不经过一番思维和推理,就不容易办到。我到了美国州立监狱或者改过所①里的时候,刚一起始,我很难使自己相信,我真正在狱里,真正来到一个卑鄙下贱、受苦难、受惩罚的地方。因此一直到现在,我还是怀疑,那种以慈爱仁恕自夸,说监狱不像监狱那种说法,是否是根据处理这件事的明智办法和合理想法而来的。

我希望,关于这一点,不要有人误解我,因为我对这一点,感到强烈而深厚的兴趣。我不喜欢那种病态的感情,把著名的罪犯所说的每一句欺心骗人的假话,或者每一次痛苦流涕的悔恨,都作为新闻报道的资料,作为大家同情的对象;我也同样不喜欢熙洽盛世的那种熙洽盛事,把英国弄得一直到乔治第三那样近的

---

① 编者注:即"自新所"。

时候，在刑法法典和监狱条例方面，还是世界上最嗜杀成性、最野蛮残酷的国家之一[1]。如果我认为对于新兴的一代有好处的话，我能够很高兴同意把高尚文雅的那些路劫匪徒的尸骨（他们越文雅，我越高兴）从坟里刨出来，把它们一块一块地挂在我们认为轩敞的指路牌上、栅栏门上，或者绞人架上，高悬示众；我由理性上，深深地相信，这些人都是毫无价值、荒淫无度的恶徒；我同样深信，当时的法律和监狱，使他们对于罪恶的行径习以为常，他们那种令人惊奇的逃脱，都是狱吏的成绩，因为那些狱吏本人，在那种所谓熙洽的盛世，本来也都是杀人放火的匪徒，自始至终，都和狱里的匪徒你兄我弟，酒肉征逐。同时，我知道，像所有的人知道的或者应该知道的那样，监狱纪律这个问题，对于任何社会都是非常重要的；美国这一方面所作的彻底改革和给别的国家树立的榜样，表示她有极大的智慧，极大的慈爱和高远的政策。我把美国的制度和英国模仿美国制度相比的时候，我只想表示出来，我们的制度，固然有它的缺点，但是也有它的优点。[2]

---

[1] 英国的刑法，一直到十九世纪初年，还是异常残酷，异常不合理。死刑的条文极多。偷值几先令的东西也是死罪。

[2] 除去囚徒的有用劳力所得的利润以外（这种利润，我们永远也不能希望会有多大，也许我们也不应该想法取得），在伦敦，有两个监狱，无论从哪一方面看，都得说比美国我所看到、所听到、所读到的监狱，同样地好，有些方面，还毫无疑问，比它们更好。一个是陶特希尔斐尔兹监狱，是由海军上尉阿·夫·特锐西管理的；另一个是米德尔塞格司改过所，由吉士特尔屯先生监督。这位先生还在公用机关里有差事，他们两个都是开明而优越的人物。想要找比他们更好的人，像他们那样坚定、那样热诚、那样明智、那样人道，来执行职务，是很难的，想要把他们管理的机关里那种良好的秩序和完善的安排加以改进，也是很难的。——原注

因为谈到改过所，才引出前面这一番话来。这个改过所，和别的监狱不同，在它外面围绕它的不是森严的壁垒，而是又高又粗的木桩做成的寨栅，有些和我们在东方的画片儿和照片儿上所看到的那种养象场那样。那里面的囚徒，都穿着二色条服，那些被判做苦役的囚徒，有的是做钉子的，有的是打石头的。我到他们那儿参观的时候，打石头的囚徒正在那儿给波士顿一个还在建筑中的新税关打石头。他们打石头的技术很熟，做得也很快，但是他们却都是到了监狱以后才学会了这种技术的，不是在狱里学的，恐怕是绝无仅有。

女囚徒都在一个大屋子里，正给新奥尔良和南方各州做夏季穿的衣服。她们也和男囚徒一样，工作的时候，默不作声；同时，和他们一样，也是由订合同叫他们工作的商人自己或者他派来的代表监视着。除了这种监视人以外，还有特别监视她们的狱吏，随时都可以来查看她们。

关于做饭、洗衣服等等设备，和我在国内看到的办法差不多。他们晚上安置囚犯的办法，则和我们的不一样；他们那种办法简单而有成效，是美国通行的。他们选一块居高临下的地方，四面围上墙，墙上开上窗户，好透阳光；在这个地方的正中间，盖上五层囚室，一层高一层，每一层前面，都有一溜铁做的轻便走廊，除去最低的那一层因为盖在地上而外，都有同样材料、同样构造的梯子通着。在这五层囚室后面，和这五层囚室背对着背、面冲着对面的墙的，有同样的五层囚室，也有同样的梯子通着。这样一来，在囚徒关在囚室里的时候，只用一个狱吏，背着墙站在地上，就可以一下看着囚徒的一半；另外那一半，有另一个狱吏在那一面看着——这两面囚室，都在一个大房子里。在这种情况下，除了看守人受了贿赂或者在岗位上睡着了而外，囚徒想要逃走是不可能的。因为即使囚徒能不弄出任何声音而把囚室的铁门用力开开（那简直是不可能的），但是只要他一出了室门，上了他的囚室通着的那个走廊，那他就非清清楚楚地露出全身不可，因而让下面的狱吏看见。这些囚室里，每一个都有一个小矮床，每一个床上睡一个人，永远没有睡两个人的时候。因为囚室的门不是实的，而是一道道栅栏做成的，同时门上也没挂着帘子和幔子，所以看守夜里巡逻、视查的时候，任何时间都能看到室里的囚徒是什么情形。囚徒的饭，每天都是由厨房墙上的小窗户那儿领，每人一份，领到了以后，拿到各人自己的囚室里吃，吃饭的时间是一个钟头，在这一个钟头里，囚犯就单独关在囚室里。这种安排，全体看来，我都觉得，极为可法，所以我希望英国要盖新监狱的时候，就照着这种安排来办。

他们告诉我，说在这个监狱里，看守的人员没有刀，没有火器，甚至于连棍子都没有；如果现在这种妥善办法继续用下去，那即使将来，在这个监狱里，也用不着任何武器，不论是用来打人的，也不论是用来自卫的。

南波士顿的几个机关就是这样！在这些机关里，收容了州内不幸的或者堕落了的公民，教给他们，他们对上帝和人类所应尽的职分，尽可能地在他们那种情况下小心在意地给他们舒服快乐；把他们看成是人类大家庭中的一分子那样而感化他们，不管他们苦到什么地步，穷到什么样子，堕落到什么程度；完全避免用强大的暴力（其实并不强大），而只凭伟大的爱力来管理他们。我所以这样不惮烦，比较详细地介绍这些机关，有两种原因：第一，这些机关，办得很好，应该这样介绍；第二，我打算拿这些机关作模范，遇到我们看到其他同样目的、同样企图的机关，可以用它们作标准来比较：比如说，某个机关，在某一方面，和美国机关比起来得说失败了，另一方面，和美国机关比起来得说办法不一样之类，我能做到这样，我就很觉满足。

我对这些机构所作的记叙，虽然并不完备，但是用意却很诚恳，通过这些记叙，我希望，我描写的那些光景所给我的快乐，读者们能了解到百分之一就够了。

一个英国人，看惯了威斯敏斯特厅①那一套，再看美国的法庭，一定要觉得奇怪，那也就和一个美国人，看到英国的法庭一定也要觉得奇怪一样。在美国，只有华盛顿最高法院里的法官，穿朴素的黑长袍；在一般法庭里审理案件的时候，没有戴假发、穿长袍子的。一个代讼师同时也是辩护士（在美国，不像在英国那样，把辩护和代理两种职务区分开来），所以他们和他们的委托人中间没有距离，也和英国破产债务人救济法庭上代讼师和他们的委托人中间没有距离一样。陪审员都很随便，能使自己怎么舒服就怎么舒服。证人也不比别的人高，也不比别的人特殊，所以，一个生人，在问案子的休息时间进了法庭，很难从旁听的人中间把证人指出来。如果遇上的是刑事案件，那他如果往被告席那儿去找犯人，十有八九不会找到；因为那时那位被告的绅士最可能

---

① 威斯敏斯特厅，即西敏寺厅，现为英国议会的前厅。但从十三世纪起，到1882年，主要英国法庭都设在那里。从前许多重要案件，像英王查理一世之判处死刑，都在那儿审问宣判。

的情形是，或者杂在法界里最知名之士中间逍遥闲坐，或者和他的辩护士咬耳朵，告诉他什么话，或者用小笔刀儿把旧鹅毛笔削成牙签。

我参观波士顿的法庭时，我不能不注意到美国法庭和英国法庭之间这种种不同。我看到，辩护士在进行侦查而讯问证人的时候，是坐着的，这也使我觉得惊讶。但是我看到辩护士还得把证人回答的话自己记录下来，同时我知道，他只一个人，并没有助手，我就这样琢磨来宽慰自己：在美国，打官司这件事，一定不像在英国那样费钱；我们认为必不可少的种种仪节，这儿一概没有，也毫无疑问可以使讼费减轻。

每一个法庭里，都有宽敞、广大的地方，容纳旁听的人。这是美国各地皆然的情形。人民有权力到法庭旁听，有权力对审理关切，是每个法庭都完全承认、明白承认的。在这儿，没有铁面狰恶的门警，把和颜温语当作了赈济的东西，迟迟不肯舍给，给的时候，也只是值六便士[1]那么一点。在这儿，我诚恳地相信，也决没有任何法官大摆其老爷架子。在这儿，凡是属于国家的，不论什么，都没有人拿着当展览品卖钱，也没有公务员当展出人[2]。我们近几年来，已经开始学习起这种好的榜样来了。我希望我们

---

[1] 英国法庭的门警要小费，至少要给他六便士，他才让你进去。狄更斯在他的《双城记》第2卷第2章里说：你要进老拜立（Old Bailey）（英国从前主要刑事法庭）的门，是要花钱的。他在《博兹特写集·在刑事法庭》里说，旁听的人，都是花了入场费的。

[2] 英国有一个时期，议会开会时，把议员当稀奇之物那样，任人观览，看的人由门警收半克朗的费用。见狄更斯《博兹特写集》中《议会速写》注。

以后继续学习这种好的榜样,并且经过相当的时间以后,把教长们和大教堂议会的会员们①也能化劝过来。

在一个民事法庭里,正审理一件因铁路事故而引起损害的案子。证人都盘问过了,辩护士正对着陪审员发言。那位学问渊博的绅士,正像他的一些英国同行那样,发起言来拼命地往长里拉,把一句话重来重去的本领非常地大。他讲话的主题是"火车司机华伦",他每说一句话,都要把这个人硬拽进去,为他服务。我听他听了有一刻钟的工夫,听完了一刻钟,我出了法庭以后,我对于这个案子里的是非曲直,还是一丁点儿的启发都没得到,这让我觉得我好像又回到了故国了。

在囚室里,有一个男孩子,因盗窃被检举,正等治安法官侦查。他们并不打算把这个小伙子送到普通的监狱,而是要把他送到南波士顿的改造所,在那儿教给他手艺,再在相当的时间以后,叫他认一个体面师傅作徒弟。在这种情况下,他的盗窃之被发现,不但不会使他以后遭受人所不齿的身世和走上凄惨的绝路,反倒可以像他们合情合理地希望的那样,把他从罪恶中改造过来,而成为社会上一个有用的成员。

对于我们的法庭里那些庄重严肃的仪节,我决不是不问青红皂白一概爱慕的,我认为,那些仪节之中有许多的还非常地可笑呢。我这个话听起来也许有些奇怪;不过我却真正认为,法官戴假发、穿长袍子,这里面毫无疑问,含有一些庇护法官的意味——因为把法官装饰起来,扮成角色,就可以使他们把个人的

---

① 教长们和大教堂的会员们是英国最顽固守旧的人。

责任卸却；在我国的法庭上，所以常见到执行法律的人，语言蛮横，态度傲慢，所以常见到应该为真理辩护的人，却歪曲事实，颠倒是非，都是前面那种仪节的鼓励所致。虽然如此，我还是不由得要怀疑，美国极力想要铲除旧制度里那些荒谬、滥污的东西，是否做得太过火而走到了另一个极端呢？特别是在像波士顿这样一个并不很大的社会里，几乎每个人都认识其余的人，是否应该把执法这件事，用一道人为的屏障围起来，以免法庭上也出现了"你兄我弟，咱们俩儿好"那种日常交往的气氛呢？在美国，执法所赖以成立的一切，像法官的高尚品格和伟大能力，不但在这儿，并且在别的地方，全都具备，而且这种具备是当之无愧的；但是它却也许还需要一点别的东西，这点别的东西，不是弄来给知情达理的人看的，而是弄来给愚昧无知、马马虎虎的人看的，这班人里面，包括一些犯人和许多证人。毫无疑问，美国的法庭，是根据"制订法律尽其职份的人必能尊重法律"这项原则而建立的。但是经验却证明，这种希望是一种错觉；因为，没有比美国法官知道得更清楚的了，一遇到有任何使群众兴奋的事情，法律是丝毫没有力量的，法律也一时无法使它的威信高于一切。

波士顿的社交场中整个的气氛是讲客气、有礼貌、文质彬彬的。妇女们毫无疑问都很漂亮——面孔都很漂亮；不过我的话只能说到这儿。她们所受的教育，和英国的妇女所受的完全一样，也不比她们的好，也不比她们的坏。关于这一方面，我听到一些很令人惊奇的故事；但是，既然我不相信这些故事，所以也就无所谓失望可言。不栉学士，在波士顿也有；不过，她们也和几乎所有的国度里同样性别、同样装束的学士一样，她们所期求的只是要别人认为她们优越，而不是要优越真正兑现。对于各自所信的宗教派别那样忠爱，对舞台娱乐那样憎恶，真足以作榜样。热烈地喜欢听演讲的妇女，在各个阶层中，各种情况下，都可以找到。在波士顿这类城市里所流行的一般地方性生活中，讲道坛的势力很大。在新英格兰所有的讲道坛上（除去神一体派①）特别的主题好像就是攻击一切天真无邪、合乎情理的娱乐。在这里，人们惟一可以得到兴奋的地方只是教堂、圣堂和讲堂；而妇女也就成群打伙地往教堂、圣堂和讲堂里跑。

不论在什么地方，如果人们把宗教当作烈酒一样地爱好，如果人们把它当作是躲开柴米油盐家常琐事那种单调生活的逋逃薮，那么，哪个牧师讲的道最富于刺激性，那个牧师也就最受欢迎。那班在往"永生"去的那条路上撒硫磺②撒得最多的，那班把路旁的闲花野草践踏得最无情的，一定会叫人认为是最正直的人；那班把"上天堂是最难的"这句话谆谆地老挂在嘴上的，一定会叫真正的信仰者认为，是决无疑问能上天堂的人，虽然他们得到这个结论用的是什么推理方式，是很难说的。在英国是这样，在外国也是这样。至于那另一种令人兴奋的东西——讲演，它至少有一个优点，那就是，它永远是新鲜的。第一个讲演还没完，第二个就来了，因此没有人记得到底讲了些什么；因此这一个月讲的东西，下一个月可以行所无事地重复一遍，而听的人仍然觉得新

---

① 神一体派：教会中的一派，和三一体派相对立。
② 撒硫磺：基督教的说法，地狱里有硫磺燃烧。屡见于《圣经》，也是讲道的人经常讲的。

鲜,对于它兴趣仍然不减。

地上的果子是靠地下腐烂的东西长出来的。从这种种腐败的东西上,在波士顿生长出来一派叫作"超经验论"的哲学家[1]。在我考查这个名词是什么意义的时候,有人告诉我说,任何不可了解的东西都一定是超经验的。因为我听了这个话,仍旧没得到多大的启发,所以我又作了更进一步的考查,于是我发现,所谓的超经验派哲学家,原来是我的朋友卡莱尔[2]的信徒——我也许应该说,这派哲学家,原来是卡莱尔那个信徒艾默生[3]的信徒;这位学者曾写过一本论文集,在这些论文中,固然有一些是耽于梦想,出于臆造的(请他原谅我用的这种字眼),但是多数都是合乎真理,有丈夫气概、老老实实、无所忌惮的。超经验哲学也偶尔有它的古怪之处(这是哪一派哲学能免得了的呢?),但是尽管古怪,它却也有它健康的成分在。这里面很重要的一点是:这派哲学对于虚言伪善衷心地厌恶;能敏捷地把这种伪善从它那万古长存的柜橱里捉出来,尽管它有千变万化的化身。所以,如果我是一个波士顿人,那我想,我也一定要做一个超经验派的哲学家。

---

[1] 超经验派:美国哲学及文学派别,盛于1836年到1860年。名目出于康德的哲学。从德国方面,受到费希特(Fichte)、谢林(Schelling)、歌德、诺瓦利斯(Novalis)等人的影响,从英国方面,则受柯尔律治、卡莱尔等人的影响。它是并不成为体系的唯心主义哲学,错误地主张宇宙是精神的,认为经验和理性都不可靠,只有通过直觉才能认识宇宙的真理。表现美国超经验派思想的作品里,以梭罗(Thoreau)的《瓦尔登》(Walden),艾默生的《论自然》《美国学者》等著作为最重要。

[2] 卡莱尔(T. Carlyle,1795—1881):苏格兰论文家兼历史家。

[3] 艾默生(R. W. Emerson,1803—1882):美国论文家兼诗人。

我在波士顿，只听过一个牧师，泰勒①先生。他是专对水手讲道的；他自己有一度也当过水手。他的圣堂坐落在一条窄而老的街上，靠着船桅林立的水边；圣堂上面，有一面鲜明的蓝旗在空中飘扬。讲坛对面的唱诗廊上，有一个小小的唱诗队，队员中男女都有，还有一个大提琴，一个小提琴。我到了圣堂的时候，他早已坐在讲坛上了；只见讲坛高起，下面是柱子拱着。讲坛背面挂着布幕，彩画生动，有些像舞台上的模样。泰勒先生看样子饱经风霜、面目峻厉，年纪约五十七八，有深深的皱纹，好像刻在脸上一般，有漆黑的头发，有严厉而锐利的目光。但是整个脸上的表情却让人看着舒服而愉快。礼拜仪式开始的时候，先唱圣诗，接着是临时的祈祷。祈祷词里重复的东西太多了，这本是一切这类祈祷所共有的毛病，但是祈祷里所表现的主义却平淡朴素，明白晓畅，流露出一种对人类全体同情和友爱的气氛；在对上帝祈求祷告的时候，本来应该这样，但实际却不常常这样。祈祷完了，他开始讲道，讲的题目是从《雅歌》②里摘出来的一句话。在礼拜还没开始的时候，就由会众中一个不知名的人，把这一句话翻出来，摆在讲桌上了。这一句话是："这个从荒野中，扶着良人的胳膊而来的是谁呢？"

他把这个题目用各种方式来讲，他把它拨弄成各种样子，但

---

① 泰勒（F. T. Taylor, 1793—1871）：美国美以美会牧师。幼孤，曾做过水手十年。热情和天生的口才，使他成为一个美以美会公理会教会的牧师。1830年，波士顿海员圣堂创立，他当选为该堂牧师。人们叫他泰勒爸爸。

② 《雅歌》：《旧约》的一部。下面所引的几句话出自该书第8章第5节。旧官话和合译本作："那靠着良人从旷野上来的是谁呢？"因上下文关系，改作现译。

是不管怎么拨弄，却永远很巧妙地，并且他有一种粗鲁不文的口才，都非常适合于他那些听众的了解能力。如果我没弄错的话，我觉得，他对于听众的感觉力和了解力那样注意，一点不错，远远超过他对自己的口给和辩才。他所表达的形象，都是取材于海上生活的，都是取材于水手生活中的日常琐事的，并且往往特别生动、恰当。他对他们讲"那位光荣的人物，纳尔逊"，对他们讲科林伍德①；他讲的时候，决不是"硬拖死扯"，像俗语说的那样，把不相干的话强插进来，而是使他的话自然而然达到他想达到的目的，同时，极端注意那些话的效果。有的时候，他说得兴奋起来的时候，他有一种很怪的动作——这是把约翰·班扬和伯尔雷的拜尔佛尔②合而为一——那就是：他把他的四开本大《圣经》夹

---

① 纳尔逊（H. Nelson, 1758—1805）：英海军提督，1805年，特拉法尔加战役，歼灭法海军。科林伍德（C. Collingwood, 1750—1810）：英国海军提督。特拉法尔加战役为副指挥，纳尔逊死后，代行总指挥职务。

② 班扬（J. Bunyan, 1628—1688）：英国讲道家兼作家。拜尔佛尔（Balfour of Burley）：司各特的小说《陈死人》（*Old Mortality*）里一个人物，"誓盟教派"（the Covenanters）或"凯冒娄尼安派"（Camoronian scet）武装斗争领袖。这儿说的怪动作，是指把《圣经》挟在腋下等等动作而言。因一般讲道，是把《圣经》放在讲坛讲案的小垫子上。但此处的怪，更特指《陈死人》第43章所写而言。那里说，拜尔佛尔失败之后，逃往深山僻谷、人迹难到的一个山洞中，他的一个老战友找到他的时候，只见他正站在山洞的正中间，一只手拿着《圣经》，另一只手则拿着拔出鞘来的剑，像和他的死敌作生死搏斗的样子，凶猛地喊，"来吧，来吧"，每喊一声，就把剑往空中一刺。"你来好啦，我这本书里就有足够的力量把我救出。"这样喊完了，把剑尖下垂，站住不动，像疯人发疯的劲头过了似的。至于班扬，则他的传记里，只说他讲道有力量，在劝导方面特动人。故此处之班扬和伯尔雷的拜尔佛尔合而为一，只是说，泰勒讲道，有班扬动人的力量，再加上拜尔佛尔的怪样子。

在腋下，一面在讲坛上来回地走，一面目不转睛地往会众中间看。他把他的主题应用到他们听众头一次集会那时候，把他们大胆敢于自成集团而使教会惊讶的情形描绘出来那时候，他就像刚才我说的那样，把书夹在腋下，停顿了一下，然后又接着说：

"这些人都是谁？他们都是谁？——这些家伙都是谁？他们都是从哪儿来的？他们都是要往哪儿去的？——从哪儿来的？你们怎么回答这句话？"——他把身子探到讲坛外面，用右手往下面指着："他们是从下面来的！"说到这儿，他又把身子站直了，看着他面前的水手们说，"他们都是从下面来的，我的好兄弟。他们都是从装满了罪恶的大舱里面来的，舱门叫恶徒钉死了，把你们都关在舱里。你们都是从那儿来的！"——说到这儿，他又在讲坛上来回走了一趟。"你们要往哪儿去呢？"说到这儿，他突然站住："你们要往哪儿去呢？要往上面去！"——于是他把声音放低，很柔和地说，"往上面去！"——又把声音提高一点："往上面去！"——把声音提得更高："那就是你们要去的地方——那儿刮的是顺风——那儿一切都完备整齐、干净俏丽，光辉灿烂地往天堂驶去；那儿没有惊涛骇浪，那儿没有险恶天气，那儿恶人不再捣乱，疲劳的人得到休息，"[①]说到这儿，他又来回走了一趟，"我的朋友，你们要去的地方就是那儿。不错，就是那儿。那就是你们要去的地方，那就是你们的海口，那就是你们的海港。那是一个幸福的港湾。在那儿，不管顺风逆风，不管涨潮落潮，永远都是风平浪静的。那儿没有撞到礁石上的危险，没有拖着锚叫浪打

---

① 引用《旧约·约伯记》第3章第17节。

到外海的危险。那儿只有平静——平静——平静！"——说到这儿，他又来回地走了一趟，把腋下夹的《圣经》轻轻拍了一下："怎么，这些家伙都是从旷野中来的？是吗？不错，是。从充满了罪恶的荒山旷野那儿来的，那儿惟一的收成就是死亡。不过他们没有人可扶吗，这些可怜的水手，没有人可扶吗？"——往《圣经》上拍了三下："呃，有，他们扶着他们亲爱的人，"又拍了三下，"他们扶着他们亲爱的人，"又拍了三下，还走了一趟，"引航的人，指路的明星和定方向的罗盘，三者合而为一，对于每一个水手都是这样——就在这儿，"——又拍了三下，"就在这儿。有了这个，"又拍了两下，"即便在最大的危险中，他们都可以放心大胆执行他们水手的职务。他们，即便这些可怜的家伙，都能从旷野中来，扶着亲爱的人而往上去，往上去，往上去！"——他把这句话每重复一遍，就把他的手往高里举一下，到后来，他把手一直举到头上，一面带着神情奇异、如在梦中的样子看着他们，一面把《圣经》胜利地贴到胸前，接着他又慢慢地转到他讲演的另一段。

我把他这段讲词记下来，只作一个例子，表示他那种讲法的古怪，而并不是要说他那种讲法的优点；不过，如果我们把他这种古怪讲法，和另外两点——他讲道的时候所表现的神气和态度，以及听他讲道的都是什么样的人——联系起来看，那么，我们可以看出来，即便他的古怪之处也有引人注意的地方。不过，他所以给了我那样好的印象，也可能是受了下面这两点的影响而来：第一，他使他的听众了解：笃信宗教和心性快活，各尽其职，并不矛盾，不但如此，宗教还毫不苟且地要求他们心性快活，各尽其职呢；第二，他告诫他的听众，叫他们不要对于乐园和乐园里的慈爱采用垄断手段。我从来没听见过有讲道的对这两点那样明智地谈过（如果我曾听见过有人讲过这两点的话）。

我在波士顿，了解这些情况，安排我下一步旅行的日程，参加波士顿的社交，就把我在波士顿的时光都占去了，因此我认为，我没有把这章书再拖延下去的必要。至于那儿的风俗习惯，我还没有提到的，只用几句话就可以说完了。

那儿平常吃正餐的时间是两点钟。请客宴会的时间是五点，晚会很少闹到十一点钟以后的。所以，一个人，即便是赴热闹的酒会，也得在半夜以前到家，否则会于他大不方便。在波士顿的宴会上和伦敦的宴会上，我看不出任何不同的地方，但是有几点却不一样：在波士顿，一切集会，都是在合情合理的时间内举行的；会上的谈话，也许声音高一些，但是气氛却更欢畅；客人得跑到最高的一层楼上去存大衣；在大餐宴会上，他一定能看到桌上有非常多的家禽，在晚餐宴会上，他一定能看到两个硕大无朋的碗盛着热气腾腾的煮蛎黄，每个碗都那么大，一个长到半人高的克莱锐司公爵，要在那种碗里淹死[①]，并不用费什么事。

波士顿有两个剧场，都是地方宽敞，建筑美观的，但是不幸，光顾的人却很少。那几位到那儿去的妇女，像理当如此那样，都坐在包厢的前排。

酒吧间总是一个石头铺地的大屋子，人们整晚上在那儿闲立、抽烟、逍遥、游荡；他们愿意什么时候来就来，愿意什么时

[①] 狄更斯的《儿童英国史》第23章里说，据说，英国国王许克莱锐司公爵自择死的方式，他选择了在麻姆西葡萄酒桶里淹死。这也是一般英国史里的说法。

候走就走。在那种地方，一个生人，可以对于种种奇酒的不传之秘（奇酒里有糖水金酒、鸡尾酒、三格里酒、薄荷白兰地、车里、考布勒、丁白都得尔和别的）一下就成了入室弟子。在这种地方，满是包饭的客人，其中有单身汉，也有结过婚的；他们有许多人还都夜里就在那儿睡。食宿费按星期交付——他们住的地方离天越近，他们付的费用也就越少。在一个很整齐的大厅里摆着公用饭桌，就在那儿开早饭、正餐和晚饭。那儿用饭的人，人数方面，变化很大，有的时候只有一个人，又有的时候可以二百人，甚至于比二百人还多。一天里每到开饭的重典来到，他们就鸣巨锣为号，锣声在整个的楼里喧闹，连窗户都为之震动起来，让一个神经质的外国人听来，心里非常慌乱。他们给女客预备的定食是一套，给男客预备的又是一套。

在我们住的单间里，铺桌布开饭的时候，桌子中间总得放一个大玻璃盘子，里面放着雪球果，要没有这件东西，就无论怎么说，都不能算是摆好了台。早饭也不算早饭，如果主菜不是一大块不成样子的牛肉扒的话；这块牛肉的正中间老带着一块骨头，漂在热气腾腾的黄油里，上面撒着最黑的胡椒面儿。我们的寝室，地方宽敞，空气流通，但是，和大西洋这一岸上所有的寝室一样，陈设很简单，在法国式床和窗户上，都没有帐子和帘子。不过，那儿却有一样迥异寻常的奢侈品，那就是花木做的衣柜，这桩东西，比英国的守望岗楼稍小一点；如果这样比仿，你仍旧还是不能了解到它的大小究竟如何的话，那你可以根据我以下的经验估计一下：我在那儿住了十四个白天和晚上，却一直坚决地认为它是一个淋浴室。

第四章
美国的一条铁路
洛厄尔和它的工厂制度

我离开波士顿以前，曾花了一天的工夫往洛厄尔①去了一趟。我所以把我访问这个地方的所见所闻，单独写成一章，不是因为我要把这个地方大写而特写一番，而是因为，这个地方，在我的记忆里，有其特点，与众不同，我愿意它在我这些读者的记忆里，也有其特点，与众不同。

我到洛厄尔去这一趟，给了我第一次和美国的铁路打交道的机会。因为铁路在美国各州差不多都是一样的情形，所以它的一般特点，很容易地就可以说出来。

美国的火车，不像英国，没有头等车二等车之分。但是却有男客车和女客车之分。它的分别是：在男客车里，人人抽烟，在女客车里，无人抽烟。由于黑人永远不能和白人一起旅行，所以单有黑人车，这种车，是笨手笨脚、瞎跑乱闯的大箱子，像格列

---

① 洛厄尔（Lowell）：美国马萨诸塞州米德尔塞克斯郡的郡城，在波士顿偏西北二十四英里。是一个工业城，特别以棉、毛织品出名。有时人们叫它是美国的曼彻斯特。

佛在大人国里坐着到海上去的家伙一样①。车颠得厉害,响得厉害,车里净是墙壁,没有什么窗户,每一列车有一个机关车,发出一种尖声,还有一个钟。

车厢和破旧的公共马车一样,不过比马车大——能容三十个人、四十个人到五十个人。座位不是沿着车的两边安的,而是横着安的。每一条椅子上坐两个人,每一个车厢的两边,都有两大溜这样的座位,中间是一条狭窄的过道,车厢每一头有一个门。每一个车厢中部,普通都安着一个大炉子,烧炭或者无烟煤,绝大多数都是烧得通红的。车厢里闷得令人难忍,你能看见叫火烤热了的空气在你和任何你所看的东西之间滚滚流动,像烟的鬼魂儿一样。

在女客车里,有许多携带家眷的男客,但是也有许多没有男子陪伴的女客。因为,在美国,一个女人,可以一个人从美国这一头走到美国那一头,而可以放心,一定到处都受到最有礼貌、最体贴周到的待遇。车守,或者说检票员,也可以说车掌,不管你管他们叫什么,反正他们一律都不穿制服。他们在车里随意所至,往来、出入;他们有时靠在门上,把手插在口袋里,拿眼瞪着你,如果你是一个外国人的话;再不就和靠近他们的人接谈。许多人都往外掏报纸,但是真看的人却不多。每个人都可以跟你

---

① 斯威夫特的《格列佛游记》第2部,说格列佛在大人国里的时候,大人国王后给他做了一个像箱子的房子,十六英尺见方,十二英尺高。后因旅行不便,又给他做了一个小一些的箱子,十二英尺见方,高十英尺,箱子上有环,他跟国王和王后到海边去的时候,箱子被鹰抓到空中。

交谈，或者跟任何他当时兴之所至、喜欢交谈的人交谈。如果你是一个英国人，那他就希望，这个火车也像英国的火车吧。如果你说"不像"，他就说"不像？"（用的是问询的语气）。跟着就问你，从哪一方面看，不像。你把不像的地方一项一项地列举出来，每举一项，他就说"是吗？"（用的是问询的语气）。跟着他就说，他想你们英国的车，走起来没有这个快吧？你回答说有那么快的时候，他就又说"是吗？"（用的仍旧是问询的语气）。他显然是不信你这种话的样子。待了好久，他又开口了，一半儿对着你，一半儿对着他的手杖把儿说，"大家都认为美国佬是很肯前进的人"，你听了这个话回答了一声"不错"；跟着他也说"是吗！"（但这一次却用的是肯定的语调。）这时你碰巧往窗外看去，他就说啦，在那个小山后面，离前面一个车站有三英里地，有一个很秀气的市镇，坐落在一个秀丽的地点上，他想，你打算在那儿住脚吧？如果你回答说，不在那儿住脚，那他当然跟着要问，你都打算走哪条路一类的话，并且不管你要往哪儿去，这句话你总要听到的："你不受一番大罪，不经过一场大危险，是到不了那儿的；那儿一无可看，你要观光，总得到别的地方去才成。"

如果一位女客看中了任何一位男客的座位，那么，陪伴她的男客就把这个意思对那个男客说了，那个男客马上就很客气地把座位让出来。大家谈的，多半是政治，银行和棉花也是同样重要的谈资。好静的旅客，对于总统问题，都避而不谈，因为只有三年半的工夫，就该另选总统了，而各为其党的情绪是高涨的。在美国的政体里最能表现立宪精神的，就是在前次选举里两党无情的敌忾之气刚一过去，下一次选举里无情的敌忾之气就立刻开始。

这对于一切有力的政客和真正的爱国志士——也就是说，对于九十九又四分之一的大人和孩子之中的九十九个大人和孩子——有非言语可以形容的安慰。

除了有支路和干路相接的地方，一般铁路很少双轨的。因此路很窄，如果有劈山通道的地方，看得见的景致很有限。如果有的地方不是劈山开的路，那么，光景总是千篇一律——老是一英里一英里的，只看见发育不全的树，有的让斧子斫倒，有的让大风吹倒，有的半立半卧，欹在它的邻居身上，另有许多的，都只是光光的树身子，一半埋在泥塘里，另有一些就朽烂得成了海绵状的木屑。连那块地方的土壤，也都是这种残株碎块的细小片断所组成；每一个死水湾子上面都盖着一层腐朽的植物，到处都是树枝、树干、树桩；它们所能有的一切不同阶段那种腐烂、分解和没人理睬的情况，都能在它们上面看到。有的时候，车有几分钟的工夫，走到了显敞的野地，上面有湖泊或者说水塘，在太阳之下闪耀有光，这个湖泊，像英国的河那样宽，但是在美国，却显得太小了，所以它几乎连个名字都没有。又有的时候，你可以匆匆地瞥见远处的市镇，镇上有洁净的白房子和凉爽的凉台，有新英格兰①那种形式肃整的教堂和学校；但是，还没等到你看清楚了的时候，吱的一声，车就又走进了阴暗无光的幕后，又是一溜一溜的矮树、树桩、木块和死水湾——都跟你刚才走过的完全一样，因此，你就好像一下让魔术把你又摄到先前走过的那地方上

---

① 新英格兰（New England）：是美国东北部六个州——缅因、新罕布什尔、佛蒙特、马萨诸塞、康涅狄格、罗得岛——的总名。

去一样。

　　火车在一个坐落在树林子里的车站那儿停车,那个车站那样荒凉,使人想到,有人在那儿下车,决无此理,绝不可能,也正像有人在那儿上车,显然无望,不近情理一样。火车冲过了一条卡子路①,只见卡子路上没有栅栏门,没有警察,没有信号,什么也没有,只有一个粗糙的木头半圆门,上面写着"铃声一响,小心火车"的字样。车又往前驶去,钻到了另一个树林子里,跟着又从树林子里钻出来,走到有太阳照耀的地方,在并不坚固的拱洞上咔嗒咔嗒地跑,在并不平滑的土地上轱辘轱辘地滚,像箭一般从一个木头天桥下面驰过,驰过的时候,有一眨眼的工夫太阳光叫桥隔断了;跟着一下来到了一个大市镇,把市镇一条大街上原先迷离慒腾的回声都唤醒了,跟着在马路中间乱滚乱爬,不顾命地直冲过去。在那条街上,紧靠铁道边儿,有手艺人做活儿,有闲人倚在门上和窗上,有小孩子放风筝、弹石子儿,有男人抽烟,有女人聊天儿,有婴孩爬,有猪拱地,有眼生的马打前失、举前身;就在这些活动中,那个火车头,拖着一溜车厢,像一条疯了的龙一样,一直往前冲去,把车上烧的木头那种红火星像下雨似的往四外喷射;只听它又高喊,又尖叫,又长嘶,又呼呼地喘气,一直到这个渴了的怪物在一个棚子下面站住喝水的时候,才住了声;这时候,人们都围了上来,你才有了喘气的机会。

　　到洛厄尔的车站上接我的,是一位和洛厄尔的工厂管理有密切关系的人;我很高兴有他做这样一个向导,所以当时立刻就和

---

　　① 卡子路:在路上横安可以开关的栅栏,以便收路税。这是英国的制度。

他坐着车,往工厂所在的地方驰去,因为我到洛厄尔那儿去,就为的是要参观那儿的工厂。洛厄尔这个地方,虽然刚刚成年——因为,如果我记得不错,这个地方成为工业城,才刚刚二十一年①——它却已经是一个人口众多、各业繁盛的大城市了。那儿首先引人注意的,自然是由于它年轻而有的各种情形,那种种情形使它现出一幅稀奇古怪的面貌,叫一个从古老的国家来的人看来,觉得很好玩儿。那天是一个道路非常泥泞的冬天,在一切的东西无一不新的整个气氛里,我只看到地上的烂泥,古色古香,那种烂泥,在某些地方,还都深没膝盖,可能是发过洪水②以后,就一直没动,淤在那儿的。有一个地方,新盖了一座木骨教堂;它没有尖塔,也还没上油漆,因此看来很像一个硕大无朋、没写地址的货箱子。在另一个地方,就有一个大饭店,它的墙和廊子,都好像又脆,又薄,又轻渺,看着完全像是用纸壳做的似的。我从它旁边走过的时候,我都不敢喘大气。我看见有一个工人上了它的房顶,我都打起哆嗦来,惟恐他一不小心,一脚把整个建筑踩塌了,哗啦哗啦地倒下来。使工厂里的机器开动的那一条河(因为这儿的工厂都是用水力的),也好像由于是从两溜颜色鲜明的红砖和油漆得发亮的木骨盖的房子中间流过而显得有了新的性质,只见它,又嘟嘟囔囔地自语自言,又顾头不顾尾地往前直奔,叫人觉得,想要找一条河,又年轻、又欢腾、又轻浮、又佻㒓,那这条河就够令人满意的了。一个人,看了那儿的光景,会赌咒发

---

① 洛厄尔棉、毛纺织工业创始于1823年。
② 洪水:指《旧约·创世记》第6章第5节以下所写的所谓泛滥天下的洪水。

誓地说，所有的面包房、杂货铺、装订店和别的商店，都一定是头一次刚下百叶窗的，都一定是昨天刚开始营业的。药房门外，挂在遮阳帘架上作招牌的杵与臼①，都看着好像是刚从美国造币厂拿出来似的。我在街上转角的地方，看到女人怀里抱着个一礼拜或者十天大的婴孩，那时候，我就不自觉地纳起闷儿来，不知道他是从哪儿来的，就没有一刻的工夫想到，他可以是在那样一个年轻的城市里出生的。

在洛厄尔有好些工厂，每一个工厂都是属于我们在英国叫作是公司、而在美国却叫作组合的机构。在这些工厂里，我参观了好几个，其中有一个毛线工厂，一个地毯工厂，还有一个纱厂；我参观每一个工厂的时候，都把它的每一部分仔细考查了一番，我看到的是他们日常工作的情况，毫无事先的准备，也毫无和平素的日常工序有任何不同的地方。我可以提一下，我对于英国的工业城很熟悉，我曾在同样的情况下，参观过曼彻斯特②和别的城市里许多工厂。

我到头一个工厂的时候，恰好工人刚吃了饭，都正要回车间里去——一点不错，我上楼的时候，楼梯上都挤满了女工人。她们都穿戴得很整齐；但是我认为，却并没有越出她们力所能及的范围。本来，我这个人，很喜欢看到社会上身份比较低的人们，

---

① 英美过去的时候，各行业都有它自己的招牌。药房的招牌是象征职业的杵与臼，旧日用以捣药。
② 狄更斯参观曼彻斯特的工厂是1838年和1839年。在这以前他到过北威尔士。

对于服装和仪容，注重留意；我认为，如果她们喜欢，她们甚至于可以用一些小小的装饰品打扮打扮，只要别闹得入不敷出就成。如果不超过合理的限度，我对于我的佣人，总是在这一方面鼓励她们，我认为这种以仪容修洁为光荣的想法，是自尊心的一种重要因素。有某些堕落了的女人，把自己的堕落归罪于喜欢穿戴打扮，我不能因为有这种女人而就不鼓励我的佣人注意仪容；同样，有某些用意并不坏的人，由于恰巧在安息日犯了罪恶，就警告别人，说不要在安息日找娱乐，我不能因为有这样说法，而改变了我对安息日真正目的和意义的看法；因为那种警告，也许是出于那种未免令人可疑的权威——纽盖特①的杀人犯。

这些女孩子，像我刚才说的那样，都穿戴得很整齐；而整齐二字，当然要包括极端清洁的习惯在内。她们都戴着耐久、适用的圆紧帽，都穿着围着舒服暖和的大衣和披巾，她们并没有认为身价高贵，因而嫌穿木底套鞋寒碜。同时工厂又有地方，给她们妥妥当当地存放东西，又给她们装有洗濯的设备。她们看起来都很健康，其中有许多人，还特别健康。她们的举止和态度，都表明她们是年轻的女人，而不是不齿于人类的牛马。假使我在这些工厂里，看到有的年轻人，说话咬字儿，走路小步儿，装模作样，使人发笑（我曾留神观察过，想要看一看是否有这种人，但是我却并没看到），假使真有那样人，那我就要想到和她们相反的另一种女人，愁眉苦脸，邋里邋遢，不干不净，又贱又蠢（这是我曾

---

① 纽盖特（Newgate）：原为伦敦旧城的西门，后改作监狱。现为拘留所所在地。

看见过的），那我想，我还是宁愿看到前面那一种。

她们工作的车间，也和她们自己同样地干净整齐。有的车间，窗台上摆着青绿的花木，盘在窗上，遮着玻璃，免得光线太强。所有的车间，都是在她们的工作情况允许下，尽力使空气流通，地方干净，工人舒服。那么多的女人中间（其中有许多的，刚刚站在少妇时期的边缘上）如果说一定会有些人娇嫩柔弱，那本是在情在理的，而在那些厂子里，也毫无疑问，确实有那样人。但是我却庄严郑重地说，那一天我在不同的工厂看到了那一大群人，而在她们中间，我却想不起来，也挑不出来，有任何一个，脸上看着叫人难过的。假设那些年轻的女孩子，都是为了生活的必需而非自食其力不可，那她们能在那儿的工厂里工作，我认为很好，我决不想叫她们任何人离开那儿，即便我有那种权力的话。

她们都住在工厂附近的公寓里。工厂的主人，对于开公寓那些人特别注意，总得先把他们的品格彻底、严格考查一番，认为他们在这方面没有问题，才准他们开办。住公寓的人，或者别的人，如果对于他们提出不满的意见，那这种意见都要经过详细的调查，调查之后，如果认为所提的意见，根据确凿，理由充足，原先那个开公寓的就不能再干下去了，他就得把公寓让给更称职的人来办。在这些工厂里，也雇用了一些童工，不过人数并不多。州里的法律规定：童工工作的时间，一年不得超过九个月；在其余那三个月里，要给他们教育。为了达到这种目的，洛厄尔办有学校；同时那儿也有各宗各派的教堂和圣堂，每一个年轻的女人，在哪一宗哪一派里培养起来，就可以找到那一宗那一派的教堂或圣堂去做礼拜。

离开工厂，坐落在附近一带最高爽显敞、最赏心悦目的地点上的，是他们的医院，那也可以说是病人的公寓。在那一带的地方上，这所房子最好，它本是当地一个商界巨子为自己住而盖的。这个医院，也和我描写过的那个波士顿的医院一样，并不是把房子隔断成病房的，而是把它分成方便的单间，每一个单间里，都具有一个很舒适的家庭里所必有的一切使人舒适的设备。主任住院医生，也住在这所房子里。即使病人是他自己的家属，那他对他们的护理和医疗，也不能更尽心尽力，更温柔体贴。在这个医院里，一个女病人一星期的住院费是三块美金，合英国钱十二先令。但是在任何工厂里工作的女工，从来就没有因为缴不起住院费而叫人关在医院门外的。她们缴不起住院费，也决不会是常有的事，这可以从下面这件事里看出来：在1841年7月，这些女孩子里有九百七十八名都是洛厄尔储蓄银行的存户。她们存款的总数约为十万美元，合两万英镑。

我现在要说三件事，这三件事，让大西洋这一岸上的人听来，要大吃一惊的。

第一，在许多公寓里，都有一架大家集股合有的钢琴。第二，差不多所有这些年轻的女工，都是流通图书馆的订阅人。第三，她们自己办了一个杂志，叫作《洛厄尔献物》①——那是一个"创作的府库，撰稿人完全是实际在工厂里做工的女工"。这种杂志，

---

① 《洛厄尔献物》：创刊于1842年，编辑人为哈丽爱特·伐尔利（Harriet Farley, 1817—1907），也是洛厄尔的工厂里的一个女工。该刊物于1845年改称《新英格兰献物》（*New England Offering*），继续到1850年。

都按着正规印刷、发行、售卖；我从洛厄尔买走了一本，足足有四百页之厚，这四百页，我从头到尾读了一遍。

听到这三件事而吃惊的那一大群读者，都要异口同声地说："多荒谬！"我诚心真意地问他们荒谬之所在的时候，他们就说啦，"这些事都是她们那种身份配不上的。"我对这种反对态度的答复是：请问什么是她们的身份？

她们的身份要她们工作，而她们也真在那儿工作。平均说来，她们在这些工厂里，每天劳动十二小时，这十二小时的劳动毫无疑问是工作，而且还是很紧张的工作。也许不管在什么情况下，她们爱好哪样娱乐，都是不配的吧。我们谁敢保，说我们在英国对于工人的身份所有的概念，不是根据我们素所习惯的办法，只观察他们实际如何如何，而不观察他们可能如何如何呢？我以为，如果我们把我们自己的感情考查一下，那我们就会看出来，钢琴、流通图书馆、甚至于《洛厄尔献物》，所以使我们吃惊，只是因为这些东西，对于我们，新异奇特，而不是因为它们于是非好坏那类抽象问题有什么关系。

据我个人看来，我认为，一个人，快乐舒畅地做了今天的工作，同时快乐舒畅地迎接明天的工作，对于一个有这样身份的人，没有能比从事于这些娱乐更能提高她的理智和感情，更应该受到人们的赞扬和鼓励的了。我只知道，一种把愚昧当作好友的身份，是身在其中的人所最难忍受的，是身在其外的人所最感危险的。我不知道，任何身份，有权力把互相启迪、力求精进和寻求合理娱乐的活动垄断为己有，也不知道，有任何身份，能在追求这种垄断之后而继续其身份。

把《洛厄尔献物》作为一个文学刊物看待而谈它的优点，我只这样说一句好啦：这份刊物可以和许多许多英国年刊相比，而仍旧居于优势，这样说，当然先要把它那里面的文章都是那些女孩子在一天的紧张劳动之后写的这一事实完全撇开。它里面刊载的故事，许多都是以工厂和在工厂里工作的人做主题的，同时，它提倡克己自制和乐天知足的习惯，教导人开扩仁爱的领域：这都是令人读来觉得愉快的。一种对于自然之美强烈爱好的感情，例如有一篇就回忆作者离别的故乡，描写那儿的幽静景色，洋溢纸上，像乡村的新鲜空气一样；但是它里面却很少提到美好的服装、美好的婚姻、美好的房子、或者美好的生活的，虽然要研究这一类美好的东西，流通图书馆有很有利的条件，作她们学习的地方。作者签的名字，有时未免太美了，这个也许有人反对；不过这是美国的一种风气。马萨诸塞州州议会的工作之一，就是要把丑的名字都更换成美的名字；因为年轻的一代在鉴赏力方面比年老的一代提高了。更换更换名字，既然几无所费，甚至一无所费，因此在每一届议会上，都有几十几十的玛利·安郑重其事地改换作白斐琳纳。[①]

有人说，有一次，我忘了是杰克逊将军，还是哈利逊将军[②]（究竟是谁并没关系）到这儿来访问那时候，那儿的青年妇女，夹

[①] 玛利·安是英美妇女极普通的名字。白斐琳纳则像意大利或西班牙外国名字，且读来声音和美。

[②] 杰克逊（A. Jackson, 1767—1845）：美国第七任总统；哈利逊（W. H. Harrison, 1773—1841）：美国第九任总统；二人都是军人出身。

道欢迎，排了有三英里半地；那位将军，从她们这三英里半地中间走过去的时候，只见她们一律都是手拿阳伞，脚穿丝袜。但是，据我所知道的，这件事发生了以后，只是忽然有人在市场上到处收购阳伞和丝袜，同时大概还有几个新英格兰的投机倒把商人，因为想到还会有同样的要求，就不管多贵把这些东西买光了因而破了产；除此而外，并没引起更坏的后果，因此我认为，这件事的发生，并无关宏旨。

我这样把洛厄尔的情况简单地报告了一番，同时把这地方给我的好感并不完备地表示了一下（任何一个外国人，只要对自己国内同样的人感到兴趣，关心琢磨，那他对于这个地方就不能不发生好感），不过，在这个报告和表示里，我却尽力避免拿这些工厂来和英国的工厂作比较。在我们英国的工业城市里，有许多情况，多年以来，就强烈地影响各方面了；但是那些情况，在这儿却还没发生。同时，在洛厄尔，也没有工业人口可言（如果可以这样说的话），那儿的女工（往往是小农的女儿）都是从别的州来的，她们在工厂里工作了几年，就要重返家园，不再回来了。

如果非要把这儿的工厂和英国的工厂比较一下不可，那就得说，二者的不同，是很强烈的，因为它们那种不同就和善与恶不同一样，就和辉煌的光明与杳冥的黑暗不同一样。[①] 我之所以避免作这种比较，因为我认为，把这二者作比较是不公平的。不过我只要在这儿诚恳地对那些也许会看到这本书的人们呼吁一下，请

[①] 事实上，美国工厂主对于工人阶级的剥削并不比英国工厂主更慈善些。工人问题，女工和童工问题当时已十分严重。

他们好好地想一想，这个工业繁荣的城市和那些永无天日的苦恼聚汇之薮，中间存在着什么不同，请他们不要忘记了，该怎样努力使苦恼聚汇的那些城市不再受苦恼，能免于艰困，如果他们在党派交哄、互吵的时候，还顾得在这方面分神的话；请他们别忘了，宝贵的光阴，如何像箭一样地飞去；这个请求虽然是最后提出来的，但却是最重要的。

我夜里，还是沿着去的时候那条铁路，坐着去的时候那样火车，回到了波士顿的。车上有一位旅客，急切地想要对我的旅伴（当然不是对我），把英国人应该采用怎样的原则写游美见闻录，长篇大论地讲，我听了，就假装着睡着了。不过一路之上，我从眼角往窗户外面看去的时候，我发现了一种大大地足供消磨时间的光景，那就是，看车上用木材作燃料所发生的结果，这种结果，在白天是看不出来的，但是现在让夜色一衬托，却非常地明显。因为我们的车就在火星的回旋飞进中前进，好像一阵火星做成的大雪在风中狂飘乱洒一样。

第五章
伍斯特
康涅狄格河
哈特福德
新港到纽约

我们二月五日（星期五）离开了波士顿，坐着另一路火车，去到了新英格兰一个美丽的城市伍斯特①；我的计划是，在那儿待到星期一，就住在好客的州长家里。

新英格兰这些市镇和城市（它们中间，有许多在旧英格兰都只能算是村庄）使人见了，对美国乡村起好印象，也和这些地方的人使人见了，对美国乡下人起好印象，正是一样。在英国所看到的那种修剪整齐的草坪和绿油油的草场，在这儿看不见；这儿的草，和我们英国那种专为美观的小块田园和牧场比起来，都显得太茂盛，太蒙茸，太荒芜了；但是秀美的陂陀，迤逦的丘阜，茂林阴阴的幽谷，细流涓涓的清溪，却到处都是。每一簇邻里聚居的屋舍中间，不论人家多么少，也都有一个教堂和一所学校，

---

① 伍斯特（Worcester）：马萨诸塞州伍斯特郡的郡城。有钢铁、机器、毛织、制鞋等工业。

隔着白色的房顶和扶疏的树木，露出半面。每一所房子的颜色，都是白中最白的，每一个百叶窗的颜色，都是绿中最绿的，每一个晴朗天空的颜色，都是蓝中最蓝的。我们在伍斯特下车的时候，尖利、干爽的风和轻微冻结的霜，使道路变得梆硬，因此路上的车辙，都像花岗石做的沟槽一样。当然，每一样东西，都呈现出异乎寻常的新鲜面貌。所有的房子，令人看来，都好像就是那天早晨刚修盖的、刚油漆的一样，并且都好像可以在星期一就毫不费事拆了下来。在那个傍晚的爽利空气里，每一种本来就清晰的线条，都比往常更加百倍地清晰。明净的游廊，跟纸壳做的似的，都看不出远近来，像茶杯上画的中国桥一样，并且好像盖的时候，也同样地本没打算让它适用。独门独院的房子上，房角都像剃刀一般锐利，仿佛把呼啸着吹到它上面的风都切断了，都割痛了，痛得比本来喊得更尖利，而飞着逃去。那些盖得非常轻巧的木骨住宅，让正要西下的夕阳灿烂地照着，只显得好像晶莹明彻，里外如一，能从这一面看到那一面，因此叫人觉得，一时一刻，都难以设想，住在房里的人，能免于众目睽睽的注视，能进行怕人的秘密。远处的房子，有时从没挂帘子的窗户里透出火光来，这种火光的来源即使是熊熊之火，却也看着好像是刚刚生着了的、并没有热气一样；这种光景，让人想起来的，不是舒适幽雅的洞房密室，有第一次看到炉火放光的人，脸膛红润，使满室生辉，有到处挂着的帷幔，和煦温暖，使满室生春。它让人想起来的，是新抹的石灰和还没干的墙壁发出来的那种气味。

那至少是我那天晚上的想法。第二天早晨，天上的太阳明朗地照着，教堂的钟嘹亮地鸣着，举止沉静的人们，都穿着他们最好的衣服，有的在近处的便道上走着，有的在远处细如丝线的道路上走着；那时候，一切都带出过安息日的恬静气氛，使人觉得非常舒服。那种气氛，能和老教堂配合，就更好了，能和古坟配合，就好上加好了。但是在当时的情况下，使人心舒神畅的恬适平静，笼罩一切，让一个刚坐船渡过风涛万变的大洋，刚游过匆忙熙攘的城市的那种人，加倍地感到精神上的愉快。

我们第二天早晨，仍旧坐着火车，往前进发，先到了斯普林菲尔德。本来打算从那儿往我们的目的地哈特福德那儿去。[①] 从斯普林菲尔德到哈特福德不过二十五英里；但是在那一个季候里，因为路很坏，所以如果走旱路，就得十二个钟头的工夫。不过幸而那年冬季特别暖，康涅狄格河没"封河"，那也就是说，没全冻，同时碰巧有一条小汽船，船长正要在那一天作这一季里第一次的航行（那也是人类的记忆里第一次的二月通航），只等我们上去就开船。我们有了这个机会，不敢耽搁，作速上了船。我们刚上了船，船长就履行诺言，马上把船开了。

这条船被人叫作小汽船，确实是有原因的，我倒是没问它的机器是多少马力，不过我却认为，它顶多也不过有半个矮种马那样的力量。著名的矮人帕蒲先生[②]，很可以在它那房间里快乐地过一辈子，一直到死为止。这种房间，都安着上推下拉的窗格子，

---

① 斯普林菲尔德（Springfield）：马萨诸塞州汉姆顿郡（Hampden）的郡城。在康涅狄格河旁，有各种工业。哈特福德（Hartford）：康涅狄格州及该州哈特福德郡的州城兼郡城，为出版事业及军火制造的工业城。

② 帕蒲（S. Paap）：荷兰的矮子，高二英尺四英寸，体重二十七磅。1815年在伦敦展出过。

和普通的住宅一样。窗户上都有鲜明的红帘子，在下层窗格上拉了一条松松的绳儿，把帘子挂在上面，所以，这种房间，看着很像小人国里的酒店招待顾客的起坐间，由于遭了洪水或者别的水灾而漂了起来，而正不知要漂到哪里去。但是即便在这个房间里，也都有一个摇椅。在美国，无论到哪儿，没有摇椅，就简直不能过下去。

我简直不敢告诉你们这条船有多短，有多窄：用宽和长一类的字眼来量这条船，那就等于用字自相矛盾。不过，我可以说，我们大家都害怕船会来个冷不防翻了个儿，所以都待在甲板的正中间；船上的机器，通过令人惊异的缩小程序，在船中和龙骨之间开动：全部像一个三英尺厚的热三明治那样。

那天下了一整天的雨；我从前认为，这种下法，除了苏格兰高地[①]，别处不会有，现在却在这儿遇见了。只见河里到处漂的都是冰块，在我们的船下面喀嚓喀嚓、毕剥毕剥地响；大片的冰块，都叫水流逼到河的中间，我们的船要躲这些冰块，所取的水道，深度都不过几英寸。虽然如此，我们还是很巧妙地往前驶去；我们身上既然穿得很厚，我们就不顾天气寒冷，都站在外面，观望风景。康涅狄格河是一条宏壮的水流，河的两岸，在夏天的时候，毫无疑问，一定很美丽。不管怎么样，反正女客房间里一位年轻

---

① 狄更斯于1841年到苏格兰旅行，给他朋友的信里说：这儿老下雨，那种下劲，除了在这儿，在别处就没见过。又说：这儿的天就是一个喷水管，永远没有停止喷水的时候。苏格兰分两部分，东南为低地，西北为高地，高地山更多，更高峻，更荒凉、嶙峋，故为游人所趋。

的女客告诉我是那样；如果一个人自己有哪种品质，就有对那种品质的鉴赏力，那么，那位女客，就一定有鉴别美的能力，因为我从来没见过像她那样美的女人。

我们这样离奇地走了两个半小时以后（中间曾在一个小市镇边上停了一下，那儿鸣炮欢迎我们，炮比我们的烟囱还大），我们到了哈特福德，就直奔一个特别舒服的旅馆——那儿一切都舒服，只有寝室那一方面，和普通的旅馆一样，有欠舒服；这种寝室，在我们所访问的地方，几乎到处一律，都是大有助于使人早起的。

我们在哈特福德待了四天。这个城市地势优美，它坐落在一个盆地之上，群山环绕；那儿土地肥沃，树林阴翳，人工经营，极尽能事。康涅狄格州的州立法议会就设在那儿。出名的《蓝色法案》[①]，就是过去的时候，本州那些立法圣贤在那儿制订的。这些法案，作了许多开明的规定，其中有一条，我相信，是这样订的：任何公民，如果确实证明在礼拜天和他太太接吻，都要受枷足[②]的惩罚。直到现在，过去的清教徒精神[③]仍旧大量保存。但是这种精神，却并没使人们在做买卖的时候，少占一些便宜，也没使人在和别人打交道的时候，多讲一些公道。既然我从来没听说这种精神在任何别的地方起过那样作用，那我可以下一个结论，说它在这儿，也永远不会起那样作用。说实在的，满口仁义道德，满脸

---

① 《蓝色法案》：美国还是英国殖民地时期的法律，特别是新英格兰地方的法律，对私人生活作了许多规定，如禁止在安息日做游戏，强迫人到教堂做礼拜等。

② 枷足：英美刑具之一种，把人的脚枷起来。

③ 清教徒精神：指清教徒在道德方面严厉到不能容人容物的程度而言。新英格兰最初的殖民者都是清教徒。

肃杀严厉，不管他卖来世的货色，还是现世的货色，我向来是一样看待的，所以，不论什么时候，只要我看见陈列窗里摆的货样子太引人注意了，那我就怀疑，那是不是挂羊头卖狗肉。

在哈特福德长着那棵有名的橡树，查理王的特许书当年就藏在那棵树里[①]。这棵树现在圈到一个绅士的庭园里了。特许书现在则藏在州议会厅里。我看到，这儿的法庭和波士顿的一样；为公众服务的机构也差不多同样地完善。疯人院办得很好，盲哑院也办得很不错。

我到疯人院参观的时候，我自己问自己，哪是服务员，哪是疯人呢？起先我分辨不出来；后来听到服务员对医生报告他们所看管那些病人的情况，才知道他们原来是服务员。我这个话，当然只是限于从脸上来看这一点，因为疯人一开口，当然要说疯话。

有一个整齐严肃的小老太太，满面笑容，一团和气，从一个长廊的一头，侧着身子来到我跟前，带着无法形容屈尊就教的样子对我鞠了一躬，向我问了下面这句令人不解的话：

"庞提夫莱克特仍旧还在英国，安然无恙吗，先生？"

"不错，夫人，"我回答说。

"你上一次见他的时候，先生，他还——"

"还身体很壮，大人，"我说，"非常地壮。他还叫我替他对你问候哪。我从来没看见过他的气色那样好过。"

[①] 据传说，十七世纪末，英王要取消美国殖民地的特许权，英国派去的行政长官安得勒司（Andros）于1688年要夺取这个特许书，殖民者就把它藏在这棵橡树的空干里。这棵橡树就叫作特许书橡，它于1856年为暴风吹倒。

这位老太太，听了我这个话，显出很喜欢的样子来。她斜着眼看了我一会儿，好像看一看我这种毕恭毕敬的样子是否是真诚的，看完了，她侧着身子往后退了几步，又侧着身子往前走了几步，于是忽然单脚一跳（她这一跳，把我吓得急忙往后退了一两步），跟着说：

"我是一个洪水以前的人[①]，先生。"

我当时想，我最好也顺着她的心思，说我一起头就有些猜到她是一个洪水以前的人了，我就那样对她说了。

"作一个洪水以前的人，是使人得意，使人愉快的，"那位老太太说。

"我也想是那样，夫人，"我回答说。

这位老太太把她的手一吻，又把单脚一跳，带着顶古怪的样子，脸上傻笑着，身子侧着，往长廊那一头走去，跟着仪态优雅地缓步走进了她自己的房间。

在这座楼里另一部分，有一个男疯子，躺在床上，满脸发红，满身发烧。

"好啦，"他说，一边蹶然坐起，把睡帽摘掉，"到底一切都停当了。我已经和维多利亚女王都安排好了。"

"什么都安排好了？"大夫问。

"你瞧，就是那件事啊，"他带着疲乏的样子，把手往额上一抹，"安排围攻纽约啊。"

"哦！"我装作恍然大悟的样子说，因为他直看我的脸，要我

[①] 按照《圣经》，洪水以前的人，寿命都极长。

回答他。

"不错,每一个人家,凡是没有什么旗号的,英国兵都要开枪打。对于别的人,决不伤害,连一个都不伤害。希望避灾免祸的,都得把旗子挂起来。他们用不着有什么别的举动。他们只把旗子挂起来就成啦。"

即便在他谈着话的时候,我当时想,他都好像有些感觉到他说的话,前言不搭后语。他刚说完了这些话,就又躺下去,似呻吟又不似呻吟地哼了一声,用毯子把他那发烧的脑袋盖上了。

另外一个疯子,是个青年,他是因为搞恋爱和迷音乐而疯了的。他当时用手风琴拉完了他自己作的一支进行曲以后,就带着极急切的样子,要我到他屋里去。我马上去了。

我想要尽力机警,同时想要按照他的心意,尽力使他喜欢,所以我就走到窗户前面(从窗户往外看,景物甚美)运用我自己得意的应辩之才对他说:

"你住的这个地方四围的景致真美!"

"哼,"他说,一面毫不在意地用手指头往风琴的键上按。"对于这样一个机关来说,就得算不错了!"

我不记得我一生中曾像那一次那样感到唐突。

"我到这儿来,纯粹是出于一时的乖癖,"他冷静地说。"没有别的。"

"哦,没有别的,"我说。

"不错,没有别的。大夫这个人很机伶。他完全能体会到我这一点。我完全是开玩笑,我这一阵儿还是喜欢这个调调儿的,不过,我想我下星期二就要离开这儿了;这个话你可不必对别人说。"

我对他保证，我对于我和他的会见和谈话，要绝对保守秘密；说完了就到大夫那儿去了。我和大夫顺着廊子往外走的时候，只见一个穿戴得很整齐的女人，态度沉静，举止安详，来到我们跟前，递过一张纸条和一支钢笔来，说请我赏她一个亲笔签名。我给她签了名，然后和她分手告别。

"我想，我记得我还没进门的时候，也曾有几个女人，要我签名来着。我希望这个女人不是个疯子吧？"

"是个疯子。"

"她是怎么个疯法？是专迷亲笔签名吗？"

"不是那样。她老听见空中有人说话。"

"啊，"我当时想，"到了现在这样进化的年头儿，还有人搞预言这一套把戏骗人，说他们听见空中有人说话。顶好把这种人关起几个来。先拿一两个摩门派①教徒开开刀，试一试才好。"

在这个地方，有世界上最好的候审犯人监狱；还有一个管理良好的州立监狱，一切办法都和波士顿的相同，只有一点不一样：那儿墙头上站着守望警，手里拿着装好了子弹的枪。我到那儿的时候，那个狱里收容了大约有二百犯人。他们指给我囚房寝室里一个地方，说就在那儿，前几年，一个看守在更深夜静的时候，叫人杀害了，害他的是一个从囚室里逃出来的囚徒，因为不顾一切、拼命地想要越狱，才做下了这样的事。他们还指给我看一个女囚徒，说她是谋害亲夫的，已经一步不许外出幽禁了十六年了。

---

① 摩门派（Mormon）：美国宗教的一派。见本书379页注②。这一教派的信徒，相信《摩门经典》，相信教主有神赋的权力，相信死人真能复活，等等。

"你认为,"我问带我参观的那个人说,"她幽禁了这么些年,她还琢磨、她还希望,有能恢复自由的那一天吗?"

"哦,琢磨、希望,"他说,"一点不错,她那样琢磨、那样希望。"

"我想,她尽管那样琢磨、那样希望,她可没有什么机会吧?"

"哦,这我可不知道,"——这种说法,我附带一提,本是美国全国流行的说法——"她的朋友信不过她。"

"她的朋友和她的案子有什么关系哪?"我这样问,是自然的。

"他们不肯替她申诉。"

"不过,我想,即便他们替她申诉,也还是不能把她弄出去吧?"

"申诉一次,也许不能,两次也照样不能。不过如果老申诉,申诉几年,把人闹得都腻烦了,也许就能把她弄出去了。"

"从前有过这样的事吗?"

"哦,有过,有的时候,那种办法,也可以生效。政界的朋友有时也可以把人弄出去。或者是申诉,或者是政界的朋友,都往往可以把人弄出去。"

哈特福德在我的脑子里,永远要使我极为愉快,使我极为怀念。那是一个可爱的地方,我在那儿交了许多朋友,他们都是使我不能淡然置之脑后的。我们是十一号(星期五)晚上离开那儿的,心里很难过。那天夜里,我们坐火车到了纽黑文[①]。在路上,

---

[①] 纽黑文(Newhaven):康涅狄格州南部港市。

车守和我，经过正式互相介绍（在这种情况下，我们总是互相正式介绍），作了好多闲谈。我们走了大约三个钟头，八点钟到了纽黑文，住在一家顶好的旅馆里。

纽黑文亦叫作榆城，是一个很优美的市镇。在那儿，许多的大街两旁都长着一行一行古老高大的榆树，这是从它的别名上可想而知的。在耶鲁大学，有同样的天然装饰品环绕。耶鲁大学的名气很大，地位很高。那个大学的各系，都设立在城市中心像公园或公用草场一样的地方上，校舍在树木扶疏中隐约出现。这样一来，这座大学给人整个的印象，很像一个英国古老大教堂的院落那样。在树木扶疏、绿叶成荫的时候，这个地方一定非常富有画意。即便在冬天，这一丛一丛枝干杈枒的大树，在车马喧闹的街道和居民熙攘的城市中间聚族而居，都显得古雅有致，叫人看来，仿佛城市和乡村，由于它们，得到调和——好像二者在路上中途相逢、互相握手言欢的样子，这种情形，又令人觉得新鲜，又令人觉得愉快。

我们休息了一夜，第二天起了个大清早，从从容容地赶到码头，上了"纽约号"邮船，往纽约进发。这条船，是我所看到的美国汽船里头一条比较大一些的，而据一个英国人看来，它确乎绝不像一只汽船，而却像一个硕大无朋的洗澡盆漂在水上。我总觉得，离西敏寺桥不远那一家澡堂子，在我离开它的时候，还是个婴孩，却在我离开它以后，一下长得其大无比，从英国跑开，去到了外国，干起汽船的勾当来——让我不这样想，几乎不可能。在美国这个国家里，尤其是它是英国的无业游民特别喜欢投奔的地方，这种事情的发生，好像很有可能。

从外表上看来，美国邮船和英国邮船之间最大的不同是：美国邮船露在水面上的部分特别大：在那一部分上，正甲板是四面都挡死了的，里面装着一桶一桶的酒和别的货物，和货舱里的一层楼或二层楼堆着东西那样；在正甲板上面，还有一层甲板，叫上层甲板或者散步甲板；在这个上面，又老装着一部分机器；只见那儿，联络着活塞和曲轴的连杆，装在一个高高在上的坚固壳子里，往来不已地活动，和拉二人大锯的上手那个人[①]一样（不过是铁做的）；船上看不见有什么桅杆或者别的船具，除了两个高大的烟囱而外，船上部没有别的东西。掌舵的坐在船前部一个小小的房间里（舵是用铁链子连着的，铁链子通到船的全身）。乘客们除了天气特别好的时候，都聚在甲板下面。当时船刚一离开码头，原先邮船上那种人声嘈杂、脚步混乱、往来匆忙的情况，就一下停止了。你得纳老半天闷儿，不知道船究竟怎么往前走的，因为好像没有人管它；遇到有其他同样迟钝的汽船鼓浪而来的时候，你要觉得对它不胜愤怒，因为它是一个脾气郁抑、举动笨重、毫不优雅，不像个船的大怪物；那时候，你就忘记了，你所坐的那条船，也正和它是一样的东西。

船上的账房，总是设在下层甲板上的，你就在那儿交船费；那儿还有一个女客房间，还有存物室和行李室，还有机器舱；简单言之，那儿有那么些令人目眩心摇的东西，因而使找到男客房间这件事，成了一种困难。男客房间往往占全船整个的两边（现

[①] 拉二人大锯时地下挖一个锯木坑（saw-pit），把木材横在坑边上，一个人在坑里，一个人在木材上面，就这样拉锯。

在这条船就是这样），每边有三层或者四层吊铺。我头一次进了"纽约号"的男客房间那时候，它在我这双还没看得惯这种地方的眼睛里，好像有伯林顿长廊①那么长。

从纽黑文到纽约，中间一定要经过海峡②，这个海峡，船行起来，并不是永远平平安安的，也不是永远令人愉快的；在那儿，曾出过几次不幸的事故。那天早晨，雨湿雾大，所以我们过了不大的一会就看不见陆地了；不过却风平浪静，并且快到正午的时候，天气放晴。我（还有一位朋友帮着我）把饭橱里的东西和原有的熟啤酒都吃光喝完了以后，我就躺下睡觉去了，因为昨天闹了一天，非常地疲乏。不过幸而我这个盹儿打得时间不长，还能来得及跑到甲板上层，看到"地狱门""公猪背""煎油锅"和别的臭名昭彰的地方，因为这些地方都是读那本名著《狄得里齐·尼克巴克传》③的人感到兴趣的。我们现在走的是一条狭窄的河槽，两边都有倾斜而上的河岸，岸上有幽雅的别墅点缀散布在各处，有叫人看着心清神爽的草地和树木。我们于是像箭出弦一样，把一个灯塔、一个疯人院（那些疯人看见勇往直前的汽船和横流疾涌的潮水而心花怒放，都又扔帽子，又高声呼喊）、一个

---

① 伯林顿长廊（Burlington Arcade）：一条通路，上面有顶，两边是商店，在伦敦皮卡迪利街（Piccadilly）旁。

② 海峡：原文 Sound，即海峡之意，这个海峡应为长岛海峡（Long Island Sound），后面狭窄的河槽，应为东河（East River），广阔的海湾，应为纽约湾（New York Bay）。东河实一狭海峡。

③ 《狄得里齐·尼克巴克传》：欧文的一本讽刺当时历史书的作品。"地狱门"等地名，见该书第4章近尾处。

监狱和别的建筑，在不大的工夫里，一个跟一个地都撂在后面了；跟着就驶进了一个广阔的海湾，在万里无云的天空下闪烁有光，好像是自然的一只大眼睛，往上看着天空一样。

跟着横三竖四的房子，一簇一簇地在我们右面展开，其中偶尔有的地方上，会出现一个尖塔或者高阁，俯视下面平常的房舍；又偶尔有的地方上，会出现一片朦胧的烟雾：在这片景物的近景上，就是一片林立的桅杆，上面喜气洋洋地张着迎风猎猎的帆，挂着随风飘扬的旗。穿过这一片樯林，往对面岸上去的，有汽机渡船，船上载着人、马、马车、篷车、篮子和箱子；同时又有别的渡船，和它一次又一次地交臂而过，都来来往往，没有一刻闲着的时候。在这些昆虫一般来去不息的小船中间，有两三条威仪堂堂的大船，走起来庄严、舒缓，好像高视阔步的大人物，对于那些小船的短短程途满怀鄙夷的样子，开往海阔天空的大洋里去。日色煌煌的高山在更往外的地方上出现，金光闪闪的河流，在岛屿四围萦回，造成一片远景，它那样明净，那样蔚蓝，比它仿佛接连起来的天空，几乎不相上下。嗡嗡营营的市声，咯嗒咯嗒的绞盘声，汪汪的犬吠声，当当的钟声，辚辚的轮声，都往你那留神倾听的耳朵里直钻。所有这种种活动，都从对面熙熙攘攘的岸上，飘过纷扰动荡的海面而来，那时候它们从海水那种自由交结的情形里，又得到了新的生命，又引起了新的兴致，同时，由于它们和海水那种轻盈灵活的精神，志同道合，所以它们就好像游戏似的，在水上闪耀，在汽船周围笼罩，使船旁的海水飞溅，把汽船威武地送到船坞，又飞奔而回，来迎接别的来船，接着了，就在船前飞跑，把船引进熙熙攘攘的海口。

第六章
纽 约

美国这个美丽的首城,在清洁方面,远不如波士顿,但是它的街道,却有许多条,都和波士顿的街道有同样的特点,不过比起波士顿来,它的房子,没有那样清新醒目,招牌没有那样炫耀夺目,金字没有那样辉煌,砖没有那样红,石头没有那样白,百叶窗和地窖子门栏没有那样绿,门钮和门牌没有那样亮,那样闪烁有光。纽约有许多条偏僻的街道,几乎和伦敦一样,在清洁一方面,色彩模糊,而在肮脏一方面,却色彩鲜明。并且还有一个地区,普通都管它叫五点[①],在脏和穷两方面,可与毫无愧色和出名的圣捷尔斯的七暑[②]或任何别的部分比美。

纽约主要的往来通衢和散步场所是百老汇,这是人所共知的——这条街,宽阔热闹,一头从炮台园起,另一头到通向乡下

[①] 五点(Five Points):在纽约市政厅东北、白克司特街、公园街和乌司街交叉的地方。

[②] 圣捷尔斯(St. Giles):在伦敦城圈西,西敏寺东北,为伦敦有名的贫民区。狄更斯在儿童时期,就对于这种地方很感兴趣。

七暑(Seven Dials):约坐落不列颠博物馆和特拉法尔加广场之间,为圣捷尔斯区的一部分。狄更斯小时,有人带他到这地方去,就极感快活。

的一条大道那儿止，大约一共有四英里长。我提议咱们现在先在卡尔屯大饭店（它占据了纽约这条干路上最好的地势）的楼上坐下，居高临下看一看下面的光景，等到看得腻烦了的时候，再胳膊挽胳膊拥到外面，和车水马龙，人山人海，混在一起，你说这样好吗？

天气很暖。从开着的窗户一直射到我们头上的太阳都热得好像它的光线是通过聚光镜而来的那样；不过那是因为太阳那时候正升到中天，而同时那个时季，又是迥异寻常的。大概从来就没有过像百老汇这样阳光洋溢的街道吧！边道上的石头，只叫行人硬用脚踩，就变得光滑而发起亮来；房子的红砖，很可以说，还没出那干而热的窑呢；公共马车的车顶，看起来好像你把水泼到它上面，它就会发出嘶嘶的声音，冒出轻微的烟气，叫人闻着好像弄灭了一半的火那样。这儿的公共马车要多少有多少！在六分钟的时间里，已经过去六趟了。还有无数专门雇脚的单马双轮小马车，还有四轮四马大马车，双轮单马轻便马车，四轮二马轻便马车，双轮单马大轮马车，自用马车——这种车，样子有些拙笨，和公用马车没什么大差别，只是特别为走城市马路以外乡村难走的大道用的。马车夫有黑人，有白人，有戴光面便帽的，有戴皮帽子的，有穿土色裤子、黑色裤子、棕色裤子、绿色裤子、蓝色裤子、南京布裤子、条纹斜纹布和麻布裤子的，还有穿号衣的，只有一个穿号衣的（趁着他刚过来的时候快看，否则他就过去了，看不见了）。那是这个民主国一个南方公民，给他的黑奴穿上号衣，自己好像苏丹①那样，大摆架子，大肆威武，来炫耀一番。稍远一点，有一对毛剪得很整齐的灰马，拉着一辆双轮轻便马车，在这辆车停车的地方，站在马头那儿的，有一个约克郡马车夫，他到这块地方上来还不很久，他穿着长统靴子，脸上很惨淡的样子给他那双靴子找伴儿，但是他也许要在这个城市里走上半年，还是找不到。上帝保佑那些妇女们吧，你瞧她们穿戴打扮得多么扎眼！我们在这儿只待了十分钟的工夫，看到的花样颜色，就比在别处十天的工夫看到的还多。她们拿的阳伞多么千形万状！她们穿的绸缎多么五彩缤纷！她们扎着花纹的薄袜子多么好看！她们的薄鞋多么尖瘦！她们的带子和穗子多么飘洒！她们的大衣多么华丽！大衣上带的头巾和挂的里子多么灿烂！年轻的绅士们，你可以看出来，都喜欢把衬衣领子放下来，都喜欢留胡子，特别是底胡，但是他们在服装或态度方面，却比妇女差得远了；因为，如果说实在的，他们完全是另一种人。你们这些写字台前和柜台后的拜伦②，你们往前走吧，让我们看一看你们后面那两个人是怎么回事吧——他们是两个工人，穿着节日的服装，一个手里拿着一块搓得满是褶子的纸条，死乞白赖地拼上面写的一个难读的名字，另一个就到处在门上和窗上找那个名字。

他们都是爱尔兰人，即便他们脸上戴着面具，你也能从他们

---

① 苏丹：伊斯兰教国王或土耳其皇帝。英语里用作富丽豪华和残暴酷虐的代表。

② 写字台前……的拜伦，即前之年轻绅士，谓之为拜伦者，以他们的衬衣领子下翻。英诗人拜伦以这样衣领下翻著名，故这样往下翻着的领子叫作拜伦式领。

穿的那种后襟下摆很长的蓝褂子、发亮的扣子和土色的裤子上认出他们来。他们穿着这种衣服，身上很不得劲儿，好像他们穿惯了工人服装，对于别的服装一概不惯似的。要不是因为有这两个工人的男女同胞，那你们的模范共和国就无以为国了；因为如果没有他们，谁给你们刨地、掘地、做苦活儿、做家庭活儿、开运河、修大路、做一切内部改进的伟大工程呢？他们两个都一点不错，是地地道道的爱尔兰人，当时还因为想找人而不知道怎么找，露出完全不知所措的样子来。现在让我们看着同乡的关系，本着老实人应得老实帮助、吃老实面包应得老实工作这种自由的精神，下去帮他们一下好啦。

这回好啦！因为写字条的人，显然由于用铁锹用惯了，而用笔却不惯，把地址写得怪模怪样的，好像不是用笔写的，而是用铁锹的粗木柄写的似的，但是我们到底还是把地址找到了。那个地址还在那面一点；不过他们到那儿去有什么事呢？他们是不是因为攒了点钱，现在带来，要把它存起来呢？不是那样。原来这两个人是哥儿俩，他们有一个先自己一个人远涉大洋，来到美国，在半年里，勤苦地工作，更艰苦地生活，攒下了点钱，够给他兄弟做路费的了，于是就把他兄弟也弄到美国来。他兄弟来了以后，他们俩就一块儿并肩工作，任劳任怨，一同辛苦地劳动，一同艰苦地生活，这样又过了一个时期，他们就把他们的姊妹又弄到美国来了；以后把另一个兄弟，最后把他们的母亲，也都弄到美国来了。但是现在怎么样呢？原来这个老太婆，到了生地方，老安不下心去；她说，她要把她这把老骨头和她自己家里的人一起，埋在老家的教堂坟地里；因此，他们只得给她凑了路费，送她回去。但愿上帝对于这个老太太的子女们帮助保佑！对于一切心地单纯的人们帮助保佑！对于一切转向他们少年时期所礼拜的耶路撒冷、在他们祖先的冷炉台上点祭火的人们，帮助保佑！

这一条狭窄的街道，在太阳地里晒得都发热起泡的街道，就是华尔街，也就是纽约的交易所和伦巴第人街①。在这条街上，有许多人，一眨眼的工夫就发了财，也有许多人，同样一眨眼的工夫就成了穷人。就在你现在眼看着在那儿徘徊的商人里面就有的人，像《天方夜谭》里说的那样，把他们的钱锁在保险柜里，而在再开保险柜的时候，却只看到凋残的树叶儿②。在下面，紧靠着水边，在许多船头都伸到便道上甚至于这几乎插到窗户里的地方，停着雄伟壮丽的美国汽船，在执行邮船任务中，占世界上最优秀的地位。这些船把外国人装到这儿，现在满街都是。到这儿的外国人也不见得就比到其他城市的外国人更多；不过在其他城市里，他们都有他们各自常聚的场所，你得到那种场所里去找他们，才能看见他们，而在纽约，外国人则满城都是。

我们现在得再过百老汇那一边儿去，在那儿看一看一方一方往铺子里和酒吧间里搬的洁白冰块，看一看摆着出售、不计其数的菠萝和西瓜，好在烦暑中清爽一下。你看，这儿有好些条整齐的街道，两边都是宽敞的住宅——其中有许多，常常是由华尔

---

① 交易所：指皇家交易所而言，在伦敦城圈中心，和英格兰银行相对。伦巴第人街：在伦敦城圈，是伦敦的银行街，金融业中心。

② 《天方夜谭·剃须匠第四个哥哥的故事》说，他这个哥哥是一个屠夫。有一长须老人，买肉付钱，钱白色灿烂，单放一箱内有半年之久。后开箱欲取钱买羊，钱都变为白纸，剪成圆形。此处说钱变树叶，或由异文，或出误记。

街一会儿陈设起来而一会儿又搬空了的。这是一个树木阴翳的广场。我想那一家,一定是一个好客之家,家里的人都是叫人一见就老念念不忘的;他们那儿,总是宾至如归,总是花木满室;那儿正有一个小孩,满面笑容,从窗户往外看窗下的小狗。在这条偏僻的街上竖着一个高入云霄的旗杆,旗杆顶上挂着一件像"自由帽"①的东西;你也许要纳闷儿,不明白那个旗杆是做什么用的;我也纳闷儿。不过这儿竖旗杆的风气,好像是一种癖好,只要你有心要看,那五分钟以内就可以看到另一个和那个一样的。

我们再一次穿过了百老汇,在五光十色的人群中,从辉煌闪耀的商店外走过,来到了一条很长的大街,这就是波尔锐街②。那边儿是有轨马车路,瞧见了没有?上面有两匹膘满肉肥的马,不费劲地拉了二三十人和一个大木头柜③。这儿,商店没有百老汇那儿那样华丽,人们没有百老汇那儿那样炫耀。在这块地方上,可以买到现成做好了的衣服,和现成做好了的食物。先前百老汇是轻车快马,似水如龙,现在这儿却是大车篷车,叽里咕噜的了。有一种幌子,非常地多,样子像水里的浮标或者小小的轻气球,用绳子拴在杆子上,在空中乱摇摆:这原来是卖蛎黄的,写着"美味蛎黄,花样繁多",你抬头一看就能看见。这种幌子,夜里特别有诱惑力;因为,那时候,幌子里面点着蜡烛,把那几个

---

① 这种柱子是自由柱(liberty pole),自由帽是法国大革命的时候人民戴的一种帽子。

② 波尔锐街(Bowery):在纽约下曼哈顿区(Lower Manhattan),以舞厅、赌场等臭名昭彰。为贫民聚居之地。

③ 大木头柜(ark):指车身而言。

字照得清清楚楚，使闲溜达的人在那儿徘徊的时候，看到这种招牌而馋涎欲滴。

这个前面阴惨的大楼，这个好像冒充埃及建筑①的东西，看着和惊险剧里的魔士宫殿一样的，是什么地方？那原来是那个叫作"坟墓"的著名监狱。咱们到那里面去参观参观好不好？

我们进去了。只见那是一座长而窄的高楼，像美国各地那样，里面生着炉子取暖，四面都是楼厢，一共四层，层层高起，有楼梯互相通着。每两层的两头和正中间，都有一个桥，为的两边来往方便。在每一个桥上，都坐着一个人——有的在那儿打盹儿，有的在那儿看书，又有的在那儿和无事可做的伙伴闲谈。每一层上面，都有两溜相对的小铁门。这些门，看起来和高炉的门一样，不过这些门却是冰凉乌黑的，好像炉里的火完全早就灭了那样。有两三个门正开着，只见低着头的女人，正和同室的人谈话。整个一座楼，只有一个天窗透光，不过天窗关得很紧；在房顶那儿，还挂着两个风帆，也都软软地耷拉着，毫无用处。

一个人带着钥匙来了，要带我们参观。这个人生得很不寒碜，并且，以他那种人而论，得算够客气，够殷勤的了。

"这些黑门里面就是囚室吗？"

"不错。"

"里面住满了人了吗？"

"差不多都住满了，这是事实，无可怀疑。"

"底下那一层，毫无疑问是不卫生的吧？"

---

① "坟墓"监狱是仿照埃及建筑盖的。

"哦,我们只把黑人关在那儿,这是事实。"

"囚犯都是什么时候活动?"

"他们不常作什么活动。"

"他们从来也不到院子里散散步吗?"

"很少很少。"

"有的时候也散散步吧,我想?"

"哦,那是不常有的事。他们不散步,也照样高高兴兴的。"

"不过,假设一个人,要在这儿待上一年呢。我知道,这个监狱是专为案情重大的被告而设的,羁押他们的时间,只限于他们候审或者复查的日期以内;但是,在这儿,法律有许多办法可以迁延定案的时日。例如,由于请求重审,或者取消原判,再度审理等等,一个候审人也许得在这儿待上一年,我想;他得待上一年吧?"

"哦,我想,也许得待上一年。"

"你的意思是说,在这一年里,他永远也不能出那个小铁门到外面去活动活动吗?"

"他可以多少散一散步——也许可以——不过不能多啦。"

"你可以开开一个门吗?"

"你要是高兴的话,把所有的门全开开都可以。"

门上的栓锁之类,先嘎啦了一阵,又哗啦了一气,跟着那扇门就慢慢地打开了。咱们现在往里面看一看好啦。只见里面是一个光光的囚室,墙上高处有一个小窟窿,光线就是从那儿射进来的。室内有一件极粗陋的盥洗用具,一张桌子,一张床。床上坐着一个老人,有六十岁上下,正在那儿看书。他先抬头看了一眼,跟着又不耐烦又倔强地摇了摇头，最后又把眼盯到书上去了。我们从室内出来了之后，室门又关上了，又像以前那样拴好、锁好了。室内这个人原来是把他太太谋害了的，大概要判处绞刑。

"这个人在那儿待了有多久了？"

"有一个月。"

"他什么时候受审哪？"

"下一期。"

"下一期是多会儿哪？"

"下一个月。"

"在英国，即便一个被判死刑的囚徒，每天也有时候可以透透空气，活动活动。"

"真的吗？"

他说这句话的时候，他的态度那样冷静，真令人惊讶万分，真令人无法形容。他带着我们到女囚室那儿去的时候，那种闲散逍遥，也达到了极点；他一边走，一边用钥匙当鼓槌儿，往楼梯的栏杆上敲。

在这一面儿，每一个囚室的门上都有一个小方窟窿眼儿。有的女囚，听见脚步声，带着很急切的样子从这个小窟窿眼儿里往外瞧；另一些女囚，就因为害羞，尖声一喊而躲了起来。有一个小孩，大约十岁或者十二岁的样子，也关在那儿。"他犯了什么罪了呢？""哦，那个孩子？他就是咱们刚才看见那个人的儿子；他是他父亲那个案子里的证人，我们把他收容在这儿，为的是妥当起见，等到审判完了，再把他放出去——没有别的。"

不过，叫一个小孩儿，白天黑夜，都待在这样一个地方上，

那是一件可怕的事。这样对待一个年幼的证人,未免太不对了吧?现在让我们听一听带我们参观的那个人怎样说好啦:

"哦,这儿的生活,并不算太粗野,太吵闹;这一点是事实!"

说到这儿,他又拿钥匙当鼓槌敲着,逍逍遥遥地带着我们走了。我们走着的时候,我问了他一个问题。

"请问,人们为什么叫这个地方是'坟墓'哪?"

"哦,那是一句行话。"

"那个我知道,不过为什么会有这样的叫法哪?"

"这个监狱刚一盖起来的时候,出了好几档子自杀的案子。我想那种叫法就是那么来的吧。"

"我刚才看见那个囚犯,把衣服都乱放在囚室的地上。难道你们这儿不要犯人守秩序,不叫他们把衣服好好地放起来吗?"

"要他们往哪儿放哪?"

"当然不应当放在地上啊。是不是该把衣服挂起来哪?"

他特为把脚站住了,把头回过来,来加强他回答的语气。

"唷,您这个话太说到节骨眼儿上了。他们有了钩子,就该把自己挂在上面了;所以囚室里所有的钩子都撬下来,拿走了;现在就剩了从前钉钩子的印儿了。"

他现在站着的那个监狱院子,一直就是可怕的把戏玩弄的场所。他们就把犯人带到这个窄小而像坟墓的地方,把他处死。那个该死的倒楣鬼,就站在绞架下面的地上,脖子上套着绳子;一发号令,绞架的另一头上就滑下来一个重坠子,一下把犯人就吊起来,成了一具死尸了。

在这种阴森的光景出现的时候,法律规定:必须有法官、陪审员和二十五个公民在场。社会上一般人，不许看到这种光景。对于那些道德堕落、行为恶劣的人，这件事永远是又使人恐怖，又富于神秘性的。监狱的墙，像一块阴森惨淡的厚幕一样，横张在罪人和这班人之间。这四堵墙就是罪人灵床上的帐子，就是他的殓单，就是他的坟墓。这四堵墙把生命给他遮断了；他一直到最后一刻，本来都打算要毫不后悔，横到底，硬到底的，这本是他一见那四堵墙，——只要有那四堵墙在眼前，就往往完全能够使他这样的；但是现在这四堵墙却把他这种打算也给他遮断了。因为那儿没有怒目而视的人，惹他怒目而视，没有硬充好汉的人，激他硬充好汉。顽石砌成的墙外面，只是一片黑洞洞的空间[①]，谁也不知道那儿是怎么回事。

现在让我们再回到喜气洋洋的街上来好啦。我们又来到百老汇了！这儿还是那些妇女，花红柳绿，来来往往，有的成双成对，有的单人独行。再过去一点儿，是那把轻盈的蓝阳伞，我们坐在饭店的窗前那时候，它在窗外过去了又过来了，来来回回，有二十次之多。我们要从这儿横穿大街。注意猪。在这辆马车后面，就有两口肥大的母猪跟着，另有五六口猪中须眉，都是百里挑一的上选，刚从拐角那儿出现。

这儿来了一口单身独行的猪，正逍逍遥遥地往家里走去。它只有一只耳朵，另外那一只，它在街上游荡的时候，奉送给一只野狗了。但是它少了那只耳朵，也照样过得很好，到处游逛，任意流浪，很有绅士派头，和我们国内的俱乐部会员极为相似。它

---

① 指死后的世界而言。

每天早晨在一定的时间离开寓所,专靠在街上寻觅食物,在自认十分满意的情形下对付一天,经常夜里才在自己的家门出现,很像吉尔·布拉斯那个神秘的主人①那样。它这口猪,随随便便,马马虎虎,凡事不在心,诸事不经意,在同样性格的猪中间有很多相识;不过这个相识,只是它知道它们的模样罢了,它并没跟它们接谈过;因为它很少有麻麻烦烦地站住了和别的猪寒暄的时候,而只是吭吭地叫着,往臭水沟那儿奔,发现一些有关垃圾堆和刷锅水的消息和闲谈,只顾自己的尾巴,无心别人的话把——而那条尾巴,也短得很,因为它的死对头野狗,也曾把它的尾巴当作了攻击的对象,所以它的尾巴剩下的那一块儿,几乎连作话把都作不成了。②无论从哪方面说,它都得算是一口民主主义的猪,爱往哪儿去就往哪儿去,即便不是以优越的身份,也得说是以平等的身份,和上等人交往;因为只要它一出现,所有的人,都要给它让路,并且如果它想要走便道最靠边儿的地方③,即便最高傲的人,也得把那块地方给它让出来。它是伟大的哲学家,除了遇到前面说过的那些狗,永远不动声色。有的时候,一点不错,你可

---

① 吉尔·布拉斯(Gil Blas)是法国小说家勒·萨日(Le Sage,1668—1774)同名小说中的主人公。该书第3卷第1章,说吉尔浪游到马德里,友人荐他给一个人当听差。他这个主人,每天九、十点钟出门,到晚才回来。吉尔和邻居们都不知道他是做什么的。

② 这里原文是用tail和tale双关。译文试用"尾巴"和"话把"双关。原文bear tail是带着尾巴,同时又继续前文talk,双关bear tale(嚼舌而泄人秘密),后面to swear by仍继续tale。嚼舌的人总起咒赌誓,说他说的是真话。

③ 直译应为"便道靠墙那一面",那儿较干净、较安全。外边那一面,则为车马所过,垃圾所聚之地。

以看见，它那双小眼睛，会一眨一眨的，看它那挨了刀的朋友，长伸着挂在屠户的门框上，给屠户壮门面。但是它却只哼了一声，说："生命就是这样：一切的肉，总归都要成为猪肉①。"说完了，蹒跚着往臭水沟那儿奔去，把嘴往烂泥里一拱，跟着安慰自己说，不管怎么样，反正明天来争着吃烂菜叶的，少了一个嘴。

这些猪就是街道的清洁夫。它们的样子很难看，多半是棕色的瘦小肩背，像旧式箱子蒙着马鬃的箱盖儿那样，上面长着表示病态的黑斑点。它们的腿也都又瘦又长；它们的嘴也都瘦得成了尖的了。如果你有办法，能使它们老老实实地让人把它们的侧影画下来，那决不会有人认得出来，它们是猪。从来没有人管它们，也没有人喂它们，赶它们，捉它们；它们很小的时候，就完全得靠自己谋生活；因此变得异乎寻常地机伶狡黠。每一口猪都知道自己住在什么地方，比有人告诉它们的还准。现在，暮色正苍茫起来，你可以看到这种畜类，几十几十的，游荡着回家就寝，一直到家门口，还是遇到什么就吃什么。有的时候，一口年轻的猪，如果吃得过饱，或者叫狗扰得太甚，会像一个回头的浪子②一样，溜溜湫湫奔回家里；但是那是不常见的——它们最突出的特点是：完全沉着，完全自恃，镇静稳定，不受任何事物的搅乱。

现在街上和铺子里都点起灯来了；我们顺着这条很长的通衢

---

① 比较《旧约·以赛亚书》第40章第6节，"一切的肉都是草"，《新约·彼得前书》第1章第24节，"一切的肉都像草一样"。言血肉之躯都要成为残株枯草也。

② 回头的浪子：见《新约·路加福音》第15章第11—32节。

看去，只见汽灯星罗棋布，使我们想起牛津街或皮卡迪里[①]来。有的地方，可以看见通到地下室的宽阔石头台阶，同时涂着字的灯，把你指引到打地球的球房或者打十柱戏的球房里——十柱戏是一种半凭运气、半凭技巧的游戏，是立法机关通过禁止九柱戏的法律之后发明的。在其他通到地下室的台阶旁边，就有另一样的灯，标明蛎黄食堂的所在——这种食堂都是使人愉快的幽静去处，这是我深以为然的；我这样说，不但是因为这种地方蛎黄的做法特殊、烹调惊人，蛎黄都几乎像干酪碟子[②]那么大（也不但是由于您的缘故，最热诚的希腊文教授[③]），而是因为，在这块国土上，所有吃肉的、吃鱼的、吃鸡的以及吃其他东西的人中间，只有吃牡蛎的，不是成群打伙的；他们好像也变得和他们所吃的东西有了同样的品性，好像也要学他们所吃的东西那样地羞缩，所以这种人，吃蛎黄的时候，都只两个两个的，坐在挂着帘子的雅座里，而不是两百两百的，坐在一个大屋子里。

不过你听街上多么静！难道这儿没有穿街游巷的音乐队，没有奏管乐的或者弦乐的吗？没有，一个都没有。白天的时候，难

[①] 牛津街和皮卡迪里，都是伦敦的繁华街道，大商店所在地。

[②] 干酪碟子：直径约为五六英寸，盛干酪用。这里所指，不是蛎黄本身大如干酪碟子，而是说蛎黄的壳大如干酪碟子。狄更斯在《博兹特写集》里说，"蛎黄壳儿都和干酪碟子一样大。"

[③] 希腊文教授：指斐尔屯（C. C. Felton, 1807—1862），见第44页注[①]。狄更斯曾在一封信里说起："我在船上（从波士顿到纽约），很高兴又碰到了斐尔屯……他是剑桥大学（即哈佛大学）的希腊文教授……他是一个很令人喜欢的人，毫无做作，热诚和蔼，……我们把船上所有的黑啤酒都喝光了，把所有的冷猪肉和干酪都吃完了，非常欢乐。"

道没有演傀儡戏的，演提线傀儡戏的，耍狗的，变戏法的，奏杂技的，演洞琴的，甚至于奏上弦风琴①的吗？没有，一样都没有。哦，我想起来啦，有一样。我记得有一个有上弦风琴伴奏的猴子，在街上跳舞，那猴子本来的天性是跳掷嬉戏的，但是现在却很快地就要变成了一个呆滞拙笨的猴子了，成了功利主义派了②。除了这个以外，就没有其他会活跃的东西了——一样也没有，连一个登转笼的小白耗子都没有。

难道这儿没有娱乐场所吗？有。大街那一边就有一个讲演厅，厅内射出辉煌的灯光。除此而外，一星期给妇女举行的晚礼拜可以有三次或者四次之多。年轻的男人们所去的地方，则有账房、铺子和酒吧间——你从这些窗户往里看，可以看出来，酒吧间里老有人满之患。你听，一会儿是锤子把冰砸成一块一块的声音，一会儿又是砸碎了的冰块往一个一个杯里倒，把冰和酒掺在一块，发出卜卜的声音。谁说这儿没有娱乐？这些猛吸雪茄、大口咽烈酒的人，如果不是在那儿作乐，那么是在那儿做什么哪？你看他们还把他们的帽子和他们的腿都东歪西扭地弄出各式各样可能弄出的奇形怪状！好几十种报纸，在街上就是少即晓事的顽童大声吆喝着卖，在酒吧间里就一份一份地摆在架子上，要是那不是娱乐，那是什么？原来美国新闻这种娱乐，还并不是那种淡而无味、

---

① 上弦风琴：穿街游巷的艺人用的，套在脖子上，旁边有一个曲拐，一摇曲拐，就响起来。在伦敦街上极常见。
② 猴子成了功利派：意思是说猴子老了，不大爱耍，只在风琴奏完了的时候，伸手向人要钱。

稀溜溜儿的东西，而是货真价实、非常地道的玩意儿；都是破口大骂，丑肆诋毁的；都是专揭人隐私的，像西班牙的"跛魔鬼"[①]那样，能把人家的房顶都揭起来；都不管你好的是腥的、臊的、还是臭的，能给你拉皮条，作撮合山，成其丑事的；都是最能造谣说谎的，连最贪的饕餮，都能叫它把胃撑破了；都是把所有从事政治活动的人，一律说成是出于最卑鄙无耻、最粗俗不堪的动机的；都是对良心无愧、作事端正的撒玛利坦[②]威胁恫吓，叫他们从遍身刀伤、伏地不起的国家躯体旁边躲开的；都是又叫喊，又呼啸，又拍两只臭手，嗾使一群蚊虻蝇蚤和鹰鹞鹏枭，去冲锋陷阵的。没有娱乐？这不是娱乐是什么？

现在让我们再往前去，把这个荒野一般的旅馆（旅馆下面地下室里就是商店，像欧洲大陆上的戏园子那样，再不就像伦敦歌剧院[③]把柱廊去了那样）撂过，而投到五点的深处好啦。不过，要到那儿去，首先我们必须有两个警官带着我们才成。现在带我们这两个警官，即便在大沙漠中让你遇到，也会让你认出来，他们是眼明手快、久经训练的警界人员。有些行业，能使所有干那一行的人，不管在什么地方，都显得好像是一个模子刻出来的似的，

---

① 跛魔鬼：法国小说家勒·萨日曾根据西班牙故事写成讽刺小说《跛魔鬼》，略言有人偶入星相家之室，无意中把拘在一个玻璃瓶子里的魔鬼放了出来。这个魔鬼为报答它的恩人，把人家的房顶都揭开，让他看屋内进行的勾当。

② 撒玛利坦人，见了路上被强盗打得半死的人，动了善心，给他裹伤，扶他骑上自己的牲口，带到店里照应他。见《新约·路加福音》第10章第30—37节。

③ 伦敦歌剧院，即科文特园剧场（Covent Garden Theatre），过去叫皇家歌剧院（Royal Opera House），在鲍街（Bow Street）。剧院前部是一溜哥林多式柱廊。

这话真一点不错。这两个警官,很可以说是孕于鲍街,生于鲍街,长于鲍街的。[1]

我们白天晚上,在街上都没看见过乞丐;但是另一些在街上瞎溜的人,却多得很。在我们要去的那条街上,就是贫穷、困苦和罪恶汇聚的渊薮。

我们来到这个地方了——往左去,往右去,都是窄胡同,到处都是一片肮脏,一片污浊。这儿的人过的那种生活所产生的后果,也和这种生活在任何别的地方所产生的后果完全一样。门口站的那些人,脸上那种粗野浮肿的样子,在英国和全世界都能看到。漫无节制的生活,连房子都弄得好像未老先衰。你看,那腐朽的梁都快要塌下来了!你看,那东补一块西补一块的破窗户,都横眉厉目,好像酒后斗殴、打得鼻青脸肿似的。原先在街上看见的那些猪之中,有许多就是住在这儿的。我不知道,它们是否曾纳过闷儿,不明白为什么它们的主人,不用四条腿走路,而却用两条腿走路,不叫唤而却说话。

我们看到的几家,差不多都是下等酒店,在酒吧间的墙上,都挂着华盛顿、英国女王维多利亚和美国鹰[2]的画片儿。在一格一格放酒瓶的架子上,有的地方镶着厚玻璃,糊着花纸;因为即便在这种地方,爱好美观的心理也或多或少地存在。那儿是水手们

---

[1] 鲍街:在伦敦科文特园(Covent Garden)旁,伦敦主要警察法庭所在地。十八世纪,英国即以鲍街捕役(the Bow street runner)著,当时这种人,专管捕盗,以能侦缉路劫、强盗、窃贼称。见芬尼摩《英国社会生活史》第7章。

[2] 美国鹰:是美国的国徽。

常来的地方,所以屋里挂着十几张有关海上生涯的画儿。其中有的画着水手和他的情人告别的,有的画着民歌里的水手威廉和黑眼苏珊的[①];有的画着大胆走私货的维尔·洼齐的,又有的画着海盗保罗·琼斯[②]的;还有的画着其他人的;这些画片儿和画着维多利亚的,还有画着华盛顿的,统统挂在一块儿,因此这种画儿上的维多利亚,还有华盛顿,永远注目而视,看着那些与之共处的人那样离奇古怪,也和他们两个永远注目而视,看着那些在他们面前发生的光景,绝大多数令人惊奇一样。

这条肮脏的街所通到的这个地方是什么场所呢?那是几幢像患麻风病的房子,差不多是方形的,要进这种房子的里面,往往只能通过安在外面那种破木头阶梯。在这个摇摇欲坠,一踩就吱吱地响的阶梯那面是什么呢?——是一个破烂的屋子,只暗淡地点着一支蜡,里面没有任何使人舒适的东西,如果有的话,那也许是藏在那儿那个破烂的床铺上。床旁坐着一个人,用膝盖支着胳膊肘儿,用两手捂着天灵盖。"那个人怎么啦?"走在前面那个警官问。"害热病,"坐在床旁那个人沉郁地回答,回答的时候,连头都没抬。请你想一想,一个人害热病,却待在这样一个屋子里,那他的脑子里都应该想些什么?

---

① 这是英国十八世纪诗人约翰·盖伊(John Gay, 1685—1732)作的一首民歌。全名叫《甜美的威廉和黑眼睛的苏珊告别》。收在他的诗集《歌与民歌》里。

② 保罗·琼斯:应为保罗·约翰·琼斯(Paul John Jones, 1747—1792),一般叫他保罗·琼斯,苏格兰人,入美及法海军,为舰长,曾侵爱尔兰及苏格兰沿海,与英人交战时,两俘英战船。晚入俄海军为副提督。实一海上冒险家,但在英人眼里,则为海盗。至维尔·洼齐,则尚待考。

你现在跟着我，咱们一块儿上这个漆黑一片的阶梯好啦，你可要当心，别在这个哆哆嗦嗦的梯子板儿上失足；你跟着我，咱们一块儿摸索着，到这个狼窝里来好啦，那儿好像连一线的亮光、一丝的空气，都透不进去似的。一个黑人小伙子，先是叫警官的声音从睡梦中惊醒了——他对于警官的声音很熟——后来又听见警官对他保证，说警官上这儿来，不是为了公事，才把心放下，跟着他就过分殷勤的样子，到处找蜡要点。他先划了一根火柴，火柴亮了一下的工夫，照见地上一堆一堆的破衣烂被，高起如山；跟着火柴就灭了，把屋里弄得比先前更黑；这是说，在原先那种已经黑到极点的情形下，还能更黑的话。他连走带跌地跑下了阶梯，一会儿又回来了，用手遮着一支火焰摇摇的小蜡。这阵儿地上那一堆一堆像小山的破衣烂被先蠕动了几下，跟着慢慢地离地而起，于是只见，满地都是身拥败絮的黑人妇女，从睡梦中醒来；她们的白牙，着对儿厮打，她们发亮的眼睛，带着又惊又怕的样子，对着各处闪烁，对着各处眨巴，和一个非洲人吃惊的脸，在一个奇异的镜子里，无数次地重复出现一样。

现在咱们再上另一个阶梯（上的时候，同样要小心，因为在这儿，对于那班没有我们这样好的护送人，到处都是陷阱，到处都是陷坑），从那儿到这幢房子尽顶上那一层好啦。只见那儿露在外面的梁和椽子互相交错，恬静的夜色从房顶上的空隙里透了进来。你瞧，这儿这些狭小的破房间，都挤在一块儿，里面挤满了睡着的黑人；咱们把其中之一的门开开好啦。哎呀，他们里面原来生着炭火；你闻一闻，衣服烤焦了的味儿，再不就是肉烤焦了的味儿，那是因为他们挤在火盆上，挤得太紧了。屋里还发出一片水蒸气来，蒙住人的眼睛，咽住人的嗓子。你在这个黑暗的房间里各处看去的时候，你能看见，每一个角落里，都有一个形体，半睡半醒地在那儿蠕动，好像人类受裁判的时刻已经到来，每一个有血肉糜烂或者白骨巉巉的坟墓都裂开了，把尸骨暴露。[①]这种地方，本是连一条狗看着都要狂嗥几声而不肯就躺下的，但是这儿，却是男男女女，老老少少，溜溜湫湫地跑去睡觉的去处；他们一到那儿，把耗子都挤得没有办法，只好到别的地方，找更好的安身之处。

在这块地方上，也有大大小小的弄堂，到处都是深没膝盖的泥；还有地下室，在那儿，人们跳舞、赌钱，墙上都挂着无数很粗糙的画儿，画儿上画的是船、炮台、旗、美国鹰。那儿还有倒塌了的房子，对着大街敞着口儿，从墙上的缺口那儿，可以看到街那面另外倒塌了的房子，赫然出现！那种样子，就好像是充满了罪恶和苦恼的世界，没有任何别的东西可以示人似的。那儿还有使人恶心的贫民杂居楼，每一所都跟着杀人犯或者强盗的名字叫。所有一切使人厌恶的东西，所有一切凋敝衰败的东西，所有一切残破糜烂的东西，都可以在那儿看到。

我们的护送人现在把手放在阿尔玛克的门栓上，从台阶底层那儿招呼我们前去，因为五点这个地方上时髦人物的聚会厅，是

---

① 基督教的说法，人类有一天，要受上帝最后的总审判，那时候，死人也都要从坟墓里出来受审判。

要往下面走①才能到达的。咱们进去看一下好吗？只用一会儿的工夫。

哈哈，阿尔玛克的老板娘真发福发财！只见她是一个混血儿，胖胖的，长得不算寒碜，双目奕奕有神，头上很考究的样子包着一方花手绢。在服装打扮方面，老板也不弱于老板娘，只见他上身是一件俏丽的蓝夹克，看着像船上的服务员，小指上戴着一个分量很重的金戒指，脖子上挂着一副闪烁有光的金表链子。他见了我们，那份儿亲热就不用说啦，他问我们要点什么玩意儿。跳舞吗？马上就可以来，先生——"地道的刮地舞。"

拉提琴的是一个胖胖的黑人，他还有一个打手鼓的伙伴，他们一块儿坐在那个小小的奏乐台上，用脚踏着奏乐台的地板，奏起生动活泼的调子来。舞池里来了五六对舞伴，由一个生动活泼的青年黑人指挥，这个青年黑人就是这一家舞厅的智多星，同时是人所共认的跳舞能手。他老一直不断地做奇怪的鬼脸，别人看了，没有不是永远乐得把大嘴咧着的。在跳舞的人中间，有两个年轻的混血女人，她们都是大眼睛，黑眼珠，低眉垂目，头上也和老板娘一样，包着花手绢。她们很害羞的样子，或者说，装作害羞的样子，好像她们从来没跳过舞似的，她们在顾客面前，把头使劲低着，因此她们的舞伴只能看见她们长拂双眼的睫毛。

现在跳舞开始了。每一个男舞手都对着他对面的女舞手跳一定的花样，愿意跳多久就跳多久。女舞手对男舞手也是一样。他

---

① 往下面走：字面的意义是走下台阶，进地下室；里面的含意是，下地狱，这种地方就是人间地狱。

们一跳起来就没个完,因此跳了一气,大家的兴致就渐渐低落了,于是那位活泼生动的英雄突然来到,作为救兵。他一来,马上拉提琴的把嘴咧开了,拼命地拉起来;打手鼓的也增加了新的力量;舞手也都发出了新的笑声;老板娘也露出了新的微笑;老板也增加了新的信心;连蜡都显得增加了新的亮光。单脚刮地,双脚刮地,单扭腿,双扭腿;打榧子,转眼珠儿,把两膝朝里对起来,叫腿肚子朝前,用脚尖和脚跟在地上打旋儿,旋得那样快,除了打手鼓那个人的手指头,没有别的东西可以比得。跳到后来,他那两条腿,一会儿好像都成了左腿了,又一会儿好像又都成了右腿了,一会儿好像成了木头腿了,又一会儿又好像成了铁丝腿了,成了两条带弹簧的腿了——成了各式各样的腿以至于无腿——这对于他算得了什么呢?后来,他把他那舞伴的腿都跳得不成其为自己的腿了,把他自己的腿也跳得不成其为自己的腿了,于是他就满面风光地一跳跳到了酒吧间的柜台上,用一种无法模拟的声音,做出舞台上一百万个黑人那样的欢笑声,要酒喝。这样结束了他的跳舞。那时候,掌声如雷,那种热烈,在人生任何行业里,在人生任何舞蹈中,谁也没有受过。

即便在这种如疯似狂的地方上,室外的空气,让你在一个叫人喘不过气来的屋子里待了半天之后,看来也都显得清新;所以现在我们出了屋子,来到大街上的时候,空气更清新地向我们扑来,星星也重新闪耀起来。我们又在"坟墓"前面走过。纽约市的坐更看守所①就是监狱的一部分,因此那儿的光景,当然应该跟

---

① 坐更看守所:专拘留夜间更夫拿获的犯法的人。

在我们刚才看到的那些光景后面出现。现在咱们看一看这种光景，然后再去睡觉好啦。

怎么！难道你们真把普通违反警章的人塞到这样的黑洞里吗？难道那些还没证明是否犯了罪的男男女女，就整夜待在这样完全一片黑暗里，整夜包围在一片把你们给我们照路的暗淡灯光都弄得朦胧了的浊气里，整夜闻着一片令人恶心的臭味吗？你要知道，像这样污浊肮脏、令人作呕的监狱，连对于世界上最专制的帝国都得算是耻辱！你看一看这些囚室，你这位天天夜里看到这些囚室、手里拿着囚室钥匙的老爷，你看一看好啦；你难道看不出来，这都是什么样的地方吗？你知道地下脏水道是怎么做的吧？你再看一看，这儿这些用人做的脏水道，比地下脏水道，除了永远停潴不动这一点，还有什么别的区别？

啊，原来他不知道。他曾有一次，把二十五个年轻的女人一齐关在这个囚室里。你几乎想不到，她们中间，有生得多么齐整的。

我求你看着上帝的面子，把这个门关上，把现在这个可怜的犯人关在里面吧，把这个甘心堕落、玩忽人权、穷凶极恶，各方面比欧洲最坏的老城市还要坏的地方挡起来吧。

难道说，人们就真能不经审问，整夜叫人扔在这样一片漆黑的猪圈里吗？不错，夜夜如此。到了晚上七点钟，守望警就开始执行职务。治安法官在第二天早晨五点钟才开始问案。这是头一个被提审的人，最早可以得到解脱的时间。如果一个犯人是警官交押的，那他不到九点钟或者十点钟，还不能被提审。不过，如果有人在被押的时候死了哪——像不久以前有一个人那样，那你们怎么办呢？——那没有什么，有一个钟头的工夫，耗子就把他吃掉了，像上次那个人那样；吃掉了还不是完事大吉！

现在大钟撞得这样令人难忍，还有车轰轰前进的声音，远处又有人喊叫的声音，这是怎么回事哪？原来是着火啦。对过儿那一方面，也有一片深深的红光，那又是怎么回事？那也是着火啦。在我们站的那块地方上，有堵烧焦了、烧黑了的墙，那又是怎么回事？那本是一所住宅，也叫火烧光啦。不久以前，在一个官方的报告里，曾不只是暗示而已地提过，说这些火灾的发生，并不都是出于偶然，而是投机倒把，在红焰烈火里，也显其身手来了。不管怎么样，反正昨天夜里发生了一场火灾，今天夜里发生了两场；你可以打赌，还准输不了，明天夜里，至少要发生一场。好啦，我们就把这种情形记在心头，用来安慰自己，然后上楼睡觉去好啦。

我待在纽约的期间，有一天，曾到长岛或者罗得岛①——我记不清楚是哪一个了——上去参观了几个公共机关。其中之一是疯人院。这个疯人院，房子很整齐，楼梯特别宽绰、雅丽。建筑还没全部完工，不过即便现在这样，就已经很高大、很宽绰了，足够收容大量病人的。

我看了这所慈善机关以后，很难说我觉得舒畅。那些病房，本来大可以搞得更清洁一些，更有秩序一些；我在别的地方，曾

---

① 长岛（Long Island）：纽约州之一部，在纽约东面海中，东端离罗得岛州不远。罗得岛（Rhode Island）则属于罗得岛州。

看到过一些有益健康的制度，给了我很好的印象，但是在这儿，看不到那类制度。在这儿，一切都带着大大咧咧、马马虎虎、疯疯癫癫的气氛，叫人看着十分难过。那种呆傻的白痴，长发散乱，蜷伏一隅；那种自言自语的疯子，时发狞笑，指手画脚；那种视而无睹的眼睛，野而可怖的脸面，抑郁地掐手、抠嘴、啃指甲的动作，都在这儿，毫无掩饰，赤裸裸地把他们的丑态怪状，使人厌恶恐怖地呈现在人面前。饭厅是一个凄凉、寂寥、空旷的地方，那儿眼睛什么也看不见，只有四堵墙；就在这个饭厅里，他们把一个疯妇单独锁在那儿。他们告诉我，说这个疯妇一心要自杀。如果天下有任何东西能加强她自杀的决心，毫无疑问，就是那种令人难忍的单调生活了。

在这个疯人院的房间和廊子里，到处都是可怕的人群，使我惊恐异常，因此我把我的参观缩到最短的时间，同时他们要我去看那些不服约束和疯得厉害而他们管得更严的疯人，我也谢绝了。我毫不怀疑，在我记叙的那时期里管理这个机关的绅士，一定是对于管理很能称职的，一定是能尽力发挥这个机关的作用的。不过，如果我说，连在这个受苦受难、人所不齿的人们这种凄惨的栖身之地上面，都有可怜的政党斗争侵入，你能相信吗？我们中间有些人，在精神方面受到了最可怕的打击而丧失神志，而这种人的守视者和看管者，也得戴上一副政治上某一方面可怜的眼镜，你能相信吗？政党有起伏、有兴衰，有时上台，有时下台，政党的风信旗有时转到这边，有时转到那边，而这个疯人院的院长也要跟着今天被任命，明天被撤职，永远更换，你能相信吗？在一个星期之中，总有一百次这种狭隘、有害的政党精神，像沙漠恶风①一样，摧残、毁灭它所吹到的一切健全东西，在极琐碎的事物上表现出来，引起我的注意；我每次遇到这样情形，都是避而远之的，但是那些次，却都没有像我迈出这个疯人院的门槛那时候，那样使我心头作恶，那样使我对它鄙夷。

离这座大楼不远，有另一个机关，叫作赈济院——实在说起来，那就是纽约的贫民院。那也是一个很大的机关；我相信，我在那儿的时候，里面收容了几乎一千贫民。那儿光线坏，空气坏，清洁卫生差；它给我的总印象是令人不快的。不过，我们不要忘记，因为纽约不但是美国全国各地商业汇萃、人烟辐辏的中心，也是全世界各地商业汇萃、人烟辐辏的中心，所以它永远有大量的贫民需要收容，所以它在这方面，有它特殊的困难需要克服。同时也不要忘记，纽约是一个大都会，而凡是大都会，都是大量的善和大量的恶，混合一起，交互错综的。

也就在那一带地方上，有一个育婴堂，那儿收容教养幼小的孤儿。我没到那儿参观，不过我却相信，那儿一定办得很好；我本来还可以更容易相信那儿办得很好，因为我知道，在美国，平常他们对于《总祷文》里"别忘了所有的病人和小孩子"②那句美丽的话，有多么注意。

我到前面说的那些机关里去的时候，走的是水路，坐的船是岛上监狱自己的，摇船的是囚犯，他们都穿黄条和黑条相间的花

---

① 沙漠恶风：阿拉伯等地刮的一种干、热的暴风，常夹沙土。
② 《公祷书·总祷文》里的一句话："我们求您听我们的祷告。求您保佑所有在水路和旱路旅行的人，所有生孩子的女人，所有的病人和所有的小孩子……"

制服，所以看着像褪了色的老虎似的①。他们也就是用同样的船，把我送到了岛上的监狱。

那是个很老的监狱，本是监狱中筚路蓝缕的机构，办法就是我前面说的那样。我听了这话，倒觉得很对头，因为那个机构实在不怎么高明。但是，在这儿，凡是它所有的条件，它都尽量利用了，同时管理方面，在这种地方上，也得算是井井有条的。

他们给女囚特为搭着棚子，叫她们在那里面工作。但是，如果我记的不错，男囚却没有工作车间；虽然如此，他们的大部分，都在离得不远的打石坑里劳动。因为那天雨淋淋的，所以打石的工作停止了；男囚都待在囚室里。你把这些囚室想象一下，你要想象，它们一共有二三百个囚室，每一个里，都关着一个囚徒，他们中间，有的把手插在门上栅栏的缝儿里，站在那里透空气，有的躺在床上（你别忘了，那是大白天），还有的就和一只野兽一样，头顶着栅栏和衣躺在地上。你再想象一下，想象外面下着倾盆的大雨，房子中间生着无时不有的火炉子，又热、又使人透不过气来，又直冒气，和一个女巫的锅镬一样；最后，你再想象一下，想象有一种轻微的气味汇聚在一起，像一千把发霉的伞，叫雨湿透了，再加上一千个衣服篮子，满满地盛着洗了一半的衣服，所发出来的那一种——你把所有这种种情况都想象了，那你就知道那一天的监狱是什么样子了。

---

① 英国囚徒穿黄甲克、马裤，戴苏格兰便帽，夹克背上有一个宽箭头标志。美国的囚徒则穿横道黄条和黑条相间的袄和裤。

新新州立监狱①,和这个监狱不同,那是一个模范监狱。那个监狱和奥本监狱,我相信,是采用静默制度的监狱中两个最大、最好的。

在这个城市的另一部分,有一个贫民收容所;这个机关的目的是:改造年轻的犯人,不论男女,也不论是黑人还是白人;教给他们一种有用的手艺,叫他们认一个体面的师傅作学徒,使他们成为社会上有用的人。它的办法,我们一会儿就可以看出来,和波士顿的同类机关相似;它和波士顿的机关比起来,也可以说同样地叫人高兴,同样地成绩优良。

在我参观这个高尚的机关那时候,心里曾起了一个疑问:这个机关的监督人,对于世事人情,对于深于世故的人,是否有充分的了解?他们把一些从年龄方面看,从过去的经历看,都完全得说是妇人的青年女子,当作小孩子那样看待,是否犯了极大的错误?这种看待法,在我眼里,实在可笑,在那些女人眼里,也一定可笑,不然,那就是我大错而特错了。不过,这个机关,既然有既明智、又有经验的绅士所组成的董事会经常监视、考查,那它当然不会有管理不妥的地方。我刚才所提的这几点小节,不论是正确的,还是不正确的,对于这个机关的成绩和品质,是无关宏旨的;这个机关的成绩和品质,不论估计多高,也都不能算是太过。

除了这些机关以外,纽约还有很好的医院、学校、文学机关

---

① 新新监狱(Sing Sing):是美国纽约州监狱,在纽约州伍斯特郡(Worcester)一个名叫新新的村子里,在纽约城北三十二英里。

和图书馆；有一个很好的消防队（这本是应该好的，因为它经常有实习的机会）；还有各式各样别的慈善机关。在郊区，有一个占地广大的公墓，还没修盖完，但是每天都在那儿改进。在那儿，我所见过最令人伤心的坟墓，就是那个"献给在城内各旅馆客死者的义园"。

纽约有三个大剧场。其中有两个——公园剧场和波尔锐剧场，建筑都巨丽而整齐，不过一般地都没有顾客，这是我写来很难过的一点。第三个剧院叫欧林皮克，是一个小小的展览阁子，专演杂耍和笑剧。这个剧场，由米齐尔先生经营得特别好，他自己本是一个喜剧演员，富有轻松的幽默和创新立异的才能，伦敦看戏的人都记得他，都敬重他。我很高兴，我能够对读者报告，说这位值得钦佩的绅士所办的剧场，平常总是满座，他的演员，每夜总是引得顾客哄堂。除了这三个之外，还有一个小小的夏季剧场，我差一点把它忘了，这个夏季剧场叫尼扣娄，演剧之外，还附带设有花园和露天娱乐。不过我相信，这个小剧场，和别的剧场一样，也受到了笼罩整个戏剧界那种不景气的影响，因为就在这种不景气的情形下，倒楣的戏剧界，或者按照戏剧界一种滑稽叫法，"梨园行这种家当"[①]，竭力地勉强维持。

纽约四围的乡村，都奇特地、精妙地富有画意。那儿的天气，我已经说过，得划到最暖的那一类里。如果每天晚上没有海风从它那个美丽的海湾那儿吹来，那它会热到什么程度，我不去考查，

---

① 梨园行这种家当：意译。原文"theatrical property"，出于谢立丹的《批评者》第1幕第1场。

也不要读者去考查，因为恐怕一考查，就要发起热病来了。

这儿上等社交场中的气氛，和波士顿的相似；也许有的地方，生意气息更多一些，不过一般说来，都是文质彬彬，雍容尔雅的，并且对于客人，永远是款待周到的。房舍和馔饮，都很精致，宴会的时间更晚一些，更放纵一些；同时也许在仪容的考究方面，在财富的夸耀方面，在生活的奢华方面，争胜斗强的精神更大一些。妇女都特别漂亮。

我离开纽约以前，就作了安排，在"乔治·华盛顿号"邮船上，定好了回国的床位，那条邮船订于六月启航，而六月就是我决定离开美国的日期，如果在我的游历中，没有什么事故使我耽搁的话。

回到英国，我就可以和我所有的亲近人重新聚首，我就可以把那个不知不觉地变成了我的天性一部分那种工作重新拾起，本来是应该快活的；所以，我真没想到，我最后要离开美国，上了"乔治·华盛顿号"船，和从这个城市陪我上船的朋友分手那时候，会那样难过。我从来没那样难过过。我从来没想到，一个城市，离我那样远，我认识它又那样晚，而它的名字，叫我一想起来，却会在我心里，和现在丛集纷来的甜蜜回忆，交织在一起。对我说来，这个城市里，有许多人，能使拉普兰①那儿那种倏忽来去、昏暗至极的冬日都放出光明；他们和我们分别的时候，交换了那句令人痛苦的话，那句和我们每一个念头、每一个行动都不

---

① 拉普兰（Lapland）：在挪威、瑞典、芬兰等国的北端，为拉普人（Lapps）所居。因地近北极，所以冬日白昼极短。

能须臾分离的话,那句在我们婴孩时代的摇篮边上萦回、把我们暮年时代的生命前景结束了的话①,那时候,有他们在面前,即便故国家园,都变得暗淡无光了。

---

① 指"再见"而言。"再见"英文为"good-bye",为 God be with you 的变音。意即"上帝和你同在"。

第七章
费城和它的单人囚室

从纽约到费城，得坐火车，还得过两个渡口，一般要用五六个钟头的工夫。我们那天坐在车里往那儿进发的时候，正是天气清朗的黄昏，我们坐在靠门的座位上，从那儿的一个小窗户往外看着灿烂的夕阳，那时候，从靠近我们前面一个男客车厢的窗户那儿出现了一种特别的光景，引起我的注意。我起初以为，那是几个勤劳的人，在车厢里把旧鹅毛褥子拆开了，把鹅毛扬在外面，叫它们随风飞去呢。后来我才想起来，他们不过是在那儿吐唾沫罢了，原来实在一点不错，他们是在那儿吐唾沫。至于那个车厢里所能容下的人，为数总是有限，却能那样继续不断，很好玩儿地吐唾成阵，我直到现在还是不能了解，虽然我那次以后，在美国人吐唾沫方面，有过不少的经验。

我这次去费城，在路上结识了一个温和谦虚的青年教友派①教徒，是他先开口和我交谈的；他很庄严地低声告诉我，说冷提巴麻油的方法是他祖父发明的。我所以把这个情形记在这儿，因为我想，用这种有价值的药物作题目来发泄谈话欲的，这大概是第

---

① 教友派（Quakers）：基督教教会之一派。费城是该派教徒所创建。

一次。

我们那天晚上很晚的时候才到了费城。我睡觉以前，在我的寝室里，从窗户往外看了一下。只见大街那一面儿，有一座白色大理石大楼，盖得很整齐，但是看着却有一股阴惨、死沉的气氛，叫人起凄凉之感。我当时认为那是夜色昏沉的结果，所以第二天早晨，刚一起来，我就又往那儿看去，心想它的台阶上和门廊下，一定会有一群一群的人进进出出。但是它的门却仍旧紧紧地关着，它的面目却仍旧是头天晚上那样冷落，那样毫无生气。那座大楼，叫人看来，好像只有大理石雕刻的唐·古茨曼[1]才会有任何事，在它那暗淡的楼里办理。我连忙打听了一下它的名字和目的，打听完了，我的惊奇就一下消逝。原来这就是那个把无穷财富埋葬了的坟墓——那个使大量投资不见天日的地下丛冢[2]——那个使人难忘的联邦银行。[3]

---

[1] 唐·古茨曼的雕像：西班牙最有名的故事，唐璜（Don Juan）把沙斐尔（Saville）卫戍司令的女儿强奸，把卫戍司令刺死而逃去。后遇卫戍司令的石像，他戏弄石像，请石像赴宴，不料石像果来，把唐璜活捉，送到地狱。这儿的意思是说，这座大楼，阴森凄凉，只适合于石像赴宴活捉这一类阴森行动。但古茨曼并非卫戍司令的名字。所以另一种解释是：唐·卡斯帕娄·德·古茨曼（Don Gasparo de Guzman，1587—1645），为西班牙王菲利浦四世的一个部长，为人最阴暗冷酷，故此处以之为喻。他的为人既阴暗冷酷，他的石像更加又硬又冷。

[2] 地下丛冢：罗马时代，基督教徒因受迫害，故葬于地下室内。这类丛冢，多见于罗马。

[3] 联邦银行（Bank of the United States）：1791年美国执政党联邦立宪派（The Federalists）在费城所设（其时费城为美国都城），作为政府经费存储之所等，以实现当时第一任财政部（The Treasury）长汉米尔顿（A. Hamilton）的财政体系之一部。1832年杰克逊（A. Jackson）竞选总统，说它是东方财政家的工具，加以（转下页）

这个银行的倒闭，连同倒闭所带来的毁坏性后果，曾给费城笼罩了一片阴暗和惨淡（这是各方面的人都对我这样说的）；一直到现在，这座城市，仍旧还没能摆脱这个不幸所带来的萧条影响。费城一点不错，有些萎靡不振，有些无精打采。

费城这座城市很美观，不过太肃整了，肃整得都能使人发狂。我在那儿游逛了一两个钟头以后，我觉得，叫我舍了全世界而换得一条有拐弯的街道，我都情愿。在它那种教友派的影响下，我的领子好像变得硬起来，我的帽边好像变得宽起来，我的头发好像不由自主地缩短，而变成了光光的圆头，我的手好像不由自主地在胸前交叉，我的心不由自主地想去到市场对面的马克巷寄寓，以便投机倒把，买卖粮食而发大财。

费城的自来水供应得非常充分，只见净水到处喷洒成阵，到处蹿跳成雨，到处有龙头，可以使它溢出，到处有水槽，可以使它流去。自来水站修在城市附近一片高地上，它不但可供生活需要，而且也可供游览，因为它是很合美观地按照一个公园的样子设计的，修饰得最清洁、最整齐。河流到了这儿，有一道大坝拦住，它自己的力量把它逼进了一些位于高处的蓄水池或者说蓄水库，因此，整个城市，一直到楼房的顶层，都可以只花一点钱而就有自来水。

这个城市有各式各样的公共机关，但是它的利益，却人人得

（接上页）猛烈攻击，以迎合部分选民心理，他当选后，遂把政府经费，分存于各邦银行，联邦银行因之塌台。同时又因他执行通货膨胀政策，曾引起1837年的经济恐慌。其余波直至1842年狄更斯去美时，还可看到。

以享受，不限于一宗一派；还有一个图书馆，很老，很古怪，是跟着富兰克林叫的；有一个整齐的交易所和一个整齐的邮政局；还有别的。和教友派医院相连有一个屋子，里面有韦斯特①画的一幅油画儿，为给医院增加资金而展出。画儿上画的是救主给人治病的故事；它是这位大师的代表作之一，它给人的印象，可以说也不下于别的地方所看到他的作品。至于这样说法，还是对韦斯特大加夸奖呢，还是微有褒词呢，那就得凭读者的看法了。

在同一房间里，还有美国著名艺术家萨利②画的一个人像，跟活人一般，有它的特殊之处。

我在费城待的时间不久，但是，它那儿的社交情况，据我所看到的而言，最使我发生好感。论到它一般的特点，我应该说，费城比起波士顿或者纽约来，地方的味道更重一些；在这个美丽的城市里，文艺赏鉴和批评方面，有一种自得的气氛，令人觉得，未免和我们在《维克斐牧师传》里读到的那段文绉绉地讨论莎士比亚和音乐玻璃杯③的鉴赏和批评态度，同一鼻孔出气。城市附近，有一座给季拉学院④盖的大理石大楼，很壮丽，但还没完工。这个学院，就是那位叫季拉的绅士创办的，他这个人已经故

---

① 韦斯特（B. West, 1738—1820）：美国画家，住在英国，所作多历史画。
② 萨利（T. Sully, 1783—1872）：美国画家，所画多人像。
③ 哥尔德斯密斯（Goldsmith）的小说《维克斐牧师传》第9—10章：地主带了两个贵妇人到牧师家来，净谈阔绰的生活、绘画、莎士比亚和"杯乐"等；牧师的女儿受了她们的影响，不谈别的，也净谈这些东西。"杯乐"是用一套玻璃杯，用蘸湿了的手指奏弄而成音乐。盛行于十八世纪中叶的上流社会。
④ 季拉学院：专为白人孤儿而设，始建于1833年，1848年正式开办。

去，生前很有钱。这座楼，如果能按原来的计划完成，也许会成为近代最富丽的建筑。不过这位绅士的遗产里有法律纠葛，在纠葛未经清理以前，工程只得停止；因此，这个工程，也和美国许多大规模的事业一样，得将来有朝一日才能办，而不是现在就在那儿办。

在郊区有一个大监狱，叫作东反省院，管理的办法是该州特有的。那儿所采用的制度是生硬、严厉、使人绝望的单人囚禁法。我认为，这种制度，在效果方面，是残酷的，是不应当的。

它的用意，我深深地相信，自然是仁爱的，慈悲的，与人为善的；不过我却认为，那些发明这种监狱纪律的人，和那些好心眼儿而把这种纪律付之实行的人，都不知道他们是在那儿做了些什么。我相信，很少有人能估计到，这种可怕的惩罪办法，连续几年之久，对于一个人痛苦有多大，折磨有多厉害。据我自己的猜想，再根据我在囚徒脸上看到的表情，和我确实所知他们内心的感觉，我推理了一下，于是我加倍地深深相信，这种惩罚里那种使人难忍的深度，除了受罪的人自己，任何别人都衡量不出来，同时这种惩罚，任何人也没有权力加到他同类的人身上。我认为，这种日日夜夜，慢慢地对于神秘的脑府妄加干涉，比起对于娇嫩的肉体妄加折磨，还要更坏，坏到不可以道里计的程度。因为这种惩罚可怕的影响和迹象，不像身上的疤痕那样容易有眼都能看见，有手都能摸到——因为这种惩罚的伤痕不是在表面上能看见的，它所引起的痛苦呼声也不是很容易地就能听见的，——因为它是这样，所以我更特别反对这种办法；我把它看作是一种隐蔽的惩罚，人们对于它的厉害性还在梦中，还没有察觉，所以还没有人挺身而起，来阻止它。我有一个时期，曾犹豫过，曾自己问自己，如果我有权力决定可否，那我是不是可以允许这种办法用在监禁期很短的犯人身上呢？不过我现在却庄严地宣布，如果我知道，有一个和我一样的人，在他那个寂静的囚室里，受这种无以名之的惩罚，不管受的时间是短是长，而我就是使他受这样惩罚的人，那你不管给我什么奖励，什么荣誉，我也都不能做一个快乐的人，白天在光天化日之下活动；也不能做一个快乐的人，晚上在床上宁静地躺着。

我参观这个监狱的时候，有两位绅士陪着我，他们都是官方对这个监狱的管理有关的人。我参观了一整天，逐一访问囚室和囚犯谈话。监狱当局尽了客气之能事，给了我一切的方便；他们没有把任何事情对我掩饰、遮盖，我想要知道的情况，都是公开地、坦白地供给的。这座楼里的秩序那样良好，你就是把它夸得多高，都不为过。那些直接负责实行这种制度的人们，动机善良，也是毋容置疑的。

在监狱大楼和监狱围墙之间，有一个宽敞的花园。坚固笨重的大栅栏门上有一个小栅栏门，我们从这个小栅栏门进去，顺着一条小路，一直走到花园的另一头，进了一个大房间，从这个房间，有七条穿堂，往四外分出。每一条穿堂的两边，都是很长很长一溜一溜低矮的囚室门，每一个门上都有一个号数。上面那一层楼，也都是囚室，和下面的一样，只是上面的囚室外面没有窄狭的院落，而下面的则有院落；上面的囚室也比下面的稍微小一些。下面的囚室外面那一窄溜阴沉的院落，是住在下面囚室里的囚徒透空气、作运动的地方，每天有一小时；上面的囚室没有院落，但是他们认为，一个囚徒，占用两个囚室，就可以补偿这种没有院落的缺陷了；因此，住在上面的囚徒，每人有两个囚室，连到一块，互相通着。

站在屋子正中间，顺着这些穿堂看去，只见到处都是一片沉滞的肃静，阴郁的宁息，真令人起畏怖之心。偶尔有的时候，织布的囚徒所用的梭子，或者上鞋的囚徒上鞋的鞋模子，会发出一种钝滞的声音来；但是这种声音，却让监狱的厚墙和囚室笨重的门阻隔咽住了，它只使一般的寂静更加寂静。凡是到这个凄惨的机关里来的囚犯，一进门就给他戴上一个黑色的头巾，罩在头上和脸上，这个蒙头盖脸的东西，和一个帐子一样，把他和外面活跃的世界隔断，他就戴着这样头巾，让人带到他的囚室里，不能重见天日，一直到他的徒刑执行期满的时候。他永远听不见妻子或儿女的消息，永远听不见家庭或朋友的情况，听不见任何一个人的生或死。他只能看到狱吏，但是除了狱吏而外，他永远见不到任何别人的脸面，听不见任何别人的声音。他就是一个叫人家活埋了的人，经过漫漫的岁月，人家才又把他从土里掘了出来；在没掘出来以前，他除了使他痛苦的焦灼和使他恐怖的绝望而外，对于任何别的事物，他都和死了一样。

他叫什么名字，他犯了什么罪，他的徒刑要执行多久，没有人知道，即便每天给他送饭那个狱卒也都不知道。他有一个号数，写在他待的那个囚室的门上，写在两本记录簿上，一本在典狱手里，一本在道德导师手里；这个号数就是他的历史索引。除了这种记录以外，监狱里就没有任何其他与他有关的记录；同时，虽然他可以待在囚室里度过漫漫的岁月，有十年之久，一直到他待到最后的一刻；但是他那个囚室在这座大楼的哪一部分？他四围都是什么样的人？在漫漫的冬夜里，是有活人待在靠近他的地方呢，还是他只在这个大狱里一个孤寂的角落上，和离他最近那个同样孤寂的人中间，有墙、穿堂和铁门隔绝呢？关于这些情况，他都无法知道。

每一个囚室都有两重门——外面一层是坚固的橡木做的——另一层是铁栅栏门，门上有一个小窗，他的食物就从这个小窗递进。他有一本《圣经》，一块石板和一支铅笔，在某种限制下，还可以有另外一些专为囚人预备的书，他可以有笔、墨水和纸。他的刮脸刀、盘子、铁罐和脸盆都挂在墙上，或者放在小搁板上。每个囚室都通着水管子，他多会儿要用水，多会就可以把水龙头开开。白天的时候，他的床翻起来靠在墙上，这样他就可以有更宽绰的地方来做活儿，他的织布机，或者工作台，或者纺车，就安在他的囚室里；他们在那儿睡，在那儿醒，在那儿劳动，在那儿数流转不息的季候，在那儿一天一天地老下去。

我在那儿看到的第一个囚徒，正坐在织布机旁边工作。他已经在那儿待了六年了，我想还得再待三年才能出去。他是因为收买贼赃而判处徒刑的。但是，即便他受监这么久，他仍旧不承认他犯了罪，他说，他们判他罪是不公道的。实在他是个重犯。

我们进了他的囚室以后，他停止了工作，把眼镜摘了下来，畅所欲言地回答一切问他的话，不过回答的时候，老很奇怪地先停一下才开口，声音很低，带着有心事的样子。他戴着一顶纸帽子，是他自己做的。我们注意到他这顶帽子而称赞它的时候，他很高兴。他用一些零零碎碎的废材料，很灵巧地做了一架荷兰钟[1]，钟摆就是他的醋瓶子。他看见我对于这件灵巧的玩意儿很感兴趣，就抬起头来，很得意地看着它，同时说，他正在那儿琢磨，怎么能再把这架钟改进一下；他希望，在打锤旁边放一块碎玻璃，那打锤和玻璃不久就"可以奏起音乐来了"。他从他织布用的线上挤出一点颜料，用来在墙上画了几个粗笨的人像。其中有一个画的是个女人，画在门上面，他管它叫作"湖上女"[2]。

我看着这些灵巧的玩意儿消磨时光的时候，他微微地笑着；不过我把眼光从这些玩意儿上挪到他脸上的时候，我看见他嘴唇颤抖，我本来还能听到他的心房跳动的声音。我忘记了怎么说起来的，说他家里还有太太，反正提到这个话；他听了，先摇头，跟着把身子转到旁边，用手把脸捂了起来。

"你现在能听其自然了吧？"参观的人之中有一个待了一会儿之后，这样问他，那时候，他已经恢复了原先的状态了。他回答的时候，叹息了一声，那声叹息里，含着对于前途完全绝望的意味。他说，"哦，不错，不错，我现在完全听其自然了。""你想，你比以前好了吧？""哦，我倒希望我比以前好。""日子过得相当快吧？""在这四堵墙中间，先生，日子过得慢极了。"

他说这几句话的时候，往四外看——看的时候，有多疲乏，只有上帝知道！——看的时候，又很奇怪地瞠目呆视起来，好像他忘记了什么似的。待了一会儿，他又长叹了一声，戴上眼镜，

---

[1] 荷兰钟：钟摆和重锤儿，用链子连着垂于钟壳外面的一种钟。
[2] "湖上女"为"亚瑟王"故事里和司各特同名长诗里的人物。此处很难说究指何人，或并无所指。

重新工作起来。

在另一个囚室里是一个德国人，因放火而判处徒刑五年，刚执行了两年。他也用同样的方法弄了些颜料，用这种颜料把墙上和顶棚上每一英寸都画得很好看的。他把屋子后部那几英尺地方布置得非常整齐，在中间弄了一张床，不过，我附带地说一句，这张床看起来却很像一座坟。从每一件东西上，都现出他这个人心地灵，赏鉴力高；然而你想要想象出一个比他更沮丧、更郁闷的可怜虫来，却很难办到。我从来没看见过这样一副熬受精神折磨的绝望形象。我看到他这样，心里难过至极。他一面满脸是泪，一面沉不住气的样子，手哆嗦着抓住了一个参观者的衣襟，把那个人拉到一边，问那个人，他自己这种可怕的徒刑有没有减轻的希望，那时候，那种光景，叫人看着真难过。我从来所看见过、所听见过的苦恼，没有比这个人那种可怜给我更深刻的印象的了。

在第三个囚室里是一个身材高大、体格强壮的黑人，他是个夜入人家的盗犯，那时他正做螺丝钉一类的东西，那原属于他的本行。他不但是一个灵巧的贼，他还以胆子大、毅力强、作案多出名。他对我们畅谈他当年的成就，说到他如何偷盘子的故事，说到他如何隔着大街就看见坐在窗里的老太太们戴的银边眼镜，而后来把它偷走了（他显然是隔着一条大街就把老太太们的银边眼镜琢磨上了）。他说这些生动的故事那时候，觉得滋味盎然，好像真在那儿舔嘴咂唇似的。这个家伙，只要经人稍微一鼓励，就在他回忆旧行的言谈里，掺杂上令人最憎厌的瞎话。他说，他为他入狱那一天祝福；他说，他一生永远也不再犯盗窃罪。我相信，在所有他说的瞎话里，论起毫无掩饰的虚伪来，没有能超过这两句话的，否则我就大错而特错了。

囚犯中有一个人，狱里许他养兔子，这是一种优待。由于养兔子，他的囚室里发出臭味，所以他们就在他的门口那儿叫他，叫他到室外的穿堂那儿去。他当然遵从了。他站在穿堂那儿，因为他的眼睛不习惯于从大窗户那儿透进来的阳光，所以就用手把他那枯瘦苍老的脸遮着。只见他的脸那样苍白，那样没有生气，叫人看着，好像是刚从坟墓里出来的一样。他怀里抱着一个小白兔儿；他把那个小动物放到地上的时候，那个小动物就偷偷地回到囚室里去了，那时他也回答完了话，胆怯的样子跟在兔子后面。我看到那种样子，就心里想，究竟从哪一方面看，能说人比兔子高。

狱里有一个做贼的英国人，他是判处徒刑七年的，但是他到狱里来还不过几天。他是个扁脑壳、薄嘴唇的坏家伙，脸色苍白；他还没到见了参观者表示喜欢的时候[①]；要不是杀人罪更加重的话，他也许会很高兴地用他那做鞋的刀把我扎死。狱里另有一个德国人，是昨天刚进狱的；我们往他那个囚室里看的时候，他一下从床上起来，同时，用说得不完全的英语，尽力请求让他工作。那儿还有一个诗人，他在每二十四小时以内都要做两天的工作，一天是给他自己做的，另一天是给监狱做的，做完了之后，还要作诗，歌咏船（他本来是从事水手生涯的），歌咏"使人疯狂的酒杯"，歌咏家里的亲友。这样的人很多，其中有的见了参观的人就脸上发红，又有的就脸上变得非常苍白。有两个囚徒，由狱里的

[①] 坐牢日久，对坐牢不以为耻，故见了参观者表示喜欢。

护士陪伴，因为他们病得厉害；有一个很胖的老黑人，有一条腿就是在狱里锯了去的，现在由一个古典学者和一个手术很高明的外科医生陪伴，那个外科医生本人也是一个囚犯。楼梯上坐着一个长得很不寒碜的黑人男孩，在那儿做很轻的活儿。"那么费城没有专收儿童的地方了？"我问。"有，不过那儿只收白人的孩子。"罪犯中也有高尚的贵族阶级啊！

那儿有一个水手，关了十一年还多，他再过几个月，刑期就满了。坐了十一年的单人囚房！

"我听说你的刑期快满了，我很高兴。"他说什么呢？他什么也没说。他为什么直瞪着眼看自己的手，直抠手指头上的肉，时时地抬头往那空白的墙上，往那眼看着他的头发变白了的墙上看一下呢？那是他有的时候有的一种习惯。

难道他从来不往人脸上看吗？难道他永远就这样抠自己的手，好像一心一意想要把他的肉从骨头上揪下来似的吗？那只是因为他高兴那样，没有别的。

他还高兴说：他并不盼望出去；他出狱的时间快到了，他并不喜欢；他曾经有一度盼望出狱来着，但是那是很久以前了；他现在对于任何事物都不感兴趣了。他高兴说这一类的话。他高兴做一个毫无办法、受尽摧残、完全毁了的人。上帝给他作见证，使他这种高兴完全得遂。

有三个年轻的女人，住在三个互相挨着的囚室里，她们是同时判刑的，罪名是合谋非法取得原告的财物。她们那种肃静和寂寞的生活使她们长得漂亮起来。她们的面貌都是很凄楚的，能使最严厉的参观者见了都受感动而流泪，但是她们所引起的难过，却和观察男人的时候所引起的难过并不一样。她们三个之中,有一个还是少女,据我所记得的,还不到二十岁,她住的那个雪白的囚室里,挂着她以前的囚犯所做的玩意儿,在墙上高处有一个小窟窿,从那儿可以看见一线青天,当时辉煌的阳光,就从那个小窟窿那儿射到她那低垂下视的脸上。她痛悔前非,态度安详;她说,她已经能听其自然了(我也相信她真能那样),所以心里很平静。"简单地说来,你在这儿快活吗?"我的同伴之一问,她本来挣扎着——很厉害地挣扎着——想要说"快活",但是她把头一抬,看见了上面透进来的那一线光明,却一下哭了起来,同时说,"她尽力往快活里想;她不说任何抱怨的话;但是她有时却不由得很想能出那个小囚室才好。她没法不那样想,"她哭着说,可怜的人!

我那一天从一个囚室走到另一个囚室;我看到的每一副面目,听到的每一句话,注意到的每一件事,现在都把它们那种令人痛苦的情形完全呈现在我面前。不过,现在让我们把这些痛苦的光景略过,而看一看另一种使人较为愉快的情形吧,那是我后来在匹兹堡的监狱里看见的。那个监狱,是采用同样办法管理的。

我在同样情形下参观了那个匹兹堡的监狱以后,我问典狱长,他的监狱里,有没有不久就要出狱的人。他说,有一个,明天就满刑期;不过他只在狱里待了两年。

两年!我从我自己的生活中挑出两年来回忆了一下——我那两年并没缧绁之苦,事情顺利,生活快乐,是在一片幸福、一片舒适、一片佳运中度过的,但是即便这样的两年,我都觉得是一个很长的时期。那么在单人囚室里度过两年,该有多长呢?这个明天就要获释出狱的人，现在仍旧在我面前。他脸上那一团快乐，几乎比所有的囚犯脸上那一片愁苦都更令人难忘。他说，这种监狱制度是很好的，"以住在监狱里而论，光阴总算过得很快。"一个人，一旦真正认识到，他是犯了法而应该受惩罚，那他就能不论怎么样，都可以对付过去，等等。在他当时的情况下，他说这一类的话，是很容易的，很自然的。

"他把你叫回去，那样沉不住气的样子跟你说什么来着？"带领我们参观的人把那个囚室的门锁上了，又回到穿堂那儿和我们到了一块儿的时候，我问他。

"哦！他说，他刚一进狱的时候，他的靴子就已经很旧了，现在他担心靴子底一走起路来，钉不住；他希望我能给他找人修理一下，修理好了明天穿。"

那双靴子是两年以前从他脚上脱下来，和他的服装一块儿存起来的。

我趁着这个机会，问那个带我们参观的人，囚徒在正要出狱以前，是什么情况，同时又添了一句，说，我想他们一定哆嗦得很厉害吧。

"哦，固然不错，他们都发抖；不过那不能说是哆嗦就完了，"那个人回答我说，"因为他们整个的神经系统都错乱了。他们连在簿子上签名都做不到，有的还连笔都拿不住；他们往四外看，好像不知道是怎么回事，也不知道他们在哪儿似的。有的时候，他们在一分钟里，坐下又起来，起来又坐下，能折腾二十回。这是他们在办公室里的情形，那时候他们还是和刚一进来的时候那样，头上戴着头巾。他们出了大门的时候，总是先站住了，往这一边看一会，又往那一边看一会，不知道往哪儿去好。有的时候，他们还好像喝醉了似的，脚步踉跄，又有的时候，他们站都站不稳，没法子，只得往栏杆上靠一会儿，因为他们太兴奋了；不过过了相当的时间，他们就好好地走开了。"

我在那些单人囚室中间走，看室里那些囚徒的脸，那时候，我就把他们在那种情况下所必有的思想和感情琢磨了一番。我设想一个囚徒头一次进囚室，刚把头巾摘下，看到他被关的那地方把一片凄惨、一片郁暗，一齐都呈现在他面前的情形。

这个人，刚一开始的时候，就像叫人打闷了的一样。他对于他的监禁，还将信将疑，只觉得它是一种可怕的幻觉，而他旧日的生活才是真实的东西。他往床上一歪，躺在那儿把一切付之流水。慢慢地那地方那种令人不可忍受的孤寂和空洞把他从昏沉中唤醒了，栅栏门上的小窗户眼儿开开了，那时候，他低声下气地恳请、哀求，要工作做。"给我点工作做吧，不然的话，我就要发疯而胡闹起来了！"

他们给了他工作，他就做一阵、歇一阵地劳动起来；但是他却不由得要一阵一阵五内如焚地想起他将来得在这个石头棺材里度过的岁月，要一阵一阵心如刀扎地想起那些他见不着面儿、听不到消息的人，因此他就从他的座儿上跳起来，用双手捧着他那仰着的头，在这个窄小的屋子里来回地大步走；这时候，他就听到仿佛有人告诉他，叫他在墙上碰死。

跟着他又在床上歪下，躺在那儿呻吟。于是他忽然又跳了起来，心里纳闷儿，不知道是否有别人在跟前——不知道是否他的囚室两边各有同样的囚室——于是他就侧着耳朵听起来。

听不见声音，但是别的囚徒，仍旧可以离他很近。他想起来，他有一次听人说过（那时候，他绝没想到自己会到这儿），囚室的构造是这样的：囚徒自己不能互相听见，而狱吏却能听见他们。现在，哪一个囚徒离他最近呢？是左边那一个呢？还是右边那一个呢？还是左右两边的人，都很近呢？那个离他最近的现在坐在哪儿呢？他是不是把脸冲着亮的那一面坐着呢？再不他就在那儿来回地走吧？他穿的是什么衣服？他在这儿是不是待得很久？他是不是瘦得很多？他是不是面色很苍白，像个鬼？他是不是也在那儿琢磨他的邻居呢？

他连气都不敢喘，一面琢磨，一面仔细听。他这时想象，那个人是背着他坐着的，又想象，他在隔壁的囚室里来往活动。他想不出来这个人的脸是什么样子，但是他却确实知道，那个人一定是背弓腰弯，黑魆魆的样子。在另一边的囚室里，他也想象出另一个人形，不过他的脸他也看不见。白天的时候，他就一整天一整天地琢磨这两个人，甚至于往往半夜醒来的时候，他也琢磨这两个人；琢磨到后来，他简直都要发疯。他们的情况老不变。他们永远是他头一次他琢磨的那种样子——右边的是一个老年人，左边的是一个比较年轻的人——他们两个那种他看不见的面目把他折磨得要死，它们有一种神秘意味，使他发抖。

如年的长日，像送殡的人那样，走着庄严的步伐过去了。他慢慢开始觉得，囚室的白墙上，含有一种令人可怕的东西——它们的颜色是使人恐怖的——它们的光滑墙面儿使他身上发冷——还有一个角落，使他感到是在那儿折磨他。每天早晨他醒来的时候，都要用被把脸蒙上，他看到那阴惨的顶棚俯视着他，就打冷战。幸福的阳光，像一个丑恶的幽灵那种脸一样，从那个永不变样的小孔那儿透了进来，那个小孔，就是监狱里的窗户。

那个可怕的角落使他恐怖的情形虽然很慢地，但是却很准地，逐渐加强，到后来，他无时无刻不怕它了；在休息的时候，那个角落就在他的脑子里盘踞不去，夜里的时候，那个角落就使他做的梦也变得可怕，使睡乡也成为恐怖之乡。起初的时候，他对于这个角落，发生一种异样的厌恶，觉得好像这个角落，在他的脑子里，生出了一种与它相同，而不应该在那儿的东西，使他的脑袋发疼。跟着他就怕起它来，做起它的梦来，梦见有人低声提它的名字，用手指点它的所在。于是他到了不敢看它的地步，但是同时却又没法把它摆脱开。现在，那个角落，到了夜里，就成了鬼魂藏身的地方，成了一个幽灵——一个不出声的东西藏身的地方了，叫人看着毛骨悚然，但是它到底是一只鸟儿，还是一个野兽，还是一个蒙头裹脸的人形，他却说不出来。

白天，他待在囚室里的时候，他就怕外面那个小院子。他在那个小院子里的时候，他又怕再进这个囚室。夜色来临的时候，角落那儿的幽灵就又出现了。如果他有胆子，敢站在幽灵待的地方，因而把它赶了出来（他有一次，豁出去了，曾这样干了一下），那它就坐在他的床上。黄昏的时候，并且还永远在同一的时间，一个声音提着他的名儿叫他。夜色越来越浓的时候，他的织布机也活了；织布机本来是使他安慰的东西，现在这件东西也变得使人恐怖，拿眼直看他，一直看到天亮。

后来，这种种可怕的形影都慢慢地一个一个离他而去了，只有的时候突然又回来一下，不过得过许久，才有那样一次，同时，它们出现的时候，它们的形状也不像以前那样令人可怕了。他曾跟访问他的那位先生谈过宗教问题，他曾谈过他那本《圣经》，曾写过一个祈祷文，还把它挂了起来，作为一种保护，作为一种上帝在他跟前的保证。他现在有的时候梦见他的子女或者妻子，不过他却总认定了他们都是已经不在人间的了，或者都是不再理他的了。他这时候，一来就伤心落泪，很容易就范，脾气老温和柔顺，精神老委靡不振。偶尔的时候，旧日的痛苦会重新回来——一件很小很小的事物，即便一种他熟悉的声音，或者夏天开的花儿发出来的香味，都会把他旧日的痛苦给他引起来；不过这种痛苦现在即便来了也待不久就过去了；因为外面的世界变成了似真似假的梦幻，而这儿这种孤独的生活却变成了令人伤心的事实了。如果他的刑期短——我说的这个短是比较的，因为根本就没有短的——那他最后那半年差不多就是他的全部刑期里最难过的一个时期；因为，那时候，在他的脑子里萦回不去的是：监狱要着火啦，要把他自己也烧死在一片瓦砾之中啦，他命中注定非死在狱里不可啦；有人要诬告他，不让他出去，再判他几年徒刑啦等等；总之，他一心只怕，总归要发生事情，不管什么，反正不让他出去。这种种想法，都是很自然的，不能用道理解说，使他不那样想。因为，他和人生隔绝了那样久，受的苦难那样大，他琢磨起来，任何别的事物，都比他重获自由，重回人世，更有可能。

如果他的刑期特别长，那他出狱的时候快要来到的情形，都能使他心智迷惑，使他头脑错乱。他想到外面的世界，想到外面的世界在他这些漫长而孤寂的岁月里对他是什么样子，那他那颗碎了的心，也许会有一刻的工夫，扑腾扑腾地跳起来；但是他所感觉的，只尽于此。囚室的门把他的希望、他的牵挂，给他杜绝得时间太长了。把一个人弄到这步田地，再把他送出去，叫他混在和那些已经和他不是同类的人类之中，还不如一开始的时候就把他绞死呢。

在这些囚徒每一个枯槁憔悴的脸上，都能看到同样的表情。我不知道怎么比喻，才能把这种表情形容出来。它有一些像我们在盲哑人的脸上所看到的那种过分注意而紧张起来的样子，里面还掺杂着一种恐惧，好像暗中有人吓唬过他们似的。在我进去过的每一个囚室内，在我窥视过的每一个栅栏门里，我都看到这种可怕的表情。这种表情有一种魔力，使它一直印在我的记忆里，好像一幅超群出众的画儿那样。你使一百个人在我面前走过，而在他们中间掺上一个刚从这种孤寂之罪中解脱出来的人，我一定能把那个人指出来。

这种生活，像我以前说过的那样，能使女人的面目变得清秀幽雅。至于为什么会这样呢？还是因为她们本性温柔，天生驯良，在孤寂中更能得到发展呢？还是因为她们更有耐性，更能受苦呢？这我说不出来。不过我却知道，情形确实是那样。但是，尽管她们更有耐性、更能受苦，而那种惩罚，照我的想法，仍旧是完全残酷的，完全不应该的，对于女人也和对于男人一样。这是我不大用得着说的。

我坚信不疑，这种惩罚，除了给人精神上的痛苦以外——这种痛苦的剧烈和可怕，一切想象，都远不及事实——它还把人的心灵折磨成一种病态的，使一个人不能再在人类社会中走崎岖的道路、做繁杂的工作。我这牢固不变的看法是：受过这样惩罚的人，再回到社会的时候，在精神上一定是疮痍遍体，疾痛满身。据记载所录，曾有过不少的人，或者由于自己情愿而过绝对孤独的生活，或因受了处分而过绝对孤独的生活；但是在这些人里，我不记得有任何一个，甚至于即便在智力强大而壮盛的圣贤中间，我都不记得有任何一个，能不受这种生活的影响，而免于思路混乱不清，或者抑郁地见神见鬼。有何等怪异的幽灵，都是生于忧闷和疑虑，长于孤独和寂寞，在世上昂首阔步，使宇宙为之丑恶，使天地因之变色啊！

在囚徒中间，自杀是很少见的——实在说起来，几乎是没见过的。但是决不能由于有这种情况，就说这种制度好，虽然也常有人那样说。凡是研究过病态心理的人，都十分了解，一种极度的沮丧和绝望，把人的性格完全改变了，都使他失去了一切的适应力和自制力了，却可以一方面在一个人身上起着作用，而另一方面又使他在毁灭自己的边缘上，悬崖勒马。这本来是一种普通的情形。

我确实相信，这种制度，使人的感官失灵，慢慢地使人的生理机能受到损害。我对那几位那天陪我在费城监狱的人说，长久关在监狱的人都是聋子。他们本来是经常看到这些囚徒的，听我这样一说，大为诧异；他们认为，我这种想法，没有根据，全属想象。但是他们头一个找来证明我这话对不对的囚徒（这是他们自己选的）就证实了我的想法正确（我这种想法，那个囚徒当然不知道），因为那个囚徒说（说的时候，他的样子很老实，决不会是撒谎），一点不错他的耳朵越来越不灵了，至于怎么会那样，他不明白。

这种惩罚办法，实在特别地不恰当，因为受这种惩罚的人越坏，这种惩罚的效果越小，这是毋容置疑的。如果说这种制度，比那种允许囚徒在一块儿工作而却不允许他们交谈的制度，更优越，更有效果，我一点也不相信。所有我听到那些用这种办法改造好了的例子，本来用静默的办法，也同样可以——我也认为能够——得到改造。至于像那个黑人盗犯和那个英国窃犯一类的人，即便心肠最热的人也认为他们没有改造过来的希望。

反对这种制度的人说，从来就没有过健全或者良好的东西是在这种违反人性的孤寂环境中生长起来的，连一条狗或者任何其他更通灵性的动物，在这种孤寂的影响下，都要由于愁闷而消瘦，而消沉，而死亡；我觉得不用别的，就是这种提法，就足以把这种制度驳倒。但是，除此而外，如果我们记得，这种制度如何残酷，如何严厉，一种孤寂的生活，如何要永远产生一种使人反对的情况，特别而殊异，最足以令人感伤，同时，如果我们再能想到，在现在的情况下，并不是别的制度都是坏的，都是考虑不周的，我们选择的时候，这种制度还得算是较好的，而是另有一种制度，已经取得了良好的结果，而且在整个的计划和实践方面都很优越，我们选择的时候，有更好的制度可供采用——我们如果能把这种情形都记在心里，那么，我们就可以看出来，我们有极充分的理由主张把这种用起来极难生效，而实际上毫无疑问是千疮百孔的惩罚制度取消。

为了缓和这种推论的紧张气氛，我现在说一个跟这个题目有关的故事，来结束这一章；这个故事是我这一次参观的时候，一个监狱关系人对我说的。

这个监狱的视查人员有一次开定期例会的时候，费城的一个工人来到会上，诚恳地请求监狱当局把他关到单人囚室里。视查人员问他为什么作这样奇怪请求的时候，他回答说，他非常喜欢喝酒，喜欢得无法制止；他经常喝得大醉，这种情形，使他觉得非常苦恼，使他走向毁灭之途；他没有抵抗这种癖好的力量；他希望他能到一个不受诱惑的地方；他想不出比关在监狱里更好的办法来。视查人员回答他的时候告诉他，监狱只是收容经过法庭审理而判决了的罪人的，不是为他这种想入非非的目的而设的。他们劝他把烈酒戒了，如果他有决心，他就一定能办到；他们还给了他一些其他很好的建议。他听完了以后走了，对于他的请求只得了这样一个结果，大为不满。

他来了一次、一次、又一次，他的请求那样诚恳，那样迫切，到后来，他们大家商议了一下：他们说，"如果咱们再不收容他，那他一定会故意弄出点事儿来，好使自己有入狱的资格。咱们把他关起来好啦，他进去了以后，待不多久就一定会想出来的，那时候咱们再把他放出来。那样一来，他就不会再来麻烦咱们了。"于是他们叫他写了一份申述书，在那上面签了字，申述书上说，他进狱是自愿的，是自己请求的；这样，他就不能告他们非法监禁了。他们要求他注意一项事件：那就是说，无论多会儿，不管是白天，也不管是夜里，只要他想出来，他就可以敲看守的门，看守就可以放他出来，他们就是这样吩咐看守的；不过同时，他们要他明白，他一出来了，可就不许再进去了。他们两下对于这些条件都同意了，同时那个工人仍旧还是以前那样非进监狱不可，他们就把他送到监狱，关在一个单人囚室里。

这个人，如果面前放着一杯烈酒，就忍不住不去沾它——就是这个人，在一个囚室里，在一个单人囚室里，天天做他那个做鞋的工作，待了几乎两年。到了两年年终，他的身体慢慢地坏起来了，医生就建议，说他应该有时在园子里工作一下，他听了这话，觉得很对，所以他就在园子里干园丁的活儿，干得很高兴。

夏天有一天，他正在园子里掘地，掘得很卖力气，那时候，大栅栏上的小门碰巧正敞着，把门外面他记得很清楚的那种尘土飞扬的道路和日光照耀的田野呈现在他面前。他当然和任何别的自由人一样，可以随便就出去的；但是，他刚一抬起头来，看到外面的光景，在阳光下照耀，他那种囚徒本能，就不知不觉地流露，他马上把铁锹扔了，撒开腿尽力跑去，连一次头都没回。

第八章
华盛顿
立法院
总统府

我们在一个很冷的早晨,六点钟的时候,坐着小汽船,离开了费城,朝着华盛顿进发。

我们在这一次的旅程中,还有在后来的几次旅程中,都碰见了一些英国人(他们在英国的时候,大概都是小农民,再不就是乡间酒店的老板),他们都在美国安下了家,现在出门儿到别的地方办事。在美国的公共车船上面和我们摩肩接踵的各式各样的人中间,这班英国人往往是最令人不耐、最令人难忍的旅伴。我们这些同胞,除了也具备美国人之中最坏的旅客那种种令人不快的特性而外,还傲慢无礼地自命尊贵,理所当然地自命优越,叫人看来,十分愚妄荒谬。他们不顾礼貌地硬和你狎侮接近,厚颜无耻地硬对你问长问短(他们在这些方面,急不可待地要求自由,好像他们因为在故国的时候,受过应有的拘束,积怨在心,而现在想发泄一下似的),那种讨厌劲儿,比起我所看到的典型美国人来,都有过之而无不及。我看到这种人的表现,听到这种人的谈话,我的爱国之心就往往不由大发。因此,如果我有办法,能使世界上任何别的国家，肯不以为耻而承认这班人是它们的儿女，那我即便得付相当多的罚金，我都欣然乐而为之。

既然华盛顿可以叫作是吐烟染唾涎这种行动的大本营，那我认为，我现在应该毫无掩饰，坦白承认，说嚼烟叶和吐烟叶这两种普通流行的恶劣习惯，到了现在，不但使我感到不快，而且不久更使我感到憎厌，感到恶心。美国所有的公共场所，对于这种肮脏习惯，都认为是事理之常。在法庭上，法官有他自己的痰筒，宣呼吏、证人和犯人，也都各有他们自己的痰筒；至于陪审员和旁听的人，也都按照人数众多而都要不断吐唾涎那种必有的要求，给他们备有用具。医院里就在墙上贴着布告，要求医学学生，把烟唾吐在专为这种目的而设的小箱子里，而不要吐在楼梯上，把楼梯弄脏了。别的公共场所，也用同样的办法，恳求访问的人，把他们的烟饼或者"烟棒"（我听见对于这种香甜适口的食物方面学问渊博的绅士这样叫过）的精华，吐在通行全国的痰筒里，而不要吐在大理石柱子的座盘那儿。不过，有些地方，这种风俗，都和宴会、正式拜访以及所有的社交活动，混而为一，无法分开了。一个生人，如果采取我所走过的道路勘探一番，那他就会看出来，这种风俗，在华盛顿，达到了绚烂光辉的程度。它那种横扫一切的江洋恣肆，真令人不胜惊异。这位生人，最好还不要自己劝自己，像我以前令人惭愧地那样，说过去的旅行家，对于这种风俗的描绘过于夸大。因为这件事本身，在令人厌恶那方面，本来早就已经到了极度的分寸，使人没有再加夸大的余地了。

在这条小汽船上，有两位年纪小小的绅士，衬衫的领子，像通常那样往下面翻着，很粗的手杖，威武地在手里拿着；他们在甲板的正中间相隔大约四步远的地方，各自安下了宝位，然后掏出各自的烟盒儿来，相对坐下，相对大嚼。不到一刻钟的工夫，这两位前途无量的少年，就在他们四围的干净甲板上，吐了大量成阵的黄雨，因而建立了一个妖气冲天的地带，没有人敢大胆闯到那里面去；同时，那个地带，不到干的时候，他们就毫不怠慢使黄雨一阵又一阵飞洒而来。这种情况，刚好是在早饭以前发生的，所以，我得承认，使我心头作恶，嘈杂欲吐。不过我把这两个大吐特吐的少年之一仔细看了一下之后，就分明看出来，他对于嚼烟，还是个新手儿，所以他也在那儿显出心里嘈杂的样子来。这种发现，使我大感快乐而喜气洋溢。我眼看着他的脸越来越苍白，他左边嘴里的"烟团"也由于他勉强忍痛而颤动起来；但是他却还是吐了又嚼，嚼了又吐，硬要和他那位老于此道的朋友争胜斗强；那时候，我简直地要搂住他的脖子，求他嚼几个钟头不歇才好。

我们大家都在下面的房间里舒适地坐下吃早饭，吃的时候，比在英国同样的情况下并不更匆遽，也不更忙乱，并且比在英国坐驿车旅行"打尖"的时候，毫无疑问，大家更讲一些礼貌。靠近九点钟的时候，我们到了火车站，换了车往前进发。到了正午，我们又下了车，坐了另一条小汽船过了一条很宽的河。在对岸铁道遥接的地方上岸，坐上了另一列火车前进。在跟着来的那一个钟头左右，我们过了两条河，叫作大火药和小火药，都是从木头桥上过的，每一座桥都有一英里长。这两条河的水上都乌压压地聚着一群一群的灰背鸭子，这种鸭子，味道很美，一年里到了这个时季，在这一带成群出现。

这种桥都是木头做的，没有桥栏，宽窄只刚刚能容一列火车走过。所以，只要出一丁点儿事故，火车就非陷身河里不可。这种桥都是使人惊异的奇巧玩意儿，你从那上面过，觉得顶好玩儿。

我们在巴尔的摩下了火车去吃正餐；因为现在我们来到马里兰州了，所以我们头一次看到，伺候的人都是奴隶。强使一个和我一样而却可以买卖的人来伺候我，同时，自己就好像是一时之间促成了这种人现在的身份，这种感觉，并没有可以使人羡慕的地方。在像巴尔的摩这样的城市里，这种制度，令人憎恶的程度也许得算最小，行使的方式也许得算最温和。但是，奴隶制度总归是奴隶制度；我自己在这方面虽然是清白无辜的，而这种制度就摆在我眼前，仍旧使我觉得可耻，仍旧使我不由得要自责。

我们吃完了饭，又回到车站，上了开往华盛顿的火车。因为离开车的时间还早，那些碰巧没有什么事可做的大人和孩子，见了外国人很稀罕，都围在我坐的那个车厢外面（这是规矩如此），把车厢的窗户全放了下来，把脑袋和膀子都伸到车厢里，用胳膊肘儿很方便地支着身子，开始对于我的相貌和仪容互相交换起意见来；他们对我视若无物，好像我只是一个草扎的人似的。我从来没像那一次那样，听到我的鼻子和眼睛，引起那么些毫不客气、毫不假借的批评；听到我的嘴和下颏，在不同的人心里，有那样不同的印象；听到我的脑袋，从后面看来，有那样细致的形容。有些绅士，只运用一下触觉就满意了，但是孩子们（他们在美国都令人惊异地早熟），却很少那样就认为满意的。他们一次又一次对我反复地进攻。有好些位正在成长的总统，头上戴着便帽，口袋里插着双手，走到我那个车厢里，一直瞪着眼看我看两个钟头，他们惟一换换脑筋的机会,只是揪住鼻子扭一下,或者就着水盂子喝一口水,再不就跑到窗户那儿,招呼窗外街上的孩子,叫他们也上车来,一块儿来看我。他们嘴里喊:"他在这儿哪!""上来!""把你弟弟也都带来!"还有其他同样敦促劝驾的话。

我们是那天晚上六点半钟左右到的华盛顿;在路上就老远看到国会大厅美丽的形影了。那是一座哥林多式①的建筑,居高临下,豁朗轩敞。我到了旅馆以后,那天晚上就没再出去观光,因为我很累,只想早早上床安歇。

第二天早晨,我吃完了早饭以后,在街上溜达了有一两个钟头的工夫,跟着又回到旅馆,把房间的前后窗户都开开了,往外面看。只见华盛顿在我心里、在我眼前,以新鲜的姿态出现。

比方你把城路和庞洞斐尔②最坏的部分,或者把巴黎人家零散的郊区房子最小的地方圈出来,把那些地方奇特的景象都保留了,特别要把庞洞斐尔那儿的(但是却不是华盛顿那儿的)那种经纪家具的、开小饭馆的和贩鸟儿的人们开铺子和住家的小房儿都保留了。然后把所有这些房子都烧掉了;重新盖起一片木骨和灰墙的房子;把这地方稍微扩展一些;掺上一部分圣约翰林③;在每一

---

① 美国国会,于1793年始建,于1830年按原计划完成。建筑为文艺复兴式。中间大圆屋顶,以伦敦圣保罗大教堂为范本。正厅和两翼外部的柱廊则为哥林多式。柱共一四八个,各高三十英尺。哥林多为希腊建筑柱头式样之一,别于道里克(Doric)和爱昂尼克(Ionic)。

② 都在伦敦。在狄更斯的时代,城路是一条宽广、整齐的通衢。但后来变得荒凉了。庞洞斐尔则为郊区,为小康人家住家的地方。

③ 圣约翰林:伦敦住宅区,在伦敦西北部。

所私人住宅外面都安上绿百叶窗,在每一个窗户上都挂上一个红窗帘子和一个白窗帘子①,把所有的路都铲掉了;在每一块按理不应该有的地方都弄上一片绿草粗茁的草坪,再盖起三座漂亮的普通石和大理石大楼,不管在什么地方都成,不过越是人不到的地方越好;叫这三座大楼一个是邮政部,一个是专利局,一个是财政部;使这个区域上午热得草木皆焦,下午冷得冰霜凛冽,偶尔还刮一阵飞沙走石的旋风;在凡是按事理之常应该有街道的中心场所都弄上一个烧砖场,而却使那儿不见一块砖:比方你完全这样做了,那华盛顿就在你眼前了。

我们住的那家旅馆是一长溜临街的小房儿,后面都通到一个院子里。院子里挂着一个大三角响圈。不论多会儿,有人想要招呼侍者,就往响圈上敲,敲一下以至七下,这要看招呼侍者的客人所住那个房间的号数而定。由于所有的侍者都经常有人招呼,而他们却没有一个出现的,因此这个使人警醒的玩意儿,就整天价一时不停地大肆鸣奏。就在这个院子里晒着衣服;也就在那儿,头上包着布巾的女奴隶川流不息地跑着办旅馆的事儿,男奴隶端着盘子过来又过去;在这个小方院子正中间一堆乱放着的砖头上,还有两条大狗正在那儿玩儿;一口猪就在院子里翻着肚子晒太阳,一面吭吭地说,"真舒服";但是,不管是男奴,也不管是女奴,不管是狗,也不管是猪,反正,不管是任何被造之物,都绝对没

---

① 百叶窗用板条做成,用遮太阳而同时可以通风。窗帘子两个,白的是白天用的,薄而透明,可以使窗里看到外面,而外面看不见窗里。红的则为厚的,晚间遮上。

有理会那个三角响圈的,尽管它一直不停像疯了似地铮铮乱响。

我走到前窗那儿,看着路那一面,只见零零落落的一溜房舍,都只一层高;房舍的尽头,差不多正对着我,不过稍偏左一点,是一块使人觉得凄凉的空闲荒地,上面长着乱草,看起来,好像是乡下的一小块土地,喝酒上了瘾,弄得自己不知身在何处似的。在这块空地上面,有一个木骨建筑物,它倒是耸立在那儿,不过却完全不对劲儿,仿佛是从月亮里掉下来的一块陨石似的;它古里古怪,歪着半边身子,只有一只眼睛,看着像一座教堂;它的尖阁上,竖着一个旗杆,和教堂本身一样高,而尖阁却比一个茶叶箱子大不多。窗户外面是一个小小的停车场,赶车的奴隶就在旅馆门前的台阶上一面晒太阳,一面闲谈。在附近最引人注意的三所房子,正是三所最卑陋的。其中的一所是一个铺子,窗户里永远看不见摆着什么东西,门也从来没开开过。这个铺子上面画着"城市午餐"几个大字。第二所房子就像是另一所房子的后门一样,但实在却是独立门户,上面画着"美味蛎黄,各色俱全"的字样。第三所是一个非常非常小的成衣铺,上面画着"承搞长裤"的字样,那也就是说,承做裤子。这就是华盛顿的街市。

有的时候,有人说这座城市天旷地廓,瞻视远大[①],不过,说它高瞻远瞩,企图远大,好像更恰当一些,因为,只有站在国会

[①] 美国首都地址于1790年选定,于1800年由费城迁往。那时华盛顿还是一片沼泽地,仅有少数建筑。这种情形,一直继续多年。所以当时除了"天旷地廓,瞻视远大"这种形容以外,还有"芜城"(Wilderness City)、"陋巷之都"(Capital of Miserable Huts)、"有街无房之城"等称。当时有许多人主张迁都。一直到1861年内战开始,华盛顿才被人重视起来。

大厅的顶层,对它作鸟瞰眺览,才能看出给它作计划那位工程师——那位有雄心的法国人[①]——远大的意图。有广阔的荫路,却不知道哪儿是起点,哪儿是终点;有一英里一英里的长街,却没有房舍、路面和居民;有公众的建筑,却缺少公众来使它成其为公众;有通衢的装饰物,却没有通衢使装饰物有所附丽:这就是华盛顿主要的情况。我们也许可以设想:闹季[②]已过,房子和主人一块儿离开城市,去到乡下,不再回来了。让爱慕城市的人看来,这座城市,就和巴米塞德的宴席[③]一样,是一片可以供想象力遨游驰骋的优美地方,是一个为逝去的计划树起来的纪念碑,连记载它过去的伟大而可供诵读的碑文都没留下来。

它现在是这样,它将来也许也得是这样。原先选这个地方作政府的所在地,只是为了要化除各州相互的嫉妒和利害的冲突;同时,很有可能,也是因为它离群众远——这种考虑,即便在美

[①] 指郎方(P. C. L'Enfant, 1755—1825)而言。本为法国人,在法国军队中受过训练,后随拉斐德(Lafayette)到了美国,参加美国独立战争,以修建军事工事,受知于华盛顿,美国国都地址选定后,华盛顿叫他作城市计划。他的计划,以通衢宽阔,公园广场敞豁,安排逻辑性强出名。

[②] "闹季"(season)是一个都会一年里社交最繁、娱乐最盛、游人最多的时季。普通特别指伦敦的闹季而言。由5月起,到7月止。在这个闹季里,阔人都在伦敦,剧场和音乐厅都演出,最好的演员都献技,艺术展览,各种赛会(像赛马、赛球等)都举行,国会也正开会。闹季一过,跟着就是伏天(7月3日到8月11日),阔人都离开伦敦而往乡下避暑地或外国去了。

[③] 《天方夜谭·剃须匠第六个兄弟的故事》里说,富人巴米塞德,开一个穷人的玩笑,请那个穷人吃饭,但一无所有,他自己却假装着是盛宴当前的样子,口比手划,要那个穷人也学他的样子。后来那个穷人假装喝醉,把富人饱打了一顿。

国,也并不是可以忽略的。这座城市本身没有商业或者买卖可言。因为除了总统和总统府的人员,除了开会期间住在这儿的议员,除了政府各部门任用的人员和官吏,除了旅馆和公寓的老板,和供应他们馔饮的商人,再就没有别的人住在这儿的了。这个地方,很不适于卫生。我觉得,除了情势所逼,迫不得已,就很少有人诚心乐意住在那儿。至于见异思迁和投机倒把的风气,既然都是迅速激变而不顾一切的潮流,那它们不论什么时候,都不会往这种迟缓沉滞的水流里来。

国会大厅的主要部分当然是参众两院的会场。不过除了两院以外,在这座大厅的正中间,还有一个壮丽的圆厅,直径九十六英尺,高九十六英尺,四围的圆墙分作若干部分,画着历史事迹。其中有四个部分,画的是革命战争时期突出的事件。画的人是特罗姆勃尔上校[①]。在那些事迹发生的时候,他本人就是华盛顿的参谋中之一员。这种情况,使这些画儿更有一种特别的意义。在同一圆厅里,格林诺[②]给华盛顿雕的大雕像,新近刚摆进去。这个雕像当然有很大的优点,不过让我看来,用它表现华盛顿,神情未免有些紧张而猛烈。但是,我还是希望,我能在比它现在更好的光线下看它一看。

[①] 特罗姆勃尔上校(J. Trumbull,1756—1843):美国画家,曾参加独立战争。他的作品里,有华盛顿、亚当斯(Adams)、杰斐逊(Jefferson)等人画像,有《奔克尔山战役图》等。在国会的圆厅里,有他四幅画,《独立宣言》《波尔勾恩之降》《考恩洼利士之降》及《华盛顿辞职》。

[②] 格林诺(H. Greenough,1805—1852):美国雕刻家,作品中有《华盛顿雕像》《胜利的维纳斯》等。

在国会大厅里，有一个优美而宽敞的图书馆。从它前面的凉台上，像我刚说的那样，可以看到城市的全部鸟瞰图，还可以看到城市附近乡村全部美丽的风景。在这座楼专供观赏的部分里，有一处摆着公正之神的雕像。关于这个像，游览指南上说，雕这个像的艺术家，最初打算把它雕成更多的裸体部分；但是因为有人警告他，说这个国家的群众，不喜欢那一套，不可能允许他那样做，于是他一小心，可就走到也许得说是另一个极端了。可怜的公正之神，除了她在国会厅里恹恹瘦损穿的那种衣服而外，美国人还让她穿过其他更奇怪的衣服呢。我们只希望，她那些衣服做好了以后，她已经换了做衣服的人，而美国群众的感情，给她裁的衣服不再是现在掩蔽她那可爱的肢体那一种了。

众议院是一个壮丽而宽敞的大厅，作半圆形，承以壮丽的柱子。楼上有一部分是专划归妇女用的。她们就坐在那儿的前几排，随便进进出出，好像看戏或者听音乐一样。议长席上覆着华盖，高出会场之上；每一个议员都有一把安乐椅和一张写字台——这种设备，曾受过一些局外人的指斥，认为极不幸，极不明智。因为，这种设备，容易使会议拖沓，使发言冗长。那个地方，看起来倒很秀雅，但是在那儿听起发言来，却很特别地一无是处。参议院比众议院小一些，没有这种毛病，极适于原来要它起的作用。开会的时间是白天，这是几乎用不着说的，会议的一切程序，都是取法于母国的。

我到别的地方旅行，途中有时有人问我，说华盛顿立法诸公的头脑，是否给我留下过深刻的印象。他们说的这个头脑，不是指着立法者们的领袖和首脑说的，而是很具体地指着长在他们每个人身上的脑袋说的,是指着他们长头发的地方、他们表现脑相的地方说的。我回答他们的时候,总是说,"不曾,我不记得他们曾使我不胜激动过。"他们听了这种回答,几乎都愤怒而惊讶得一句话都说不出来。既然我管不得许多,得把我这种直言无隐的看法在这儿重复一遍,那我就索性把我对于这个问题的印象,尽可能简短地接着谈一下好啦。①

首先,我不记得我曾由于看到立法衮衮诸公而为之晕倒,或者甚至于为之激动而流快活、骄傲的眼泪。这也许是因为我那表示尊敬的器官生来就有缺陷——在平民院里,我是以丈夫气概而非以妇人态度接受一切的;在贵族院里,我除了不胜困倦而打过盹以外,没有别的"不胜"怎样的经验。我曾看见过市选举和区选举②的活动,但是不管哪一党、哪一派胜利,我从来没因为往空中扔帽子表示欢庆而把帽子弄坏了,也从来没有因为欢呼我们的宪法光荣,欢呼我们独立自主的选举人高尚纯洁,欢呼我们独立自主的议员无可指摘地正直,而把嗓子喊哑了。我既然有这样坚忍刚毅的气度,能抵抗这种强烈的影响,那我这个人,在选举各方面,很可能是性情淡漠,感觉迟钝,到了冰冷冷的程度。这样说来,华盛顿国会里的肉身柱石给我的印象,一定得按照我刚才自动作的这种坦白,加以应有的原谅。

---

① 狄更斯做记者的时候,对于国会极熟悉。他认为国会是骗人的玩意儿,是一个阶级压迫、剥削另一个阶级的机构。

② 狄更斯做记者的时候,常到外地采访选举活动情况。他对于这种政治活动的描写,《匹克威克外传》第13章可作代表。

我在这个公共机构里所看到的，是否是济济一堂的人物，在独立和自由的神圣名义下结成一体，在所有的讨论中，都申述这两位孪生女神坚贞纯洁的尊严，因而在全世界景仰的眼光里，提高了这两位女神的名义所代表的永恒真理，提高了他们自己的品格，提高了他们国人的品格呢？

刚刚一个星期以前，就有一位白发苍苍的长者[①]，一位对于他的祖国是永垂不朽的光荣人物，一位像他的上辈一样，对于国家立过功劳的人物，一位在美国现在这种腐朽中生长起来的蛆虫都成了尘土的时候，还要年复一年、代复一代，受人爱戴的人物——刚刚一个星期以前，这样一个人物，就在这个立法机构的衮衮诸公面前，受了好几天的审问，只是因为他居然大胆，敢明明白白地指出，说那种把男人、女人和他们还没出生的婴孩，当作万恶的商品进行交易的勾当是不名誉的。然而在这个城市里，无论多会儿，却都可以看见，用金字写着，用木框镶着，用玻璃罩着挂起来让人人景仰的，以骄傲得意的态度（不是赧然羞惭的态度）给外国人看的，没有使它面墙而立，也没有把它取下来焚烧的，是北美合众国十三州的共同宣言，庄严地宣布，人人生而平等，造物主赋予他们不可剥夺的那种生存权力、自由权力和追求幸福的权力[②]。

---

① 指亚当斯（J. Q. Adams）而言。美国第二任总统约翰·亚当斯之子，美国第六任总统。反对奴隶制度甚力。1842年他是国会议员。上辈即其父约翰·亚当斯。
② 《美国独立宣言》第2段："我们认为，以下各项真理，都是不言而喻的：即，人人生而平等；造物主赋予他们某些不可剥夺的权利，其中有生存、自由和幸福的追求。"

不到一个月以前，就是这个机构里的衮衮诸公，漠然无动于衷地坐在那儿，听他们之中的一位，对他们同样的另一位，大赌其连喝醉了酒的叫化子都不肯赌的咒，威吓和他同样的一位议员，说非把那个议员的脖子从这个耳朵抹到那个耳朵不可。这位人物，就坐在那儿，就坐在衮衮诸公中间，会议上的公愤并没使他销声匿迹，他仍旧受人尊畏，和任何别人一样。

不用到一个星期，他们中间，就要有一位，因为要对选他到这儿来的人们履行职务，因为在一个共和国里，胆敢申述，说那些人有表达感情、公开祷告的独立和自由，而要受其余议员们的审理，要受他们判决有罪的宣告，要受他们严厉的申斥。他犯的罪是很严重的：因为，前几年，他曾站起来说过，"你们看，现在有一群出卖的男女奴隶，只能像牛马一样地繁殖，用镣铐锁到一块儿，正从你们这个平等大殿窗外大街上走过！你们看！"不过追求幸福的人是形形色色的，他们的武器也是各式各样的。他们之中，有的人拿着九股鞭子和长马鞭子、脚镣和铁箍，到猎场追逐他们的幸福，在铁链子嘎啦嘎啦响和沾着血的皮鞭子飕飕鸣的乐声中，高声呼喊（永远以自由为护符），指示他们猎捕物的所在。①

那班满嘴粗野、大言吓人的议员公，那班像运煤夫动起蛮来打人骂人的议员公，都坐在哪儿呢？他们都坐在会议厅的四面八方。每届议会都要发生全武行的场面，而剧中人就都在场上。

我看到那些济济一堂的人物，在新世界从事于纠正旧世界的

---

① 这是用猎狐作比喻，高喊是对猎狗发出指示。

欺诈和罪恶,是不是把从政之路由尘土飞扬变而为一尘不起呢?把势位之途的污浊清理扫除了呢?是不是只为公众的福利而辩论、而制订法律,除了为国为民,没有党派之争呢?

我看到的不是那样。我只看到,他们都是把这副本来可以很有成效而却由最坏的家伙操纵的政治机器,导向最下流的邪途上去的主动力。在选举中,玩弄可耻的把戏;对于官吏,鬼鬼祟祟行贿收买;对于敌手,用下流无耻、破口谩骂的报纸作盾牌,用可以花钱雇的笔杆当枪杆,进行卑怯的攻击;对于惟利是图的恶棍,对于一无所能、只会用一种窑姐式的报纸,每天、每星期散播毁灭之蠹的(和古代播种的龙齿①一样,只是没有龙齿那样尖就是了)恶棍,一味胁肩谄笑地奉承;对于群众的一切坏倾向,用尽方法逢迎、助长,对于群众的一切好影响,用尽方法破坏、摧残;所有这一类情形,简单说来,还有尔虞我诈、钩心斗角的党派之争里最卑鄙恶劣、最冥顽无耻的情形,从跻跻跄跄的议会厅中每一个角落,纷纭地呈现在人们面前。

我在这些衮衮诸公之中,能看到聪慧和文雅吗?能看到美国真正老实的爱国热心吗?东鳞西爪,滴滴点点,也可以看到美国人的血和生命。但是那一片汪洋大海里,都是拼却一切,专为发财、赚钱而跑到那儿的冒险家,这几滴血和这几丝生命是不能使它改变颜色的。这班冒险家和他们那些不顾廉耻的机关,把政治纷争弄得这样凶猛野蛮,弄得这样使好人的自尊毁灭无余,就为

---

① 希腊神话,底比斯城的创建者卡德木斯,杀了一条龙,他把龙齿种在地里,龙齿就长成武士,互相残杀。

的是使感觉灵敏、心地细腻的人,不敢接近政治,就为的是他们自己,还有和他们一样的人,可以独占战场,各显身手,不受阻挠而私愿得遂。这样一来,最卑鄙的鸡争狗斗,就不断地进行。而那些有地位、有才智的人,如果在别的国家里,都要把定律制法当作最高的志愿,在这儿,却对于日趋下流的政界,见了就起反感。

在两院的人民代表中间,在各党的党员中间,有些人品格高尚,才能卓越,那是用不着我说的。那些名闻欧洲的第一流政治家[①],都早已有人叙述过了,同时,我自己订的那一条作指导的原则,对于个人一概避而不谈,我觉得没有什么理由,违而不遵。我想我只这样补充一句就可以了:别人对于那些政治家最高的赞扬之辞,我出于衷心不但同意,而且格外同意。我和他们亲身接触和自由交往的结果,使我心里感到的,不是那句极令人可疑的格言[②]所表示的情况,而是更多的爱慕和敬仰。他们这班人,都是令人看着高超特出的,都是不受人欺的,都是敏于行动的,都是在精力方面赛过狮子,在才干方面比美克赖顿[③]的;在眼光锐利、举止劲捷方面,是印第安人的化身,在意志坚强、胸襟豁达方面,是美国人的本色。他们在国内,代表美国人的尊荣和智慧,那位

---

① 第一流政治家:据狄更斯给他朋友的信里说,是亚当斯(J. Q. Adams),克雷(H. Clay),普雷斯顿(W. C. Preston),凯尔胡恩(J. C. Calhoun)等。

② 英国有句格言,说"亲狎则生嫚"(Familiarity breeds contempt)。

③ 克赖顿(J. Crichton, 1560—1582):苏格兰学者及冒险家。以才艺著,会十二种语文。驳倒意大利巴都阿(Padua)大学教授对亚里士多德的解释,指出他们数学上的错误。在曼杜阿(Mantua)和最著名的剑客决斗而被杀。

现在在英国宫廷的美国公使①，就在国外代表美国人最高尚的品质，二者正是一样。

我待在华盛顿的期间，几乎每天都到两院里去。我头一次到众议院去的时候，正碰上他们对议长的决定分组取决，不过结果还是议长得到胜利。我第二次去的时候，正碰上一位议员发言，因为有人发笑而打断了他的话头，他就像两个小孩子打架那样，先把那种笑声学了一下，然后跟着说：他要马上就让反对他的议员大人们，发另一种声音，发一种龇牙咧嘴的声音。不过发言中途叫人打断的情况并不多见，大家一般总是静静地听别人发言。他们争吵的时候比我们更多；他们互相恫吓，也是有史以来任何文明社会中所未见的。不过模仿农家场院上的活动，还没从英国议会输入②。在发言中，大家最喜欢作的，最喜欢听的，好像就是把同样的意思或者稍有差别的意思，用不同的字句重复说出。门外的人问起来的时候，不是说"某某人讲的是什么？"而是说"某某人讲了多久？"不过，这一点，也只是把到处通用的原则加以扩大就是了。

参议院是一个有威有仪、依规依矩的团体，那儿会议也是在极隆重极严肃的气氛下进行的。两院的地上，都铺着美丽整齐的

---

① 1842年美国驻英国的公使是埃弗雷特（E. Everett，1794—1865）。他是美国的政治家，演说家兼著作家。做过哈佛学院的希腊文教授及国会议员，于1841—1845年做美国驻英公使，后来又做过国务卿，候选副总统。

② 在英国议会里，设有酒吧间，供议员们畅饮，所以在表决议案时，议员们都喝得醉醺醺的，往往狂呼大叫，或作鸡鸣犬吠之声。见狄更斯《博兹特写集》中之《议会速写》。农家场院上的活动，即指鸡鸣犬吠而言。

地毯；本来给每位议员都备有痰筒，但是他们却都不用，而只四面八方地把唾涎往地毯上乱吐乱抹，这样一来，地毯变成什么样子，添了什么花样，可就令人不忍出之于口了。我只这样提一下就够了：我坚决地劝所有的生人，千万不要往地上看；如果他们的东西掉到地上，即便是钱袋的话，千万也别不戴手套而就去拾那件东西。

刚一看到那么些议员老爷的脸都肿胀了的时候，不说别的，至少得说是有些令人惊异；后来，发现这种肿胀，原来是议员老爷们硬把一块烟饼塞到嘴里弄的，也同样令人惊异。看到议员老爷，把椅子往后翘起，把脚放到他面前的桌子上，用小刀把烟饼割成合用的形状，割好了以后，吧地一下，像放气枪那样，把嘴里那一块一下喷出，然后把新割的那一块，吧地一下塞到嘴里，这种情形，叫人看来，也同样地可怪。

我意想不到，竟看见经验丰富、稳健沉着的嚼烟老手，也不见得能永远把烟唾吐到痰筒里。这种情形，使我觉得，我们在英国时常听说过的那种美国人都善于打枪的话，也不见得令人可信。来拜访我的绅士中间，就有好多位，在谈话的时候，连对于只隔五步的痰筒，都吐不到。其中有一位，把只隔三步而关着的窗户认为是开着的，不过，他毫无疑问是个近视眼。有一次，我到外面去吃饭，在开饭以前和两位女士还有几位先生围炉而坐，那时候，有一位先生，分明往壁炉里吐了六回都没吐得进去。不过，我现在想来，却要认为，他所以没吐到壁炉里，只是由于他不想往那里面吐，因为壁炉的炉档前面，有一个大理石炉台，吐在那上面更方便，更合他的目的。

华盛顿的专利局，极能表现美国人的进取和灵巧。因为那里面那么些模型，却只是五年以来积累起来的发明；所有五年以前的模型，全部都叫一场火烧光了。这座秀气的建筑（就在这座建筑里，陈列着这些模型）只能算是计划中的建筑，而不能说是修成了的建筑。因为本来要盖四面，现在却只盖了一面，而全部工程就停止了。邮务局是一座极紧凑、极美丽的大楼。楼里有一个部门，除了陈列各种稀奇的东西而外，还摆着美国大使驻在国的君主送给他们的礼物——美国的法律规定，这种礼物不准本人保存。我得承认，我看到这些展出品，只觉得很难过，只觉得那些东西决不是奉承美国，决不能证明美国对于诚实和荣誉的标准多么高。如果设想，一个有名誉、有地位的人，因为有人送了他一个鼻烟壶或者一把镶嵌精工的刀，或者一件东方的披巾，而就会在执行职务的时候，枉法徇私，那就很难说是道德标准很高的想法；而一个政府，对于它的公务人员完全信赖，另一个政府就对于它的公务人员，在这样微不足道的小东西方面，疑神疑鬼，当然前者能使公务员尽忠尽力，而后者则不能。

在郊区有一个地方叫乔治镇，那儿有个耶稣会[①]学院，地势显豁；并且，就我有机会看到的情况而言，管理有方。我相信，许多并非罗马教会的信徒，也同样利用这类机构和这类机构的有利条件，使他们的子女受到教育。这一带的高地，俯临波托马克河，

[①] 耶稣会（Jesuits）：天主教的教会。创于1534年，以对抗宗教改革为目的。在美国殖民地期间，耶稣会是到那儿传教最早的教会之一，于1807年在美国成立教会。

富有画意。同时，我认为，也没有华盛顿那种不适卫生的缺点。在这片高地上，空气清爽宜人，而在城里，则热得和火烧的一样。

总统官邸，不论内外，都像英国的俱乐部。我想不起别的东西，有和它更近似的。邸外专备观赏用的园圃，都是按照花园的径路设计的。这些部分都很美丽，都令人看着愉快；不过，它们都有一种昨天刚修好了的气氛，使人看着不舒服，使它应有的美丽也为之减色。

我头一次去到那儿，是我到华盛顿的第二天早晨，带我去的是总统府的一位官员。他非常仁蔼，把引领我见总统这件事，一力承担，引为己任。

我们先进了一个大厅，在那儿按了两三下铃，始终没人出来，于是我们就不拘仪节，穿过楼下几处屋子，往里走去。只见许多绅士（多半头上戴着帽子，两手插在口袋里）也正在那儿逍逍遥遥地穿堂过屋。这些绅士之中，有带着女眷的，都正把这些屋子指点给他们的女眷看；另一些就在椅子和沙发上逍逍遥遥地或坐或卧；又另一些，就因为无聊到极点，疲乏起来，正在孤寂地打呵欠。所有这些人，大多数都是来到这儿，显弄个人至上的身份，而不是做任何别的事，因为没有人知道他们有任何事得在那儿做。有少数的几个，就在那儿仔细考查家具，好像要弄清楚，总统（他绝非深得民心）是否曾为个人利益，把任何家具搬走，或者把任何装修卖掉。

这些逍遥无事的人，都分散在一个华美的会客厅里，客厅外面通着一个平台，俯视一片美丽的河景和附近的乡下；又有的人，就在一个叫作东客厅的大厅里往来地闲走；我们瞥了这些人一眼之后，就上了楼，来到另一个屋子。那儿也有些客人，正等接见。一个黑人，身穿朴素的便服，脚穿黄色的便鞋，走起来悄然无声，在那班没有耐性的人耳边，低声报告消息；他看见了带我来的那位官员，立刻招呼了一下，跟着就飘然离开，去通报客人来到。

我们先前曾往另一个屋子里看了一下。只见那儿到处都安着空无一物的写字台或者说柜台，上面放着夹在架子上的报纸，有好几位绅士正在那儿看。但是在我们现在待的这个屋子里，却没有那一类消磨时光的东西，那儿那种使人腻烦、使人无聊的情况，正和我们那些公共机构的候客室里或者在自己家里开业那种医生的饭厅里一样。

这个屋子里的来客，有十五个到二十个左右。其中有一个老头儿，个子高大，浑身是筋，坚韧瘦劲。他是从西部来的，叫太阳晒得面目黧黑。他膝上放着一顶白中带黄的帽子，两腿中间放着一把硕大无朋的伞；他身子笔直地坐在椅子上，冲着地毯一个劲儿地皱眉头，时时把嘴边上的苍老深纹来回地抽搐，好像他已经打定了主意，非要把总统"死盯在"他所要说的话上面不可，丝毫不能和他通融。另外一个是肯塔基州的农夫，身高六英尺六英寸，头上戴着帽子，双手插在褂子的下摆里面，他靠着墙站着，用脚跟往地板上直磕，好像他把"时光"的脑袋踩在脚底下，现在正在那儿要把它不折不扣地真正"踩死"似的。第三个是个鹅蛋脸，患肝病的样子[①]，光滑的黑发剪成了光头，连鬓胡子和底胡，

[①] 指面色而言。患肝病的人，面黄，土色，有污垢状。狄更斯在《博兹特写集·马车停车场》里说，那是污垢而发黄的颜色，和一个患肝病的女人一样。

都刮得只见一片青茬儿;他正把一个粗手杖把儿送到嘴里呥,过一会儿,还把手杖把儿从嘴边拿下来,看一看呥成了什么样子。第四个就什么也没做,只一个劲儿地吹口哨儿。第五个就什么也没做,只一个劲儿吐唾涎。其实,不止他一个,所有这些绅士,在刚说的这种动作方面,都是坚持不懈,劲头十足的。他们把他们的喜爱物儿往地毯上挥霍,把地毯弄得淋漓狼藉。因此,我不由得要认为,总统府里的女仆们,一定薪金很高,或者说得更文雅一些,一定酬劳很高("酬劳"是美国人说到公务员的时候,用来代替薪金的)。

我们没等几分钟,那位黑侍者,就又出现了,把我们带到了一个小一些的屋子里,只见那儿放着一张办公桌,桌子上放着文牍工具,桌前坐着总统本人。他显得有些疲乏焦灼的样子——这本是当然的,因为他跟任何人,都正在交战中[①]——但是他脸上的表情却温蔼、和善,他的态度,毫无做作,大方优雅,使人愉快。我认为,他整个的仪容和举止,都和他的身份特别相称。

本来这个共和政府的总统府曾下过请我赴宴的请帖,但是请帖到达的时候,我早已好几天前就安排好了,要离开华盛顿了。有人告诉我,说共和国的总统府邸,对于礼节是很能通融的,可以接受像我这样一个外国客人的谢绝。由于这种情况,我只又到那儿去了一次。那天是大聚会的日子,这种大聚会,在某些日子

[①] 1842年,美国的总统是泰勒(J. Tyler, 1790—1862)。他于1840年当选为副总统,1841年,总统哈里森(Harrison)故世,他继任为总统。当时两大政党,民主党和辉格党,都不承认他是自己的人。他和辉格党领袖争吵尤甚。

里的夜里举行，时间是九点到十二点，但是这种聚会，却叫作是"朝会"，这未免有些奇怪。

我带着我太太，在十点钟左右到了那儿。在庭院里，车和人相当地多，相当地拥挤。同时，据我的了解，关于什么人应该怎样上车，怎样下车，好像都没有一定的规定。那儿确实没有警察，把马缰绳当锯来回地拉，或者用指挥棒作武器，对着马眼睛上下舞动，安慰惊了的马。同时，我可以起誓证明，决没有老老实实的人，头上遭到痛打，背上或者肚子上遭到猛击，也没有人受到这一类的温柔待遇而只得站住不动，跟着又因为不肯活动而叫人送到看守所。但是，虽然如此，秩序却照样良好，行动却一点没有紊乱。我们的车，并没有经过恫吓、咒骂、吆喝，打倒车或者别的骚乱情况，就按着次序，到了门廊。我们下车的时候，也很容易，很舒适，即便首都全城的警察，从上到下，一个不拉，全部出动，来护送我们，也不过那样。

楼下那一连串房子，都灯光辉煌，大厅里有军乐队演奏。在一个比较小的客厅里，在一小簇人中间，是总统和他的儿媳妇儿。他儿媳妇儿那天担任总统府里女主人的角色，她还真是一位有意思、多才艺、举止优雅的女士。在这一簇人里面，站着一位绅士，好像是执行侍从长官的职务的。我没看到别的官员或者侍从，实在也不需要这类人员。

我前面说过的那个大客厅里，还有楼下别的屋子里，都有人满之患。到会的人，按照我们的说法，并不能算是"精选细挑"的，因为他们里面，包括了许多类别，许多等级。在那儿也看不见特别华贵的服装——说实在的，有的服装，据我看来，还得说够古里古怪的呢。但是大家却都一致地礼貌周全，仪节合度，没发生任何粗野的举动，或说出令人不快的言语。每一个人，即便大厅里那些并没经邀请、也没有票、而只是放进来观光的闲杂人，也都有一种表现，好像觉得，自己就是这个机构的一部分，有责任使它维持应有的气氛，表现最好的一面。

这些客人，不管他们都是什么身份和地位，对于美的事物，都不乏精鉴的能力，对于天赋的才能，都不乏赏识的表现，对于那班埋头伏案、运笔构思——使他们国人的室家常处，都增加了新异光彩，都增加了新异情境，使美国人的品格在外国人眼里也提高了地位——的人们也都不乏感激的心情。这种种情况，由他们招待我的朋友华盛顿·欧文①这件事上，可以充分得到证明。欧文刚受任命为美国驻西班牙的公使，他那天晚上也在召见的人之中。他是以他的新身份，在去外国以前，头一次——也就是末一次——到那儿去的。我诚恳地相信，在美国那样如疯似狂的政治舞台上，很少有从事政治的人，能像这位最能以笔墨感人的作家，那样受到热烈、忠诚、亲密的爱戴。我看到这次聚会中那些人，同心一意甩开了喧嚷叫喊的演说家和政府官员，而以慷慨大方、忠诚老实的态度，聚在这位不声不响从事创作的人身旁，把他的任命，看作是反映了一国的光荣而觉得骄傲，由于他为他们倾泻了他心中所蕴藏的优美思想而全心全意对他感激拥护：这种情况，使我对于这次公众集会中大家翘首仰望的景象，起了一种敬重之

---

① 欧文（W. Irving，1783—1859）：美国作家，著有《见闻杂记》（*The Sketch Book*）等。1842 年他被任美国驻西班牙公使。

心，远过于任何别的公众集会。我希望他能长久撒开他的手，博施宝藏，我希望人们能长久不负他的厚施而敬重他。

我们预定在华盛顿逗留的时间已经完了，我们现在得活动活动了。因为，直到这会儿，我们在这几个较老的城市中间坐火车所走过的旅程，以这个大陆上的眼光看，一点也算不了什么。

我最初本来打算往南方去——往查尔斯顿去。但是我考虑到那样旅行所需的时日，我又考虑到还不到时候就已经热起来了的天气，连在华盛顿都有的时候叫人不易忍受。同时，我又在心里仔细掂算了一下，如果我到南方去，奴隶制度就要经常摆在我面前，使我痛苦、引我注意，而我在那儿可能省出来的时间里，能看到的奴隶制度，却一定非得是伪装起来的不可，我一定很少有机会，能看到奴隶制度的真相，因而也就很难能在我对于这个问题已经搜集起来那一大堆证据之外，再增加任何新的证据。我琢磨了这种种情况以后，我在英国还从来没想到要来美国的时候所听到的那种低语，就又在我的耳边上絮絮；美国西方的荒野上和森林里像神仙故事里的宫殿①那样涌现出来的那些城市，就又在我的梦想中出现。我开始听从我要往那个方向旅行的心愿以后，各方面对我的劝告，按照习惯说，都未免令人觉得足称暗淡。我的旅伴所要受的危险、困难和艰苦，都多得我无法一一记起，即便能记起，也不愿意一一列举：在那些危险、困难和艰苦之中，汽

---

① 神仙故事中的宫殿，指《天方夜谭·阿拉丁的神灯》里一类的情形而言，一夜之间，即由神力，造起宏丽宫殿。

船爆炸，马车抛锚，都只能算是最轻微的事故。

我想我这样一说，也就足以表明那些劝告的性质了。后来，我找到了一位朋友，他对于西方旅行称得起是最高的权威，而人又最好。我叫他给我画了一个西方旅行的路线图，同时，我对于那种阻挠我的人所说的话一概以不大相信的态度对待。这样，我不久就把我的行动计划确定了。

这个计划是：先往南方去一下，只到弗吉尼亚的里士满为止，然后转向遥远的西方。我现在就请读者在另一章里跟我一块儿往南进发。

第九章

波托马克河上夜间航行的汽船
弗吉尼亚的道路和一个赶车的黑人
里士满
巴尔的摩
哈利士堡邮车
哈利士堡一瞥
运河上的船

我们的旅程一开始,先得坐小汽船。因为早晨四点钟就开船,一般都得在船上过夜,所以,我们就在最不宜出行的时候,在出行最不舒服的时候,在便鞋最受人欢迎,熟悉的床在未来的一两个钟头以内最使人可爱的时候,仆仆开始征途,往停船的地方进发。

那时是夜里十点钟——也许是十点半钟——天上有月亮,天气很暖和,而时光很沉闷。那条汽船(形式和儿童玩的挪亚方舟[①]没有什么两样,机器都安在船顶上),正懒意洋洋地在水面上微微

[①] 挪亚的方舟,见《旧约·创世记》第6章第14节以下。模仿方舟的玩具是英国儿童中最流行的玩具之一。

起伏，再不就笨手笨脚地往木头栈桥上砰砰磕撞，因为河里的微波，正和它那转动不灵的躯体戏弄。码头离市区相当地远。那儿一个人都没有。我们的车把我们送到那儿而回去了以后，只有甲板上点的一两盏似明不暗的灯，表示那儿原来是人间。我们的脚步刚一在甲板上发出声音来，一个胖胖的黑妇，特别在匆忙倥偬方面，禀有天赋，就从一个黑洞洞的楼梯那儿出现，给我太太带路，把她往女客房间里送，她到了那个旮旯以后，又把庞然一大捆大衣和女斗篷给她送到了那儿。我很勇敢地拿定主意，不去睡觉，而到栈桥上来回绕弯儿，打算绕到天亮为止。

我开始绕起来——一面想到许多许多远处的人和物，但是近处的却一样也想不起来——这样来往绕了半个钟头的工夫。我又上了船，走到一个灯光下面，看了一看表。只觉得那个表一定是停了；同时心里纳闷儿，不知道我从波士顿带来的那位忠诚的秘书这阵儿怎么样了。他本来正和我最近的店主东（毫无疑问，至少是一个陆军元帅[1]）为了纪念我们的别去，一块儿进晚餐，也许得晚两个钟头才能来。我又上岸来回走起来，不过气氛比以前越来越沉闷了，月亮也落了，下一个六月[2]好像在暗中离得更远。我自己的脚步声使我心里忐忑起来。同时，天气也变冷了；在那样孤寂的情况下，半个伴儿都没有，只一个人来回地走，那实在得说是可怜的消遣。因此我就放弃了我原先坚强的决心，心里想，

---

[1] 美国人号称平等而非常慕荣趋势，像《马丁·瞿述伟》第17章里写的那样，到处都碰到军官。第21章里又说，美国军官，各界全有，多得和地里的草人一样。

[2] 指狄更斯预定在6月回国。

还不如上床睡去呢。

我又上了船，把男客房间的门开开，走了进去。那儿非常寂静；大概就是因为这样，所以我脑子里不知怎么，起了一种念头，认为那儿一个人都没有。却没想到，那儿满是睡着了的人，微睡的、半睡的、酣睡的、仰卧的、俯卧的、正卧的、侧卧的，形形色色，千态万状——有的在吊铺上，有的在椅子上，有的在地板上，有的在桌子上，特别有的在——我那个可厌的仇敌——炉子旁，使我见了，真又惊又骇。我往前挪了一步，一下溜到一个黑人茶房发亮的脸上，他正裹着毯子睡在地上。他当时一跃而起，一半由于疼，一半由于表示欢迎，直咧嘴。他在我的耳边上低声说了一下我的名字，在那些睡着了的人中间摸索着，把我领到我的吊铺那儿。我站在吊铺旁边，把那些睡着了的旅客数了一数，一直数了四十还多。再数下去也没有用处，我就开始脱衣服。椅子都占满了，又没有别的东西放衣服，我就把衣服放在地上，把两只手都弄脏了，因为地上的情况，和国会里的地毯一样，并且也是由于同样的原因。我只把衣服脱了一部分，就爬上了我那个搁板，用手把床帷子拉开，又往我那些旅伴那儿看了几分钟。看完了，我放下了床帷子，把那些人遮断，把整个世界遮断，躺下睡了。

起锚的时候，我当然醒来，因为声音很嘈杂。天刚放亮，人人都同时醒来。有些人一下就一半清醒了；另有一些就心迷神乱，不知身在何地，直揉眼睛，并且用胳膊肘支着身子，往四处瞧。有人打呵欠，有人哼哼，差不多每个人都吐唾涎，只有几个真起来了。我也是起来的那几个人里面的一个。因为，不用到新鲜的空气里去，就很容易能感觉出来，房间里的空气恶浊到极点。我胡乱把衣服披上，上了前部房间，让理发师给我刮了刮胡子，自己洗了洗脸。船上给旅客预备的盥洗梳妆用具，是两条缠在木棍上的手巾，三个小木头脸盆，一小桶水，一个勺子，备舀水之用，一面六英寸见方的镜子，一块二英寸见方的胰子，一把梳，一把刷子，为整发之用。没有刷牙的设备。除了我以外，人人都用那把梳和那把刷子。人人看见我用我自己的梳和刷子，都拿眼瞪我。有两三位绅士，还强烈地想要对我这种偏见嘲笑一番，不过并没付诸实行。我梳洗好了以后，上了散步甲板，在那儿使劲来回走了两个钟头的工夫。太阳光辉地升起，我们的船正从芒特弗农①旁经过，华盛顿就葬在那儿。河身广而水流疾，两岸很美丽。日光的晶莹和辉耀，正方兴未艾，每一分钟都比前一分钟更强烈。

八点钟的时候，我们就在我夜里睡觉那个房间里吃早饭。不过因为那时门和窗户都开开了，房间里的空气还算清新。吃饭的时候，显然没有人争先恐后，没有人贪食无厌。和我们在英国旅行的时候吃的早饭比起来，时间较长，秩序较好，礼貌较周。

过了九点钟不久，我们来到了波托马克河汊，我们就在那儿上岸。上岸以后，我们的旅程中最古怪的一部分来到了。一共有七辆驿车，准备载我们再往前去。这七辆车里，有的已经准备好了，有的还没准备好。赶车的车夫，有的是白人，有的是黑人。每一辆车都有四匹马拉着。所有的马，有的上了套，有的还没上

---

① 芒特弗农（Mount Vernon）：庄园，在华盛顿西南十五英里波托马克河（Potomac）河上，为华盛顿居住及埋葬之地。

套，全在那儿。旅客都正从汽船上下来，往车里去；行李都用吱吱儿响的手推车从船上搬到车上。马都惊了，不耐烦地等着启程；黑人车夫，都像猴子似地，对着他们的马呶呶不休；白人车夫就像赶牛羊的贩子似地，对着他们的马呵呵乱喊——因为，在美国，一切马夫的工作，都是以尽力嚷嚷为能事。驿车有些像法国的车，不过没有那么好。车上没有弹簧，代替弹簧的是最坚实的皮子作的条带。车和车之间没有什么区别，没有什么不同。它们很可以说，和英国庙会上的秋千船①安座儿那一部分一样，上面有顶儿，下面有车轴和车轮子，四外有彩画的帆布遮着。从车顶到轮胎，都盖满了泥，从它们做好了那一天起，就没洗刷过一次。

我们在船上拿到的票是第一号，所以我们得坐第一号驿车。我把大衣扔在车前的车夫座位上，把我太太和她的女仆举到车里面。上下车只有一块踏板，离地有一码高，在平常，上车总是蹬着椅子；没有椅子的时候，女客只好听天了。车里面载了九个客人，本来车厢内，两门之间，在英国是放脚的地方②，他们却在那儿横着安上座位。因此，有一种比上车更难做到的技艺，那就是下车。车外面只有一个旅客，他的座位，就是和车夫并排的车厢。因为我就是那个旅客，所以我就爬上了车厢。那时候，他们正把

---

① 秋千船，如秋千，而坐处则为船形，坐秋千船是英国庙会上儿童喜欢的游戏之一。英国庙会，特指伦敦的格林威治庙会（Greenwich Fair）而言，每年于复活节及白衣节举行两次。（该庙会于1857年停止）为狄更斯喜欢并熟悉的光景。狄更斯在美过复活节时，还写信问他的朋友，是否去过那儿。

② 英国驿车，里面只坐四个人，两边有门，开在正中间，车里前后各二人，相对而坐，所以两门相对的地方，正是客人放脚的地方。

行李往车顶上拴,同时,把行李在车顶后部垒成一个盘子的样子。我利用这个机会,把车夫观察了一下。

他是一个黑人——黑得真够劲儿。上身是一件黑白点相间的粗呢褂子,到处都裰补着,膝盖那儿,裰补得特别厉害,下身是一双灰袜子,一双硕大无朋没上黑油的半勒鞋,一条很短的裤子。他那两只手套很特别——一只是条纹毛线的,另一只是皮子的。他的鞭子很短,中间还折了,用线绑在一块儿。然而他却戴着一顶低顶宽边的黑帽子,渺渺茫茫地显露出疯癫地模仿英国马车夫的样子[①]。我正作这种观察的时候,忽然听见一个发号施令的人喊了一声:"前进!"一辆四马篷车,装着邮件,在前引路,后面是那七辆驿车,由第一号起,列成一行,依次而进。

我附带地说一句,凡是英国人说"好啦!"的地方,美国人就说"前进!"这两种说法,很足以表明两国国民性的不同。

头几英里路,一部分在一些桥上走(所谓"桥"只是木头板子,散着放在两行平行的桥梁上面,车从那上面过,板子就翘起来),另一部分就在河里走。河床是泥底子,还有许多坑。因此,总有一些马,不断地出其不意忽然半个身子不见了,得过好大一会儿才能找到。

不过我们连这样危途也都走过去了,终于上了大路正途。不过这个大路,只是一系列交互出现的泥坑和石子儿坑。现在我们

[①] 英国马车夫的服装,本来是《匹克威克外传》里的韦勒尔(Weller)那样,后来因为有些花花公子和阔人的子弟,以赶马车作玩票,于是一般马车夫就模仿起他们的装束来。

正来到了一个非常可怕的地点了。那位黑人车夫把眼珠直转,把嘴撅得极圆,一直瞅着那两匹拉套马的正中间,好像在那儿自己对自己说:"咱们从前这样干过多次了,不过这一回我可觉得,咱们非翻车不可。"他一只手扯着一条缰绳,同时把那两条缰绳一齐地一抖又一揪,一下来了个两脚朝天,跟着两脚在挡泥板上面乱舞起来(当然还是坐在座儿上),好像那位最近逝世、令人惋惜的杜克娄[①],在他那两匹火性很大的劣马上似的。我们走到了这个地点,车陷在泥里了,几乎陷到车的窗户那儿,往一面歪去,都歪到四十五度,就这样动不得了。车里的人都凄惨地叫喊。车当然停住了;马都奋力挣扎。所有那六辆车全停住了;那二十四匹马,都奋力挣扎。不过它们那种挣扎,只是为了和我那四匹马同气相应,同声相和就是了。于是出现下面的情况:

黑车夫(对着马):"哦——呵!"

情况一无改变,车里的人又叫起来。

黑车夫(对着马):"哦呵呵!"

马又陷了下去,溅了黑车夫一身泥。

车里一位绅士(探出头来):"我说,这到底是——"

那位绅士溅了无数的泥,没等到把话说完或者有人回答,就把头缩回去了。

[①] 杜克娄(A. Ducrow,1793—1842):英国著名骑马师,后来马戏中许多骑马技术,多由他创始,他后来作了阿司特雷(Astley)马戏班的东家之一。1841年,马戏场全部被焚,他因之得了狂疾,于1842年1月死去。

黑车夫（仍旧对着马）："直地！直地！"①

马用力地拉，把车从坑里拉了出来，拉到一个坡儿上。坡儿很陡，因此把车夫弄得两脚朝天，身子往车顶上行李中间倒去。不过他马上就恢复了原来的地位，喊（仍旧对着马）——

"皮尔！"

没有影响。不但没有影响，车反倒往后朝着第二号倒滚了去。于是第二号朝着第三号倒滚了去，第三号朝着第四号，接连下去，一直到只听见第七号大叫大骂起来，它离我们有四分之一英里那么远。

黑车夫（比前嗓音更高）："皮尔！"

马又挣扎着往坡上拉，车又往后倒着滚。

黑车夫（嗓音比以前更高）："皮——尔！"

马拼命地挣扎。

黑车夫（精神恢复）："哦呵！直地，直地，皮尔！"

马又努力了一番。

黑车夫（加了一把劲）："阿里路！哦呵！直地，直地。皮尔。阿里路！"

马几乎上了坡儿了。

黑车夫（眼睛瞪得几乎要夺眶而出）："里，嗯儿！里，嗯儿！哦呵！直地，直地。皮尔。阿里路。里——里！"

马上了坡顶，又往对面跑下去，快得叫人吃惊。没有法子使它们停住，而坡下又有一个深坑，里面满是水。车滚得叫人害怕。

---

① 直地、皮尔、阿里路、里，是四匹马的名字。

车里的人不住地叫喊。泥和水在我们四外飞溅。黑车夫就像疯了似地乱跳乱舞。忽然一下，不知由于什么特别的天助，我们都好好的了。这才有站住了喘息的工夫。

黑车夫有一位黑人朋友，正坐在围墙的墙头上。黑车夫认出他来，就把头乱转一气，像哈勒昆那样，把眼球乱翻，把肩头直耸，把嘴直咧。他把马停住了，转身对我说：

"先生，我们保你一路平安，把你送到地头。我们一路平安，把你送到地头，先生；我们希望你高兴。家里还有个老伴儿，先生。"一面说，一面咯咯地笑。

"坐在车外的客人，先生，老对我家里的老伴儿有个小意思，先生。"说完了，又把嘴一咧。

"不错，不错，我对你那个老伴儿决忘不了的。你放心好啦。"

黑车夫又把嘴咧起来。不过，在我们前面不远又有一个坑和一个坡儿。因此他不顾得说笑，只喊道（还是对着马）："稳。要稳。别慌。稳。哦呵。直地，皮尔。阿里路！"但是却没喊："里！"只有在我们到了最后的关头，遇上几乎无法解决的困难，他才喊："里！"

这样，我们花了两个半钟点，走过了那十英里或十英里左右的路，没人伤筋动骨，虽然皮肉蹭破了的却不少。总而言之，真正一路平安，走到了地头。

这一段离奇的车行路程，到了夫列得里克司堡[①]告一段落。那儿有铁路通到里士满。这条铁路通过的那片地方，本来是出产丰

---

① 在华盛顿与里士满之间。

富的。但是使用奴隶、强使土地多产而却不给土地上肥料这种制度，把土壤弄得枯竭了。所以现在那块地方，比一块只长着树的荒地好不多少了。那儿虽然满目荒凉，虽然毫无意趣，但是我看到这种可怕的制度所必有的灾殃，终于在那儿出现，却心里非常高兴。因此我看着这块荒凉凋敝的土地，比我看到它耕种得收获丰富、庄稼茂盛，都更快活。

在这块地方上，也和在所有的有奴隶制度阴森地笼罩一切的地方上一样（这是我时常听见连那班对奴隶制度拥护最力的人都承认的），到处都是萧条的景象、残破的面目：这种情况和这种制度是分不开的。仓房和下房都倒塌下去；厂棚都东补西缀，只有一半棚顶；木屋在弗吉尼亚，都把烟囱安在外面。烟囱是木头的或者土的，都脏得不能再脏。无论哪儿，都看不到像样子的舒适情况。铁路旁边的破烂车站，空旷荒凉的木材场院（火车头的燃料就是从那儿来的），在木屋门前的地上和猪、狗一块儿打滚的那些黑人孩子，溜溜湫湫走过去的那些两条腿的牛马——所有这一切，没有不是凄凉惨淡的。

我们坐的这趟车挂的黑人车里，有一个黑种妇人，带着她的孩子，他们是刚刚卖掉的。那个黑种妇人的丈夫，却仍旧留在他们的旧主人那儿。那几个孩子哭了一路，他们的妈就是苦恼的化身。买他们那位对于生存、自由和追求幸福的权利至死拥护的英雄也坐在这趟车里。每次我们停车的时候，他都要跑去看一看，看他买的奴隶是否还在。辛巴德旅行的时候，遇见了一个黑巨人①，只有一只眼睛，长在天灵盖中间，像煤火一样地闪耀，这个黑巨人和这个白人绅士比起来，还得算是自然的贵族呢。

我们坐车往旅馆去的时候，是晚上六七点之间，旅馆前面，通到门那儿的一溜宽台阶上面，有两三个绅士，正在摇椅上摇晃，在那儿抽雪茄烟。这个旅馆地方很大，很整洁，招待很周到，使旅客无可挑剔。天气既是干燥而使人易渴，所以整天里，不论哪一会儿，广阔的酒吧间里没有一刻顾客稀少的，没有一刻停止掺兑凉酒的②。不过这儿的人都是比较欢乐的，所以晚上奏乐给他们听，在仆仆征途中，这实在得算是美事。

第二天、第三天，我们都在城里观光，有时坐车，有时步行。只见这座城市，令人可喜地坐落在俯视詹姆士河的八座小山上。詹姆士河是一条金光闪烁的河流，东一个西一个地嵌着光明的岛屿，再不就是嶙峋的礁石，河水从上面潺湲而过。虽然那时刚刚三月中旬，而这个南方，天气却极温暖。桃花和玉兰花正盛开，所有的树都绿了。在山间的低地上，有一个山谷，都叫它是血坑，因为从前在这儿曾发生过一场和印第安人激烈的战斗。在这儿作这样战斗是很合适的。关于这个很快就要从地球上消灭了而还没开化的民族，任何传说，都使我很感兴趣。这个地方，也不是例外。

---

① 《天方夜谭·辛巴德第三次旅行》的故事里，说辛巴德遇见一个黑巨人，比椰子树还高，比所有的猿还丑，他的眼和两个火焰熊熊的炉子一样，他的牙和野猪的一样，他的嘴像井口一样。但还是说他有两只眼。与狄更斯所引稍异。

② 西洋酒一般总是掺兑的。

这个城市是弗吉尼亚的州议会所在地。在它那宇栋沉沉的立法大厅里，正有一些演说家，令人欲睡地对着炎热的午间发言。不过，因为经常重复看惯了，所以这种立法的光景，在我眼里，比一些教区代表会，并不更感兴趣。我觉得很高兴，能有机会，改换改换环境，到了一个管理完善、藏书数万卷的公共图书馆里逍遥了一下，又到了一个工人都是黑奴的烟叶加工厂去参观了一番。

我在这个加工厂里，看到采叶、卷叶、压叶、干叶、装箱、烙印的全部过程。所有那些烟叶，都是为了大嚼而加工的。人们看到那么多的烟叶，一定会认为，在那一个储藏库里的烟叶，连美国那样大的胃口，都可以满足的。烟叶经过这样加工，看着就和我们用来擩牛的麻子饼一样，即使想不到嚼了以后发生的情况，也够叫人起反感的了。

工人之中，有许多看来都很强壮。他们那时都老老实实地在那儿工作，这是几乎用不着说的。下午两点钟以后，他们可以唱歌，唱的人每次都有定数。我参观的时候，正碰上钟声响了。于是他们之中有二十个人，唱了一首圣诗的几段。唱得还真不错，一面唱，一面照旧工作。在我正要离开那儿的时候，钟又响了起来。他们听到钟声，就都群拥而出，进了大街对面的一座楼里，在那儿吃饭。我提了好几次，说我想看看他们吃饭的情况。但是领我参观的那位绅士，听了我这样表示了愿望以后，好像耳朵一下有些聋了起来似的，因此我就没死乞白赖地再提。关于他们的外貌，我一会儿就要谈一下。

第二天，我到一个庄园或者说农场去参观。这个农场大约有一万二千英亩，在河的那一岸上。到这个农场去的时候，虽然农场主人同我一块到过工人"区"，那也就是说，工人住的地方，但是他却没请我进任何工人住的小房儿里去。我在这一方面所看到的，只是一些东扭西歪的破乱小房儿。房子附近，有些衣服半不遮体的孩子，在露天地里晒太阳，或者在土地上爬。不过我相信，这位绅士，是一个极会体贴、非常善良的主人，他有五十个奴隶，都是继承而来的，他自己并不买卖奴隶。根据我自己的观察和信念来说，我敢保，他这个人心地慈爱，值得敬重。

农庄主人的房子是空旷轩敞、富有田家风味的农舍，强烈地让我想到笛福关于这类地方的描写[①]。那时天气很暖，不过把百叶窗全放下，把窗户和门全大开着，各屋里就都有一种沉沉阴暗的凉风，习习而生。从外面辉煌的阳光和蒸人的热气里去到那儿，使人觉得异常清爽。在窗户前面有一个四面轩敞的凉台。在那儿，到了他们所谓天热的时候——不管那句话是什么意思——他们吊着吊床，大睡其午觉。我不知道他们的冷食，在吊床上吃起来什么味儿。不过，我却在吊铺外面吃过。所以我可以对读者报告，他们在这块地方上所用的一盘一盘冷食和一碗一碗薄荷甜酒和冰柠檬葡萄酒，一个打算保持知足常乐，不生奢望的人，在夏天用了一回之后，顶好永远不要再琢磨。

河上有两座桥。一座是属于铁路公司的，另一座摇摇晃晃，是当地一个老太太的私人财产。往桥上过的人，由她收路税。我

[①] 笛福的小说《杰克上校》(*Colonel Jack*)里，有关于美国种植园的描写，即此处所指。

回来从桥上过的时候,看见栅栏门上涂着一个通告,晓谕一切行人,赶车过桥的时候要慢慢地走。有违反的,如果是白人,罚五块钱,如果是黑人,抽十五鞭子。

在通到里士满的路旁那种凋残衰败的气象、沉闷阴暗的光景,也弥漫在里士满本市。市街两旁,也有美丽的别墅和爽朗的房舍。在它四围的乡野,大自然也现出笑颜。但是在整齐的住宅中间,却有令人叹息的杂居楼,失修的围篱,和倒塌而变成瓦砾堆的垣墙:这就像奴隶制度和许多崇高的道德同时并存一样。这种情况,还有许多别的同样情况,都惨淡地暗示事情的内幕,使人看了不由要注意,而且人们把爽朗的光景都忘了的时候,这种光景,还在人们心里流连不去,使人感到郁郁不欢。

街上和劳动场所的面貌,让那些幸而和它们不习惯的人看来,也使他们觉得可惊。美国订有法律,禁止对奴隶传授知识,有人违犯,受的惩罚,比残害、折磨奴隶受的惩罚还要重。凡是知道这种法律的人,当然都会想到,奴隶脸上,决不会有高度智力的表现。但是,一个生人,看到了那儿那种到处都是的漆黑一团——不是皮肤的漆黑一片,而是心灵的漆黑一团——那儿那种使人变为野兽的情况,那儿那种把自然所描绘出来的一切更美好的品质一概抹杀的情况,他就要感到,他所相信那种最坏的情形,都远远不及。那位大讽刺家[①]在他创造出来的游记里,说他刚从马

---

① 指斯威夫特(Jonathan Swift)而言。他在《格列佛游记》第4部《马国游记》最后一章里说,格列佛由马国,随葡萄牙人的船,重回欧洲,住在船长家里,他从马国那样道德高尚的气氛中,重回肮脏污浊的欧洲,不敢看那些人,有一天,他从一个屋子里,往下面街上看了一下,又吓得连忙把头缩回。

国到欧洲，从一个高楼的窗户里看着人类，不觉吓得发抖。他这种描写里令人可怕可厌的情况，都几乎难以和一个人初次看到这儿这些黑人的时候所感到的情况相比。

我离开那儿的时候，最后看到的一个人，是一个可怜的苦役奴隶。他脚不沾地地劳动了一整天还加半夜。但是天还没亮，刚四点钟的时候，他就又在黑暗的过道那儿擦着地板了。他只能在楼梯上偶尔抽空子偷着打一个盹儿。我走了的时候，心里很感激，我幸而能够免于在奴隶制度所在的地方生活，不至于因为我的摇篮是奴隶摇的，对于奴隶制度的残酷和可怕，变得失去感觉。

我本来打算从詹姆士河和切萨皮克湾坐船到巴尔的摩。但是由于有一条船出了事故，没能及时出现，因而不能准时，所以我们就又顺着来路，回了华盛顿（有两个警察，因追捕在逃奴隶，也坐在这条小汽船上）。在那儿停了一夜，第二天下午才往巴尔的摩进发。

我在美国所有住过的旅馆里，论起舒服来（舒服旅馆并不少），莫过于这个城市里的巴尔那姆饭店。在这个饭店里，一个英国旅行者可以看到床上有床帏子。这在美国，大概是他的头一次，也许是他的末一次（我这个话丝毫没有个人利害关系的成分在内，因为我从来不用床帏子）。同时，在那儿，他可以有足够供他洗濯的水，这绝对不是常见的。

这个马里兰州的首府是一个热闹熙攘的城市，各种交通都很纷繁，特别是水上交通。固然不错，这个城市里人所偏爱的那一部分，并不是最清洁的。但是城市上部却和那一部分截然不同。那儿有许多整洁的街道和公共的建筑：华盛顿纪念碑——一个秀气的柱子，柱子顶上安着华盛顿的像；医学院；还有战役纪念碑，纪念和英国军队在北点那一次的战役①——这些都是公共建筑物里最特出的。

这个城市里，有一个很好的监狱。在这个城市的公共机构中，还有一个州改造所。在那儿曾出过两件奇案。

一件是一个青年弑父案。关于这个案子的证据，都只能依据推论而定，矛盾很多，令人可疑。这个青年，犯这样大的罪，究竟是什么动机，也说不出来。他受过两次审；第二次的时候，陪审员对于他的罪名，极费踌躇，后来才决定宣布他犯的是误杀罪，或者说，第二级杀人罪②——但是这是不可能的，因为，毫无疑问，并没发生过争吵，也没有出现过激怒，因此，如果他真犯了罪，那他犯的就得是那种不容宽恕、穷凶极恶的杀人罪。

这个案子里值得注意的情形是：如果那个不幸的死者，不是他的亲儿子害死的，那他就一定是他的亲兄弟害死的。所有的证据，都显著地指出，二者之间，非此即彼。被告的一切嫌疑，都由死者的兄弟作证，认为属实；他对被告所作的一切说明（说明中有的还非常近情近理），经过解释和推断，都明白指出他的不当，因为他蓄意要把罪名加在他侄子身上。这两个人之中，总有一个是杀人犯。陪审员得根据两套嫌疑作决定，而这两套嫌疑，

---

① 1812—1814年，英美交战，1814年，英军企图围攻巴尔的摩失败。此处北点战役，即指此而言。

② 英美法律，杀人罪分两种，故杀和误杀。为自卫或出于一时的激怒因而杀人者属于后一类。

几乎同样地不近人情，同样地没有道理，同样地使人觉得奇怪。

另一件案子是：一个人，有一次在一个酿酒的人家，偷了一个铜量器，里面盛着酒。人家追上了他，把他捉住，他手里还拿着那个量器和酒。他判了两年监禁。刑期满了，他出了狱以后，又到那个酿酒人家，把那个铜量器偷走了。里面盛着和上次同样多的酒。当然没有丝毫理由，说他想要重回监狱。不但他不想重回监狱，而且除了他二次偷酒这个行动以外，一切别的情况，都证明他的意图和重新入狱完全相反。对于他这种奇怪的行为，只能有两种解释。一种是：他认为，他为这个铜量器，既然受了这么多的罪，那他对于这件东西，就生出了一种权利，这件东西理当归他所有。另一种解释是：他对于这件东西，既然经过了长久的琢磨，那它就变成了他惟一朝思暮想的东西了。它对于他，就生出了一种使他无法抵抗的魔力——它由一件尘世的铜加仑，一变而为天上的金盆了。

我在那儿已经待了两天了，我理当毫不通融，按照我新近订的计划行动，所以我就决定不再耽搁，立刻往西部进发。这样，我就把行李减到最少的必要限度（凡是不绝对需要的，都送回纽约，准备以后再转到加拿大），再取得一路上对银行必需的证件。并且，在两个黄昏，看着太阳落下，对于我们要去的那个地方了然的程度就和我们如果打算要往这个行星[①]的核心正中间去对核心所了然的一样，我们就在早晨八点半钟，坐着另一趟火车，离开了巴尔的摩。在旅馆开早正餐的时候，到了离六十英里的约克城；

---

① 这个行星，当然是地球。我们对于地球的核心，当然不了然。

那儿是四马邮车的起点，我们就要坐那种车，往哈利士堡进发。

邮车开到了火车站来接我们。它和平常这种车一样，满身泥污，笨重不灵，我很幸运，把车夫旁边车厢上的座位订下了。因为客店门口还有许多旅客等这辆车，车夫就低声说（说的时候，像平常那样，自言自语地，同时眼看着老朽的马具，好像只是对马具说似的）：

"我恐怕得把那辆大邮车套起来。"

我不由得心里纳闷，不知道这辆大邮车究竟有多大，它究竟是打算载多少人的；因为现在这辆装不下这么些客人的小邮车，就已经比我们英国那种笨重的夜行邮车两辆还大，很可以说和法国的邮车是孪生兄弟。不过，我猜度的问题，很快地就解决了；因为，我们吃完了饭，街上就叽里咕噜地来了一只装在轮子上的平底船，两边还乱颤，像一个肥胖的巨人那样。这辆车，瞎闯乱撞了一气，又打了一回倒车，才在我们的旅馆门前停下。但是它其他方面的活动虽然都停止了，它的两边却仍旧沉重呆笨地左右摇晃，好像它在潮湿的车棚里伤风感冒了似的；又好像一面伤风感冒，一面又得在它这样患着水臌的暮年开步跑，因而呼吸短促，喘息痛苦似的。

"等了半天，这儿不是往哈利士堡去的，大邮车到底儿来了才怪哪！你看多亮，多俏！"一个年事渐长的绅士，有些兴奋的样子，喊着说："真把他妈的！"

我不知道，"把他妈的"这种感觉是什么滋味；也不知道，一个人的妈，对于叫人"把"了，是否比别的人更特别感到喜悦，或者厌恶。不过，如果前面提的那位老太太对于叫人"把"了的忍受，得靠他儿子对于亮和俏的看法是否正确来决定，那她一定得受一番苦的。好了，他们在车里载了十二个客人，把行李（里面包括了一个大摇椅和一个大饭桌这类琐屑之物）都在车顶上拴好了，我们就威武地起驾前进。

走到另外一个旅馆门前，有另外一个旅客，要坐这辆车。

"还有地方没有，先生？"这位新旅客对车夫喊。

"呃，有的是地方，"车夫回答说，他并没下车，甚至于连看都没看那个旅客。

"哪儿还有一丁点儿地方，我的老爷，"车里一位客人喊着说。车里另外一个客人，就说，"再加客人，不管怎的，都办不到，"证明了头一个客人喊的话是实在的。

那位新客人，脸上丝毫不露焦灼的样子，先往车里看了一看，又仰起头来，往车夫脸上看了一看。然后停了一下接着说："我说，你打算怎么替我搞一搞吧？因为我非走不可。"

车夫只把鞭穗打成了一个疙瘩，对于那个客人问的话，丝毫没加理会。他的态度明明白白地表示，那是别人的问题，而决不是他的问题。旅客最好在自己中间搞一搞。在这种情况下，事情好像搞得无法可想的地步了，这时候，车里有一位客人，原先挤在一个旮旯那儿，几乎挤得喘不上气儿来，现在有气无力地喊，"我出去好啦。"

这对于车夫，不是什么可以使他松快的事，也不是什么可以使他庆幸的事。因为，他那种以不变应万变的态度，车里发生任何事情都决不能打乱。世界上所有的事物里，邮车好像是他最不挂在心上的。不过，那两个客人的交换还是成功了。那位把车里的座位让给了别人的旅客,于是就在车夫的车厢上做了第三个乘客,他说他是坐在车厢的正中间的,实在就是把一半身子坐在我的腿上,把另一半身子坐在车夫的腿上。

"开步前进,队长!"上校①喊,上校是指挥员。

"开步!"队长对他的队伍(也就是马)喊。跟着我们就往前开动。

我们走了几英里以后,到了一家乡村酒吧间,上来了一个喝醉了的绅士。他爬到车顶上的行李中间,跟着又出溜下去了,但并没受伤。我们只见他越去越远,摇摇晃晃地又回到原先他喝酒那个村店里去了。以后,我们的旅客,也时时有下车的,因此,到了我们换车的时候,又只剩了我一个旅客坐在车夫的车厢上了。

车夫总是和车一块儿更换的,所有的车夫,都和车一样地脏。头一个车夫,打扮得像一个英国极褴褛的面包师一样;第二个像一个俄国农民,身上穿着一件肥大的紫色驼毛布袍子,带着皮领子,腰里系着一条花色的毛布腰带,腿上穿着一条灰裤子,手上戴着一副浅蓝色手套,头上戴着一顶熊皮硬帽。这时候,下起大雨来,同时有一种又湿又冷的雾,往人的肉里直钻。我们停车的时候,我很高兴,利用了这个机会,下了车,活动活动了腿脚,抖掉了大衣上的雨水,喝了些普通开斋开戒的东西,把寒气驱逐。

我又上了车厢的时候,看见车顶上有一件新包裹,我觉得很像一个装在棕色的袋子里的大个提琴。但是走了几英里地以后,

---

① 上校是美国人称人或自称的尊敬称呼,并不一定都是军职。特盛行于南方。本书店主东称上校的有好几处。比较第 202 页注 ①。

我发现，这个包裹，一头有一个光面的便帽，另一头有一双满沾泥土的鞋。再仔细一看，原来那是一个小孩，穿着鼻烟色的褂子，把两只手使劲插在口袋里，因而把两只胳膊紧贴在身边。我猜，他大概是车夫的亲戚或者朋友。他躺在行李上面，脸朝着雨，好像睡着了的样子。只有一次，因为翻身，他的鞋碰了我的帽子一下。后来，我们因为要站住，这个好像包裹的东西才慢慢腾身而起；只见他有三英尺六英寸高，他把眼睛盯着我，一面很有礼貌地打着呵欠，但同时因为他觉得他对我是宠命优渥而尽力拉拢，摆出一副殷勤神气来。这种神气，把他的呵欠一半淹没，一面用尖嗓子问："我说，你这个外国人，你一定要觉得这和英国的下午差不多吧，我想，呃？"

从车上往外看去的风景，开始的时候本来很平庸，但是在最后这十几英里路里却变得美丽起来。我们的路，在秀美的塞司奎汉纳河流域蜿蜒前进。那条河本身就在我们右边，河里有无数绿色的岛屿。我们左面就是一片陡峭的山崖，岩石嶙峋，苍松郁郁。雾气团旋，形成千奇百怪的样子，在河上庄严地移动。苍茫的暮色使一切都带上了一种神秘、寂静的气氛，更提高了它们天然的意趣。

我们从一座木头桥上渡过了这条河，桥差不多有一英里长。上面有顶，两边有墙。桥上阴沉昏暗，粗壮的橡子从每个可能的角度互相交错；从桥板上的宽穴和巨洞那儿，能看到河水的激流从下面的深处闪烁发光，好像无数的眼睛一样。我们车上没有灯。马从这座桥上，朝着远处越来越暗的一点暮光，往前挣扎，往前踉跄，那时候，这座桥好像老走不完似的。我们很笨重地叽里咕噜往前走去，使桥上发出一片空洞的辚辚之声。同时，我把头低着，免得桥顶的椽子碰着。在那种情况下，起初的时候，如果使我相信，说我并不是正在做着痛苦的梦，是很难办到的。因为我时常梦见在这样的地方挣扎，并且在正做着梦的时候，都往往自己对自己辩论，说"那决不会是真的"。

不过，后来我们到底从桥里走出，来到哈利士堡街上了。那儿那种微淡的灯光，惨淡地射到一片湿漉漉的地上，使这个城市显得并不使人心神爽朗。我们不久就在一个舒服的旅馆里安置下了。这个旅馆，和我们从前住过的许多旅馆比起来，虽然远不及它们宽绰，远不及它们华丽，但是它的东家，却是我所打过交道的店主东里最好行方便，最善于体贴，最有上等人气息的。所以这个旅馆，在我的记忆里，地位远远高于别的旅馆。

第二天，我们得到下午才能上路，所以我早晨吃了早饭就出了旅馆，观光一番。于是有人依次指给我一座单人囚禁制的模范监狱，刚盖好，里面还没有囚人；指给我一棵老树的树干，说头一个在这儿定居的人，哈利士（他死后就埋在这棵树下）就叫仇视他的印第安人绑在这棵树上，同时把要烧死他的柴垛，就堆在他面前，正在那时，河那岸出现了一队和他友好的人，把他及时地救了；还指给我当地立法院（因为在这儿也有这样一个机构，正进行辩论），同时还指给我这个城市里别的稀罕之物。

美国人和印第安人历年订的条约，由印第安人的各酋长，在批准的时候签了名，保存在州秘书处。我浏览这种条约的时候，极感兴趣。条约上签的名，当然都是酋长的亲笔，都是他们每个部落命名动物或者武器的粗糙图形。所以，大鳖部的签名就是曲曲折折用笔画的一个大鳖，髦牛部就是一个髦牛；战斧部就把那种武器的粗糙形象作为他们的签名。还有箭部、鱼部、头盖部、大弧舟部和其他一切，都是这样。

我看着这些哆嗦、无力的手签的这些名字（那些手本来都能把最长的箭在牛角强弓上拉到尽头，都能用来福枪弹把珠子或者羽毛打裂两半），我就不由得想起克莱布对于教区登记簿上弯弯曲曲地签的名字所有的感想。[①] 签名的人，本来能把一条田垄从这一头到那一头耕得笔直。那些简单的战士，在签名的时候，当然都是诚心诚意，以实为实的；他们只是经过了相当的时间，才从白人那儿，学会了如何说了不算，如何强辩，以图脱离形式的束缚、条约的羁绊。我想到这里，不禁起了怆然之感。同时我还纳闷儿，不知道那个轻易信人的大鳖部或者以诚待人的小斧部签订的条约，有多少次读给他们听的时候，都是一派谎言；不知道，他们签了字，把权利让给了人家，有多少次自己还不知道是怎么回事，一直到条约生效，他们进退失据，得完全听命于土地的新主人，才恍然若悟。真不愧其为野蛮人啊！

---

① 克莱布（George Crabbe，1754—1832）：英国诗人，此处所引，见于他的《教区记录簿》（*The Parish Register*），写贫苦农民生丧婚嫁。共分三部。在第二部（论婚嫁）里说到结婚男女，在教堂的簿子上签名：新郎签的字在上一行，笔道有粗有细，像他那树林子里的松杉，新娘签的字在下一行，美秀而流丽，像茉莉花一样轻细。你看那些乡夫村民，写得弯弯曲曲，歪歪斜斜，字不成字，乱七八糟，或伸或屈，或仰或俯，像新募的兵，还没经过操练，杂乱无章……你们看，这些笔画，多么难看。真是怪事，一个人，能把犁耕地，使半英里远的田垄平直，而却不能使唤一支笔，只有半英寸，笔道就全歪歪扭扭。

在我们吃早班正餐以前，我们的店主东告诉我们，说立法议会里有的人，想要光临，来拜访我们。他好心地把他太太自己的小客室让给了我。我请他把客人让进来的时候，我看见他很难过的样子。原来他那是惟恐他们把小客厅的地毯弄脏了。不过我当时心里正想别的事，并没立时就想到他忸怩不安的原因。

我想，这些绅士之中，如果有人不仅肯豁达大度，屈从使用痰筒的狭隘看法，并且能委屈一下，采取习俗的荒谬办法，用一用手绢，那有关各方面，都会更愉快，而对于他们的独立自由，决不会有多大的实际损害。

大雨仍旧不停地下，我们吃了饭以后往运河船那儿去的时候（因为运河船就是我们这次旅行中的交通工具），天气仍旧和以前一样，没有放晴的希望，和从前一样淅沥不止。我们在运河上要过三四天，而这条船上的光景，叫人看着，却决不是令人赏心悦目的。因为看到船上的光景，不由人要想到晚上客人的安置和一系列其他船上日常生活的安排。这些问题，琢磨起来，考查起来，都不能叫人心里坦然，都足以叫人心烦意乱。

不过，船却就在那儿——从外面看来，是一个上面有小房子的平底船，从里面看来，是庙会上的大篷车①。男客挤在一个大房间里，像那种一便士看一下的奇异展物流动博物馆里的顾客；女

---

① 庙会上的大篷车：这种车，就是到处赶庙会做生意的人行息坐卧的地方，像一个小屋子。同时，也用它作展出场所。所展出的有巨人、侏儒等一类畸形人。向看客收费一便士。这种庙会，就指格林威治庙会而言。狄更斯在给他朋友的信中说，"这种船，就和你我在格林威治庙会上所见的大篷车一样。"

客就在另一部分，用一个红帐子挡着，像那种流动博物馆里的巨人和侏儒住的地方；因为巨人和侏儒过的私生活，是不许外人窥见的。

我们坐在船上，静静地看着那两溜小桌子，摆在房间的两边，默默地听着雨往船上滴，往船上打，令人郁抑而却自己欢乐地往河里落。等到后来，才来了一趟火车，我们的船所以没开，就是因为等这趟车载来的最后一批客人。只见这趟车带来了好些箱子，都砰砰地扔到船的房顶上。扔的时候，都仿佛叫人觉得发痛似的，好像它们是直接扔到人头上，并没有脚夫的架子①在中间挡着。同时，来了好几个绅士，他们的衣服，在他们走到炉子跟前的时候，都有蒸汽往外直冒。现在雨比先前下得更湿淋淋的了，不过如果它还不至于非叫人把所有的窗户都紧紧关起不可，或者如果我们的旅伴没有三十那么多，那让人想起来，还是可以觉得舒适一些的；不过当时没工夫容你想这些东西，三匹马就在纤绳上套好，骑在头一匹马身上的马夫就把鞭子扬起，船舵就连吱吱带哼哼地转动起来，我们的旅程就开始了。

---

① 伦敦科文特园市场和别的市场的脚夫，扛东西的时候，都在两肩上垫有垫子，用扣子拴在额上，这种东西，整个看来，极像拉车的马的"套缨子"。

第十章
运河船进一步的描写，
船上日常生活的安排和船上的旅客
经过阿里根尼山往匹兹堡去的行程
匹兹堡

雨既然继续一个劲儿地直下，我们大家就都待在甲板下面——那些身上湿漉漉地站在炉旁的绅士，都由于火的作用，慢慢送出一片受潮发霉的气味。那些身上干爽的绅士，就有的躺在凳子上，长身偃仰，有的扒在桌子上，梦魂不稳地打盹儿，又有的就在房间里来来回回地溜达。最后这种动作，即便一个中等身材的人，如果不把脑袋在船顶上蹭秃了几处，都几乎难以做到。靠近六点钟的时候，所有那些小桌子都拼凑了起来，变成了一张长桌子了。大家都就座，用起茶、咖啡、面包、黄油、沙门鱼、沙得鱼、肝儿、牛扒、土豆、泡菜、火腿、排骨、灌肠和腊肠来。

"你试一试，"坐在我对面一位旅伴，一面递给我一盘子掰碎了的土豆，和着牛奶、黄油，一面说，"你试一试，我搞的这个好不好？"

很少别的字，职务之多，有像"搞"字那样的。这是美国人的词汇里一个凯莱布·柯屯①。如果你到乡下的市镇上去拜访一位绅士,他的佣人告诉你,说他"正搞着什么"哪,一会儿就下来②;那你要明白,这个佣人的意思是说:他的主人正在那儿穿衣服呢。如果你在船上,问一个旅伴,早饭是不是一会儿就得,而他对你说,他想一会儿就得,因为他刚才在下面的时候,他们正"搞台子呢",那他的意思是说:他们正铺桌布呢。如果你叫一个脚夫把你的行李给你收拾到一块儿,他就对你说,尽管放心好啦,他马上就去搞;你要是病了,别人就告诉你,叫你去找某某大夫,他一下就给你搞好了。

有一天晚上,我在我住的那个旅馆里要了一瓶加糖和香料的葡萄酒,等了好久还没拿来,后来到底拿来了的时候,店主东把酒放在桌上,抱歉的样子说,他恐怕酒"搞得不大对头"。我还记得,有一次坐驿车"打尖"的时候,我听见一位性情严厉的绅士,因为侍者给他端了一盘子火候太嫩的烤牛肉,就责问那个侍者,说他是不是认为"这就是给万能的上帝搞吃的?"

因为吃饭,那位客人让我尝一尝他搞的那个,才引起了这一段旁生枝节的话。现在话归正传。那一顿饭,毫无疑问,是有些狼吞虎咽;那些绅士们,把宽刃刀和双齿叉往嗓子里插得比我从

---

① 凯莱布·柯屯(Caleb Quotem):英国戏剧家考尔曼(G. Colmam,1762—1836)的剧本 *Review* 里一个人物。他是一个无处不在的万能手,他门上的牌子写道:"柯屯,拍卖商人,安管匠人,安玻璃匠人,木刻匠人,药剂师,教师,钟表匠人,油漆匠人,等等,等等。此处为教区助手住宅。医治疟疾,兼教地球仪用法。"

② 英美人习惯,寝室在楼上,会客室在楼下,故云。

前所看到的都深，除了在玩意儿很精那种变戏法的人手里，我从来就没看见过这种器具往嗓子里插得那样深的。但是先生们，却总要等到女士们都落座以后才肯就座；同时，他们也没有不对女士们献些小小的殷勤，使女士们舒适的。我在美国各处漫游的时候，不论在什么地方，也不论在什么场合，从来没有一次，看见过先生对于妇女有过即便极轻微的侮辱，极轻微的失礼，或者极轻微的冷落。

我们的饭吃完了，雨也好像因为下得太急而耗过了劲儿，也快要下完了，所以现在到甲板上去，可以做到了。虽然甲板本来就狭小，又因为放着行李，弄得更狭小，但是能到甲板上去，还是让人觉得松快。行李都堆在甲板中间，上面盖着油布，只在两边留了两条很窄的通路，窄得使人在那儿往来而不至于失足掉到河里，都变成了一种技巧。还有一种情形，刚一开始，未免令人感到麻烦，那就是：每过五分钟，舵手就高喊："有桥！"他一喊，你就得很敏捷地低头躲闪。有的时候，他喊"有低桥"的时候，你还得几乎全身都趴下。不过，习惯了就成了自然了；同时，那儿的桥既然那么多，在很短的时间以内，人们对于这种情形就很习惯了。

夜色快要来临的时候，我们第一次看到绵延不断的群山，那是艾里根尼山的前哨。一路的景物，本来毫无意趣，但是到了现在，山势却变得比较突兀，风景却变得比较可观了。由于下过大雨，潮湿的地上都直冒气；青蛙的鸣声（在这一带地方上，蛙声之大，几乎令人难以相信）听起来好像是一百万个小精灵组成的车队，都带着铃铛，和我们并驾齐驱，在空中飞行。天空中仍旧多云，但是同时也有月光；到了我们从塞司奎汉纳河的桥下过的时候——河上有一座很特别的木桥，有两层通道廊[1]，一上一下，所以同时有两队船迎头相遇，也不会发生混乱而就各自通过——景物变得荒寒而壮丽。

我已经说过，我对于船上晚间如何安置客人，曾有过一些惶惑，一些疑虑。我这种惶惑继续到十点钟或者说十点钟左右。那时候，我到了甲板下面一看，只见房间的两边，都有三层靠墙安着的书架，显然是为放小八开本的书而设计的。我一面纳闷儿，不知道为什么在这种地方会有这种关于图书的设备，一面更仔细把这种设备看了一下。于是我看到，每一个书架上，都放着一种非在显微镜下就看不见的小单子和小毯子。那时候，我才模糊地意识到，原来旅客就是图书馆里的书，他们要把人横着放在这些架子上，一直到早晨。

同时，我看见，一张桌子前面，有一些人围着船长，脸上带着赌钱的人所有的那种焦虑和兴奋，在那儿抓阄；另一些人，就手里拿着硬纸条，在书架中间摸索着寻找他们抓到了的号数。这种情形，更帮助我得到上面的结论。每一位绅士，只要一找到了他的号数，就马上脱了衣服，钻到毯子里，实行他的占有权。他们刚才还是斤斤计较得失的赌鬼，心中忐忑不安，现在却一下就入了睡乡，鼾声如雷了。那种快法，在我从来所看到的奇特景象之中，得算数一数二的。至于女客，她们都早在红帐子后面就寝

---

[1] 运河船用马在纤道上挽船而行，纤道在河的一面，过桥处，桥洞下水面上沿河边修有通道如廊，马由廊上走过。一般只有一层，此有两层，故特别。

了。帐子是很仔细地拉到一块儿,在中间用别针别好了的。不过,她们每一声咳嗽,每一声喷嚏,每一声低语,都从帐子那面清楚地送到我们的耳朵里,所以我们仍旧强烈地意识到她们就近在眼前。

船上管事的人,特别照顾我,在靠近红帐子、离一般旅客却稍远一些的一个角落那儿,给我弄了一个架子。我对于他的照顾千恩万谢之后,就上了架子,就寝去了。我事后量了一下,这个架子恰好和普通的巴士信纸①一样宽,我刚一开始的时候还很犹疑,不知道怎样才是上架子最好的办法。但是因为架子就在底层,所以最后我就决定,先在地板上躺下,然后慢慢地往架子上滚,滚到垫子上就打住,至于滚到那儿的时候,哪一面身子朝上,那不必管,哪一面朝上,就那一面朝上躺一夜好啦。不过我的运气很好,滚到恰当其地的时候,正好胸朝上。但是我躺在那儿,往上一看,却不觉大吃一惊。原来我上面是一位很胖的绅士,躺在有半码长的帆布床上,身子把帆布都压得成了一个绷得很紧的口袋那样,而吊架子的绳子却很细,看来决难胜任。我看到这种情况,不由得琢磨起来,他要是夜里掉下来,那我太太和我的孩子们一定要悲伤不止的。但是,我想要起来,不费很大的周折就不可能。而那样一来,女客们就非受到骚扰不可。同时,即便我能起来,我也没别的地方可去,因此我就把这种危险置之度外,

---

① 巴士信纸:英美纸张,分印刷用、绘图用及书写用三种,大小各自不同。巴士信纸,则为 16×20 英寸。狄更斯给他的朋友的信里,提到同样的情形,说,"吊铺的大小,就和我现在给你这封信的信纸一样。"

躺着不动了。

这条船上的旅客,有两种情况,无可争辩,非此即彼,必居其一。他们如果不是心里不稳到永不入睡的程度,那他们就一定是在梦中也吐唾涎。如果是后一种情况,那他们是很奇特地把现实和意念混而为一了。每天的夜里,并且整夜的工夫,在这条运河上,都是狂唾喷洒,泡沫飞扬。我的袄恰好是五位绅士这种风暴的中心。他们这种风暴的活动都是直上直下的,精确地实现了里德的暴风定律①。第二天早晨,我没有别的法子,只好把袄拿到甲板上,在清水里仔细地又搓又洗,然后才能再穿。

第二天,五六点钟之间我们起的床。有些人起来了就上了甲板,为的是好让船上的人把架子放下来。另外一些人,就因为那天早晨很冷,都挤在长了锈的炉子周围,一面对刚生起来的火求温取暖,一面往炉子里自由倾吐他们夜里就那样慷慨施舍的东西。盥洗的设备很简陋。甲板上有一把用链子拴着的铅铁勺子,有人认为有清洁的必要(许多清高的人都不屑斤斤于这类琐细),就用这把勺子从河里把泥水舀上来,再把泥水倒在一个铅铁脸盆里。脸盆也像勺子那样,拴在甲板上面。还有一条搭在杆子上的粗手巾。在酒吧间里,挂在一个小镜子前面,和面包、干酪、饼干紧挨着的,有一把公用的梳和一把公用的头发刷子。

八点钟的时候,架子都放了下来,挂在一边儿,小桌子都拼成了大桌子,大家都坐下,又用起一次茶、咖啡、面包、黄油、

---

① 里德(W. Reid, 1791—1858):苏格兰人,气象学家。于1838年发表《试论暴风定律之发展》。

沙门鱼、沙得鱼、肝、牛扒、土豆、泡菜、火腿、排骨、灌肠和腊肠来。有的人喜欢把这种种东西掺在一块儿,一下都放在他们的盘子上。每位绅士用完了他那一份茶、咖啡、面包、黄油、沙门鱼、沙得鱼、肝、牛扒、土豆、泡菜、火腿、排骨、灌肠和腊肠,就站起来走开。大家都把每一样东西吃干净了,剩下的渣子也跟着打扫干净了,侍者之一就以剃头匠的身份出现,给那些愿意刮脸的人刮脸。别的人就在旁边看着,或者冲着他们的报纸打呵欠。正餐和早饭一样,只是没有茶和咖啡,晚饭则和早饭毫无差别。

船上有一位客人,满脸轻松、清新的神气,穿着一套黑白点相间的衣服。他那样好问,是令人最难想象的。他不发问就不说话。他就是"追问之灵"的化身。不管他是坐着的,也不管是站着的,不管他是在那儿活动,也不管是在那儿不动,不管他是在甲板上散步,也不管是在桌子前用饭,反正他都是每一只眼里带着一个大大的问号;两只耸起来的耳朵上带着两个大大的问号;一个撅起来的鼻子和下颏上带着另外两个大大的问号;两个嘴角上,至少还有六个大大的问号;在头发上,则带出一个最大的问号。他的头发像是一丛黄麻的样子,从额边桀骜不驯地往后梳着。他那衣服上的每一个纽子都说:"呃?那是什么?你刚才说话来着吗?你再说一遍,可以不可以?"他永远是双目炯炯,像那个中魔而把丈夫逼得发狂的新娘子一样[1],老是坐立不安,老是如饥似

---

[1] 似见于挪威作家比昂逊(Bjornson)的《民间故事和童话》中的《乡绅厨房中的黄昏》。待考。

渴地问长问短，永远追求而却永远得不到满足。我从来没见过有像他那样好奇的人。

我那时正穿着一件皮大衣。我们还在码头上，他就问起我这件大衣来，问起它的价钱来。他问我在哪儿买的？什么时候买的？是什么皮子的？有多重？值多少钱？跟着他又一眼看到了我的表，于是他就问起来，我的表值多少钱？是不是法国货？我在哪儿得到的？怎么得到的？是买的，还是别人送的？它走得怎么样？从哪儿上弦？都是多会儿上弦？还是每天晚上，还是每天早晨？我是否有忘了给它上弦的时候？要是忘了，便怎么样？他又问我，我刚到过哪儿？正要往哪儿去？到了我现在要去的地方以后，还要往哪儿去？我见过总统没有？总统都对我说过什么话？我都对总统说过什么话？我跟总统说了以后，总统又对我说过什么？哎呀，我的天！请你都告诉我好啦！

我发现他这个人没有满足的时候，就在回答了他头几十个问题以后，开始回避，不再作答，特别对于大衣是什么皮子的，我说不知道。但是，我那件皮大衣，从那时以后，却对于他生出一种特别的魔力，我不知道那是不是因为我回答了他"不知道"而引起的。我溜达的时候，他总是紧紧跟在我后面。我活动，他也跟着活动，为的是他能把我的大衣看得更仔细。他还时常冒着生命的危险，硬往窄狭的地方挤，以便跟在我身后，好摸大衣的后面，顺着毛摸，戗着毛摸，以取得满足。

船上还有一个怪人，不过他是另一种怪法。他这个人，瘦脸，瘦身子，中等年纪，中等身材，穿着一身我从来没见过的一种有些灰中带黄的土色衣服。在航程的头段，他非常安静。说实在的，我都不记得我曾看见过有他这么个人在那儿。但是到了后来，出现了非常的时势，才把他造成了英雄；本来，英雄往往就是那样造成的。使他成为英雄的凑巧时势，约略像后面说的那样：

运河一直通到一个山根下面，到了山根，运河当然到了尽头。那时候，旅客要坐车过山。山那一面，另外有和先前一样的运河船，把客人继续载往前去。在这条运河上，有两家船行，一家叫快邮，一家叫先锋，先锋的船价便宜一些。先锋的船先到了山下，等快邮的客人；因为两家的客人，要同时载过山去。我们是快邮的客人；但是我们过了山，上了山那一面的运河船的时候，船行的东家，忽然心血来潮，把先锋的客人也一齐载在船上。这样一来，我们船上的客人，就至少增加到四十五名之多了。这样附带客人，可以看得清楚，决不能使夜里的睡眠安排，有所改善。我们原来的人，对于这种做法，都嘟嘟囔囔地表示不满。这本是在这种场合下人们的常情。但是我们却并没采取任何行动，而让船载着两家船行的客人开了船。我们就这样，顺流而下，往前进发。在英国，我自然要强烈地提出抗议的。不过我在那儿，既然只是一个外国人，我可就没作任何表示。但是前面说过的那位怪客人，却忍不住了。他在甲板上的客人（我们那时候几乎全都在甲板上）中间，劈开一条通路，并没拿任何人作发话的对象，只自言自语地说：

"这对于你也许很合适，也许很合适，但是对于我可不合适。这对于东方人，对于在波士顿长大了的人，也许很好；但是这据我看来，可决不好，那是没有疑问的。我这样看，我也就这样说。我告诉你们，我是从密西西比黑压压的树林子里来的；一点不错，我是从那儿来的;我们那儿的太阳要一出来,就到处是青天红日,我们那儿的太阳决不是影影绰绰地露一露就完了,决不是那样。我是从黑压压的树林子里来的;一点不错,我不是废物点心。我们那儿就没有细皮白肉的。我们那儿都是粗人。不错,都是粗人。东方人和在波士顿长大了的人,喜欢这个调调儿,那我管不着。我可不是在东方养大了的,也不是在波士顿长大了的。决不是。这个轮船公司必得好好地整治整治才成。一点不错,必得好好地整治整治。他们弄了我这样一个客人,就算倒了楣了。一点不错,倒了楣了。他们当然要认为我这个人讨厌。当然。他们这样做,简直就是把人擦起来了,擦成了山了。一点不错,是把人擦成了大山了。"他就这样,短句连串而出,每说完了一句,就把身子一转,一面接着说,说完了另一句,就又突然站住,把身子又转回来。

这位从黑压压的树林子里来的人所说的话里,究竟含有什么可怕的意义在内,我无法说出。不过我却知道,别的旅客,都带着又羡慕、又害怕的神气,在一旁看着。同时,那条船马上就又开回码头,把先锋船行的客人里凡是能用甘言引诱或者危言恫吓的,都弄到船下了。

船又开了的时候,船上有几个最有胆量的乘客,对于使我们的前途大加改善的英雄,斗胆地说:"我们很感激你,先生。"那位从黑压压的树林子里来的人一听这话(把手一摆,同时仍旧像以前那样来回地走),嘴里说:"用不着,你们不用谢。你们的出身和我不一样。你们爱怎么样就怎么样好啦,我已经给你们指出明路来了。东方人和废物点心要是愿意的话,可以照着那条路走。我不是废物点心,我决不是废物点心。我是从密西西比黑压压的树林子里来的。一点不错是从那儿来的。"——等等,还是以前那些话。为酬谢他对大家的功劳,大家一致公决,把一张桌子让给他,做他晚上睡觉的地方(桌子是大家争的东西),同时,在整个旅程中,他一直占着炉旁最暖和的地方。不过,我除了看见他老坐在那儿以外,没看见他做任何别的事;我也没听见他说任何别的话,一直等到我们到了匹兹堡。那时候,我们大家在没有灯光的暗地里,往岸上搬行李,他正坐在房间的门坎那儿抽雪茄。我在忙乱中碰了他一下,于是就听见他自言自语地嘟囔着说(说的时候,先冷笑了一声,表示挑战):"我不是废物点心,我决不是废物点心。我是从密西西比黑压压的树林子里来的,我是从那儿来的,他妈的!"从这种情形里,我十分觉得,他一直就没有不说这些话的时候。不过,如果女王和国家叫我对于他这种情形招认画供[1],我却办不到。

按照叙述的次第,现在还不到匹兹堡打鼓开章的时候,所以我仍旧还可以说一说船上的情况。我们船上的早饭是一天的几顿饭里最不能引起食欲的东西。因为,除了已经说过的那些吃的东西所发出来的气味以外,从邻室的小酒吧间里,还发出金酒、威士忌、白兰地、红酒的味儿,而一种毫无疑问是陈了的烟所发出来的味儿,更在各种味儿以外增加了作料。男客中间,有许多人,

---

[1] 指在英国法庭上而言。画供时要对女王和国家起誓。这儿是说,这个人"没有不说这些话的时候",只是我的揣测,在这儿一说完事,若真要我起誓作证,却难办到,因无确证也。

对于内衣,毫不讲究,其中有的都成了黄色,和他们嘴角上嚼烟的时候涓涓的黄流、嚼完了的时候块块的黄疙瘩一样。那三十个刚挂起来的吊铺也在房间的空气里微香细生,而一种并未列入菜单的野味①也有时在桌上出现,更再三地使人不由得要往那方面琢磨。

但是,虽然有这种种奇怪情况——而这种旅行方式,也有许多方面,当时使我感到极可乐——至少对我,也都有它们的可乐之处——现在回忆起来,也使我觉得极可喜。早晨五点钟,光着脖子,从空气污浊的房间里,跑到满地泥污的甲板上,把冰冷的水从河里舀上来,把脑袋扎到水里,再从水里拉出来,只觉得脑袋又清爽,又热剌剌的;即便这种情况,都叫人感到好玩儿。洗完脸以后,吃早饭以前,在纤路上轻步快走,觉得每一条动脉、每一条静脉,都由于精力充沛而麻酥酥的、热剌剌的;天刚亮的时候,看着万物都涂上了一层白光,景象精妙;船懒洋洋地前进,人就懒洋洋地在甲板上躺着,仰面看着深远的蔚蓝,与其说是目落天心,不如说是目透天外。夜里船在水上,轻悄无声,顺流而下,两崖阴沉的群山皱眉蹙额,山上郁苍的林树抑郁难合,而群山高处,偶尔出现赫然的一团红火,则是愤怒的火焰,火旁有看不见的人蹲伏。明星闪烁地照耀;轮声的轧轧、蒸汽的噗噗,以及任何别的声音,都不足以搅扰它们,只有它们射在微波上面的

---

① 未列入菜单的野味,应指臭虫(bed-bug,美国人就叫它 bug)而言。"臭虫"字样,也是属于"不雅"或"猥亵"一类的。法律规定,这类词,印刷时亦须以＊等符号代之。

波光，在船的前进中受到骚动——所有这种种情况，都使人绝对感到可喜。

同时，还有殖民的新居，孤零零的木房和板屋，让一个从古国来的人看着，也很感兴趣。木房都有简单的烤炉，盖在房外；还有猪圈，其中有许多都不亚于人住的地方。破了的窗户，用破帽子、旧衣服、旧板子、破毯子堵着，用纸糊着；还有自己家里做的碗架，就放在屋外的露天之下，上面摆着家常用具，几件土瓶和砂锅，都屈指可数。每一块麦地里，东西南北到处都露着粗树的树桩，还有无时不有的沼泽和烂泥塘，它们的臭水里都浸着无数腐朽的树干和蜷曲的树枝；这些东西，叫人看着，很觉得不舒服。大片的土地上，殖民刚把树木烧掉；烧毁了的树身倒地横卧，好像叫人杀害了的活东西一样。同时，东一棵西一棵特别大的树，烧焦了，烧黑了，都还高举着两只枯臂，仿佛呼求苍天对敌降罚似的。这种种景象，叫人看着，极为惨然，透不过气来。在夜里，有的时候，蜿蜒前进的河道，夹在和苏格兰的山峡一样的荒凉峡谷里，在月光下清冷地照耀闪烁，四面都是高崖陡岸，密密围住，好像除了越来越窄的来路而外，就没有别的出路。于是崚嶒的山，好像有一面开裂了似的，我们就走进了它那黑洞洞的小口儿，上不见天，把月光都遮断了，把我们前进的路包在一片晦暗和幽冥中。

我们是星期五离开哈利士堡的。星期日早晨，我们到了山脚，换火车过山，上山下山，一共分十层坡度，上山五层，下山五层；列车是用静止汽机先拖着上山，然后再叫它慢慢溜着下山。中间较平的地段，有时用马拉，有时用机器拖，看各处的情形而定。

偶尔路轨铺在使人目眩心摇那种危崖的边上，旅客从车厢的窗户往外望的时候，能一直望到下面的深谷，中间没有一石一物的阻隔。不过，车开得很小心，一次只开两个车厢；所以只要给以应有的注意，不怕出什么危险。

沿着高山在犀利的风中疾速前进，往下面看，山谷里一片阳光，一团暧曃。伶仃的木屋，隔着树杪，时时露出。木屋前面，有小孩往门外跑，有狗张开嘴叫，却只见其形，不闻其声；有受了惊的猪往家里飞奔；有一家一家的人坐在粗陋的园子里；有牛带着傻笨的冷淡神气往上瞪着眼瞧；有只穿着背心和衬衫的人们，在他们还没盖好的房子旁边，端详观瞧，预备他们第二天的工作。而我们就像旋风一样，高高地在他们上面，往前奔驰。这种旅行，是很好玩的。我们吃过了饭，嘎啦嘎啦地往陡峭的山口下面驰去，使列车前进的，不是别的动力，而只是车厢本身的重量；从车厢上脱下来的车头，远远在我们后面，单独地呜呜下行，和一个硕大无朋的昆虫一样；机车的背脊，绿中带金黄，在日光中闪耀。那时候，如果它忽然伸开两只翅膀，高飞而起，我当时想，也决没有人会觉得有一丁点的奇怪；这种情况，叫人看着，也很可乐。不过它并没飞起来，而却是在我们到了运河的时候，有条有理在我们后面停住，还没等到我们从码头上船，就又呼呼地拖着等我们这列车往我们的来路去的客人，上了山了。

星期一晚上，运河两岸高炉的火光和锤子的叮当声预先告诉我们，说我们快到我们这一段路程的终点了。我们又经过了一个如在梦中的地方——一个通过阿里根尼河的长洞道，比哈利士堡的桥还奇，只是一个宽广低矮的木室，里面满是水，从那里面出来了以后，只见面前是房子的后背和歪歪扭扭的楼厢和阶梯（只要是水边，不论是河，是海，是运河，还是水沟，都有这种阶梯），乱掺在一块儿，极丑恶难看，原来我们来到匹兹堡了。

美国的匹兹堡和英国的伯明翰一样——至少它的市民这样说。如果我们不管那儿的街道、铺子、房子、篷车、工厂、公共建筑和人口是怎样，那么那地方很可以说和英国伯明翰一样。那儿空中弥漫着烟气，以铁工厂出名，至少这两点一样。除了我在前面已经提过的那个监狱而外，这座城市里还有一个小巧的兵工厂和别的机关。它坐落在阿里根尼河上，地势优美。跨在河上的，有两座桥；阔人的别墅，散布在附近的高处，都很整齐。我们住在一家很好的旅馆里，伺候得很周到。这个旅馆，像通常那样，满是在那儿包饭的人，地方很宽绰，每一层楼前面，都有一溜广阔的柱廊。

我们在那儿停留了三天。我们下一个要去的地方是辛辛那提。因为往这一条路上去得坐汽船，而同时凡是往西去的汽船，在旺季里，平常每一星期总要炸一两个。所以，我们搜集一下意见，看一看现在停在那儿而要往西开的那些条船里，哪一条比较安全一些，是有必要的。搜集之后，大家都介绍那条叫"使命者"的，说它最好。这条船，本来有两个星期之久，天天都在广告上说，准期开船，却没有一次准期开过。甚至于它的船长，到底哪天开，还并没拿定主意。不过这是一种风俗；因为，如果法律规定，非要一个自由、独立的公民履行他对公众作的诺言不可，那人民哪里还有自由可言呢？并且，这也是一种生意经。既然人人都是生意人，那旅客由于生意而受到欺骗，人们由于生意而受到不便，有谁能说,"我们得消灭这种现象"呢?

我当时还不晓得这种风俗,所以看到广告上郑重其事的样子,要连喘息的时间都不顾,马上就上船。但是,有人私下里告诉我们,说船不到四月一号星期五是不会开的,因此我们就在岸上得舒服且舒服,一直到星期五那天午间才上了船。

第十一章
坐着往西去的小汽船从匹兹堡到辛辛那提
辛辛那提

"使命者号"是麋聚在码头边儿上许多高压小汽船之中的一个。这些小汽船，从登岸那儿的高地上看来，再让河对面的高岸一衬托，显得好像比一些浮在水面上的汽船模型大得不多。"使命者号"船上一共有四十左右的乘客，甲板下层比较穷的乘客不算在内。我们上了船，过了半个钟头，或者说不到半个钟头，船就开了。

我们有一个单独自用的小小官舱房间，里面有两个吊铺，和女客房间通着。我们这个房间的"坐落所在"，毫无疑问，有令人满意之处；因为别人有好多次，都郑重地告诉过我们，说坐船越往后部去越好；"因为船要是炸的话，总是在前部。"这种小心，并非多余；因为我们在那儿待着的时候，这样要人命的事故，就发生了不止一次。除了这一种应该自庆的情形而外，凡是可以不受搅扰的安静地方，不管多么狭小，都得算是一种难以言喻的安慰。这一溜小房间（我们的就是其中之一），除了有门通到女客房间而外，另外还有一个玻璃门儿，开向外面的廊子，那儿很少有客人到。在那儿我们可以安安静静地坐着，看外面一时一变的光景。

由于这种种情况,我们就很高兴地在这个房间里安置下来。

美国的邮船,我已经说过,本来和我们常看到的水上浮物很不一样;而这些西方的汽船,和我们对于汽船所常有的概念,更格格不入。要比方它们,形容它们,我真不知道怎么办才好。

首先,这种船没有桅杆、绳索、船具、索具或者普通船上所有的其他设备。它们的样子,也决不打算叫人认出来哪是船头,哪是船尾,哪是船帮,哪是龙骨。如果它们不在水里,没有一对明轮,那人们很可以认为,它们决不是打算在水上走的,而是要在高坮干爽的地方,在高山的顶上,做什么秘而不宣的工作的。船上连甲板都看不见——什么都没有,只有一个又长、又黑、又难看的屋顶,盖满了轻似羽毛的烬余火星。屋顶上面,高耸着两个铁烟囱,一个发出嘶哑声音的排气管,和一个玻璃驾驶间。顺着次序往下看,只见又是官舱的两边,又是门和窗户,很奇怪地乱掺在一起,好像有半打趣味不同的人,盖了一片小房儿所作成的一条小小街道一样。所有这些小房子,都盖在一个泥泞、肮脏的平底船上,用柱子和橡子拱着,离开水面不过几英寸。在这个上层建筑和甲板之间的狭窄地方上,就是炉火和机器,四面一点没有遮挡,不论从哪方面来的狂风,也不论从哪方面来的暴雨,都往它们上面吹,往它们上面打。

夜间和这样的船摩肩而过,看到船上那一团大火,像我刚才描写的那样,四面一无遮挡,在薄弱的一堆油漆着的木板下呼呼生风,熊熊生辉;看到机器毫无掩盖,毫无遮挡,在一群挤在甲板下层的闲杂旅客、移民和孩子中间,进行工作;想到驾船的人,都是毫无成算,胡来乱搞,对于机器的神秘,也许只有六个月的认识——在这种种情况下,我们马上就觉得,使人纳闷儿的,不是船怎么会出那么多要人命的事故,而是船到底怎么会作任何安全的航行。

船里面有一个窄而长的房间,长得和全船一样。官舱房间的门,都冲着这个房间开着,两面都有。靠船尾的地方,有一部分隔断开来,作为女客的房间。酒吧间就在对面的一头。房间正中有一个长桌子,房间两头各有一个炉子。盥洗的设备安在前部的甲板上。这种设备,比运河船上稍好一点,不过也好得不多。美国的风俗是:不论什么旅行方式,在个人清洁和卫生洗濯一方面,都是极端忽略,极端肮脏的。多数的疾病,都得归源于这种情况,这是我深以为然的想法。

我们得在"使命者号"船上待三天,如果不出事故,得星期一早晨才能到辛辛那提。我们每日三餐——七点吃早饭,十二点半吃正餐,六点左右吃晚饭。每一顿饭,都有许多小盘子和小碟子摆在桌子上,但是盘子里和碟子里盛的东西却很少。因此,看起来好像"食前方丈",实际上却很少多过一块肉的。除非有人喜欢甜菜片、干牛肉渣、一乱堆黄色的泡菜、玉米、苹果酱和南瓜。

有人喜欢把这些美味放在一块儿,再加上糖饯等,当作烤猪的作料。这班人,普通都是消化不良的女士和绅士,他们吃闻所未闻的大量玉米面面包(这种东西,消化起来,就和针插一样)当早饭和晚饭。那些不这样吃而每次吃一样东西的人,通常都把刀和叉子放在嘴里咂半天,琢磨再吃什么;琢磨好了,才把刀和叉子从嘴里拿出来,把它们插到盘子里,给他们自己把吃的东西取出,又开始吃起来。吃正餐的时候,桌子上没有别的东西可喝,只有大瓶子盛着的凉水。不论吃哪顿饭，没有人跟别人谈话的。所有的旅客，都是非常忧郁惨沮的，仿佛心里有秘事，像千斤一样重，压在心头似的。船上的人没有交谈的，没有说笑的，没有自然流露的兴致，没有相互来往的关系，惟一的公共生活只是吐唾涎，而吐唾涎则是吃过饭以后，默不作声，围炉而行的。每人坐下吃饭的时候，都是又沉郁、又慵懒的。每人咽着早饭、正餐和晚饭的时候，都好像那只是满足自然必需的要求，决不应该出之以松闲，伴之以快乐。并且在沉默、惨沮的心情下，急急忙忙、狼吞虎咽地吃了饭，又在同样的心情下，急急忙忙、狼突狐窜地离开了饭桌。如果不是因为有这种和野兽一样的行动，那你很可以认为，旅客中的男性，都是当时累死在账桌上的司账员惨沮的鬼魂，现在又在人世出现。因为他们那种满是疲于经营，疲于算计的神气，的确使人想是那样。丧事承办人，在摒挡葬仪的时候，和他们比起来，都要显得轻快活泼。办丧事预备的便餐，和船上的饭比起来，也都变为谈笑风生、妙绪泉涌的聚会。

旅客和旅客之间，都毫无区别。他们的性格，一点分歧的地方都没有。他们为同样的目的旅行；以完全同样的方式，做同样的事，说同样的话；在完全同样闷闷不乐、郁郁无欢的气氛中，过日常的生活。在那个长条桌旁，没有任何一个人，在任何一点上和他邻座有所不同。我对面坐着一个小女孩，有十五岁的样子，生了一副会说能道的小嘴儿。如果不冤枉她的话，她也实在没辜负她这种天赋，尽量表现了自然的手笔在那方面的匠心。听她说话，真是寂寥中的慰藉。因为有好几个小话匣子，把女客房间里昏昏欲睡的寂静气氛打破，而其中以她为最。在这个小女孩子那一面，顺着桌子再往下首去一点，坐着一个漂亮的女人，在这个漂亮的女人下首，坐着一个留黑连鬓胡子的青年，他们结了婚刚一个月，要到极远的西部去安家。那个男的曾在西部住过四年，不过那个女的却从来没到那儿去过。他们两个，前几天，一块儿从一辆驿车里翻了下来（在任何别的翻车少见的地方，那都得算一种不吉之兆）。那个男人的脑袋仍旧包扎着，表示受的伤还没好；那个女人，虽然现在眼睛看着那样明亮，却也受了很重的伤，当时都不省人事，躺了好几天才能起床。

他们的下首，坐着另一个人。他要去的地方，比他们要去的还要往西远好些英里。他要到那儿去"改善"一个新发现的铜矿。他把那个村庄——还未出现的村庄——都带来了：几座全用木头盖的小房子和一副炼铜的器具。他连人也都带来了：一部分是美国人，一部分是爱尔兰人；他们都一块儿挤在下层甲板上。他们头天晚上，在那儿玩了大半夜，放一会手枪，又唱一会圣诗，二者交替而行。

这几个人，还有很少的那几个在桌旁又待了二十分钟的人，现在都站起来，离开桌子了。我们也站起来，离开了桌子，穿过我们那个小小的官舱，又在外面安静的廊子下坐下。

这条河老是壮丽广阔的，不过有的地方，比别的地方更广阔。遇到了那种地方，总是有一个绿岛，上面树林荫覆，把河流分成两半。偶尔我们在小市镇或者村庄旁边（我应该说城市，因为这儿每一个地方都是一个城市），停几分钟，也许是往船上装木材燃料，也许是上下客人。不过，河岸的绝大部分都是深远的幽僻去处，满长着树，在这儿，都已经新叶成荫，新绿一片了。几英里又几英里，这种幽僻去处，没有任何人类的踪影或脚印骚扰侵犯。除了蓝色的樫鸟，也看不见有任何其他活动的东西。樫鸟的颜色，非常鲜艳，而又非常娇柔，看起来和一朵飞在天空中的花儿一样。相隔很远的木头房子，四面围着新开出来的土地，伏在小山的脚下，房上有青烟一缕，袅袅而上。它坐落在一片麦子长得不高的麦地地角上，地里到处都是难看的木桩，像埋在土里的屠户剁墩一样。有的时候，土地刚刚开辟出来——伐倒了的树还卧在地上，木头房子那天早晨刚刚开始盖。我们从这种新开辟出来的地方过的时候，垦民都倚着斧子或者锤子，欲有所希冀的样子看看这些从外面来的人。孩童都从临时的小房儿里爬出来，又拍手，又呼喊，小房子就像吉卜赛人的帐篷一样。狗只往外把我们略看一眼，就又把眼光回到它的主人身上，好像它因为日常事务中止，觉得不受用，不想再和消闲玩乐的人打交道似的。风物的前景，永远一样，永远不变。河把两岸都冲塌了。高大伟壮的树倒在河里。有些躺在水面已经很久，因而现在只成了干枯、灰白的骨头架子。另一些就刚倒下不久，因为树根上还带着土，泡在河里的青绿树梢，就又生出新芽和新枝来。又有一些，在你看着它们的时候就好像顺流而下。另一些很早以前就遭到沉沦了，它们那种晒得发白的手臂，从河流中间伸出来，好像要把小船抓住，把它拖到水里似的。

就在这样风物中间，那副运转不灵的机器动作迟钝、声音嘶哑地往前行进。明轮每转一次，就发出一种蒸汽在高压下冲出来的爆声，高得使人觉得，都足以把埋在那一边巨冢里的一群印第安人惊醒——那个巨冢，非常古老；巨大的橡树和别的林木，都在那儿长得根深蒂固了；那座巨冢，非常高大，说它和自然形成的山一样，都无愧色。这些现在绝迹人世的部落，几百年前，本来很有福气地不知道有白种人存在，快乐地在这儿过活。所以现在这一条河，对于这些部落，也好像和我们有同样的怜愍之心，因此悄然离开了自己的正路，故意在靠近大冢的地方萦回荡漾；本来俄亥俄河，没有几个地方，能像它在大坟汉那儿那样晶莹，那样闪烁的。

所有这种种光景，都是我坐在刚说过的那个船后部的小廊子下面看到的。到了我们停住了船，让几个移民下去的时候，暮色就渐渐苍茫起来，使风物为之变色了。

下船的是五个男人，五个女人，还有一个小女孩。他们所有的财物只是一个提包、一个大箱子和一把旧椅子——一把高背、藤座儿的旧椅子——这把椅子，没有别的家具作伴，自成一个孤独的移居者。他们是坐着小船摇上岸的，汽船停在离岸稍远的地方，等小船回来，因为靠岸的地方水浅。他们下船的地方是一片高岸的下面，高岸顶上有几家木头房子，只通着一条长而蜿蜒的小路。那时暮色苍茫了，但是太阳却非常地红，像火一样地照在一片河水和一些树梢上。

那几个男人先跳到岸上，然后把妇女扶到岸上，把提包、箱子和椅子也搬到岸上，对摇小船的人说了一声再见，把小船给他们推离河岸。摇小船的人把桨头一次泼剌一声打到水面上的时候，他们中间那个年纪最老的女人，一言不发，在椅子上坐下，椅子紧靠河岸放着。虽然箱子上可以坐好几个人，但是别的人都没有落座的。他们都站在他们原先上岸的地方，好像一下变成石头似的，呆呆地看着小船。他们就这样待在那儿，一动不动，一声不响——他们的正中间是那个老太婆和那把旧椅子；岸上是提包，箱子；没有任何人理他们——他们只把眼盯着小船。小船靠到汽船旁边了，在汽船上拴紧了，小船上的人跳到汽船上了，汽船的机器又动起来了，我们又在机器嘶哑的声音中往前行进起来。刚上岸的那些人仍旧待在那儿，连摆一摆手的都没有。我从望远镜里可以看到他们，在一片越来越暗的暮色中，在越离越远的河岸上，成了一些小黑点儿，仍旧待在那儿。那个老妇人坐在那把老椅子上，别的人围在她身边，一动也不动。就在这种情况下，我慢慢看不见他们了。

夜色昏沉，而我们又在一片树木荫覆的河岸下面前进，因此弄得更加昏沉。我们这样在一片阴郁的枝柯交杂下面顺流而下，走了许久之后，来到一片旷敞地带。只见那儿的大树，都正在燃烧，每一棵大枝和小枝的形影，都在一片深红的火光中映出，微风把它们吹动的时候，它们就像长在火里一样。这种光景，就是我们在故事里读到的魔林。不过有一点：现在眼看着这种奇伟壮丽的巨物，这样庄严可怖地自消自灭，再想到造化之功，要在这块地方上重新扶植起同样的巨物来，不知道还得过多少年，未免令人感叹。不过这种时候总归是要来的。并且，在还未来到的世纪里，新的树木，一定会在这些老树发生了变化的灰烬中扎下了根儿，而那些离现代还很遥远的移民迁客，仍旧要往现在这种渺无人迹的荒凉地方上去；他们住在远处城市的同类——这种城市，现在也许还在浪涛滚滚的海洋底下潜伏待时——将要读到现在看来稀奇古怪而对于他们却非常古老的文字，说到原始的森林，如何从来没经过斧斤的斫伐，草树丛杂的地带，如何从来没经过人类的践踏。

半夜和睡眠把所有这种种光景和感想都一齐泯灭了。到了第二天早晨的时候，只见阳光把一座热闹城市的房顶都涂了一层金色。汽船也在这个城市铺砌平滑的广阔码头旁边停泊。船四围有别的船，有旗子，有转动的轮子，还有嘈杂的人声，好像在四围一千英里地以内，连一英寸荒凉或者静僻的土地都找不到。

辛辛那提是一个美丽的城市——车马欢腾，生意兴盛，人物熙攘。它那或红或白的房子，整齐洁净；马路平坦光滑；便道都是发亮的砖铺的。我不大常看见过，有像这座城市那样使人头一次见了就起好感，就感觉舒服的。即便更进一步和它熟悉起来，它也并不因而减色。街道宽敞清爽，铺子极可人心，私人住宅秀雅整洁。在最后这一类建筑中，形式各别，有一种创新立异的气氛，让一个经验过坐运河船那种沉闷生活的人看来，非常可喜。因为由这里可以看出来，爱美的心理，毫无疑问，仍旧存在人间。想要使这些别墅美丽，引人入胜，人们就广植花木，勤治庭园，使花木繁盛，庭园修洁，让在街上走的人看着不可言喻地爽心悦目。整个的市区和郊区奥本山，看来都使我极为迷爱。市区坐落在小山环列地带的正中间，从奥本山看来，呈现了一幅极美的图画，全城为之增色。

我们到了这个城市以后，正碰上城里开禁酒大会。因为会员一队一队的行列，依次从我们住的那家旅馆窗前走过，所以从早晨他们开始游行的时候起，我就一直有机会看到他们的全部。参加的会员有好几千人——他们都是禁酒会华盛顿各分会的会员，有骑在马上的人员指挥队伍。他们轻快地踩蹬于队伍之间，颜色鲜艳的领巾和绶带在他们身后轻盈地随风飘扬。他们还有几队音乐队，不计其数的旗子。整个说来，这个集会完全表现出节日的清新气氛。

我特别喜欢看到那些爱尔兰人，他们与众不同，自成一队，都清一色地围着绿领巾①，把他们的国徽竖琴②和马太神甫的像③高举在人群上面。他们的样子都快活、高兴，像他们平常那样。同时，他们在这儿为谋生而辛勤工作，碰到什么艰巨的劳动就做什么劳动，所以，我认为，他们是最有独立性格的人。

旗帜都彩画得极生动，满街随风飘扬。它们上面有的画着以杖击石，石裂泉涌的故事④。还有的画着不喝酒的人，拿着大斧（高举旗帜的人也许要说拿着"大个"的斧子），对着从酒桶顶上显然正要咬他的蟒蛇，往它的要害地方砍。不过，在这个队伍里，最引人注意的是造船木工中间扛着的一个寓言式的大玩意儿，一面画着一只酒精之船，汽锅爆炸，全船轰然裂开，另一面就画着一只禁酒之船，顺风飞驶，船长和乘客，无不满心快乐。

---

① 绿色是爱尔兰的"国"色。

② 竖琴（harp），过去为爱尔兰国徽。据说，过去爱尔兰有一个国王，名叫大卫，与《圣经》中的以色列国王大卫同名。后者善弹竖琴，曾弹琴为扫罗伏魔（见《旧约·撒母耳记上》第16章），爱尔兰国王因以竖琴作为国徽。

③ 马太（T. Mathew, 1790—1856）：爱尔兰神甫。力主禁酒，称为禁酒圣徒。作禁酒宣传，全爱尔兰成年人中将近一半，成了他的信徒。

④ 以杖击石，泉水涌出，为摩西事迹，见《旧约·出埃及记》第17章第1节到第7节。

游行的队伍，在城市各处游行完了之后，都在预定的地点聚齐。那儿，像节目单上说的那样，有各义务学校的儿童迎接他们，给他们唱禁酒歌。我没来得及赶到那儿听这些小歌唱家唱歌，也没来得及报道这种新鲜歌唱的节目——至少对我说来是新鲜的——我到了那儿的时候，只见一片广场上，会员各自站在各自的旗子下面，静静地听各自的演说家演说。演说的话，就我所听到那一点点而论，毫无疑问，都是专为这个会而作的。因为它们里面含的凉水成分，可以和"湿毯子"相比[1]。不过主要的是整个会众在全天里的行动和表现，那真是令人起敬，富于前途的。

辛辛那提是很值得钦敬地以义务学校出名的，它那儿这种学校很多，多到可以使任何人的子女，在一般情形下，都不至于得不到受教育的机会。受益的儿童，平均说来，一年有四千人之多。我只在学校上课的时间里，参观过这种学校的一个。这个学校的男生部当然满是童男（我得说，在年龄方面，由六岁到十一二岁的全有），那儿的教师提议，说要临时考学生代数，请我看一下。我听了这个提议，有些吃惊，连忙谢绝。因为我不敢相信我在这门科学方面，有辨别好坏的能力。在女生部，他们提议，叫学生诵读。既然我认为我在这一方面还可以对付一气，我就欣然接受了这个提议。于是每个学生都给了一本英国史，由六个女孩子，轮流着读其中的几段。不过，我觉得，那几段书，枯燥无味，远远地超过了她们了解的能力。她们连蒙带猜地读了三四段，索然

---

[1] 湿毯子：英文成语，意为败兴之事物。狄更斯不主张禁酒。饮酒之盛在他的作品中屡见。

无味地叙说《阿米恩条约》①和其他同样使人惊心动魄的题目（显然并不了解），我听完了那三四段，就连忙表示完全满意。很可能，他们攀上了学问之梯这样崔巍的一蹬，只是为了使参观的人惊异嗟叹，在别的时候，她们一定只在梯子的低层上盘旋。不过，如果我能听到她们读一些比较简单而她们能了解的作品，那我会觉得更高兴、更满意的。

这儿的法官，也和我在别的地方看到的法官一样，都是人品高、造诣深的人物。我曾到过一个法庭，在那儿待了几分钟。我看到，那个法庭，也和我已经说过的相似。我到那儿的时候，正在审理一件妨害公众的案子。旁听的人并不多。证人、辩护士和陪审员，都聚在一起，像一家人似的，很够欢乐、够舒适的。

我所接触的社交人物，都是聪明通达、文质彬彬、使人愉快的。辛辛那提的居民，对于他们的城市极为骄傲，认为它是美国最有意思的城市之一，这种看法很有道理。因为这个城市，现在固然这样美丽、繁盛，并且有五万人口，但是二十五年以前，这个城市现在所在的地方，却还只是一片荒林（用几块钱买到的），它的公民也不过几个人，都住在散布河岸的小木头房儿里。

---

① 《阿米恩条约》(Treaty of Amiens)：1802年法国、西班牙等为一方，英国为一方，所订的议和条约。

第十二章
坐另一条西去的小汽船从辛辛那提到路易斐尔 又坐另一条从路易斐尔到圣路易斯 圣路易斯

我们上午十一点钟离开了辛辛那提，上了"派克号"小汽船，往路易斐尔进发。这条船因为是载邮件的邮船，所以比我们从匹兹堡来的时候坐的那一条好得多。这段路程既然费的时间不过十二三个钟头，我们就先安排好了，当天晚上就上岸，因为只要有在别的地方睡觉的可能，我们就决不贪图在船上的官舱里过夜那种殊宠优遇。

这条船上，除了一群通常那种凄惶惨沮的旅客以外，碰巧还有一个印第安人，他是恰克陶部的酋长，名叫皮齐林。他给我递了个名片，来访问我；我很高兴，和他作了一次长谈。

他的英语说得十分好，虽然，据他说，他是在长大成人以后，才学的那种语言。他念过许多英文书，司各特的诗，特别是《湖上女》开始的部分和《玛米恩》里描写战争的部分[①]，好像在他

---

① 司各特（1771—1832）：苏格兰诗人兼小说家。《湖上女》是他的一部叙事长诗，开始的部分写打猎。《玛米恩》是他另一部叙事长诗，写战争的部分见最后一章。

的脑子里留下了很深刻的印象；那大概是由于这些部分里所写的主题，都和他的生活，他的趣味，有同气相应之处，因而使他发生兴趣，感到快乐。他好像对于一切读过的东西，都有正确的了解。同时，一切诗文，凡是在思想上引起了他的共鸣，那他的感受，就都是热烈的，真挚的，甚至于我还可以说，猛烈的。他穿的是我们平素家常的衣服，在他那优美的身躯上，显得松散闲适，不衫不履，潇洒自在。我对他说，我没能看到他穿他本族原有的服装，觉得是件憾事；他听了这个话，先把右手举了一下，好像正挥动沉重的武器那样，跟着又把手放下来，说，他的族人所丧失的可就多了，岂止服装一端，他们连人都快要在地球上绝迹了。不过，他又骄傲地添了一句，说，他在家里，穿本族原有的服装。

他告诉我，说他的家在密西西比河西面，他离家已经有十七个月了，现在正要回去。他一向绝大部分的时间都是在华盛顿待着的，在那儿交涉他那个部和政府之间悬而未决的事项——这些事项，还没得到解决（他抑郁地说），他恐怕，永远也得不到解决；因为，几个可怜的印第安人，和精明强干、工于心计的白人打交道，那他们还有什么可以施展的呢？他不喜欢华盛顿，对于城市和市镇，不久就生厌，一心只想森林和草原。

我问他对于国会的感想如何？他笑了一笑说，据一个印第安人的眼光看来，国会缺乏庄严性。

他说，他很想能在死以前，到英国去一趟。他带着很感兴趣的样子，谈他可以在英国看到的伟大事物。我对他说，英国博物馆里，有一个陈列室①，保存了好几千年以前就绝迹地上的一个民族日常使用的器物；他听的时候，非常注意。那不难看出，他心里正想到他自己的族人日趋衰微的情形。

由于谈到博物馆，引起了关于凯特林所画印第安人②的话头。他说他自己的像也在那些画之中，他对于那些画，极为称扬，认为所有的"肖像"都很"秀雅"。他说，库珀先生所描绘的印第安人③也很好。他又说，如果我和他一块到他们那儿去，和他们一块儿猎野牛，那我也一定能把他们写得很好；他很希望我真能到他们那儿去。我对他说，即便我到了他们那儿，我也不肯对于野牛有什么伤害的；他听了觉得很诙谐，哈哈大笑。

他生得非常齐整；据我估计，有四十多岁，有一头长而黑的头发，一个鹰钩鼻子，两个高颧骨，一副太阳晒黑了的脸膛，两只奕奕有神、犀利敏锐的黑眼睛。他说，现在恰克陶部只剩了两万人了，他们的人数，还正一天一天地减少。和他一样的酋长里，有几个，没有办法，只好皈依文明，跟着白人学，因为那是他们惟一的生路。不过这样人并不多，所有其他的人，都仍旧和他们

---

① 应指英国博物馆里的希腊、罗马生活馆而言，里面有簪、针、梳妆用具、书写用具、纺织、烹饪用具及家具等。

② 凯特林（G. Catlin, 1796—1872）：美国艺术家兼旅行家，在北美印第安人中旅行过，画有北美印第安人风俗习惯和情况图。曾画过五百幅以上印第安人画像，现藏华盛顿美国国立博物馆。

③ 库珀（J. F. Cooper, 1789—1851）：美国小说家。在他那三十九本主要著作中，有五本小说，总名《皮鞡子的故事》，都是以美国开拓西部为背景的，其中都写到印第安人。其所写印第安人真实与否，颇有争论，但其所写，既有好人，也有坏人，也有好坏两可者，则似以近于真实为是。

从前一样。他对于这一点，絮絮了半天，并且说了好几次，说，如果他们不和他们的征服者同化，那他们在文明社会大踏步的前进中，就非消灭净尽不可。

我们握手告别的时候，我对他说，既然他那样渴望到英国观光，那他一定去一趟好啦，我希望我有和他在英国见面的一天；我可以对他担保，他去了，一定会受到热烈的欢迎，友好的招待。他听到我这样一力承担，显然很高兴，不过他却面无愠色地一笑，别有会心地一摇脑袋，说，英国人过去用印第安人的时候，倒是非常喜欢印第安人，不过后来他们用不着印第安人了，可就不再把印第安人拿着当一回事了。

他和我告别了，他在我所见过、出自天生的上等人里，真得说是体貌堂堂，上等人的味儿十足；他在船上那些人中间往来活动，也好像是另一种人似的。我们分手不久，他就把他一个石印相片送给了我——非常像，不过没有真人那样齐整——我为纪念我和他那番邂逅之交，把这个相片仔细保存。

在这一天的旅程中，风景方面，没有什么意趣，走到半夜，到了路易斐尔。我们住在高尔特家。那是一家很好的旅馆，我们住在那儿那种华丽劲儿，好像我们并不是在阿里根尼山西面好几百英里，而却是在巴黎。

这个城市既然没有什么有意思的东西值得我们途中耽搁，我们就决定第二天坐另一条叫"富尔屯"的小汽船，再往前去；那条船在叫作波特兰的郊区那儿，因为要过一条运河，要稍停一下，我们打算午刻左右，在那儿上船。

我们利用吃完早饭和上船之间这段空闲时间，坐着车在城里观光了一番。只见街市豁亮而整齐，街与街都是十字交叉，街旁都种着树，不过都没长大。房舍都叫烟熏黑了，因为那儿烧的是烟煤。不过那种情形，英国人很习惯，决不会在那方面有什么挑剔。市面上好像交易不太多，有些建筑和建设，都半途而止，好像表示，这个城市，"前进"的热劲过猛，建设的速度过快，现在正受那种过热、过猛的劲儿所必有的后果，而一切停滞。

我们往波特兰去的时候，路上从一个"治安局"前面经过。我们看到这个"治安局"，觉得很可乐，因为它决不像什么警察官厅，却更像一个老太婆开的私塾。本来这种机构，应该是威风凛凛，壁垒森严，现在却只是一个一无所长、一无所事的小小前部起坐间，面临大街，有两三个人（我想那就是治安官和他的吏卒）在那儿晒太阳，看样子活活是慵懒和闲散的化身。如果我们想要看到公平之神，由于没有主顾而歇业，连她的剑和天平[①]都卖掉了，只自己把脚舒服地放在桌子上，在那儿打盹儿，这儿就是一幅十全十美的图形。

在这个城市里，也和美国这一部分别的城市一样，路上永远有老老少少、年龄不一的猪，到处游息，有的四平八稳地趴在路上，沉沉酣睡，有的吭儿吭儿地满街溜达，寻觅奇珍美味。我对于这种古里古怪的畜生，永远有一种口虽不言、心自爱惜的感情，一遇到别的事物都无可赏心的时候，就观察它们的行动以为笑乐。我们那天上午坐车观光的时候，我看见有两头小猪，演了一出小

[①] 英美公平之神的像，一般是女性，一手执剑，一手执天平，剑以表示"威权"，天平以表示"公平"。

小的笑剧,那样富于人情,当时使我看了,觉得滑稽、怪诞得不可言喻,虽然一经叙说,恐怕就平淡无奇了。

一个年轻的猪中绅士(一头很娇气的肥小猪,拱嘴上还粘着好几根草秆儿,表示它刚在粪堆上作过考查勘探),正满怀心事的样子往前走去,一面走,一面沉思,却没想到,一个烂泥坑里,正趴着它的一个同胞,一见它来,突然从坑里站起,满身泥污,形同鬼怪,把它吓了一大跳。猪类之中,从来没有像它那样全身都一下筋僵血凝的。它至少倒退了三英尺远,把从坑里爬起来的那头猪盯了一眼,跟着像箭离弦上一般,尽力撒腿跑去,它那条小得特别的尾巴,使劲来回摆动,像胡摆一气的钟摆一样。不过,它没跑到很远,就心里掂算起来,刚才它看见的这个可怕的怪物,到底是怎么回事;它一面掂算,一面脚步就渐渐放慢了,到后来,它干脆站住了,又转了回来。只见它那位同胞,在太阳地里,身上明晃晃地挂了一层泥污釉子,仍旧在那个坑里四脚拉趴地瞪着眼直瞧它,对于它这一跑,完全莫名其妙。它刚一看准了它那个同胞还在那儿(它很小心在意地看,我们差不多可以说,它为了看得准,都用手打着眼罩儿看),它就劲头十足地跑了回来,扑到它那个同胞身上,一下就把它那个同胞的尾巴咬下一块来,为的是好教训教训它,以后万不能再这样顾头不顾尾地跟它自己的同伴开玩笑。

我们到了波特兰,只见汽船停在运河里,等候过闸(过闸是一种很慢的行动)。我们上了船以后,不久又来了另一位访问我们的客人,这回这个来客是肯塔基州的一个巨人,名叫泡特尔。他的身材也不算顶高,不穿鞋量起来,只有七英尺八英寸。

各种人里，证明历史完全骗人的，或者说，受到记叙家残酷的诽谤的，莫过于这班巨人。他们并不是到处怒嗥，到处杀掠，食物橱里永远是活人供他们攫食，街市上面永远是鼠窜兔逸，逃避他们攫夺，而是一切可以交游的人之中最老实、最驯良的，多半喜欢喝点奶子，吃点蔬菜，并且只要能过安静生活，就什么都可以受得。我认为，和蔼、温恭，是这班人绝对无可否认的特点；因此，我得承认，我把那位以杀害这类无伤无害的人称誉一时的青年①，看作是一个慈面狠心的强盗，嘴里说是为人类除害，心里却一意琢磨，如何巨人们在他们的堡垒里积累了那么些财富，又如何能把那些财富抢到自己手里。即便那些记叙锄奸功绩的历史家，在尽力赞扬锄奸英雄的意图下，都仍旧不由得要承认，那些被诛的巨人，都是脑筋简单、心地单纯的，不懂什么叫尔诈我虞，毫不犹豫地就推心置腹，连最难令人相信的瞎话都轻易地就相信，很容易地就上了敌人的圈套，甚至于像威尔士的巨人那样，过于讲地主之谊，一心对客人客气，因而宁肯把自己的肚子豁了，也不肯透露出来，说他的客人，可能是精于流浪人玩的那套戏法和幻术；我这种种发现，更使我倾向于我前面说的那种看法。

肯塔基巨人，只是这种情况的另一个例证。他的膝盖那块地

---

① 指童话中的"智杀巨人的杰克"而言。杰克杀了几个巨人之后，又往前走，来到一个城堡，乃是威尔士巨人所居，巨人伪作友善，想在夜里害他，未果。巨人请他吃布丁，他在衣服里面夹了一个皮袋，装作和巨人一样善食，却偷偷把布丁装到袋里。他对巨人说，他能把自己的肚子割开，一会就长好，他就把皮袋用刀割开，布丁流出。巨人不肯服输，真把自己的肚子割开了，当场死去。下文"威尔士巨人"即指这段故事而言。

方老发软,他脸上是一团轻信不疑的神气,因为他还得求一个五英尺九英寸的人搀扶他,鼓励他。他说,他只二十五岁,他的个儿是最近几年才长起来的,并且还是由于他下体所着的那件"说不得"的东西①加长尺寸,才发现的。他十五岁的时候,还是个矮个儿的孩子,那时候,他那位英国父亲和那位爱尔兰母亲,还有些嫌憎他,说他给他们家现眼,长了那么个小个儿。他又说,他的身体,一向都很差,只有现在,才稍好一些。不过在矮个子中间,喊喊喳喳地说他喝酒喝得太厉害的,却大有人在。

据我的了解,他是赶雇脚马车的,至于他怎么赶法呢?除非他把脚站在车后面的踏板上,把胸伏在车顶儿上,把下颏放在车前面的车厢上,就很难令人想得出别的办法来。他把他的手枪当作稀罕物儿带在身上。如果把这支枪标上一个"小来福枪"的签儿,摆在商店的窗外面,任何一个侯奔街②的零卖商人,都可以发财的。他露了一面,谈了一会之后,就带着他那件口袋里的玩意儿告辞了。他晃儿晃地往下层房间里去的时候,和他周围那些六英尺多高的人比起来,像灯塔在街灯的杆子中间走动一样。

过了几分钟以后,我们就过了运河,又来到了俄亥俄河了。

船上的安排,和"使命者号"船上的安排一样;船上的乘客,也和"使命者号"船上的乘客一般。我们吃饭的时间、吃的东西、吃饭的时候沉闷的气氛,和大家遵守的规矩,也都和那条船上的无甚不同。乘客都好像同样地有秘密的心事,像千斤的重担子一

---

① "说不得"的东西:指英国维多利亚时代绅士和女士不肯出口的"裤子"。
② 伦敦街名。这是说,这支枪是很好的广告。摆在窗外,可以招徕许多主顾。

样压在心头,同样地不懂得心情快活,不懂得心头轻松。我平生之中,从来没见过有像我们在船上吃饭的时候那样无情无绪、沉闷郁结的窒息气氛,笼罩一切。连我现在回忆起来,那种气氛,都重重地压在我的心头,使我一时觉得苦恼惨沮。我既然能在我们自己那个小房间里,用膝盖当桌子,读书写文章,我真害怕开饭的时间,把我们传到饭桌那儿;我到了那儿,就想急忙逃开,好像那是一场惩罚,或者一场苦行一样。如果在宴会中,有健康的欢乐和活泼的兴致,那我可以像勒·萨日说的那个漂泊的演员那样,蘸着泉水啃面包①,而把大家的谈笑、欢乐,像饫甘餍肥一样地领略。但是和只见兽性而不见人性的同类坐在一块儿,一味把充肠填胃,权当疗饥止渴,每个人都把他那个耶胡②的食槽,尽速捣光,然后带着一团抑郁沉闷之气,溜溜湫湫地走开;使这件本来是人类心灵相通、情愫相接的仪节,完全限于满足饕餮的本能,而把它其余一切的优美之点一概抹杀;这和我的本性完全违背,因此我真正地相信,这种和丧葬的时候所摆的筵席一样的聚会,在我一生里,不论多会儿想起来,都和睁着眼作的噩梦一样。

这条船上,还有别的船所无而这条船所有的一种可以使人聊慰寂寥的情形;那就是,船长(一个椎鲁不文而脾气柔和的人)把他那位生得很齐整的太太带在船上;她生性活泼,举止宜人,

---

① 见勒·萨日的《吉尔·布拉斯》第2卷第8章:吉尔·布拉斯在路上遇到了一个人,他的干粮,就是几片面包,他把面包蘸着泉水吃下去。后来谈起来,他是一个穷苦的流动演员。

② 斯威夫特的《格列佛游记》第4卷里马国的人。

同时又有几位和她一样的女客,吃饭的时候都坐在我们这一头儿。但是全体乘客的整个气氛,却没有任何力量能够抵抗而得到胜利。他们那种呆滞沉闷里,有一种魔力,能使有世界以来最好诙谐的人,都噤口无言;在他们眼里,说笑话就是犯罪行;抿着嘴而微笑,一定得变为咧着嘴而恐怖。他们那些人,都是块然蠢然的行尸走肉,他们那种动作,都是沉重得令人难堪,迟钝得成为体系,身疲神倦,心灰意懒;一切融融的情好,洋洋的喜气,爽朗坦白的谈吐,诚恳笃实的交往,他们一概茫然昧然,不能领会:这种情形,自从开天辟地以来,在任何别的地方,都从来没见过。

不但人是这样。在我们快到俄亥俄河和密西西比河合流的地方,自然的风景,也绝不是使人欢欣鼓舞的。那儿树木都不能自然发育,两岸都低下平衍,定居的人家和木头房子都零落稀疏,居民都比以前我们见过的更枯槁,更苍白,更贫苦艰辛。空中听不到鸟语,地上闻不到花香,连飘忽的烟云浮光掠影、明暗交现的景象,都看不到。过了一点钟又一点钟,只有热气弥漫、赫赫煜煜的太空,目不转睛地瞪着下方毫无变化、千篇一律的景物。过了一点钟又一点钟,只有河水,像时光一样地疲惫迟慢,往前滚滚流去。

到了第三天早晨,我们终于来到了一个地点,它那样荒凉,比我们以前所看到的地方都更厉害,使我们以前所经过那种最荒凉幽僻的地方都显得富有意趣。两河交流那一片地方,非常低平,非常洼下,一年之内,有的季份,连房顶都泡在水里。这块地方,就是热病和疟疾肆虐的场所,就是死亡逞威的国度。然而在英国,对于这个地方,却有人大吹而特擂,说它是黄金一般的希望所在的宝矿，只凭大言无稽的宣传而把它当作投机经营的对象，使许多人倾家荡产①。一片荒凉惨淡的沼泽，上面有只盖了一半的房子日趋倾圮；东一小块、西一小块几码几码开垦出来的地方，上面有丛杂茁壮、含有毒素的草树，蕃衍充斥，在这种草树下面，那些可怜受了甜言蜜语的引诱而来到这儿的漂泊流浪者，始而萎靡，继而死去，终而暴骨；可恨的密西西比河，蜿蜒在这块地方的前面，转向南流，和一条浑身粘涎的怪物一样，看着令人憎畏；一个疾病的温床，一座丑恶的坟地，一个连任何光明都看不到的墓穴；一个不论在地上，不论在空中，也不论在水里，都一无可取的地方：开洛村②就是这样。

不过要形容那条所谓众河之父③的密西西比，（它幸而没有和它一样的年幼子女，这可得谢天谢地！）得用什么字样呢？我只能说，它是一条硕大无朋的水道，有的地方宽二三英里，里面流着一片泥浆，速度一小时六英里；粗长的大树和整株林木，到处在它那浪沫喷泻的水流里把它堵塞，把它壅厄——这些大树和林木，有的时候，编成了大筏子，在水面上浮动，筏子的缝儿里有蒲芦丛杂，泡沫喷涌，懒洋洋地冒出；有的时候，就像怪物的躯体，连翻带滚往下漂去，它们交织在一起的根须，像粘湿成片的头发；有的时候，就一个一个，单独顺流而下，像一个硕大无朋

---

① 狄更斯在他的长篇小说《马丁·瞿述伟》里写到伊甸土地公司（The Eden Land Corporation）骗局。伊甸就是这儿的开洛。
② 开洛村：后为城市，属美国伊里诺伊（Illinois）州亚历山大（Alexander）郡。
③ 美国人称密西西比河是"众河之父"。

的水蛭；有的时候，就在小漩涡的中间直打拘挛，像受了伤的大蛇。两岸低洼，树木矮小，沼泽里青蛙麇集，破烂的木屋稀疏零落，木屋里的人两腮下陷、面色苍白，天气非常地热，蚊子往船上每一个缝儿、每一个窟窿里钻，每一样东西上面都满是烂泥和稠浆——在这片地方上，除了每天夜里，昏暗的天边上有于人无害的闪电倏忽明灭而外，再就没有任何东西叫人看着愉快的了。

我们有两天的工夫，都是力竭气喘地在滚滚浊流里逆流上溯，老和下浮的大木，互相击撞，有时还要停住，躲避那种更危险的障碍，那是竖着胶在河底的大树和横着浮在水里的树干，潜伏隐蔽，极易招致不测。夜色特别昏暗的时候，安置在船头上的瞭望人员，能看着河水打漩的情形，知道前面哪儿有巨大的障碍物挡住去路；那时候，他就撞他身旁的钟，钟声一响，机器就得停住；不过这口钟，夜里一直不断地响，每一次响起来，都跟着来一下击撞，使人很难在床上高枕而卧。

这儿的夕阳，非常地灿烂；天上的彩霞，有的深红，有的金黄，都一直伸延到直出我们头上的天心。太阳落到河岸后面的时候，岸上每一棵极小的草叶，都变得清清楚楚地可以看得出来，好像一个枯叶上的筋络一样。太阳越来越西下，水里映出来的条条红霞和片片金霞也越来越昏暗，好像彩霞也跟着夕阳西下似的，而夕阳中的辉光，在昏冥夜色来临的影响下，也一英寸一英寸地渐渐迷离；那时候，一片景物，比起先前来，更加百倍地凄凉，更加百倍地寂寥，使长空和大地，一同昏暗起来。

我们在这条河上航行的时候，我们喝的就是河里的浆水。当地人认为那很卫生，但是这种水，却比麦粥还稠。我除了在过滤厂以外,在任何别的地方,都没看见过那样的水。

我们离开路易斐尔的第四天,到了圣路易斯;我在那儿,看见了一件小事的尾声,这件事本身虽然微不足道,但是叫人看着却很感愉快,所以使我一路都叹赏不止。

船上有一小妇人,带着一个小娃娃;这个小妇人和这个小娃娃,都是一团高兴,满脸秀气,两眼似水,满身可爱。这个小妇人曾在纽约和她那害病的母亲,一块儿待了很久,她是在真正爱她们的丈夫那班妇女所愿意的情况下①离开她在圣路易斯的家的。小娃娃是她在她母亲家里生的;她结婚后一两个月就离开了她丈夫,没和他见面有一年了。她现在正要回到她丈夫那儿去。

好啦,一点不错,从来没有像这个小妇人那样满怀希望,满腔柔情,一身是爱,一心是盼的。她整天价不想别的,只永远在那儿琢磨,不知道"他"会不会到码头上去接她?不知道"他"见着了她的信没有?不知道,如果她把孩子打发另一个人送到岸上,"他"在街上碰到了,是否能认得?按道理讲,这本来不大可能,因为,"他"从来没见过这个娃娃呀。但是,让一个年轻的母亲看来,却大有可能。她是一个非常天真烂漫的小妇人,她的心情永远是富有希望,暖意洋洋,光明煜煜,她把她这桩永远供养在心头的心事,在所有的女客中间非常随便地尽情流露,因而船上所有的女客,也全都和她同样地对这件事感到兴趣。船长从他太太那儿听到了这种情形,就特别地装起憨来,一点不错,特别地装起憨来;到了吃饭的时候,必定问这个小妇人,圣路易斯是

---

① 指她已经怀孕而言。

否有人接她？船到了圣路易斯，她是否当夜就想下船？（不过他总说，他认为她不想当夜就下船）每饭必问，好像前一次问过，这回忘了似的；还开了许多其他同样的玩笑。船上有一个满脸皱纹、像干了的苹果那样的小老太太，谈到这个小妇人和她丈夫离别的情况，曾故意对于男人在那样情况下是否能坚贞不渝表示怀疑。另外有一位女士（她还带着一只小哈巴狗），虽然年事已长，能够大谈爱情易变的问题，但是另一面，却又不是老得心如槁木死灰，因此见了小娃娃，忍不住不爱，忍不住有时候要帮着抱一抱，同时，听到那个小妇人，在她的喜气洋溢中，用她丈夫的名字叫她的娃娃，对她的娃娃问许多关于她丈夫的怪问题，引得所有的女客都发笑，她也忍不住跟着发笑。

我们离目的地不到二十英里地的时候，显然易见，小娃娃要睡觉，非把他放在床上不可，这对于那个小妇人，未免是一种打击。不过她既是性情柔顺，这种打击，并不足以使她烦恼。她仍旧在头上系了一条手绢，和其余的女客一块儿去到外面的小廊子下。那时候，她对于两岸各地都那样无所不知！结过婚的女客们都那样诙谐百出！没结过婚的女客们都那样意气相投！那个小妇人每逢听到诙谐，都那样笑声如连珠一般冲口而出（她几乎乐极生悲而哭起来）！

后来到底看见圣路易斯的灯光了，看见圣路易斯的码头了，看见码头上的台阶了。那时那个小妇人，用双手捂着脸，比以前笑（或者好像笑）得更厉害，一面笑，一面跑到自己的房间里，把门一关，躲起来了。我觉得，毫无疑问，她在当时那种过于兴奋而行动矛盾中，一定会把双耳紧捂，惟恐听见"他"大声吆喝着喊她的名字；不过我却没看见她真那样做。

于是一大群人，蜂拥上船，其实那时候，船还并没停住，还在好些船中间，拐弯抹角，往前走着，找靠岸的地方。船上的客人，都寻觅那个小妇人的丈夫，但是没有人看到他。于是，就在我们正中间（她怎么到了那儿的，只有天知道了），忽然看见那个小妇人双手紧紧抱住一个清秀、健壮青年的脖子！过了一会儿之后，又看见她在那儿，乐得一点不错拍起两只小手来，一面拉着那个青年，把他拽进了她那个小房间的小门儿，去看那个睡着了的娃娃！

我们住在一个大旅馆里，叫作种植者之家，这个旅馆盖得像英国的医院那样，有很长的穿堂和光光的墙。房间的门上，都有天窗，以便空气自由流通。旅馆里有许多在那儿包饭的人。我们坐的车在它门前停住了的时候，只见灯光从窗户里闪耀、辉煌，好像庆祝节日那样。这个旅馆的确很好，旅馆的老板，对于如何满足客人吃喝睡的要求，见解极为大方豪放。我有一回，同我太太两个人在自己的房间里用饭，我数了一数，同时桌子上放了十四个盘子。

在这个城里法国殖民住的那一部分老城，街道窄狭而曲折，有些房舍，极为古怪，富有画意，因为房子都是木骨，窗户前面有势将倒塌的走廊，只能由安在街上的楼梯或者普通的梯子上去。在这一块地区上，还有奇怪的小理发馆和酒馆，还有许多摇摇晃晃的小杂居楼，窗上的玻璃格子都好像半睁半闭的眼睛，和佛兰德[①]那

---

① 欧洲古代伯国，后其土地分属法国、比利时和荷兰，但说到这块土地时，仍以佛兰德称之。

儿看到的房子一样。这些古老的屋舍,因为在阁楼的山墙那儿开着窗户,高耸在房顶,所以看着好像是法国人肩头耸动[①]那样,又因为年老而半身歪着,所以又看着仿佛是侧脸斜视,对美国人的改进,惊异地挤眉弄眼似的。

所谓美国人的改进,几乎用不着说,是码头、货栈和各处的新建筑,还有广大的新计划,正在"进行中"。一些很好的房子、宽阔的街道、有大理石门面的铺子,已经在迅速进展中而快要完成了。这个城市,很有希望在几年之内,就大加发展,不过,在秀美一方面,恐怕永远也赶不上辛辛那提。

这儿天主教的势力极为广泛,那本是初期法国殖民带到那儿的。在公共机构中,有一个耶稣会学院,有一个圣心会[②]女修道院;还有附属于学院的大规模圣堂,我到那儿的时候,还正在建筑中,打算明年十二月二日行奉献礼。工程师就是学院里一个神父,工程由他一个人指导进行。圣堂的风琴打算由比利时弄来。

除了这几个机构以外,还有一座天主教大教堂,那是奉献给圣查斐厄的,还有一个医院,是由当地一个已故的居民捐款修盖的,他就是一个天主教徒。这个教会,还往印第安人中间派传教士。

在这个偏远地方上的神一体派教会,也和在美国别的部分一样,有一个值得钦佩的优良牧师。穷人很应该对这个教会感念,

---

① 耸动肩头,表示"不在乎""没法子"等感情。英国人只轻微一耸,法国人则高耸低落,且两手平着一翻。

② 天主教的一个教会。

为这个教会祝福，因为这个教会是帮助扶持穷人的，它还扶持合理的教育事业，不限于任何宗派的利益，不抱任何自私的目的。它所有的行动，都是慷慨豪爽的，以仁慈为怀，以博施为善。

这个城市里已经盖起五个义务学校了，都正在进行正式的教学。还有一个，正在修盖中，不久就可以开办。

一个人，住在什么地方，总不肯说那个地方不合卫生（除非他想要离开那儿），因此，我认为，如果我问，圣路易斯的气候是否完全适于健康，同时透露出来，说那儿秋夏之交，一定容易发生疫疠，那毫无疑问，圣路易的居民要反对我的。我只再这样添几句好了：那儿天气很热，有好几条大河贯穿，有并无排水设备的大片沼泽地环绕，我这样说了以后，那地方是否合于卫生，读者可以自己下判断。

因为我有一种心愿，想在漫游到最远的地方以前，看一看美国的草原，又因为这个城市里，有几位绅士，出于招待我的热诚，有同样的心愿，想要满足我的欲望，于是我们就订了一个日子，在我离开这个城市以前，往镜原去远征一次，那里离这个城市有三十英里。我认为，让读者知道一下，在这样远离故国的地方上，这样一种吉卜赛人一般的远游队是什么情况，这个游会都在什么事物中间活动，他们大概不会反对，因此我就在另一章书里，把那次的远游报告一下。

第十三章
镜原远游的往返

美国人对草原（prairie）这个词，有不同的读法，他们把它读作"paraaer""parearer""paroarer"。最后这一种大概是最常用的。

我们这一队，一共有十四名，还都是年轻的人：说起来倒也有些奇怪，虽然那本是很自然的：在这些偏僻穷远的殖民区上，绝大多数的人都是好险喜奇的精壮男子，很少白发苍苍的老者。我们这个队里，也没有妇女，因为这种远游是使人疲劳的。我们说好了，早晨五点钟准时动身。

我四点钟就由安排好了的人把我叫醒了，为了免得叫别人等我。我匆匆地啃了点面包，喝了点牛奶，算作早饭，跟着就把窗户开开，往下面的街上看去，一心只想，下面一定是全队人马，忙忙碌碌地活动，给这次的远游作准备。但是我一看，到处都是静悄悄的，街上也呈现出任何地方早晨五点钟所有的那种使人无望的面目，我就想，还是再上床去睡一会儿好啦。我这样想，也就这样做了。

我在七点钟又醒了，那时候，远游队已经聚拢起来了，他们围绕着的是一辆轮轴粗壮的轻便马车，一辆不三不四、很像玩票的雇脚马车，一辆古色古香、构造绝异人间的双马轻便敞车，一辆背上有个大窟窿、顶子都破了的双马轻便马车，还有一个要给我们带路的人，骑在马上。我，还有三个游侣，坐在头一辆车上。其余的人，都在其余那几辆车上各自找到了安身之所。两个大篮子拴在最轻的那辆车上；两个大砂罐，外面有柳条套，专门名词叫作"细脖罂子"，交由队里最仔细的人携带保管，以免打破。这样人马什物都就绪之后，全队人马就朝着一个渡口进发。渡口那儿有渡船，过河的时候，人马、车辆、什物等等，原样不动，整个载到船上；在这一带就是这样办法。

我们届时按部就班地过了河，又在一个安在轮子上的木头小阁子旁边点齐。这个安在轮子上的木头阁子，半边身子歪在烂泥塘里，门上涂着"成衣商"几个大字。我们把前进的次序安排好了，把路线定了，又动身前进，开始走到一片面目可憎的黑窟窿，叫作美国地底，其实这个叫法，不如黑窟窿生动。

头一天的天气——不能说是热，因为热这个字，太没有力量，太温凉两可了，不足以表示气温到底怎样。我得说，头一天白天，圣路易斯城全城烧得火焰熊熊。但是到夜里，却又下起倾盆的大雨来，一直没停，下了一整夜。我们拉车的那两匹马，本来是很壮的，但是我们前进的速度，却每一小时也就是二英里，所走过的地方，是一望不断、黑泥成浆的烂泥塘。这片烂泥塘，毫无别的变化，只有深浅不同。有的时候，泥浆没到半轮，有的时候，没过车轴，又有的时候，几乎一直没到车的窗户。聒噪的蛙鸣声，弥漫了整个的太空，它们和猪（一种丑恶难看的动物，它们那种肮脏龌龊的样子，好像是这块地方自然必有的产物）把这片土地整个占为己有。偶尔的时候，路旁有木头小房儿出现，但是这种破烂的小房儿，都稀疏零散，相距甚远，因为，这块地方虽然土壤肥沃，却很少有人能受得了它那种要人命的气候而生存下去。路径两旁（如果可以说它是路径的话）有丛杂的灌木，至于死水、腐水、粘水、臭水，则到处都是。

在这块地方上，只要遇到马身发热、马嘴流沫，就给它一加仑左右的凉水喝；我们现在就在树林子里一个木房客店外面停住，给马水喝。这个客店和任何人家都隔得很远，只有一个大房间，房顶和墙都是光溜溜的，房上部有一个阁楼。店里的主持人是一个面目黧黑的青年，和个野人一样，穿着一件像被料作的印花布衬衫，一条破裤子。还有两个小男孩儿，几乎一丝不挂，懒洋洋地躺在井旁。这两个孩子，和那个青年野人，还有店里惟一所谓的客人，都跑出来看我们。

这个客人是个老头儿，花白胡子，一根一根的都像筋条一样，有二英寸长；蓬松的八字须也同样地花白；眉毛浓重；他抱着双臂，站在那儿，懒洋洋、醉醺醺地看着我们，眉毛几乎都把眼光遮断。他站在那儿，有时用脚趾头支着全身，又有时用脚跟支着全身。我们队里有人跟他搭话之后，他走近前来，一面摸着下巴（下巴经他那只满是茧子的手一摸，都发出轧轹之声，像穿着有钉子的鞋在新铺的石头子儿路上走似的），一面说，他是从得拉瓦尔来的，在"那一面儿"买了一块地，说的时候，往发育不全的树长得最密的一块沼泽地那儿一指。他又说，他把他的家眷撂在圣路易斯，他要往那儿去领他们。不过他却好像并不急于把这种累赘带到这儿来，因为，我们走的时候，他逍逍遥遥地回到了木房，显而易见，打算在那儿待到钱花完了的时候才走。他当然是一个政治家，对我们队里的一位，大谈他的意见。不过谈了半天，我只记得，他的结论不过两句话：一句是，永远拥护某人；另一句是，所有别的人一概打倒！大家关于这一方面的信条，这倒是一个很好的概括。

马喝了水，涨到它们天然体积的两倍（他们这儿，好像有一种见解，认为这种喝水发胀，可以使马走得更好），那时候我们又开始前进，一路上仍旧是烂泥和稠浆，蒸腾粘湿的潮气，繁殖蝇蛆的毒热，丛灌和榛莽。同时永远有蛙鸣猪嗥，作两部鼓吹。我们这样一直走到靠近中午的时候，才在一个叫作拜尔维尔①的地方停住。

拜尔维尔是一小簇木头房子，紧紧挤在一片丛灌和沼泽的正中间。这些木房之中，有好些处，门都油得很奇怪地又红又黄。原来有一个穿乡游市的油漆匠，新近到这儿来过，他们告诉我，说他这种人是"走一路，吃四方"的。刑事法院正开庭，审的是几个盗马的人犯。这种人犯大概不能轻饶过，因为，在这儿，所有的牲口，都势所必至，不能不散放在树林子里，所以这儿的人，都把它们看得有些比人命还重。在这种情况下，陪审员一般都认为，被告盗马的人，不管罪行是否属实，一律判为有罪，实为必要。

法官、律师和证人的马，都拴在路旁临时搭起来的马槽上。所谓的路，只是森林里的小径，上面的烂泥和粘浆，到膝盖那

---

① 美国伊利诺斯州圣克莱尔郡（St. Clair County）的首城，距圣路易斯东南十五英里。（编者注：伊利诺斯州即伊利诺伊州。）

么深。

　　这个地方，有一个旅馆；也和美国所有的旅馆一样，把它的大餐厅完全对外公开。它是一个稀奇古怪、摇摇欲坠、屋顶低矮的房子，半作牛棚，半作厨房。桌子上铺着粗帆布当台布，墙上钉着锡蜡台，好在开晚饭的时候搁蜡。马夫先前就来到这儿，叫他们预备咖啡和吃的东西。现在东西都快预备好了。他叫的菜饭是"白面面包和煎鸡特餐"，不是"玉米面面包和普通常餐"。所谓的"普通常餐"，只有猪油和咸肉，而"煎鸡特餐"则包括煮火腿、腊肠、小牛肉排、牛肉扒，还有其他食物（按照比较广义而富有诗意的解释）可以把煎鸡舒服地伴送到任何女士或者绅士的消化器官里。

　　这个旅馆里有一个房间，门上钉着一个铅铁牌子，上面刻着"克罗克司大夫"六个金字；在这个牌子旁边，贴着一个通告，上面说，克罗克司大夫，为使拜尔维尔居民增广见闻起见，订于当晚作脑相学讲演，每人入场费若干。

　　在"特餐"还没做好的时候，我偶然溜达到楼上，碰巧从克罗克司大夫的房间前面过；那时门正开着，屋子里又没有人，所以我就冒昧地往里面瞥了一眼。

　　屋子里空空的，没有陈设，没有使人舒适的设备，只在床头上面，挂着一个没镶框子的肖像——我想那一定是那个大夫本人的，因为额部完全显露，画那个像的艺术家把脑骨的发育特别突出地表现出来。床铺上就蒙着一床碎块式的旧被。屋子里没有地毯，也没有窗帘子；只有一个潮湿的壁炉，但是里面却没有任何炉支或炉架，只有满满的炭灰。还有一把椅子，一张很小的桌子；

在这个桌子上，铺张排场地陈列着大夫的整个图书馆，原来是六本满沾油垢的旧书。

这个屋子，今天看来，毫无疑问，是全球之上，任何人都无从由它那儿得到任何好处的。但是，像我说过的那样，屋子的门却是极尽殷勤之能事大大开着的，却分分明明地和椅子、画像、桌子和书，一齐大声招呼，说，"请进吧，先生们，请进！你要是有病，这儿有人一眨眼工夫就给你治好了，那你为什么还要耗着，非受罪不可呢？先生们，克罗克司大夫在这儿哪，那个出名的克罗克司大夫在这儿哪！先生们，克罗克司大夫特为老远地到这儿来给你们治病哪！先生们，如果你们没听说过有个克罗克司大夫，那是你们孤陋寡闻，那是因为你们住在这儿，有些偏僻，不闻世事，并不是因为克罗克司先生名气不高。请进吧，先生们，请进！"

我下了楼，正碰见克罗克司大夫本人在过道那儿。有一群人，正从法庭蜂拥而来，其中有一个人高声叫道："上校[①]！给克罗克司大夫引见引见。"

"这是狄更斯先生，"上校说，"这是克罗克司大夫。"

克罗克司大夫是一个苏格兰人，高高的个子，生得很体面，不过他的仪表，对于一个以婆手慈心、救人济世为职业的人说来，未免有些雄赳赳，气昂昂的；他听到上校的介绍之后，把右手伸着，把胸脯尽力腆着，从人群里冲了出来，嘴里说：

"先生，同属一国，荣幸之至！"

[①] 这里的上校，应该是店主东。参看第220页关于"上校"的注。

跟着克罗克司大夫和我互相一握手；不过，从克罗克司大夫的神气里可以看出来，我的仪容远远出乎他原先所期冀的那样。因为，我当时身上穿着一件布衬衫，头上戴着一顶大草帽，帽子上缘着绿帽缘，手上空无手套，脸上和鼻子上满是蚊子和臭虫叮的瘢痕，弄得成了个花脸儿；在这种情形下，我很可能不符合他原先的期冀。

"你在这儿待了好久了吧，大夫？"我问他。

"待了三四个月了，先生，"他说。

"你是不是想要不久就回祖国哪？"我说。

克罗克司大夫并没吭声作答，但是他脸上的神气，却分明是恳求我的样子，说："你可以不可以把那句话用高一点的声音再问一遍？"所以我就把那句话又问了他一遍。

"想要不久就回祖国？"大夫重念这句话，说。

"不久就回祖国，先生，"我也跟着重念了一遍。

克罗克司大夫先四外把那一群人看了一眼，看一看他们的反应怎样，然后搓了搓手，用很高的声音说：

"这阵儿还不想回去，先生，这阵儿还不想。你这阵儿在那一方面还抓不住我的小辫儿。我有点太爱自由了，不能干那样事，先生。哈，哈！我不想回去，决不想回去！除非到了万不得已的时候，我不能那么想，决不能！"

克罗克司大夫说到后面这几句话的时候，带着明白晓事的样子把头摇晃，又哈哈地笑起来。旁边看的人中间，有好些位，也陪着克罗克司大夫摇头，也陪着他笑，同时你看我，我看你，好像是说，"克罗克司大夫真是个漂亮家伙，真是个头等人物！"我相信，那些平生从来没和脑相骨打过交道，平生也从来没和克罗克司大夫打过交道，而那天晚上却去听克罗克司大夫演讲的人，一定很多，否则我就大错而特错了。

从拜尔维尔我们又往前进，所经过的仍旧是那种荒凉的旷野，所听见的也仍旧是那种永无片刻间歇的音乐；走到午后三点钟的时候，我们又在一个叫黎巴嫩①的村庄那儿打住，再叫马胀一回，同时还喂了它们一些玉米，那倒是它们极需要的。我趁着他们作这种活动的机会，往村子里走去，在那儿碰见了一幢规模具备的住宅，劲头十足地往山下跑，有二十多头牛拉着。

那儿有个酒店，非常洁净，非常可人心，我们远游队的管事人决定可能的话，回到那儿过夜。这个办法决定了之后，马也完全休息过来了，我们又上了路，在夕阳西下的时候，到了草原。

我看到了草原，颇觉失望，但是让我说出来，为什么失望，怎么样失望，却不容易；不过我过去关于草原听得太多，读得太多了，那也许是它使我失望的原因。我朝着西下的太阳那方面看去，只见伸展在我面前的，是一片广漠无垠的平野，除了一行稀疏的树而外（说那一行树是那一片平野上的爪痕指印，几乎都够不上）一望不断，一直到辉煌的天边；到了那儿，它好像微微下陷，和天边上浓郁的颜色混为一体，和远处的蔚蓝融成一片。那片旷野，就在那儿伸展，和一片没有水的平静海洋或者湖泊一样，如果这种比喻可以使得的话；暮色就在那上面来临。有几只鸟儿在空中东西盘旋。到处是一片荒僻，一片寂静，笼罩一切，统治

---

① 在拜尔维尔东北约十英里，圣路易斯正东。

一切。但是草还没长得高，有的处所，还露着黑魆魆的光地；同时眼睛只能看到几棵又琐细、又稀少的野花。这幅图画，虽然章法很大，却由于太平衍，太广漠了，给人无可想象的余地，因而变得平庸无奇，显得意趣索然。苏格兰的荒原旷山，甚至于英国的陂陀丘陵，能唤起人们心旷神怡之感，能引起人们狂欢极乐之情，但是这片草原，却不能使人有那样感觉，有那样心情。这儿倒是幽僻，倒是荒寒，但是却又那样广漠、那样单调，都使人觉得压的慌，都使人透不过气来。在穿行草原的时候，我只感到，我永远不能忘了自己，不能忘了一切，不能一心一意贯注在眼前的景物上面；但是脚下浩渺的石南，远处峥嵘的海角，则使我自然而然地精神贯注，心无旁骛。我在草原上，总要朝着往往是越去越远的天边尽头，时时瞭望，一心只想快快走到那儿，快快走过那儿。草原那种地方，你见了以后，不容易忘记，但是，我觉得（反正我看它的时候我觉得）那种地方，却不大能使人想起来感到快乐，也不能叫人看了以后还想再看。

我们在一个孤零零的木屋旁边停车，为的是它那儿有水；我们就在那片草原上用饭。我们的篮子里带来的有烤鸡、野牛舌（我附带说一句，野牛舌是一种精妙的美味）、火腿、面包、干酪、黄油；有饼干、香槟酒、车里酒；有兑潘趣酒的柠檬和糖；还有很多的碎块冰。饭吃得真香甜，还有人逗乐儿，他们真是和蔼和温良的化身。从那时以后，那次兴会淋漓的游会，常常使我回忆起来感到愉快，那一次草原上同欢共乐的游伴，即便在我和老友故交在离家较近的地方出去游玩的时候，也不会轻易地就忘掉。

我们那天晚上,回到了黎巴嫩那个村子,就在那天下午停车的村店里过夜。这个店,在清洁和舒适方面,和任何英国同样的村店比起来,都毫无逊色。

我第二天早晨五点就起来了,起来了以后,我在村里转了一下——那时候,还没任何一家起床的,也许是时间太早的原故——转完了,又回到店后面一个像庄稼场院的地方,玩了一气。那儿的主要光景是一溜东扭西歪的简陋马棚,一溜为夏天乘凉盖的简陋柱廊,一口很深的井,一个为冬天窖菜用的大土堆;此外还有一个鸽子窝,也和所有的鸽子窝一样,入口很窄,看起来,那身子肥胖、胸脯挺起而在窝外高视阔步的鸽子,简直没法进得去,虽然它们死乞白赖地想往里塞。我在这个场院里看无可看了,又把客店的两个小客厅参观了一下。只见里面挂着华盛顿和麦迪逊两个总统的彩色画片,另一幅画的是一个白脸的青年女人(上面拉的苍蝇屎很多),手里拿着项链,给别人看,同时对所有爱慕她的人说,"我刚刚十七,"虽然我却认为,她的年龄还要更大一些。在那个最好的屋子里,有两个半身大的油画画像,画的是店主东和他那还在襁褓中的儿子;他们两个,都勇猛得和狮子一样,在画上瞪目而视,那股子劲头真够大的,能画到这样,不管花多少钱,都得算便宜。我想,画的人一定是那位把拜尔维尔的门都用红色和金色装点起来的艺术家,因为我好像一下就认出来,那幅画儿表现了他的作风。

吃过早饭以后,我们取道一条和昨天来时不同的路往回走。十点钟的时候,走到了几个德国移民营宿的地方,他们(都用大车载着行李)在那儿生了一个熊熊之火,我们到了那儿,他们正离开；我们就在那儿停车打尖。德国人生的那个火还真有用；因为，头一天虽然天气很热，今天天气却很冷，风却很尖。我们又往前走去的时候，只见远处矗立的，是另一处印第安人的坟地，叫作僧人冢，由于纪念一群属于拉·特拉蒲会[①]的狂热教徒而起；这班教徒，多年以前，在那块地方还是几千英里以内渺无人烟的时候，就在那儿修造了一座孤零零的庵寺，后来叫那儿的恶劣气候，全体一扫而光。不过，很少有理性的人会认为，社会由于他们这样不幸而永辞人间，受到任何严重的损失。

我们那天一路之上的光景，和头一天的一样。那儿同样是泥塘、丛灌、永不停止的蛙鸣、茁壮丛杂的草树、臭气蒸腾的大地。我们时常看到零零落落的单辆大车，满装着新移民的家具什物，因为坏了，不能前进。车身深深陷在烂泥里；车轴折成两段；车轮子无所事事地平卧在地上；男移民跑到了多少英里以外去寻求援助；女移民怀里抱着小孩，坐在她们那些迁徙游荡的家居什物中间，表现了一幅伶仃孤苦而耐心忍受的凄惨画图；拉车的牛队就惨淡地躺在泥里，从嘴和鼻子里喷出一片浓气，好像它们四围那片湿雾都是一直地从它们那儿发出来的一样：看到这种光景，真使人不胜怆然。

我们走到一定的时间，又在那辆成衣商人的篷车前面，点齐人马，往前进发，坐着渡船过了河，来到了城里。在路上，经过了一个叫做血岛的地方，那是圣路易斯的决斗场，血岛这个名字，就是纪念最后一场决斗而起的。那回决斗，是两个人胸对胸用手

[①] 本为法国中古的寺院，后成为宗教派别之名，属于法国的西多会（Cistercian）。

枪进行的,他们同时倒地毙命。有理性的人们,很可能也像他们看待僧人冢里那些疯狂的信徒一样,认为这两个的死,对于社会并没有什么损失。

第十四章
回到辛辛那提
从辛辛那提坐驿车到哥伦布，
再从哥伦布到散达斯基
又过伊利湖，到了尼亚加拉大瀑布

我想在俄亥俄州的腹地走一趟，然后再从一个叫散达斯基的小市镇那儿"打道大湖"（这是他们这儿一般的说法），过湖顺路就可以到尼亚加拉；想要这样，就得从圣路易斯，取道原路，再往回走，一直走到辛辛那提。

我们要离开圣路易斯那一天，天气异常晴朗，同时，我们要坐的那条汽船，虽然本来说要在早晨不定什么时候开船，却一再延期，有三四次之多，最后才把时间定在那天下午；由于这两种情况，我们就坐车去访问一个河边上法国人的古村，村子正名叫卡龙德雷，别名叫小手提包。我们和船上约好了，叫船到那个村子那儿去带我们。

这个村子只有几家破烂的小房儿，有一两家客寓，它们的食物橱非常简陋，因此这个村子有了那样一个别名，实在可以当之无愧，因为这两家客店，都是什么吃的也没有。不过，我们又往回走了有半英里左右，到底找到了一家客店，孤零零地开在那儿，可以得到火腿和咖啡。我们就在那儿停下来,等船来到,因为只要船一来,从店前的青草地上,就老远可以看见。

这是一个整洁、朴素的村店,我们吃饭那个屋子,小而古怪,里面还有一张床,还挂着几幅旧油画,大概当年挂在天主教圣堂或者寺院里供人瞻仰过。饭很好,很洁净。开店的是一对极有代表性的老年夫妻。我们跟他们谈了很久,他们大概得算是这一类人里两个很好的典型。

老板是一个干瘦、坚韧、面目峻厉的老家伙,其实也不算很老,因为我看他也不过刚刚六十出头。他在美国上次对英国交战[①]中,曾应征参加了民兵团,一切军务,全经历过,可就是没见过仗——他补充了一句,说,他只差一点儿,就可以见仗——只差一点儿。他这一辈子,老就没有安定下来的时候,老东跑西颠,一心只想朝居夕迁;他这种欲望,老无法制止;直到现在,他还是旧性不改;因为,他说,如果不是由于家里的人把他扯住了(他这话是我们一块儿站在房前的时候说的,说到这儿,他把头和大拇指,微微往窗里一指,他的老伴儿就坐在那儿),那他一定要把他的火枪擦亮了,明天早晨就往得克萨斯[②]去。他就是该隐[③]的后裔,是这个大陆上所应有的一种人,从他下生那天起,就注定了要做人类前进的先锋。这种人很高兴地一年一年往前去作移

---

① 指1812—1814年美国对英战争而言。

② 得克萨斯现为美国一州。本为墨西哥地,后为美人所据,1836—1845年为共和国,地据两国边疆,当时美国扩张主义者蓄意并吞之,故为冒险家所趋赴之地。

③ 该隐:《圣经》人物,亚当之子,因打死他兄弟亚伯,耶和华罚他,叫他"流离飘荡在地上"。见《旧约·创世记》第4章第6节以下。

民大军的前哨,把他们的家一个一个都撂在后边,最后到死为止。至于他们的尸骨,是否要让后来移居的人,远远撂在好几千英里之外,他们全不考虑。

他太太是一个久惯家务、心地善良的老太太。她跟着她丈夫从"城中王后"来到这儿,她说的这个"城中王后"大概是费城。不过她对于这些西部地方,都不喜欢,她也实在没有理由喜欢;因为,她亲眼看着她的儿子,都在年富力强、精壮秀发的时候,在那儿一个一个得了热病,在那儿一个一个中途夭折。她说,她一想起他们来就要心酸。她现在在这块该死的地方上,离老家那么远,能把她这种苦楚说一说,即便对生人说一说,都觉得心里畅快了许多,都觉得是一种凄惨中的快乐。

汽船在天快黑了的时候出现,我们于是对这个老太太和她那位性好游荡的丈夫告了别,走到最近的登船地点,一会儿就上了"使命者号"了,房间还是我们从前待过的那一个,跟着船就顺着密西西比河往前驶去。

原先我们来的时候,逆流而上,迟缓纡舒,使人生厌,现在顺流而下,在滚滚浊流中箭驶星驰,比来的时候情形更糟;因为现在船以每小时十二英里到十五英里的速度,得在一棵一棵整树造成的浮动迷宫中间觅路前进。在夜色昏暗中,往往看不见这些大木头,也往往躲不开这些大木头。那天一整夜,钟声就没一次连续停过五分钟。钟声每响一次,船就跟跄一下,有的时候,挨一下打就完了,另有的时候,就连续地紧接着挨五六下打,每一下,即使最轻微,都仿佛绰绰有余地足以把船上脆薄的龙骨打得瘪了进去,船身好像包子皮儿一样。在夜色昏暗中,往下看着混浊的河水，好像水里到处都是巨怪，挤挤挨挨，抢抢攘攘，有的黑压压地成群打伙在水面上翻滚，又有的尾没水中，头出水外，乱钻一气；因为船有时会从这样一群挡住去路的怪物中间冲开出路而把它们之中的几个一时之间逼到水里。有的时候，船上的机器会停下来，稍等一下，于是船的前后左右，四面八方，蜂拥而来，紧围船外的，就都是这种丑恶的障碍物，把船几乎完全箍了起来，使它成了浮动岛屿的中心，逼它停止下来，一直等到这些大木不定哪儿，有自动分开的地方，像乌云被风一吹而分开了那样，才能慢慢地拨开一条通路。

不过，第二天早晨，在相当的时间内，那个令人厌恶、叫作开罗的烂泥塘，又在我们眼里出现。我们的船，傍在那儿一只平底船上，往船上装烧的木材。那条平底船都快要散了，上面的木骨都几乎拢不到一块儿了。它傍在岸上，船帮上涂着"咖啡馆"字样。我想，在丑恶的密西西比河涨水的时候，附近居民的房子都要在水里泡一两个月，那时候，这条平底船，就是他们的庇身之地，就是他们的浮动乐园。不过，从这个地方往南看，我们很高兴看到这条令人难耐的河，拖着它那粘液涎体的长身子和难看之极的货色，往新奥尔良那方面突然转去；我们在河流中横穿过一道黄线，又来到了俄亥俄河，把密西西比河一下撂到后边了。我相信，从此永远也不会再见到它，除非在眠里和梦中。从这一条浊流，来到它那邻居晶莹的俄亥俄，就像脱去痛苦而转到舒服，或者从可怕的梦幻中醒来而看到使人振奋的现实一般。

我们在第四天晚上到了路易斐尔，到了那儿，就很高兴地急忙进了一家顶好的旅馆。第二天，我们又坐上了"奔·富兰克林号"进发,这是一条汽机邮船,我们当天刚过半夜,就到了辛辛那提。我们那时候,在船上的搁板上,实在睡够了,所以那夜没睡,醒着等船一到码头就上岸;我们暗中摸索着走过了别的一些船的甲板,又从一片迷宫一般的机器和漏了的糖浆桶中间,好容易才到了街上,把我们以前曾住过的一家旅馆的门房叫醒了,一会儿就心满意足、安安稳稳地在那个旅馆里安置下了。

我们在辛辛那提只休息了一天,跟着就往散达斯基进发。这一段路程,包括两种驿车,而这两种驿车,连同我以前已经提过的那些,是美国陆行的主要特点,所以我现在要求读者,和我同作旅客,同时我还保证,把这段路程用最快的可能速度走完。

我们先要到的是哥伦布。那儿离辛辛那提有一百二十英里。不过全路都是用碾碎了的石子铺的,(这种幸福很不容易得到!)在那上面走起来,每一小时六英里。

我们早晨八点钟起的身,坐的是一辆邮车,它那两片大脸又红又胖,好像一个有脑充血危险的人那样。不过,它却一点儿不错,大腹便便,臃肿不灵,因为它要在车里载十二个客人。不过,我得带着惊异补充一句,这辆车很干净,很亮爽,几乎全新,在辛辛那提街上走来的时候,极为欢腾。

我们的路,通过一片美丽的原野,庄稼长得很茂盛,看样子一定是个丰收的年成。有的时候,我们经过的,是一片玉米地,里面玉米秸儿森然林立,像种了一片手杖一样;又有的时候,就是一片麦地,青绿的麦子,刚从丛杂迷乱的树桩中间长出来。简陋曲折的木栏,是各处皆然的障篱,样子很难看。但是农田却都整洁,并且除了刚说的那种木栏而外,我们真好像在肯特郡[①]旅行那样。

我们时时在路旁的客店站住饮马,不过这种客店总是沉闷、寂静的。饮马的时候,总是车夫自己下车,把水桶装满,给马端着,送到马的嘴边。从来几乎没有什么人帮他,几乎没有什么闲散人站在那儿,永远也没有马棚里的同行,互相戏谑。有的时候,我们把马换好了以后,往往很难让车再开动;因为,在这儿,一般训练幼马的办法是:把马逮住了,不管它愿意不愿意,硬给它戴上马具,硬把它套在车上,就不再管它了。不过,尽管那马又尥蹶子,又挣扎,但是闹了一阵之后,我们不管怎么样,也照样上了路,又和先前那样,一颠一簸地走起来。

偶尔,我们站住了换车马的时候,能看见有三两个喝得半醉的酒鬼,双手插在口袋里,溜溜达达走出来,再不就坐在摇椅上,两只脚在空中乱摇摆,再不就靠在窗台上,再不就坐在廊子下面的栏杆上。他们往往无话可说,不论是对我们,还是他们彼此之间,只闲散逍遥地坐在那儿,直眉瞪眼地看着我们的车和马。客店的老板,总是和他们在一块,他的样子,在所有的人中间,好像和店里的营业最无关系。要说起来,他对店的关系,可不就和车夫对车和旅客的关系一样?在他按理应管的范围内,不论有任何事发生,他都是行若无事,满不在乎的。

车夫虽然屡屡更换,但是车夫的性格,却毫无改变,毫无异

---

① 肯特郡:英格兰东南沿海的一个郡,以果园和啤酒花园著名。为著名的英国"花园郡"。

同。车夫，不论哪一个，都永远是肮脏、阴郁、沉默寡言的。即便他在形体方面或者精神方面，本来有些伶俐爽快，他也有一种本领，能把这种品质掩藏不露，那种严密程度真使人惊异。你和他一块儿坐在车厢上，他从来不和你说话；你和他说话，他也往往不回答；即便回答，也只用一个字了事。他从来在路上没指点过任何东西，也很少看任何东西的时候，从外表上看来，好像他对于旅行，对于一般人生，都觉得厌倦之极。至于驱车趱路，敬慎待客一方面，他不管别的，只像我说过的那样，管一管马。车所以走动，只是因为它附在马后面，又有轮子，所以不能不转，并不是因为有客人坐在车上。有的时候，站遥路远，快到终点了，他会忽然不成调地放声唱起选举歌里不定哪一段来；但是他脸上的表情，却从来没有和他的歌情应和的时候，只有声音在那儿唱，有的时候，还往往连声音都不在那儿唱。

他永远嚼烟，永远吐烟，而却从来不肯麻烦自己，携带手绢。这样一来，对于和他同座的旅客，特别是风往那个旅客那一面刮的时候，当然可厌之极。

不论多会儿，只要车停下来，你能听见车里的客人对谈，也不论多会儿，只要有闲待着的人对旅客全体或者任何一个搭话，或者他们中间自己互相对谈，那时候，你都能听见有一句话，重来重去，重去重来，重得到了令人惊奇的程度。那本是极平常、极没有意趣的一句话，本是不多不少、不折不扣的四个字，"是啦，先生"，但是这四个字却在任何场合，都可以应用，在任何对话中间，都可以补空白。我举一段谈话为例：

这段谈话的时间是午后一点。谈话的背景是路上我们停车吃饭的地方。车到了店门前面。天气很暖,店外有好几个闲人,在外面闲晃悠,等开饭的时间。其中有一个,身躯魁伟,头戴棕色帽,坐在便道上一把摇椅上,前后摇晃。

车停下来的时候,车里有一个旅客,头戴草帽,从窗里探出头来,往外面看。

草帽(对坐在摇椅上那个身躯魁梧的人):我想那儿是杰弗逊推事吧?是不是?

棕帽(仍旧前后摇晃,嘴里慢慢地说,说的时候,任何感情都丝毫不露):不错,先生。

草帽:今儿很暖和呀,推事。

棕帽:不错,先生。

草帽:上星期,可来了一阵寒流。

棕帽:不错,先生。

草帽:不错,先生。

停了一下。他们彼此互相郑重地看了一眼。

草帽:我想,那件关于组合的案子这会儿已经定了案了吧?

棕帽:不错,先生。

草帽:最后怎么判决的,先生?

棕帽:被告胜诉了,先生。

草帽(询问的语气):不错,先生?

棕帽(肯定的语气):不错,先生。

二人同时(一面琢磨,一面往街上看去):不错,先生。

又一停顿。他们又互相看了一眼,比先那一眼更郑重。

棕帽:我想,今儿的车,晚了好多了。

草帽（怀疑的样子）：不错，先生。

棕帽（看了看他的表）：不错，先生，几乎晚了两个钟头。

草帽（大惊之下，把眉毛一耸）：不错，先生！

棕帽（坚决的样子，一面把表收起来）：不错，先生。

所有车里的客人（在他们中间）：不错，先生。

车夫（气呼呼的样子）：没晚，不晚。

草帽（对车夫）：呃，那我可就不知道啦，先生。反正咱们最后这十五英里，可走了很长很长的工夫，那可是不错的。

车夫并没作答，他显然对于这样一种和他的思想感情都绝不融洽的题目，不愿意辩论下去；但是旅客之中可有一位说，"不错，先生，"而那位戴草帽的旅客，为了表示感谢他这种客气，就用，"不错，先生，"还礼相答。跟着那顶草帽就问那顶棕帽，他（草帽）坐的那辆车，是不是一辆新车。对于这个问题，棕帽又说了一句，"不错，先生。"

草帽：我本来也那样想。你闻，新上的油漆，味儿大极了，是不是，先生？

棕帽：不错，先生。

所有车里的旅客：不错，先生。

棕帽（对大家全体）：不错，先生。

直到这时候，大家在谈话方面已经智竭力殚了，于是那位戴草帽的先生，开开了车门，下了车，所有别的旅客，也都跟着下了车。我们一会儿就跟店里包饭的客人，一块儿吃起饭来。饭桌上，除了咖啡和茶，没有其他喝的东西。因为咖啡和茶，没有一样不糟的，而水还更糟，我就跟他们要白兰地，但是那是一个禁

291

酒客店，所有的酒类，不管花钱，也不管凭面子，都弄不到。这种强迫旅客把难喝的东西勉强下咽的荒谬情形，在美国决非少见。但是店主东们，在烈酒方面，虽然这样小心翼翼，避之惟恐不及，而在食物的质量和价钱的高低方面，使二者符合的，我却从来没看见过。他们不但不能那样，我反倒疑心，他们把这一种物价降低，而把另一种提高，来弥补因为不能卖酒而利润方面受到的损失。归根结蒂说起来，这样好心眼儿、讲公道的人，最显然应该采取的途径，就是干脆不要开店。

我们吃过饭以后，坐上了另一辆车（那辆车在我们吃饭的时候就套好了），又上了路。一路的风光，和以前一样，走到黄昏，到了我们打尖的市镇，打算在那儿吃茶点和晚饭。他们把邮包都在邮局交割了，就赶着车走过和通常一样的宽街，两旁列着和通常一样的铺子和房舍（呢布商总是在门前挂着一块颜色鲜明的红布，作为招牌），来到了旅馆，饭就是那儿预备的。旅馆里包饭的人很多，我们和一大伙人，一同坐下吃起饭来，吃的时候和通常一样，大家都是忧郁沉闷的。但是在主人席上，坐着很富态的老板娘，对面就是一个心地单纯的威尔士教师，带着他太太和小孩。他上这儿来，打算教古典文学，但是他的前途却空想多于现实。他们在吃饭中间，还得算是令人感到兴趣的人，吃完饭后，另一辆车也套好了。我们坐着这辆车又往前进，一路上明月高照，走了半夜，又停住换车。等换车的时候，我们在一个破烂的房间里待了半个钟头左右。这个房间里挂着石印的华盛顿像，因为老挂在冒烟的壁炉上面，都熏得模模糊糊的了。桌子上就是一个硕大无朋的水盂子，盛着凉水；那些阴郁的旅客，对于这种使人清爽的东西，都群趋争赴，因而使人觉得，他们这一伙人，没有一个例外，全都是极端信服沙格拉都大夫①的病人。他们中间，有一个很小的男孩子，嚼起烟来，却像一个很大的男孩子一样。还有一位绅士，说起话来，像嗡嗡的蜂子似的，不论谈到什么题目，上自诗歌，下至其他，一概以数学和统计学出之。他的语调永远是一样的高低，一样的轻重，一样地郑重其事，一样地沉思深念。他现在出来了，对我说，有一个年轻的上尉，把一个年轻的女士拐走了，和她结了婚；这个女士的叔叔，就住在这一块地方。她这个叔叔，勇敢猛暴，他要是跟这个上尉跟到英国，"不论在街上哪儿，只要遇见他，就把他当场打死"，是很在情理之中的；我当时因为又困，又疲乏，所以听了这种强硬办法，就想驳他一下，而不同意他的看法。因此我就对他说，这位当叔叔的，如果当真那样办了，或者当真想要满足任何同样的怪想法，那他就会发现自己有一天，在老北利②里喉头哽塞，窒息而死。所以他如果真要到英国去的话，最好先写好了遗嘱再去，因为他到英国，不用过多久，就会用得着遗嘱的。

我们走了一夜，后来，曙色来临，跟着温暖的太阳那一天头一次射出令人高兴的光线，亮晶晶地斜照在我们身上。只见光线所照出来的是一片凄凉的荒野，上面盖着一片泡在水里的草，长

---

① 勒·萨日的《吉尔·布拉斯》第2卷第3章里说，西班牙有一个叫沙格拉都的大夫，除了抽血以外，专门让病人喝水，作为惟一的治疗方法；许多病人都让他治死了，但他仍旧坚持他的方法。

② 伦敦监狱之一，在那儿执行死刑（绞刑）。

着几棵沉闷凄惨的树,点缀着几家肮脏龌龊的陋室:景象凄凉孤寂得无以复加。这就好像一片树林里的一块不毛之地。那儿的青绿东西,都又粘湿,又于人有害,和长在死水湾子上面的东西一样。那儿毒菌在咕唧出水的地上所有的那种稀少的脚踪上生长,在木头房子的墙缝和地板缝儿里像巫者的珊瑚①一样出芽。这种地方,靠在一个城市的大门之外存在,是很丑恶的。但是这块地,却是多年以前就有人买去了的,而现在买主无法寻得,国家也不能替他开垦。这样一来,那地方就在四面都是耕垦种植和日新月异的环境中这样存在下去,好像是一块受了诅咒的地方,因为犯了重罪而变得肮脏不堪、变得荒芜不治。

我们在快到七点钟的时候,到了哥伦布②,在那儿待了一天一夜,休养恢复。住在一家叫作尼尔家的旅馆里,占了一个很大而却毫无陈设的房间。房间里到处镶着光滑发亮的黑核桃木板,门外都通着整齐柱廊和石头凉台,和意大利某些巨邸里的房间一样。城市清洁而秀美,当然将来还要更扩充。这是俄亥俄州的立法厅所在地,当然要受重视,要占重要地位。

第二天我们要走的那条路上没有驿车,所以我就雇了一辆价钱公道的"专车",坐着到蒂芬③。那是一个小市镇,有火车通到散达斯基。这辆专车只是普通的四马驿车,和我以前描写过的一样,

---

① "巫者",此处意同"仙子"(fairy),凡比原物小而稀奇、似出神工者,对儿童往往呼谓"巫者的"或"仙子的"。"巫者的珊瑚",指小而稀奇的珊瑚,实即菌类之枝柯槎桠而红色、形如珊瑚者。

② 俄亥俄州首城。

③ 后为城市,踞散达斯基河上,在哥伦布北面稍偏西。

在路上也像别的驿车，要换人换马，不过一路却是专供我们自用。车主为的要保证马能在应有的驿站更换，同时，为照顾我们，不要有别人打扰，派了一个代理人，坐在车厢上，伴送我们全程；我们有了这样的人陪伴，同时又带了满满一大篮子美味的冷食、水果和葡萄酒，我们就在第二天早晨六点半钟兴致勃勃地又上了路，因为我们想到就自己一家人单独前进，没有人打扰，觉得非常高兴，所以即便路再难走，也都以欢乐的心情出之。

我们这种心情，也实属必要，因为那天我们走的那段路，毫无疑问，足以使一个人，如果心情不是坚定地站在晴朗明爽的度数以上，能降到烈风暴雨的度数以下好几英寸。[①]一会儿，车把我们颠到车的底儿上，摞成一堆；又一会儿，我们就在车的顶儿上直撞脑袋。有的时候，车的一面深深陷到烂泥里，我们都紧紧抓着车的另一面儿。又有的时候，车就躺在那两匹驾辕马的尾巴上；另有的时候，车就像疯了似的，前部在空中仰起，那四匹马就站在本来上不去的高坡上，回头冷静地看着那辆车，好像要说，"把我们卸下来吧。这不成。"在这种路上的车夫，都毫无疑问，是通过神力鬼工，趱路前进的；他们都要从沼泽和沮洳中间找到通路，赶着马闪转腾挪，像螺旋一样地拐弯抹角。因此，我们从车的窗户里往外看的时候，往往只看到车夫手里拉着两条缰绳，却看不见他赶的是什么东西；再不就看见他好像和马在那儿逗着玩儿似的。又有的时候，看见拉套的马出人意料地从车后面瞪着眼看我们，好像它们不知怎么脑子里起了一种念头，想要从车后拉车前

---

① 指晴雨表而言。表上标着"全晴""暴风""干""变"等字样。

进似的。这种情形,绝非少见。这段路程大部分都是从所谓的灯芯呢路上走过的,这种路是把树干扔到沮洳地上,让它们自己在那儿落实了。笨重的车,从一个树干滚到另一个树干,即便最轻微的颠簸,看起来都可以把一个人全身的骨头颠散了。在任何别的情况下,都不会经验到同样的感觉,只有硬要坐公共马车,攀上圣保罗大教堂①的屋顶,可以仿佛一二。那一天,车的地位、姿势或者活动,没有一样是我们看到的车普通所有的那样。我们对于一切凭轮子前进的陆上交通工具所有的经验,和它一丁点相似的地方都没有。

不过,说到究竟,那天天气晴朗,气温可人,我们虽然把夏天远远撂在西方,也把春天撂在后面,但是我们却越来越近尼亚加拉,越来越近归途。那天靠近中午的时候,我们在一个优美的树林子里下了车,坐在一棵横卧地上的树干上用的午饭,用完了,剩下的东西,好的给了一个乡下人,坏的送给了猪(在这一带,猪成群打伙地游荡,多得和海滩上的沙子一样,这是我们加拿大的军粮粮台引以为慰的情况)。吃完了饭,我们又高高兴兴地往前趱路。

夜色来临的时候,路越来越窄,到后来,在树丛中间,简直都认不出路来了,车夫好像完全听凭本能觅路前进。至少有一种情况,可以使我们自慰,那就是,他决没有睡起大觉来的危险,因为过不大的一会儿,车轮子就要往看不见的树桩上撞一下,那

---

① 伦敦最有名的大教堂(St. Paul's Cathedral),从底座到圆屋顶上的十字架高三百六十四英尺,最高处为球阁(The Ball),可以由梯攀登,眺望全城。

个猛劲,他要是不使劲抓住了车,不快快抓住了车,他就非从车上倒撞下来不可。同时,也决不用害怕会有一丁点奔突驰骋的危险,因为,马在这种崎岖的路上,只是走就够它们受的了。至于马受惊闪避,也是不可能的,因为根本没有它们闪躲的地方。连一群野象,后面拉着那样一辆车,在那样一片树林子里,都没法奔驰。因此我们就这样连摔带跌,往前走去,心里十分满意。

在美国旅行,这种树桩是一种稀奇的光景。天黑上来以后,在一个没看得惯这种东西的人眼里,它们呈现出种种奇景异象,其变化之多,形象之真,实在令人惊异。一会儿,一个希腊古瓶,竖在一片寂无人迹的地里;又一会儿,一个妇人,在坟上啼哭;一会儿,是一个极普通的老年绅士,身上穿着白背心,大拇指插到袖口里;又一会儿,是一个学生伏案读书;一会儿,一个黑人蹲踞地上;又一会儿,就是一匹马、一条狗、一尊大炮、一个武装的人,一个驼背,把他的斗篷脱下,走到亮地里。这些形象,和幻灯的玻璃片一样令人感到好玩儿。它们永远没有按照我的意志显露形象的时候,而好像是不管我愿意不愿意,硬要我接受它们自有的面目。说起来很奇怪,我有时候,从这些形象中,认出来一些在儿童读物里出现的画儿,那本是一度熟悉、而现在早已忘掉了的。

不过,一会儿,夜色昏暗到连这种好玩儿的形象也看不见了;同时,树又长得非常地密,它们的干枝子,嘎啦嘎啦地往两个车帮上直打,使我们都不敢把头伸到车外。同时又打了三个钟头的闪电,每一个闪电,都亮极、蓝极、长极;这种闪烁的光道,都从丛杂的树枝中间,射进林里,雷声又在树上隆隆地响,在这种情形下，一个人不由得要想，在密林里真不如在别的地方好。

到了十点钟和十一点钟之间，到底看到远处有几点微弱的亮光了，原来上散达斯基①，一个印第安人的村落，在我们面前出现了，我们要在那儿待到第二天早晨。

这个地方，只有一家木屋客店，店里的人都早已睡了，不过敲门之后，有人出来开门，把我们领进去，给我们弄了些茶。我们待的那个房间，也像个厨房，也像个公用客室，墙上都糊着旧报纸。他们把我和我太太带到一个卧室。只见那个卧室，地方宽大，顶子低矮，鬼气森森，壁炉里有一大堆枯树枝子，有两个门，都没有锁，前后相对，两个门外面同样都是黑漫漫的夜色和荒野。这两个门，开得很有意思，只要开开一个，就一定要把另一个连带着也开开——这真是一种住宅建筑里的新鲜玩意儿，我不记得从前看见过。同时，我上了床以后，看到这种情况，有些心烦意乱起来，因为我们的手提衣箱里，有相当多的钱，预备作旅费用的。后来我把别的行李堆起来，用它们把门顶住了，这个问题就不费什么事一下解决了。不过，我相信，即便问题不解决，我那天晚上的睡眠，也不会受多大影响。

我那位波士顿朋友②，攀到栋下，好歹找到了一个睡觉的地方。那儿先就有了一个客人，鼾声大作。但他给吵得实在受不了了，就又起来了，跑到邮车里，在那儿找了一个安身之地。因为邮车正在店前过风儿。不过这个办法，后来证明，也不见得高明；

---

① 在散达斯基西南，哥伦布北偏西。
② 指狄更斯在美国的秘书而言，他叫波特纳姆（G. W. Putnam）。

因为一些猪，闻到他的气味，就把车看作是一个包子，认为里面有肉馅儿，把车围住了，乱吭乱叫，那股劲儿，都使他不敢再下车来，只好在车里哆嗦了一夜。其实，即便他下了车，也弄不到白兰地来取暖；因为印第安人的村庄里，法律规定，不许客店卖烈酒，这当然用意善良、明智。不过，这条法令，并没有很大的效用，因为印第安人，从穿乡游巷的小贩子手里，永远能弄到酒，不过比官卖的更坏、更贵就是了。

在这块地方上住的，都是维安道特部印第安人。吃饭的时候，同桌的有一位温良的老绅士，多年以来，美国政府就任用他和印第安人办交涉。他刚和他们订好了一个条约，叫他们明年迁到给他们划好了的一块地方，在密西西比河西面，离圣路易不远，同时每年给他们一笔钱。他对我讲，印第安人对于他们童年时代所熟悉的景物，特别对于他们祖先亲戚埋葬的地方，都恋恋不舍，他们不愿意离开这些东西，这些话叫人听着很有感触。这种迁徙他见过许多；虽然他知道，这种迁徙，是于他们有好处的，他却不由要觉得难过。究竟要迁不要迁这个问题，他们曾在前一两天开会讨论过，开会的地方是一个现搭起来的小屋子，搭小屋子的木头，还横卧在店前的地上。讨论完了，赞成的和不赞成的，各自列成一行，每一个成年人，都依次投票，结果发表之后，少数派（其实人数并不少）欣然服从多数，收回一切反对的意见。

我们后来遇见过这种可怜的印第安人，骑在长毛凌乱的矮种马身上。他们和那些更卑贱的吉卜赛人非常相似，我要是在英国碰见他们，一定会自然而然地认为他们是那种到处漫游、永无定居的人。

我们吃完了早饭,跟着就又仆仆就道,走的路比昨天还要更坏些,如果还能更坏的话。靠近正午的时候,到了蒂芬,我们在那儿和专用车告别。两点钟的时候,我们上了火车——车走得很慢,因为路修得马马虎虎,又是沼泽沮洳——到散达斯基①,恰好赶上了吃晚饭。我们住在一家舒适的小旅馆里,紧靠伊利湖边,过了一夜,第二天没有别的办法,只能死等,等到有开往布法罗的小汽船。这个市镇,市面呆滞,没有什么意趣,好像是一个英国浴场的后背,旺季已过的样子。

店主东对我们非常关怀,非常周到,一心只想使我们舒适。他是一个生得很不寒碜的中年人,从新英格兰来到这个市镇。他本来是在新英格兰"养大"了的。我现在要说一下,他不断地戴着帽子,在我们的房间里进进出出,有时站住了,随随便便、大大咧咧地谈几句话,有时往我们的沙发上一躺,从口袋里掏出报纸来,行所无事地看。我这种话,只是要说明,他这种行动,是美国人的特点,而不是抱怨说他不该那样,也不是说那使我不愉快。要是在英国,我碰到这样事,当然要觉得不痛快,因为,在英国,没有这样风俗,既是没有这样风俗,那么那种行为,自然就是令人认为莽撞失礼的了;不过,在美国,这一类性情温良的人,惟一的愿望就是对他的客人尽招待之能事;我没有权力,也实在不能主张,用英国的尺度和标准,来衡量他们的行为,也就和我没有权力,和他们争吵,说他们的身材,不是恰好够得上在

---

① 临散达斯基湾,湾为伊利湖之一汊。

皇家手榴弹队当兵那样高[①]一样。这个旅馆里,有一位有意思的老太太,是那儿管厨房的。她每次伺候我们,给我们开饭的时候,都自己坐在最舒适的椅子上,掏出一个大针来剔牙,一直剔下去,同时带着庄重、稳沉的样子,一直看着我们(有的时候,劝我们再多吃一点儿),一直到她收拾家伙的时候为止。对于这位老太太,我也绝没有挑毛病的意思。不过在这儿,也和在任何地方一样,凡是我们要他们做的,他们都是很客气、很麻利、很周到地就做了。一般说来,所有我们的需要,都不等我们说出来,他们就事先热心地想到了。我们除此而外,还有什么他求呢?

在我们到这儿的第二天(那天是星期日),正在旅馆吃早正餐,一条小汽船开了进来,一会儿就靠码头了。我们发现这条船是开往布法罗的,就急忙赶到了船上,一会儿就把散达斯基远远地撂在后面了。

这是条大船,载重五百吨,装备整齐,不过用的也是高压机,这种机器永远使我觉得,好像住在一个机械动力工厂的楼上一样。船上装着面粉,有好些桶都放在甲板上。船长到甲板上来,跟我们攀谈,同时介绍一位朋友。他就坐在这样一个桶上面,好像希腊酒神在日常生活中那样;他从口袋里,掏出一把折刀来,一面说着话儿,一面用折刀把桶边直削,削得一片一片的。他削得非常勤奋、非常细心,要不是因为他有事,一会儿就让人叫走了,那么,那个桶一定要全部化为乌有,只剩下一堆碎末儿和薄片儿。

在中途,有一两个平衍的地方,都有平坝伸到湖里,湖里就

[①] 手榴弹兵以身材高大著称。

有矮矮的灯塔,像没有风车的风磨;全部看来,很像一幅荷兰写意画①那样。我们在这一两处地方稍稍停了一下之后,在半夜的时候,到了克利夫兰②,我们在那儿过的夜,一直待到第二天早晨九点钟。

我对于这个地方,颇怀奇想,极愿一见,因为,我在散达斯基的时候,尝到了它那儿文学作品的一脔,那也就是说,看到了它那儿的一份报纸,对于阿什伯顿爵爷③新近到华盛顿商谈如何解决美英之间的争端这一件事,态度极为强硬。它对它的读者说,美国既然在孩提时期,就"鞭打过"英国一次,在她青年时期,又"鞭打过"英国一次,④那很明显,她必须在她壮年时期,再"鞭打"英国一次;它对所有的美国真正爱国人士担保,如果韦伯斯特在未来的磋商中,能尽他的职份,而叫这位英国爵爷快步跑回英国,那美国人,在两年的工夫里,就可以在海德公园里唱《扬基·杜德尔》,在万恶的西敏寺宫廷里唱《欢呼哥伦比亚》!⑤我到这个城市一看,只见它很美丽。我还到我刚说过的那家报馆门前,极快平生,把它的外部看了一下。我很不幸,无缘和写这段文章那位才人见面,不过我却认为,他毫无疑问,在他自己独

---

① 荷兰地势低下平衍,同时风磨盛行,荷兰的风景画多如此。
② 湖滨商埠,临伊利湖南岸偏西。散达斯基在其西。
③ 阿什伯顿爵爷(A. Baring, 1774—1848):英国商人兼政治家,曾做过商务大臣。1842年,作英国的特派员,到美国商谈解决加、美国界、非洲贩奴各问题。美国方面主持商谈的是当时的国务卿韦伯斯特(Daniel Webster)。
④ 孩提时期鞭打英国,指美国独立战争而言,青年时期指1812—1814美国对英战争而言。
⑤ 海德公园:伦敦著名公园,是伦敦人集合、游玩的地方。《扬基·杜德尔》和《欢呼哥伦比亚》是两支美国爱国歌。

到的那一方面,是一个三头六臂的人物,在崭然显露头角的人物中,有很高的地位。

我们的官舱房间,和另一个房间,中间只有一层很薄的隔板分开,因此我能听见那个房间里一位绅士,和他太太所谈的话,听了之后,我才无意中发现,我原来不知不觉在他心里惹起了很大的不安。我这个人好像老在此公心里盘旋不去,老使此公感到深为不满。至于什么原因,什么理由,我却不知道。我首先听到他说——这件事最可乐的地方是:他说的话清清楚楚地传到我的耳朵里,即使他靠在我的肩头,向我耳边密语,都不能比那个更清楚——"我的亲爱的,博兹①还在船上哪。"他停了相当大的一会儿,又带着抱怨的口气接着说,"鲍斯一点儿都不露面儿";这话完全不错,因为我正感到不大舒服,躺在床上看书。他说完了这句话以后,我以为我对他再无关联的了;谁知道那样想法大错而特错;因为,又停了很大的工夫(我想,他在这段时间里,一定是在那儿翻来覆去地永不得安静,想要睡又睡不着),他又迸出这么一句话来,"我想鲍斯那个家伙要写一本书,把咱们的名字都写到里面去吧!"他想到和鲍斯同船,竟会落到这种结果,就哼了一声,跟着静默起来。

我们那天晚上八点钟,在伊利市挂了一下口子,停了一个钟头。第二天早晨五六点钟之间,我们到了布法罗②,就在那儿吃的

---

① 狄更斯的笔名。他第一部书《博兹特写集》,就用它作笔名。(编者注:下文中的"鲍斯"同"博兹",英文原文为Boz。)

② 布法罗,临伊利湖东端。尼亚加拉瀑布在其西北偏北十七英里,为距瀑布最近的大城市。

早饭；那时候，尼亚加拉大瀑布既然就快在眼前了，我们可就急不可待，不肯在任何别的地方耽搁了，所以我们当天早晨九点钟，就坐上了火车，往那儿进发。

那一天的天气寒冷潮湿，着实苦人；凄雾浓重，几欲成滴，树木在这个北国里还都枝柯赤裸，完全冬意。不论多会儿，只要车一停下来，我就侧耳静听，看是否能听到瀑布的吼声，同时还不断地往我认为一定是瀑布所在那方面死乞白赖地看；我所以知道瀑布就在那一方面，因为我看见河水滚滚朝着那儿流去；每一分钟都盼望会有飞溅的浪花出现。恰恰在我们停车以前几分钟内，我看见了两片嵯峨的白云，从地心深处巍巍而出，冉冉而上。当时所见，仅止于此。后来我们到底下了车了；于是我才头一回听到洪流的砰訇，同时觉得大地都在我脚下颤动。

崖岸陡峭，又因为有刚刚下过的雨和化了一半的冰，地上滑溜溜的，所以我自己也不知道我是怎么下去的，不过我却一会儿就站在山根那儿，同两个英国军官（他们也正走过那儿，现在和我到了一块）攀登到一片嶙峋的乱石上了；那时澎渤大作，震耳欲聋，玉花飞溅，蒙目如眯，我全身濡湿，衣履俱透。原来我们正站在美国瀑布①的下面。我只能看见巨浸滔天，劈空而下，但是

---

① 伊利湖之水泻入安大略湖，是为尼亚加拉河，长32英里，河东为美国纽约州，河西为加拿大安大略省。二湖之间坡度为326英尺，故河由高而下，多激湍及急流。尼亚加拉大瀑布为其中坡度最大者。瀑布中有山羊岛，分瀑布为二，在美国界内者为美国瀑布，在加拿大界内者为加拿大瀑布，以其形似，也叫马蹄铁瀑布。前者阔1180英尺，高167英尺，后者阔3100英尺，高158英尺，在瀑布边上，河阔4750英尺。尼亚加拉瀑布市，在尼亚加拉河东岸，与瀑布相对。

对于这片巨浸的形状和地位,却毫无概念,只渺渺茫茫,感到泉飞水立,浩瀚汪洋而已。

我们坐在小渡船上,从紧在这两个大瀑布前面那条汹涌奔腾的河里过的时候,我才开始感到是怎么回事;不过我却有些目眩心摇,因而领会不到这副光景到底有多博大。一直到我来到平顶岩①上看去的时候——哎呀天哪,那样一片飞立倒悬的晶莹碧波!——它的巍巍凛凛,浩瀚峻伟,才在我眼前整个呈现。

于是我感到,我站的地方和造物者多么近了,那时候,那副宏伟的景象,一时之间所给我的印象,同时也就是永永无尽所给我的印象——一瞬的感觉,而又是永久的感觉——是一片和平之感:是心的宁静,是灵的恬适,是对于死者淡泊安详的回忆,是对于永久的安息和永久的幸福恢廓的展望②,不掺杂一丁点暗淡之情,不掺杂一丁点恐怖之心。尼亚加拉一下就在我心里留下了深刻的印象——留下了一幅美丽的形象;这幅形象,一直永世不尽留在我的心头,永远不改变,永远不磨灭,一直到我的心房停止了搏动的时候。

---

① 平顶岩:巨岩,从前突起而临尼亚加拉大瀑布。1850年6月下陷,现只存一小部。

② 狄更斯的妻妹玛丽·霍格思(Mary Hogarth)有一时期,住在狄更斯家里,为之经理家务,十七岁即夭亡。这儿是狄更斯追念她。林赛(Lindsay)的《狄更斯传》引狄更斯的话说,"那位亲爱的女孩子[她现埋骨于肯色·格林(Kensal Green),伦敦郊区公墓之一]如能活到现在而和我们一起来到这样远的地方,那我还有什么舍不得的呢?不过我相信,自从她那甜美的颜面在人间消失了以后,她一定到这儿来过无数次。"

我们在那个神工鬼斧、天魔帝力所创造出来的地方上待了十天，在那永久令人不忘的十天里，日常生活中的龃龉和烦恼，如何离我而去，越去越远啊！巨浸的砰訇对于我如何震聋发聩啊！绝迹于尘世之上而却出现于晶莹垂波之中的，是何等的面目[①]啊！在变幻不常、横亘半空的灿烂虹霓四围上下，天使的泪如何玉圆珠明，异彩缤纷，纷飞乱洒，纵翻横出啊！在这种眼泪里，天心帝意，又如何透露而出啊！

我一起始，就跑到了加拿大那一边儿，在那十天里就一直在那儿没动。我从来没再过过河；因为我知道，河那边也有人，而在这种地方，当然不能和不相干的闲杂人搀合。整天往来徘徊，从一切角度，来看这个垂瀑；站在马蹄铁大瀑布的边缘上，看着奔腾的水，在快到崖头的时候，力充劲足，然而却又好像在驰下崖头、投入深渊之前，先停顿一下似的；从河面上往上看巨涛下涌；攀上邻岭，从树杪间瞭望，看激湍盘旋而前，翻下万丈悬崖；站在下游三英里的巨石森岩下面，看着河水，波涌涡漩，砰訇应答，表面上看不出来它所以这样的原因，实在在河水深处，却受到巨瀑奔腾的骚扰；永远有尼亚加拉当前，看它受日光的蒸腾，受月华的迤逗，夕阳西下中一片红，暮色苍茫中一片灰；白天整天眼里看它，夜里枕上醒来耳里听它：这样的福就够我享的了。

[①] 这儿的面目，也指玛丽·霍格思的而言。下句"天使的泪"也为哀悼玛丽而流。前面说，看到大瀑布，觉得和造物者相近。造物者即上帝。善人死后上天堂，在上帝身边。玛丽死后也自然在上帝身边，上帝在瀑布所在之地，则玛丽亦必常到其地，故狄更斯联想及之。

我现在每到平静之时都要想：那片浩瀚汹涌的水，仍旧尽日横冲直滚，飞悬倒洒，砰訇渊渤，雷鸣山崩；那些虹霓仍旧在它下面一百英尺的空中弯亘横跨。太阳照在它上面的时候，它仍旧像玉液金波，晶莹明彻。天色暗淡的时候，它仍旧像玉霰琼雪，纷纷飞洒；像轻屑细末，从白垩质的悬崖峭壁①上阵阵剥落；像如絮如棉的浓烟，从山腹幽岫里蒸腾喷涌。但是这个滔天的巨浸，在它要往下流去的时候，永远老像要先死去一番似的，从它那深不可测、以水为国的坟里，永远有浪花和迷雾的鬼魂，其大无物可与伦比，其强永远不受降伏，在宇宙还是一片混沌、黑暗还复掩渊面的时候，在匝地的巨浸——水——以前，另一个漫天的巨浸——光——还没经上帝吩咐而一下弥漫宇宙的时候②，就在这儿森然庄严地呈异显灵。

---

① 英国南部和东南沿海滨的悬崖峭壁，地质成分是白垩质，远看一片白，最著名的是七姊妹，七个白垩质悬崖罗列。英国古名 Albion（拉丁文意为"白"），也源于此。

② 《旧约·创世记》第1章第1节到第3节说：起初上帝创造天地，宇宙是"空虚混沌，渊面黑暗，上帝在渊面行动。上帝说，要有光。于是就有了光"。同书第6章说，上帝降洪水，淹没全世界。

第十五章

在加拿大——多伦多；金兹顿；蒙特利尔；魁北克；圣约翰 又回到美国——黎巴嫩；震颤教村；西点

我不想把美国的社会情况和英国属地加拿大的社会情况互相比较，互相对照。因此我只很简略地把我们在加拿大的游历叙说一下就完了。

不过在我结束尼亚加拉的描写以前，有一样令人恶心的情况，我却不能不提一提；这种情况，凡是到尼亚加拉那儿游览的体面旅客，都不会不注意到。

平顶岩上，有一所小房儿，是导游人住的。那儿出售一些和这个地方有关的小小纪念品；同时那儿有簿子，专供游客签名之用。在放簿子的房间里，墙上贴着一个通告，上面说，保存于此处签名簿和纪念册中的诗篇与留言，请游客勿抄写或摘录。

这些签名簿和纪念册，都四处散在桌子上，像客厅里的书那样，故意乱放；如果没有那个通告，我本来注意不到它们，因为挂在墙上、镶在框子里那些痴言梦语，有头无尾、前紧后松的奇文妙句，就很够我瞧一气的了。但是我看见了这个通告，却不由生了好奇之心，要看一看到底是什么绝妙好词，这样什袭珍藏。

于是我就翻阅了几页，只见原来上面满篇都涂的是人中猪狗所爱好的那种最龌龊、最肮脏的淫秽之词。

人类之中，居然会有这样滥污、下贱的畜类，竟至于把他们的淫词滥言，放在自然最伟大的祭坛的台阶前，这本来就已经够可耻的了；但是，这种东西却会为了供同样的猪狗欣赏而保存起来，并且保存在一个人人能看到它们的公众场所里，这实在得说对于表达它们的文字——对于英文，是一种耻辱（虽然我希望写的人并不都是英国人），同时对于英国当局（这种东西就保存在英属加拿大这一面）也是一种责备。

英国士卒住在尼亚加拉的营房，地势优美，高爽轩敞。其中有些是独门独院的住宅，坐落在瀑布上面的平原之上，本来是打算作旅馆用的。每当夕阳西下，妇女和儿童倚靠平台站立，看门前草地上男子打球或者做别的游戏，那就是描绘活泼之趣、生动之气的小小画图，让从那儿过的人看来，觉得非常可爱。

两国卫戍的地点，离得像在尼亚加拉那儿那样近，戍卒"开小差儿"就难免不常发生。如果我们说，一个兵士，抱有极愚妄的念头，怀有极疯狂的想法，认为对岸可以使他有更光明的前途，有更大的自由，那他想要作叛国行为的动机，受了那种地方对于他那样居心不善的诱惑，不会削弱，反会增强，这种想法，并非不合情理。但是那些真正"开小差儿"的人们，很少有后来得到幸福，或者得到满足的；不但如此，有许多人，还都坦白地承认，说他们大大地失望，而真心想要再回旧队，如果他们确实知道，他们能受到宽大，得到赦免的话。虽然如此，这班人里，还是时时有"开小差儿"的。并且为了要达到这种目的，想游过对岸因而丧了命的,也颇不乏其例。不久以前,就有好几个人,因为想要游过对岸而淹死了;还有一个,就疯了一样,把自己的命,交给了一张桌子,用它当筏子,想渡过河去,结果叫水冲到漩涡里,身子蹂躏糜烂,在漩涡里漩了好些天才不见了。

我总以为,通常说到瀑布的时候,总是把它的声响夸大[①],如果我们把这个瀑布所流入那个深渊的深度考虑一下,这种看法,更有道理。我们在那儿的时候,风从来没大过,也没猛过,但是我们在三英里以外,却从来没听见过它的声音,即便在夕阳西下那种极静的时候,都没听见过,虽然我们时常死乞白赖地试过。

奎恩斯顿是小汽船开往多伦多的起点(或者我应该说,那儿只是小汽船挂口子的地方,因为汽船的码头在对岸路易斯顿),它坐落在一个深秀的山谷里,尼亚加拉河就从这个山谷里流过,它的颜色是一片深绿。到这个市镇得走的路,都是蜿蜒曲折,穿过市镇四围的山上的。从这个地点上看来,市镇特别美丽如画。在这些高地之中最出众的一个上面,有一个纪念碑,是州议会为纪念布洛克将军[②]树的,他在有一次对美战争中,打了胜仗之后阵亡。有一个流浪汉,据说是一个叫莱特的家伙,也许就是现在,也许是以前不久,因犯重罪而入了狱。这个家伙,两年以前,把这个碑炸毁了,所以它现在只成了一片瓦砾,还剩了一块铁栏杆,

---

[①] 渊深则下落体之力大,以尼亚加拉瀑布之高,坠入之渊之深,按理其声音应很大,故夸大者,以常理推之也。而尼亚加拉的声音,实际并不太大,故知以常理推测者,往往夸大也。

[②] 布洛克(I. Brock, 1769—1812):英国少将,在1812年8月打败了美国赫尔将军的军队,1812年10月在奎恩斯顿阵亡。

沮丧的样子，挂在碑顶上，来回摆动，像常青藤的蔓儿或者折下来的葡萄藤儿一样。这个纪念像早就应该用公款修好；这件事，表面上看来，好像不重要，但是实际却很重要。第一，让一个为保卫英国而牺牲了的英雄树的纪念碑，就在他牺牲的地点上，落到这种惨状，是有辱英国的尊荣的。第二，这个地方上英国的居民，看着这个纪念碑现在这种惨状，想到使这个纪念碑落到这种惨状而却没受到惩罚的罪行，那他们所有的那种边疆上的敌忾之气大概不会平静，他们所有的那种疆界争吵和邻境仇恨，大概也不会平息。

我站在这个地方的码头上，看着旅客往一个小汽船上去，我们等着要坐的那一条，就在这条后面。我看着的时候，有一个排长的太太，正带着焦灼的样子，把她的东西往一块儿敛，她很不放心的样子一方面要看着脚夫往船上搬她的东西，另一方面又要看着一个连箍儿都掉了的洗衣盆，怕叫别人拿走。其实那个洗衣盆，本是她的东西里最没有价值的一件，而她却好像对它特别爱护——我一面看着她，一面替她着急。正在这时候，来了三四个老兵，带着一个新兵，攀上了小汽船。

那个新兵看样子很够料儿，身体强壮，躯格健实，不过却绝非清醒。说实在的，他的神气，和一个或多或少地醉了好几天的家伙完全一样。他用手杖的一头，在肩头上挑着一个小捆儿，嘴里叼着一个烟斗。他满身尘土，那个脏劲儿，正和普通的新兵一样。他的鞋，表示他步行走了很远的路。但是他却欢天喜地，把这个老兵的手握一气，又在那个老兵的背上拍一下，同时不断地又说又笑，正是他那样懒狗一般的家伙汪汪乱叫的样子。

那几个老兵,与其说是和这个"雏儿"同乐,倒不如说是拿他作乐;他们站在那儿,一面理着他们的细手杖,一面从他们那高硬领子上面冷静地看着他,神气好像是说,"这会儿你得乐且乐好啦,待会儿你就知道那个厉害了。"——正在这时候,因为那个"雏儿"正一面闹吵吵地大说大笑,一面往后面梯子口那儿直退,却没想到,忽然一下,身落船外,扑通一声,从船和船坞的缝儿中间,掉到河里去了。

一眨眼的工夫,那几个老兵就完全改变了样子,那种令人可赞的情况,是我从来没见过的。几乎还没等到那个新兵掉到水面,他们原先那种军人态度,那种刻板硬直的态度,就一下不见了,他们全身都是勇猛的劲儿,还没用说话的工夫,就揪着那个新兵的脚,把他从水里捞上来了。只见他的衣襟,都倒着蒙在他的眼上,身上所有的东西,没有一样不是翻了一个个儿的,他那身破得都露出丝条来的衣服上,每一根丝条都水流成渠。但是他们把他头上脚下放在地上以后,看到他虽然落水,还是和先前一样,他们就又恢复了原来的军人态度,比先前更稳沉地从挺硬的领子上面看着他。

这个酒醒了一半的新兵,起先往四外看了一下,好像他心里一动,想要对那几个老兵谢救命之恩似的;但是他一看他们那种行若无事的样子,又正好有一个老兵(他是刚才那几个老兵里对他最关切的)骂了一声,把他的烟斗递给了他,他就把烟斗往嘴里一叼,把手往两个湿淋淋的口袋里一插,身上的水连抖搂一下都没有,就吹着口哨,在船上走起来了:那种样子,如果说,他行若无事,毫不在乎,决不足以表达,还得说,他往水里去那一趋，是他存心想做的一件事，而且做得完全成功。

这条小汽船刚一离开了码头，我们要坐的那一条就跟上来了，它一会儿就把我们运到了尼亚加拉河的河口了。只见那儿，一面是美国的灿星与列条迎风飘扬，另一面是英国的联合捷克①迎风招展。二者中间的地带那样狭窄，这一面炮台里的守兵，往往能听见对面那一面的守兵传下来的口令。我们从河口那儿驶进了陆中之海安大略湖，六点半钟到了多伦多。

多伦多四外是一片平坦的乡野，因此没有什么风景可言，但是这个城市本身，却人物熙攘，车马喧阗，商业繁盛，市政修明，街道平滑，煤气灯星罗棋布，屋舍宏壮、整齐，商店完备。商店的窗户里陈列的货物，有许多可以和英国兴隆的郡城相比，有的还可以和首都伦敦比起来都无逊色。那儿有一个很好的石建监狱，还有一个整齐的教堂，一个法庭，有政府各机关的办公厅，有许多宽敞的私人住宅，还有一个市立天文台，专供观察记录磁差之用。市立公共机关之一是上加拿大学院，在那儿，不用花多少钱，就可以得到各门雅丽文翰的良好教育，因为学费每人一年不过九镑。它有许多地作基金，所以很富足，是一个很有价值、很有用处的机构。

刚刚几天以前，就由总督给一个新学院行了奠基礼。这个学院，将来盖起来的时候，一定又整齐、又宽敞，它前面有一条荫路通着，荫路的树已经种好了，可以作公众散步场了。这个城市，不论在哪一季里，都很宜于作增益健康的运动，因为通衢两旁、

---

① 即英国国旗，由三个十字，圣乔治、圣安德路及圣派特里克联合而成。

离开正路的边道，都是用木块铺的，和地板一样，并且永远保持整洁，随时加以修补。

在这个地方，也有剧烈的政治斗争，引起了最使人难信、最令人可耻的后果：这是使我深以为憾的。不久以前，就有人从窗户里向竞选中选出的候补人开枪，把一个车夫打伤了，虽然伤势不重。但是也就在那一次，有一个人被击毙命。而就是从放枪那个窗户里，在前面说过的总督行开幕礼那一次，掩护杀人犯那面旗（不但掩护开枪的人，并且掩护开枪的后果），又挂了出来。在虹霓的七种颜色里，只有一种能够被这样使用；那个旗一定是橘色，[①]那是用不着我说的。

我们午间离开了多伦多，往金兹顿进发。第二天早晨八点钟，到了目的地，这一段行程是穿过安大略湖，坐的是小汽船，途中在后浦港和考伯格挂过口子，考伯格是一个车马喧阗、生意兴隆的小市镇。在这个湖里来往的船上，大宗面粉是主要货物。我们在考伯格和金兹顿那一段路上，船上就装了一千零八十桶面粉。

金兹顿现在是加拿大政府的所在地，它的景象却并不佳，它的市场，由于最近着了一把火，更显得萧条。要讲实话，金兹顿可以说一半叫火烧光了，另一半还没盖起来。政府办公厅既不秀雅、也不宽绰，然而它却是那方近左右惟一的重要建筑。

[①] 十八世纪，爱尔兰北部的英国人组织的会，会员叫作"橘人"，名以保护新教，实在是迫害爱尔兰人，专以杀戮为事。在英语中，黄色表示妒忌仇恨，而橘色金黄，故亦表示妒忌仇恨，如莎士比亚《无事忙》第2幕第1场第305行，"温恭如橘，同时又有些像它那种妒忌之色。"

那儿有一个令人称赞的监狱，管理得法，各方面都井井有条。男囚徒做鞋，搓绳子，打铁活儿，做衣服，做木活儿，做石活儿，盖新监狱，这个新监狱已经接近完成。女囚徒就做针线活儿。女囚徒里有一个漂亮的女孩子，刚二十岁，她在狱里快三年了。在加拿大暴动①的时候，她给那班在海军岛上自称爱国志士的人们传递秘密文件——有时作女子装束，把文件藏在紧身衣里，有时作男子装束，把文件藏在帽里子里，她作男子装束的时候，老和男孩子那样骑马行事；她把骑马看作家常便饭，因为凡是男人能骑的马她都能驾驭，同时她还有赶四马马车的本领，可以和这块地方上最好的名手相比。她有一次，作她这种爱国行动的时候，把她头一匹碰见的马抄到手里，她所以到了她现在所在的地方，就是由于那一次的行动。她的面孔长得很可爱，不过，读者从这段描写里应该可以想得到，她从栅栏后面往外看的时候，她那明亮的眼睛里，隐藏着一个魔鬼。

这儿有一个很坚固的防弹炮台，地势雄壮，毫无疑问，可以抵挡敌人一阵。不过，我却觉得，这个城市，离国境太近了，一遇到战事，不能长久把守。那儿还有一个小小的造船厂，正在那儿给政府造两条小汽船，工作得很起劲儿。

我们五月十号早晨九点半钟，坐着小汽船，离开了金兹顿，顺着圣劳伦斯河往蒙特利尔进发，这条伟丽壮阔的河流，几乎无一处不美，而在我们这次旅程一开始的地方，它在千岛中间蜿蜒

---

① 指1837—1838年加拿大爆发的起义而言，起义军提出了为独立而斗争的口号。

流去的光景，更特别地美，美得几乎难以令人想象。这些岛屿，那样星罗棋布，那样连绵不断，那样草树青绿，林木阴翳；它们的大小那样悬殊，大的要走半个钟头还仍旧岛岸延绵，小的就和一片汪洋中的小酒窝儿一样；它们的形状，那样变化多端；它们上面的树表现出来的美景异象，那样错综繁复：所有这种种，都使这幅图画显得超轶卓绝，其趣无穷。

到了午后，我们驶过一些激湍，只见那儿河水沸腾，浪沫翻滚，迥异寻常，水势凶猛，潮流汹涌，直前急下。七点钟的时候，我们到了狄更孙氏登陆地，河水更是湍急奔腾，危险艰难，汽船不敢行驶；旅客只好下船，换乘驿车，往前走两三个钟头的工夫。这种换车代船的地方，有好些处，每处都很长，再加上路既不平，车又很慢，因此，从金兹顿到蒙特利尔这段路，走得使人非常腻烦。

我们走的路穿过一片广漠无垠、没有篱垣界断的地方，离河岸不远，所以能清清楚楚地看见圣劳伦斯河上标示危险地点的警戒灯。那天夜色昏暗，大气凄冷，旅况很够惨淡的。我们到了接班的汽船停泊的码头，已经十点钟了，我们到了码头马上就上了船，上了船马上就上了吊铺。

船在码头那儿傍了一夜，天刚亮就开了船。晨光一来，就下起一场猛烈的雷雨，到处湿淋淋的，不过后来天气慢慢地好起来，最后放晴了。我吃完了早饭到甲板上去的时候，吃了一惊，只见一个其大无比的木头筏子，顺流而下，筏子上有三四十幢木头房子，至少还有同样多的旗杆，因此整个看来，很像一条水手住的街道似的。我以后也看见过这一类的筏子，但是却都没有这个大。所有从圣劳伦斯河转运出来的木料（或者照美国的叫法，"树料"），都用的是这种浮河而下的方式。筏子到达目的地以后，筏子就拆了，木料就卖了，使筏子的人就又回去再把新的木筏子转运出来。

到了八点钟，我们又登了陆，换驿车走了四个钟头，经过的是一个令人愉快、庄稼茂盛的地方，各方面——庐舍的外表、农民的神气、服装和语言、铺子和客店的招牌、路旁圣母的神龛和十字架，都是法国式的。几乎每个农田工人和孩子，虽然脚上没穿鞋，腰里却都系着一根颜色鲜明的宽带子，一般都是红色的；妇女也都在地里和园里，做各种庄稼活儿；她们所有的人，没有例外，都戴着边儿极宽的平顶大草帽儿。村庄的街上，可以看见天主教神父和慈爱会修女。在十字路侧和别的公共场所，就能看到救主的像。

午间，我们又上了一条小汽船，三点钟到了拉什恩村，那儿离蒙特利尔九英里。到了那儿，我们又舍舟登陆。

蒙特利尔坐落在圣劳伦斯河旁，地势优美。市后丘原高耸，在那上面骑马、乘车，都很令人可喜。市内街道一般都很狭窄而参差，这是所有的时代里法国多数城市通常的面貌。不过在城市近代化那一部分，街道却宽广而显敞。街旁市肆阗列，各货俱备。市区和郊区，都有许多很优美的私人住宅。而花岗石修的码头，更特别美丽，特别坚固，特别宽绰。

这儿有一个很大的天主教大教堂，新近刚修盖的，有两个高尖阁，其中有一个还没完工。在这座建筑物前面，有一块空地，空地上有一个方形砖阁，孤零零、阴森森的，看着很特别，很奇怪，因此当地的一些"伏地圣人"，打算马上把它拆掉。政府办公厅，和金兹顿的比起来，都远远超过。市内人物熙攘，车马喧阗。郊区有一条木块铺的大马路——并不是便道——有五六英里长；那也是一条很有名的马路。在这一带，坐车游逛，由于春天突然来临，更加倍地有意思；因为在这儿，春天来得很快，好像只要一天的工夫，荒凉枯寂的冬天就可以一变而为百花齐放的初夏。

从这儿到魁北克的汽船，都是在夜间航行——那就是说，我们晚上六点钟离开蒙特利尔，第二天早晨六点钟到达魁北克。我们在蒙特利尔的时候（我们在蒙特利尔待了两个星期还多），往那儿去了一次，觉得那儿很美，很好玩儿。

这个美洲的直布罗陀——城市高得令人目眩，堡垒简直像悬在半空一样，街道峥嵘，陡峭如画，城门狰狞，景物俊伟壮丽，到处可见，给访问它的人留下的印象是：又奇特无二，又难以磨灭。

那个地方叫人看了以后，永远不能忘记，永远不能在心里和别的地方混杂，也永远不能在回忆起来的许多景物中有一刻的工夫变了样子。这座富有画意的城市，不但呈现出具体的实物供人观赏，还引起了纷至沓来和丛聚一身的种种联想，都能使一片沙漠变得富有意趣。伍尔夫[①]和他那勇敢伙伴舍命攀登因而不朽的那个峻峭石壁；他受伤致命的场所亚伯拉罕平原，蒙卡姆[②]英勇守

[①] 在英法争夺加拿大殖民地的"七年战争"中，英国将军伍尔夫（J. Wolfe, 1727—1759），于1759年9月12日夜，率领军队，袭取亚伯拉罕高地，打败了法将蒙卡姆。

[②] 蒙卡姆（Montcalm，1712—1759）：法国将军。

卫的那个炮台;他还没死的时候,炮弹给他炸开了的那个军人坟墓——所有这一切,在这个地方所引起的联想里,当然都非同小可,在历史上的勇武事迹里,也当然都非同小可。那个永垂不朽纪念这两位勇将、并同枝连理刻着他们那两个名字的纪念碑,也是高尚伟大的,于这两个大国无所亏负。

市内公共建筑物、天主教教堂和慈善机关,到处都是,但是主要的还是得从旧政府办公所和堡垒那儿眺望,才能看到它那儿那种无与伦比的美丽。美秀、广阔的原野在眼前展开,田林交错,河山辉映,加拿大式的村落长达数英里,成为白条一道,好像一片景物上的一道筋络;近在眼前的古老山镇、山墙、屋顶和烟囱,错落杂陈;壮丽的圣劳伦斯河,在日光下晶莹闪烁,石崖下的小小船只,由崖上远远看来,只见船上的缆索,让日光一衬托,显得和蜘蛛的网一样,同时船上的大桶和小桶,就变成了玩具,水手就变成了一些傀儡戏中的人物——所有这种种景物,以堡垒的内凹窗户作框框,从堡垒沉沉的内屋看来,都显出眼睛所能看到的景物中最光明、最迷人的画图。

每年春季,大量刚由英国或者爱尔兰来的移民,都取道魁北克和蒙特利尔,往加拿大阴山背后的荒林和新殖民区上去。在蒙特利尔的码头上晨间散步的时候(像我常常做的那样),看到移民几百几百地聚在公用码头上他们的大箱小笼旁边,固然可喜;但是和他们在这些汽船上同舟共济,和他们混在一起,冷眼看到他们的活动,听到他们的谈话,令人感到更大的兴趣。

我们从魁北克回蒙特利尔的时候坐的那条船,就挤满了这样的移民,夜里,他们都在甲板上把铺盖放开(至少他们有铺盖的是这样）紧挤在一块儿，密密层层地在我们的房间门外睡下，把我们进出往来的路都堵住了。他们几乎全是英国人——大部分是从格洛斯特郡来的，在严冬中远涉大洋。但是他们把孩子收拾得那样洁净，对子女照顾得那样周到，为子女那样自己刻苦，叫人看着不胜惊叹。

我们尽管可以口是心非，一直到海枯石烂；尽管可以口蜜腹剑，一直到地老天荒；但是我们却不能不承认，穷人讲道德，比富人难得多，因此穷人的懿德嘉行，比富人更彰明昭著。有许多住高楼大厦的人，对于妻儿子女恩爱仁慈，因而理所当然地受人称赞道德高尚，叫人捧到天上。但是，如果你把这种人弄到这儿来，让他们在这个拥挤的甲板上待一待，如果让他们那年轻、漂亮的太太，把华衣美服脱下来，把珠围翠绕卸下来，把梳得光滑的头发披散开，使她们脸上添上几道未老先衰的皱纹，让艰苦、操劳把她们的面目弄得削瘦，面色弄得苍白，叫她们容颜衰老，身穿补补丁的粗衣烂裳，叫他们不要凭借任何别的东西，而只靠他们的爱来打扮她们，来装饰她们，这样，你就可以看出来，他们是否经得起考验了。我们把他们的社会地位完全改变了，使他们环绕膝前的儿女，由接续他们的财产和门第，一变而为和他们天天争面包，一变而为和他们抢本来就不够的饭碗，一变而为和他们分享本来就有限的舒适，一变而为把他们的舒适减到为量极小的程度；我们把孩提时期可爱的甜美，一变而为痛苦和艰难，疾病和孱弱，烦躁不时，喜怒无常，喋喋不止，呶呶不休，我们把孩子们的咿呀由天真烂漫、异想天开，一变而为啼哭索食、呜咽索衣；如果我们使他们这样改变了以后，原先那种慈父，仍旧不受影响，慈爱如前，仍旧耐心、温柔，关心子女，仍旧永远留意子女的苦乐忧喜，如果这种人，在这种改变了的情况后，仍旧能那样，那让我们把他们选送到议会里，选送到讲坛上，选送到法院里，那样，如果他们听到有人大骂流汗终日而仍朝不继夕的人道德堕落，那他们就可以拿一个身临其境的人告诉这班人说，如果把这班骂人的和那班被骂的比一下，那这班骂人的在日常生活中固然是高级的天使了，但是在他们最后要进天堂的时候，他们却不能存有奢想，抱有奢望，而只能羞颜卑词，轻叩天门。

假使我们中间，有人在这样现实中生活，老没有改变的日子，老没有松一口气的时候，那他会是什么样子，谁敢说呢？看到这些移民，远离故乡，庇身无所，穷困无告，颠沛流离，受尽行路的艰难和生活的酸辛——再看到他们那样不辞劬劳，扶养看护他们的子女，那样永远自己半忍饥寒，而把子女的需要放在第一位，看到他们的妇女那样温柔驯顺，永远乐观，永远有信心；看到男人那样受到她们的熏陶，看到他们中间，连一瞬的烦恼，都不会现之于面，一晌的怨言，都不会出之于口：看到这种种情况，我心里就洋溢地涌出一片对于人类更强烈的敬和爱，而深愿多数无神论者，都能从人类这种善良天性一方面，在人生这本书里，找到简单的教训。

我们五月三十日又离开了蒙特利尔，回到纽约，路上先由圣劳伦斯河这一岸，坐汽船到对岸的拉·蒲拉里，然后再坐火车，往香普冷湖边上的圣约翰那儿去。在加拿大最后给我们送行的人，是那个地方上军营里的英国军官（他们这一班绅士，在我们待在加拿大的时候，热诚招待，极尽地主之谊，使我们在加拿大待的每一点钟,都值得纪念)。《扬威吧,不列颠尼亚》[1]的歌声在我们耳边上响的时候,我们离开了那地方。

但是在我的记忆里,加拿大占据最重要的地位,并且永远要占据最重要的地位。很少英国人能看到它的真相。这个地方,正在不声不响地日益前进;从前闹的意见已经慢慢地化除,迅速地忘掉;公方的同心,私人的进取,同样地稳沉,同样地健康;整个的机体,健全精强,脉息平稳,噙张匀称,没有抽风,没有发高烧:所以它的前途是无量的,它的希望是无穷的。我过去习惯的想法,以为这个地方,好像是在跨步前进的社会中落到后面的,好像是没人理会、没人记得的,好像是在睡梦中消磨了时光,浪费了生命的;因此,那儿的劳动力会有那样大的需要,那儿的工资会有那样高的标准,蒙特利尔的码头会那样忙,船只装卸的货物会那样多,各港口的水运会那样繁,商业、道路、公用事业会打算得那样长远,新闻界的品质会那样好,勤劳所能得的合理舒适和幸福会那样大,都是我没想得到的。湖上的汽船,在方便、清洁和安全方面,在船长态度雍容、品性高雅方面,在船上公同交接彬彬有礼、舒适宜人方面,连比起国内素受大家理当敬重的著名苏格兰航船,都有过之而无不及。旅馆都不好;因为这儿在旅馆里包饭的不像在美国那样普通,而构成每个城市大部社交人物的英国军官,又都大半在部队里用饭。但是在别的方面,一个在加拿大旅行的人,可以找到任何地方上如我所知的舒适设备。

美国汽船中有一条——就是在香普冷湖上把我们从圣约翰载

---

[1] 英国爱国歌,歌词出自十八世纪英国诗人汤姆生(J. Thomson)。

到怀特赫尔的那一条——我极为赞扬,但即使这种赞扬,也不过是它理所应得的。我认为它比我们从奎恩斯顿到多伦多坐的那一条好,比我们从多伦多到金兹顿坐的那一条也好,我也可以说,比世界上任何其他地方上的船都好。它名叫波凌屯,在整洁、优雅、井井有条各方面,都做到了完美的地步。它的甲板就和客厅一样,它的房间就是洞房幽室一般,陈设精雅,挂着图片、画儿和乐器;船上每一个角落,每一个旮旯,都表现了优雅而舒适的设备,精美而灵巧的心思。船长西曼(刚才说的那种优雅舒适设备,都完全是由于他那灵巧的心思和高雅的趣味而来)不止一次,在处境危难中显过身手。在加拿大暴动的时候,英国军队没有运输工具,他就不畏艰难,用自己的船,把英国军队运往加拿大,这一功真非同小可。不论美国人,也不论英国人,对于他本人和他的船,普遍地敬重。向来受大家敬重的人里面,从没有像他那样,在他自己的范围内,当之无愧,处之泰然的。①

我们坐在这座浮动宫殿里,不久就又到了美国,当天晚上,在波凌屯挂了一下口子——那是一个美丽的市镇,我们在那儿停了一个钟头左右。以后我们就到了怀特赫尔,不过得在第二天早晨六点钟才能下船。我们本来可以早一点下船,但是由于湖身到了路程那一段,变得很窄,在夜里航行很困难,所以船在夜里只好停航,一停好几个钟头。湖身到了这儿,也实在很窄,都窄得遇到拐弯儿的地方,船必须用绳子拖着才能走过。

我们在怀特赫尔吃了早饭以后,坐驿车往奥尔本尼进发,那

---

① 实际上,这位船长是帮助英国统治阶级镇压当地人民的起义。

是一个交易纷繁的大市镇,我们在炎热的天气里走了半天,下午五六点钟到了那儿,因为现在又来到正是盛夏的地方了。我们七点钟,坐了一条北河①的大船,往纽约去,船上的人拥挤不堪,上层甲板的情况和剧院里休息的时候票房前厅那儿一样,下层甲板就和星期六晚上的陶屯拿姆路②一般。虽然如此,我们还是睡得很稳,第二天早晨五点钟到了纽约。

我们长途劳顿之后,在纽约只休息了一天一夜,就又在美国开始最后一次的漫游。我们还有五天的余闲,然后才坐船回国。我很想到震颤教村③去看一看,那儿住的都是震颤教的教徒,村子就因此得名。

为了达到这种目的,我们溯北河而上,又来到哈得孙镇,在那儿雇了一辆专车,坐着往三十英里外的莱巴农去。这个莱巴农,当然不是我到大草原去那一次过夜的那个莱巴农④。

我们走的这条曲折蜿蜒的路,两旁土地肥沃,风景美丽,同时又天朗气清;利浦·凡·伦克尔和那些神态凄冷的荷兰人那天下午在风地里玩九柱戏那个卡茨奇尔山⑤,在远远的蔚蓝中像崔嵬

---

① 北河:即哈得孙(The Hudson)河下游近入海处的名称。
② 伦敦的一条热闹的街。
③ 震颤教(Shakers):由教友派(Quakers)分出之一派,"震颤"是别人嘲笑他们,给他们取的名字。
④ 美国纽约州哥伦比亚郡有镇名新莱巴农(New Lebanon),距奥尔本尼东南二十二英里。镇包括莱巴农山(Mount Lebanon),为震颤教徒定居之地。又包括莱巴农温泉村(Lebanon Springs),以温泉著称。
⑤ 见欧文《见闻杂记:利浦·凡·伦克尔》那篇故事。

的云一样界天而立，走了好些英里还在望中。我们要上一个峻陡的小山（山根那儿，有一条铁路经过，还正在修建中）的时候，经过一个地方，正碰上是一个爱尔兰人的殖民区。他们眼前本来有丰富的材料，可以盖像样的房子，但是他们的陋室，却那样笨拙，那样粗糙，那样可怜。陋室之中，顶好的也不过刚刚能蔽风遮日；顶坏的，则是土打的墙、草皮做的顶儿，上面满是大窟窿，风就往里吹，雨就往里灌；有的连门窗都没有；有的就几乎要倒塌，都马马虎虎地用木桩和柱子支着；没有一处不是稀破糟烂、肮脏龌龊的。老丑的妇人和蠢笨的少女，猪和狗，大人、孩子和婴儿，锅和壶，粪堆和脏土，乱草和死水湾子，互相掺和，搅在一块儿，这类东西就是那些黑暗、肮脏陋室里的陈设。

我们晚上九十点钟之间，到了莱巴农①，那儿以温泉出名；还有一个大旅馆也很出名。那个旅馆，毫无疑问，很合于麇聚在那儿那班寻求健康和快乐的人所有的脾胃，但是对于我，却说不出来地不舒适。他们把我们领到一个叫作客厅的大房间里，那儿只点着两支暗淡的蜡，从那儿上一层楼梯，又来到另一个叫作饭厅的广漠之野。我们的卧室是一长溜墙涂白灰的小屋子之一，这种小屋子，分列在一条惨淡的过道两边，非常像监狱的囚室，因此，我上了床以后，不断地害怕，惟恐会有人把门锁上，同时，不由自主地听门外是否有钥匙响。附近有澡堂子，那实在是必要的，因为在这个旅馆里洗濯的设备，即便在美国，据我从来所看到的之中，都简陋到极点。不但这样，实在说起来，这些卧室，供人

---

① 这是莱巴农温泉村（Lebanon Springs）。

使用的设备，少得连最普通的奢侈品——椅子——都没有，所以我得说，那儿给客人预备的，什么都不够，只有我们受了一整夜的咬，算是恩德优渥。

不过，旅馆的地势却很优美，早饭也很好。我们吃了早饭，就往我们要参观的地方进发。那儿离这儿大约有二英里，走了不远就看见路标，上面写着"由此往震颤教村"。

我们坐着车走着的时候，遇见一队震颤教徒在路上工作，他们戴的帽子，是宽边帽子里边儿最宽的，从外表上看来，和木头人一样，因此我对于他们的怜悯和兴趣，就和对于船头上的人像一样。一会儿我们来到村口，在一家门首下了车，那儿是震颤教徒出售工艺品的地方，也是他们的长老们办公的地方，我们在那儿请求参观他们的礼拜。

在他们把我们的请求往管事的人那儿请示的时候，我们走进了一个阴森可怖的屋子，那儿有几顶阴森可怖的帽子，挂在几个阴森可怖的钉子上，还有一架阴森可怖的钟，阴森可怖地报时刻，它那个摆每咯嗒一声，它都显出费了一番挣扎的样子，好像它把阴森可怖的沉静打破，都是迫不得已，心怀不服似的。靠墙摆着一溜七八把高背的硬椅子，它们也强烈地染了阴森可怖的气氛，所以让人觉得，宁肯坐在地上，也不愿沾它们丝毫的光。

马上大踏步进来了一个阴森可怖的老震颤教徒，只见他的眼神儿严厉、呆滞、暗淡、冷漠，和他的褂子上和背心上那些又大又圆的铜钮子一样——他整个的人，只是一个不动声色的幽灵。他听到我们的请求以后，就拿出一张报纸来，上面登着他们的长老会（他就是长老之一）前几天发表的声明，说，由于他们的礼拜，有人无理取闹骚扰，他们的圣堂，一年之内，停止对外公开。

我们对于这个合理的规定，是不能反对的，是无可争辩的，因此我们只请求他们允许我们买几件小小的震颤教工艺品。他对于这种请求阴森可怖地允许了。我们于是去到售物室（那也在这所房子里，在穿堂的另一面儿），管售货的只是一件装在土布色的套袋里会活动的东西，据长老说，是一个妇人，据我看，却决想不到是一个妇人，只能姑且认为是一个妇人而已。

他们做礼拜的地方就在路的那一面，是一幢清凉、洁净的木头建筑物，开着很大的窗户，安着绿色的百叶窗，看着很像一所宽绰的消夏凉亭。因为我不能进这座建筑物里面去，除了来回走着看一看这座建筑物和村里别的房子而外（多半是木骨的，涂得深红，很像英国的仓房，有好几层，又像英国的工厂）也不能做任何别的事，所以我没有别的可以向读者报告的，只有买东西的时候所看到的鳞爪。

这些人所以叫作震颤教，是由于他们做礼拜的特殊方式而起。这种方式就是一种舞蹈，男人女人，不分老少，分作两部，相对而舞，未舞之先，男的先把帽子摘了，把褂子脱了，把它们庄重地挂在墙上，然后每人胳膊上扎上一根带子，好像要抽血似的。他们跳的时候，嘴里作着一种嗡嗡营营之声，轮流着一前一后，像小步乱跑一气一样，一直跳到筋疲力尽为止。这种舞法，让人看着，据说是不可言喻地荒谬可笑；我有一张图片，画着他们做礼拜的样子，据看见过他们做礼拜的人说，画得非常精确。由那个图片上看来，他们的礼拜一定是离奇千端，古怪万种。

他们的"主持"是一个妇人，她有一个由长老组成的参事会相助办理，但是据人们的了解，她的权力却是绝对的，无限的，人家都说，她住在圣堂上面，占用着好几个房间，深居高拱，从来不肯对肉眼凡胎现露色相。如果她也和那个管售卖物品的妇人一样的话，那她这样深居高拱，得说是大慈大悲，我对于这种仁德别无他求，只有深表赞同。

这个团体的财产和收益，都属于教民全体，由长老管理。因为他们的信徒，有许多是从家道殷实的人们中间来的，同时他们又都克勤克俭，所以，据大家的了解，他们的资金越来越雄厚，特别是他们买了许多地。莱巴农并不是惟一的震颤教徒定居区；我的印象是，他们另外至少还有三处。

他们都是种庄稼的好手，他们农田上的出产都是大家所乐于购买，极为重视的。"震颤教种子"，"震颤教草药"，"震颤教蒸馏水"，都是大城小市的铺子里经常登报出售的东西。他们还都是畜养牛马的能手，对于哑巴畜类，护惜仁爱。因此，震颤教的畜类，永远货无停留。

他们和斯巴达人一样，在一个很大的共同饭桌旁，一同饮食。两性间没有结合，每一个震颤教徒，不论男女，都过独身生活。关于这一方面，谣言很多；不过这个问题，仍旧可以把那个管售卖物品的妇人提出来，求得解决；我应该说，如果震颤教的妇女多数都像那个妇人那样，那么这种诽谤的谣言，很明显地都断然使我相信，毫无根据，绝无其事。不过他们收的门徒，有的非常年轻，根本还不懂事，在这一方面或任何别的方面，根本还不能有什么主张，这是我可以断言的；因为我看见他们在路上工作的人里面，有的青年，就非常年轻。

人们都说，他们锱铢必较，善于争论价钱，不过同时，在他们的交易中，又很公平诚实，连卖马的时候，都不肯骗人，讨便宜；本来贩马这种营生，不知由于什么还没发现的原因，向来都几乎是和骗人、欺诈分不开的。不论什么事，他们只是老老实实地自行其道，在他们那种阴惨暗淡的社会中共同过活，毫无干扰别人的意图。

这自然很好；但是，我却得承认，这一派人，总不能使我倾心，总不能得到我的青睐，总不能使我对他们宽容，总不能使我为他们辩护。把生活中一切健康的优美文雅剥夺，把青年天真的乐趣压制，把壮年和老年愉快的装饰毁灭，把人生弄成了一条只是走向坟墓的狭窄路径，这种精神，不论是哪一派所有，哪一宗所主张，都得说是恶劣，都是我最痛恨、最憎恶的；这种令人憎恨的精神，如果能在世界之上，大行其道，大施其威，那最伟大的伟人所有的想象力，都要弄得摧毁无余，都要变得一干二净；这种精神，能使那班本来能为后世下代创造不朽形象的人，都变得在那一方面和野兽一样；这种宽边的帽子和阴惨的褂子，这种浑身刻板死沉、满面阴惨抑郁的礼拜之人——简单言之，不管外表如何，衣服如何，不管是抽风教里的短发，也不管是印度庙里的长钉子①——我都认为，是天上人间最坏的敌人；他们在穷人的

---

① 印度苦行的人，特别是叫作法奇的（fakirs，伊斯兰教或印度教的行乞徒），用钉子扎自己，或坐在有钉子尖儿的板子上。

婚礼筵席上,不是把水变成甜酒①,而是把水变成苦胆。如果世界之上,有一些人,一定赌咒发愿要把人类无害的游戏,人类爱好天真的欢笑和愉乐的天性,都摧残毁灭了(这种东西也和我们人类共有的爱与希望一样),据我看来,就应该把这种人,和满腹亵渎、满口淫秽的人,一样地当众揭露出来,好叫连是白痴,都知道他们所走的不是永生的道路,都知道鄙视他们,都知道马上躲避他们。

我就这样,对年老的震颤教徒怀着衷心的恨,对青年的震颤教徒怀着无限的怜——同时想到,这班年纪极轻的震颤教徒,到了年纪更大一些、道理更明白一些的时候,会逃跑——这种逃跑,并非少见——而离开了震颤教村的。我们回到莱巴农,又沿着头天的来路,回到哈得孙,从哈得孙,坐着汽船,顺着北河往纽约进发。不过在还差四个钟头就要到纽约的地方,西点②,停了一下,我们在那儿过的夜,待了第二天一个整天和一个整夜。

这个美丽的地方——北河高地上一切优美、可爱的地方中最优美的地方——围在深绿的冈峦和荒废的炮台之中,俯视远处的纽波格镇,傍着日光辉煌的闪烁水道,偶尔能看见有小舟东一点西一点地出没,舟上的帆,由于山中峡谷间阵阵吹来的风,都时时转移方位,同时,四围到处都是华盛顿的遗泽和

---

① 《新约·约翰福音》第2章第1—11节,耶稣在娶亲的筵席上,把六口缸里的水都变成了酒。

② 西点:本为一村,在纽约北四十五英里,为纽约郡东部哈得孙高地(Highlands of the Hudson)突起点之一。美国陆军学院所在地。纽波格后为城,在纽约北五十五英里。

革命战争的遗迹——这个美丽的地方，就是美国的陆军学院所在地。

设立这种学校，就找不到比这儿更合适的地方来；任何别的地方，也很难比它更美丽。那儿的课程很严，但是却计划得很周密，训练人的刚坚勇武之气。在六、七、八这三个月里，年轻的学员都在学院所在的那块广阔平原上露营。一年之中，他们每天都作军事训练。国家规定，在这个机构里的学员要学完四年。但是到这儿来的人，能完成四年的，不过半数。这也许是由于训练太严格，也许是由于美国人的性格不能受拘束，也许是二者都有关系。

学员的名额，差不多和国会议员的名额相等，每一个议员选举区选送学员一名，什么人入选往往是由于该区议员的关系。军职的任命，也是按照这个原则进行的。学院各教授的住宅，都占极优美的地势；那儿还给客人预备了一个很好的旅馆，不过旅馆有两个缺点：（一）完全禁酒（学员不许喝葡萄酒和烈酒），（二）开饭的时间，对于一般客人，极不舒适——他们七点钟吃早饭，一点钟吃正餐，日落时吃晚饭。

这个恬静的僻处，在初夏的新绿中——那时正是六月初——真美极了。我们六号离开了那儿，回到了纽约，第二天就上了船，开始回国的征途。我们离开纽约最后值得纪念的美丽景物是卡次奇尔山、昏睡之谷和塔盘海①，在我们的前面一一疾飞而过，在晶

---

① 都见于欧文的《见闻杂记》；卡次奇尔山是故事《利浦·凡·伦克尔》的背景；昏睡之谷和塔盘海是故事《昏睡之谷传说》的背景。大匠当然指欧文而言。

明的远景中,由冲淡而缥缈而消失;那都是大匠笔下描绘的画图,永远在人们的脑子里留有清新的印象,不容易在尘土的掩埋下变得模糊,变得暗淡。这是我当时想来极为愉快的。

第十六章
归　途

我以前对于风向和风力，从来没像盼望已久的六月七号（星期二）那天早晨感到那样大的兴趣；恐怕即便将来，也永远不会再感到那样大的兴趣。头一两天就有航海的专家告诉过我，说"只要风里占上一个西字的边儿就成"；所以，天一亮，我急忙下床，把窗户开开，觉到习习地扑面而来的微风，正是从西北刮来的（那是夜里刮起来的）；那时候，西北风使我感到那样清新，使我联想到那么些快乐，因而我对于一切从那个方向吹来的大"气"，立刻发生了特别的好感；我敢说，这种好感，要永远藏在我的心里，一直等到我微弱无力地喘最后的一口"气"、和万物的逆旅永远告别的时候为止。

领港的看到顺风，毫不怠慢，因时乘势，启碇开船；昨天那条船本来挤在众船麇集的船坞里，简直没有出航的机会，大可以告老退休，不再问世事，现在却离开船坞，足足有十六英里之遥了。我们坐着小汽船，很快地跟随而至，看到它泊在远处，高桅亭亭，凌霄俏立，绳索纵横，桁樯交错，纤如毫发，刻画清晰，真是雄壮威武；我们都上了那条船之后，锚在粗壮的"呵，哎吆呵！"的合唱声中拔起，船在蒸汽拖船后尾的白踪中豪迈地前进，也真是雄壮威武；但是，船把纤绳抛出，帆在桅上扬起，白翼猎猎，御风凌空，无拘无束，长途独征，那时候，船的雄壮威武，就到了无以复加的程度了。

在后舱①里，我们一共只有十五个客人，大部分都是从加拿大来的，有些在加拿大就早互相认识了。那天夜里天气恶劣，暴风频来；第二天、第三天也都一样；但是日子却过得很快。我们有一个忠诚老实、坚强勇敢的船长带着我们，我们自己又都决心想要互相体谅、互相讨好，因此我们不久就又高兴又舒适地打成一片，那样和衷共济，和向来任何同舟或者同车的人比起来，都毫无愧色。

我们八点钟吃早饭，十二点钟吃午点，三点钟吃正餐，七点半钟吃茶点。我们有许多娱乐，而吃正餐就是其中主要的一种；这一来是因为正餐本身就很好玩儿，二来是因为我们吃正餐的时间特别长，包括每两道菜中间很长的间歇，一般很少短过两个半钟头的；在这样长的时间里，就永远可以搞出些花样来。例如为了使这段很长的时间，由腻烦变为愉快，饭团里的低级成员——水手们——就组织了一个特别团体（团长是谁，由于他非常谦逊，我不便说出来）；因为这个团体，极会使人欢畅、快活，所以非常受一般人的欢迎（不算有偏见的人），特别受一位黑人茶房的欢迎，他让这班组织起来的杰出之士那种惊人的诙谐，逗得一直有三个星期之久，老把个嘴咧着。

同时，会下棋的人有棋可下，会玩牌的人有默牌，有克里必

---

① 后舱是高级房间所在的地方。

直牌和特别成套的牌①可玩，此外还有双陆和转轮戏。不论什么天气，晴也好，阴也好，有风也好，无风也好，我们大家都待在甲板上，有的两个两个地来回溜达，有的一簇一簇地一块儿闲谈，有的躺在小船②上，有的靠在船帮那儿。船上要听音乐，也是机会不少的；因为旅客中，有会拉手风琴的，有会拉小提琴的，还有会吹带管子的喇叭号的（他经常是早晨六点钟就开始）；这几种乐器，在船上一齐奏起来，虽然不在一个地点上，却在一个时间内，虽然彼此调子不一样（每人当然都觉得自己奏的极使人满意），却像有的时候那样，彼此都听得见，这样一来，结果真是一片嘈杂，都到了超逸卓越的程度。

如果所有这种种娱乐都玩腻了，会有出没隐现的帆船，供你观赏；这种帆船，有时像船的幽灵一样，在蒙蒙的迷霭中隐约高耸，又有时就在离我们很近的地方驶过，都近得从我们的望远镜里能看见它甲板上的人，能很容易地认出它的名字，能看出来它往哪儿去。我们都能一连好几个钟头，一直老看海豚和海猪，在我们船旁，又打滚儿，又跳高，又扎猛子。再不就看那些更小一些的动物——卡莉老大娘的鸡③——在空中飞翔；它们从纽约湾起，就和我们作伴，有两个星期之久，一直跟在我们船后扑打。时而有好几天的工夫，根本没有一丁点儿风，或者只有一点儿风丝，那时候，水手就都钓鱼为乐。有一次，一只倒楣的海豚，让

----

① 这种成套的牌专为玩奥塞尔（author）牌及同类的牌而备。
② 大船上带着小船，像救生船之类。
③ 就是海燕，为水手的叫法。

他们钩上来了，于是它就那样身上五彩绚烂地在甲板上窒息而死。这件小事，在我们那种寂寥的日月中，竟成了非常重要的大事，我们都用海豚纪年，把它死的那一天作新纪元的开始。

除了这种种情况以外，我们开了船五六天以后，大家都盛谈起来，说要有冰山出现。在我们离纽约以前一两天进港的船，曾看见过很多这样流动的岛屿；我们现在到的地方，天气忽然变冷了，晴雨表上的水银也下降了，这都警告我们，说我们离冰山出现的危险地带大概不远了。在气压和气温没有回升以前，守望的人加双班，天黑以后，大家都老喊喊嚓嚓地谈船撞冰山、夜里沉没的怕人故事。但是由于风向的关系，我们得取道偏南的地方，所以我们没看见冰山，过了不久，天气就晴朗暖和了。

我们的生活里最重要的一个项目，就是每天正午观察太阳，观察了之后，再定船行进的方向；这本是可以想得出来的。我们中间，对于船长的计算有所怀疑的智士，也并不乏其人（这本来永远是这样的）；他们在船长刚一转身的时候，就用线头儿、手绢边儿和蜡剪尖儿，代替罗盘，比量海图，明明白白地证明出来，船长的计算，差了有一千英里左右。看到这班怀疑的人摇头、皱眉，听到他们大谈特谈航海、使船，实在是受益匪浅；他们并非真懂得什么航海术，而只是一遇到没有风的时候，或者一遇到风不顺的时候，就对船长不信服起来。一点不错，晴雨表上的水银，都没有这班旅客那样善于变化。如果船威武地在海中前进，你可以看见他们对于船长敬服得脸都白了，起咒发誓地说，这个船长真好，任何他们听说过的船长都不及他；甚至于还透露出来，说要捐钱给他打银杯。但是第二天，风静下来了，所有的帆都在呆呆的大气中奄拉着,丝毫不起作用了,他们就又很丧气的样子摇起头来,撅着嘴说,他们希望船长真是个行家才好——其实心里正自以为聪明,怀疑他呢。

即便在纹风不动的时候,我们都有事可做,因为那时候,我们就一个劲儿地琢磨,顺利的风到底什么时候会刮起来,按照所有的前例和规律明明白白的指示,顺利的风早就应该刮起来了。大副因为热心吹口哨儿呼风[①],大家都敬重他,说他有恒心,能坚持,连怀疑派都说他是个头等的好水手。在吃饭的时候,许多人都从房间的天窗那儿抑郁地看奄拉着的帆;有些因悔恨而狂妄起来的人,竟大言不惭地说,我们总得到七月中旬才能登陆。船上永远有一个乐观者,有一个悲观者。在旅程这一个阶段里,悲观者完全胜利,每到吃饭的时候,都耀武扬威地质问乐观者,问他"大西方号"(比我们晚一个星期离开纽约的)现在在哪儿?他以为"丘纳得"[②]的汽机邮船现在在哪儿?他现在觉得帆船比起汽船来怎么样?他对乐观者不断这样恶毒地进攻,后来把那个乐观者闹得没有办法,为求心里安静、耳根清净起见,只好也装起悲观来。

这都是娱乐节目以外的饶头。但是除了这个,还有另一种可以供人观察的现象。原来我们这条船的三等舱里,装了几乎有

[①] 英国水手中间,有一种迷信想法,认为魔鬼有呼风的能力,而水手在船上吹口哨,是助鬼为虐。但在风静的时候,则又喜吹口哨,认为能把风呼来。

[②] 丘纳得邮船公司,为沙木尔·丘纳得(Samuel Cunard, 1787—1865)于1839年所创,总经理处设在利物浦。后来发展为丘纳得汽船公司,船只专往来大西洋。参看本书第1页注[①]。

一百个客人——他们都是穷人，自成一个团体。他们白天在下层甲板上透空气，做饭，甚而时常吃饭，因此我们有机会看到他们，这样对于他们里面有些人的面目就熟起来了。熟起来以后，我们可就生出了好奇心，很想了解一下他们的身世：原先抱着什么希望来的美国？现在又为什么要重回故国？他们的一般情况如何？我们从管他们的一个木匠那儿，知道了一些关于这几方面的情况，叫人听起来，都往往觉得是顶奇怪的。他们里面，有的人在美国只待了三天，有的只待了三个月，又有的出国的时候坐的船，就是现在回国的时候坐的这一条。有的把衣服卖了，凑办路费，弄得几乎衣不蔽体；又有的就没有吃的东西，靠大家乐善好施，舍给他们。其中有一个——他的情况是在旅程快完的时候才发现的，以前没人知道，因为他极端保守秘密，不求别人可怜他——什么吃的都没有，完全靠洗盘子的时候，捡后舱的客人吃剩下的肉骨头、油渣子过活。

　　装载、运送这班不幸者的整个制度，都需要彻底加以改善。如果有任何人应该得到政府的保护和援助，那就是这一班仅仅为求一饱而远远流浪异国的人。船长和船上的职员，对于这些可怜虫，可以说是尽了怜恤、仁爱之能事，给了他们帮助，但是他们还需要比这个更大得多的帮助。至少在英国一方面，应该有法律规定，一定不许把这种人一下过多地挤到船上，一定要给他们预备像样子的寄身之地，不要逼着他们胡搞乱来，伤风败俗。同时，为普通的人道起见，应该有法律规定，这班人上船之先，一定要有法定人员，检查他们的食粮，看是否至少勉强够一路用的，如果不够，就不许他们上船。此外还应该规定，一定要给他们备有医务人员，或者要求有关方面，给他们备有医务人员。现在这种船上，虽然路上大人得病，小儿死亡，是最常见的事，却根本没有这种安排。最重要的是：移民包办商人，把整个下舱，连"杆"在内，包了下来，用尽了方法，拼命地拉穷人，越多越好，把他们都一齐尅到船上，绝对不管舱里容得下容不下，绝对不管床位够不够，绝对不管男女是否混杂，绝对不管任何情况，只要他们能马上赚钱就成，对于这种制度，无论是什么样的政府，君主也好，民主也好，都应该出头干涉，加以制止。但是连这种情况，也还不是这种恶劣的制度里顶坏的一方面。还有更坏的是：这种移民包办商人，用了一些专设圈套、使人入彀的承揽人，他们招揽一个乘客，就可以取得一份扣用，所以他们经常在生活贫苦、人心不安的地区旅行，对那些轻易信人的人们，花言巧语，引诱欺骗，把移到外国说得天花乱坠，其实完全不能兑现，因而使那些人陷于更大的苦恼之中。[①]

船上这一班人里，每个人的家庭历史，都差不多和别人的一样。他们攒一点钱，借一点钱，把东西卖了换一点钱，凑办路费，然后来到纽约，以为纽约的街道，都是黄金铺的，却不知道，那儿铺的，并不是黄金，而是又硬又毫不含糊的石头。市场不景气，劳工不需要，工作倒是有，但是工资却没有。他们回国的时候比他们出国的时候还穷。他们里面有一个，拿着一封没封口的

[①] 英国诗人兼小说家、历史家米勒（T. Miller, 1807—1874）在《伦敦速写》（*Picturesque Sketches of London*，1852）第6章里，有关于移民更详细、更凄惨的描写，和狄更斯写的可以互相参照。

信,是一个英国年轻的匠人,在纽约待了两星期,就写给他一个离曼彻斯特①不远的朋友的,极力劝他那个朋友也到纽约来。船上一个职员,把这封信当作一件稀奇东西,拿给我看。信上这样写的:"捷姆,我现在来到美国了。我喜欢美国。这儿没有专制;这是最要紧的事情。各方面都抢不到劳工,工资又很高。你只要说,'我想做什么',捷姆,你就可以做什么。我还没决定做什么,不过也快。现在我还没拿定主意,不知道做木匠好呢,还是做成衣匠好。"

还有另一种旅客,不过这种旅客,只有他一个,在微风不动或者风力太小的时候,是大家经常谈论、经常观察的对象。他是一个英国水手,从头到脚,都表现出英国兵船上的水兵那种俏利、健壮。他在美国海军里服务;现在请假回国,看他的亲友。他到票房订船位、买船票的时候,有人对他建议过,说他既是一个有全副本领的水手,那他很可以在船上服务,那样他就不用花钱了。但是他对这个建议愤怒地拒绝了。他说,"他总得有一次,像个体面人那样坐一趟船,否则不如不活着。"这样,他们就收了他的船费。但是他刚一上了船,却就把行李茓在水手舱里,加入水手的饭团,头一次船上的水手全体出勤的时候,他像一只猫一样,头一个攀上了桅杆。一路之上,他爬桁是头一个,攀索是头一个,无论做什么,都有他一份儿;但是他却永远在态度上显出了一种冷静的尊严,在脸上显出了一种冷静的微笑,分明是说:"你们要明白,我这是以一个上等人的身份,当作玩儿票,干这种活

---

① 英国一个有名的工业城。

儿的！"

等到后来，闹到末了，大家盼望的风，当真果然，的的确确，刮起来了。我们的船于是就乘风因势，把每一个帆都扬起来，雄壮威武地冲烟破浪，飞驶而前。船上群帆高张，帆影高映，船在浪花中奔驰而去，那种凌厉无前的雄壮气概，使人觉得有说不出来的骄傲和欢悦。我最喜欢看缘着白色宽边的绿浪，在船扎到浪沫喷涌的谷里那时候，跟在船后面冲上前来，把船随随便便地拱起，在船再度落下那时候，又在船的四周围回旋喷涌；但是不管船起船落，它们都永远把船当作是自己高傲的王后那样环拱拥抱。我们老是往前飞驶又飞驶，因为现在我们到的地方，天上老是白云如絮，时聚时散，所以海上也老是波光变幻，时明时暗；白天有太阳照耀，晚上有月亮映射；风信旗就一直老往故国那一方面指，又是顺风的忠实标志，又是我们高兴的心意所向的忠实标志：这样一直到一个晴朗的星期一早晨——那是六月二十七号，我不容易忘记的一天——在日出的时候，古老的清明地角①（上帝加福于它！）从晨雾中，像一片云一样，在我们面前出现——对于我们，一切把人间的天堂——故园——遮掩了的云，这是最光明、最受欢迎的。

在整个广阔的海天中，这片云虽然只是一个模糊的小点，它却使刚出来的太阳，叫人看着更高兴，使它变得含有一种在海上好像遇不到的人间趣味。在那儿，也和在任何别的地方上一样，太阳的重来，使人起希望更新、喜悦再临之感。但是光明照在一

---

① 在爱尔兰南端。

片荒凉的海上,把海上的寂静,无限广漠地显出,那种庄严气象,连把海洋掩盖在黑暗和神秘之下的夜,都不能超过。月亮的升起,更和海洋的寂寥互相协调,那种伟壮中含有抑郁的气氛,在它柔和而温柔地感染人的时候,好像一面使人伤感,而另一面却又给人安慰。我记得,我还是一个很小的小孩子那时候,曾幻想过,以为月亮反映在水里的影子,就是好人的灵魂要往上帝那儿去的时候走向天堂的通路。我在静夜的海上看着月亮的时候,这种旧日的幻想,往往就又回到我的脑子里。

在那个星期一的早晨,风虽然不大,却仍旧是从船后面刮来的;因此,我们慢慢地就把清明地角撂在后边,顺着一直在望的爱尔兰海岸往前驶去。我们那时候怎样快活,怎样对"乔治·华盛顿号"忠心,怎样互相祝贺,怎样大胆估计什么时候一准能到利物浦,都是很容易就可以想象,很快就可以了解的。至于我们怎样热烈地在那天吃饭的时候给船长祝寿,怎样急不能待地收拾行装,怎样有两三个最乐观的人,因为离岸那样近,认为睡觉不值得,打算干脆不睡,却仍旧睡下了,还睡得很熟;又怎样旅程的终点那样近,使我们像在甜蜜的梦中一样,惟恐醒过来:这也都是很容易就可以想象,很快就可以了解的。

第二天刮的仍旧是帮助我们的顺利微风,我们的船仍旧威武雄壮地乘风前进。我们时时老远看见卷起帆来、减低速度的英国船,在归国的途中,而我们的船,却把每一英寸的帆都扬起来,欢乐地从它们旁边飞驶而过,把它们远远地撂在后边。傍晚的时候,暮霭迷蒙,又下起毛毛细雨来,后来细雨更密,我们于是就像在云中行驶一样。我们就这样像一个船的幽灵似的,在水上轻拂疾掠。许多人都焦灼地仰起头来，看桅上守望哈里亥得①出现的水手。

后来，长久盼望的喊声到底发出来了，同时，前面的烟雾迷蒙中，透出一道亮光来，一会儿出现，一会儿不见，一会儿又出现。每逢它一出现，船上每一个人的眼睛，也都跟着它一齐发亮，跟着它一齐闪烁；我们都站在那儿，看着这个耸立在哈里亥得崖头上的转灯，说它如何光明，如何像朋友一样，殷勤告诫。总而言之，我们大家都捧它，说它如何比任何塔灯都好，一直到它远远地落在我们后边，亮光又微弱了的时候为止。

那时，我们放了一声号炮，给领港的打招呼。还没等到号炮的烟散去，就有一只小船，头桅上点着灯，在黑暗中很快地朝着我们驶来。于是，由于我们的帆掉转了方向，一瞬之间，小船就傍到我们的船上了，哑嗓子领港的本人，穿着粗呢短外衣，披着披肩，把饱经风霜的脸都裹到鼻梁子那儿，也毫不含糊地站在甲板上我们中间了。我想，如果当时那个领港的跟我们借五十镑钱，还期不定，担保无着，那不用到他的船跟在我们的船后面，或者说，不用到他带的报纸上每一段新闻都变成了船上大家共有的资料（这两种情况，实际是一样的），我们就一定会把钱凑齐了，借给他的。

我们那天夜里，睡得很晚，而第二天早晨，却起得很早。六点钟的时候，我们就都一簇一簇地聚在甲板上，老远看着利物浦

---

① 在利物浦西面不太远一个小岛上，西面正对爱尔兰首都都柏林，上面有灯塔。

的尖阁、屋顶和烟气了。八点钟的时候,我们就都进了一家旅馆,最后一次一块儿吃起茶点、喝起酒来。九点钟的时候,我们就互相一一握手,船上的团体就永远解散了。

我们坐着火车咯噔咯噔地往前走去的时候,一路上所经过的田野,简直和花木畅茂的花园一样。美丽的田园(它们看着那么小!),成行的树篱,葱茏的树木,小巧的村舍,缤纷的花坛,古老的教堂坟地,古老的房子,一切熟悉的景物,这一次的旅行给我的快乐,多年的欢畅集中到夏天一天的短短时间以内,而以故国和一切使故国叫人亲爱的东西作结束——所有这一切,都不是我口所能道,笔所能绘的。

第十七章
奴隶制度

在美国，拥护奴隶制度的人，可以分作三大类（关于这种制度的残酷暴虐，如果没有充分的证明和根据，即便片语只字，我也一概不谈）。

在这三大类里，第一类是那班把人当牛马而态度却较温和、心地却较明白的主人；这班人，本是把奴隶当作经商资本里一些货币那样，而把他们弄到手的；但是这班人却也承认，这种制度，从理论方面看，令人憎厌；他们还能看出来，这种制度，对于社会含有危险——而这种危险，尽管现在还好像离得很远，还好像迟迟其来，但是，像人类受裁判的末日一样，它早晚一定要来，向犯了罪的社会报复，却不容怀疑。

第二类是所有一切占有、蓄养、役使、买卖奴隶的人，而他们那种占有、蓄养、役使、买卖奴隶，又都是不顾一切的、又都是不到这本血账用血还清了那一天不肯罢手的；对于这班人，这种制度的可怕，虽然证据多如山积，任何别的事物都提不出能和它相比的数字，虽然那样多的证据不必他求，在每天的日常生活中就俯拾皆是，而这种人却瞪着眼不认账，非顽强地说这种制度没有什么可怕之处不可；这班人，不论这会儿，也不论任何别的时候，都会欣然使美国卷入战争的漩涡，对内也好，对外也好，反正战争惟一的目的和企图，得使他们能有权力，永远维持奴隶制度，能有权力鞭打奴隶、驱使奴隶、折磨奴隶，而却不受任何法令的干涉，不受任何道义的攻击；这种人说起自由来的时候，他们指的是对同类压迫的自由，是对同类野蛮、对同类残酷、对同类暴戾的自由；在共和制度的美国里，这班人中的每一个，都是他自己势力范围内的暴君，比身穿赫然可怖的猩红袍那个哈龙·阿拉什德教王①还要更苛刻，更严酷，更无法无天、为所欲为。

第三类，人数并非顶少，势力并非顶弱，都是很娇气的文雅绅士；他们决不甘心居于别人之下，也决不允许别人和他们平起平坐；共和主义对于这一班人是这样的："我决不能让任何人居我之上，也决不能让居我之下的人离我太近；"这班人，既然生在把自愿为奴看作是耻辱而避之惟恐不远的国家里，那他们那种高自标置的倨傲，就只好在奴隶身上寻求满足了；那他们那种不可剥夺的权利，就只有靠凌虐黑人而成长了。

有的时候，有人强调表示过，说在共和的美国提倡人类自由这一伟业而并未获成功的努力中，（这种伟业，让历史家写起来，

---

① 哈龙·阿拉什德：巴格达（Bagdad）的哈里发或教王（786—809），权势极盛一时。但此处所说，则为《天方夜谭》（狄更斯最喜欢的书之一）里出现的哈龙，书中许多故事，都是以哈龙为主角或与哈龙有关。最代表他那残酷的是故事《捷发尔的下场》。在故事《阿拉·夏麻特》里说，哈龙因失物而盛怒，穿上了他那赫然可怖的红绸长袍；他穿起这件袍子，任何人叫他撞见，都要受灾殃。（"赫"原义红色，转为"怒"，原文"angry"本为怒，转为"红"。这两个字双关。）

真得算是怪事!）第一类人的存在并没有受到足够的注意；又有人曾争论过，说把这一类人和第二类人混为一谈，是不公平的。这种说法，毫无疑问，都符合实情。因为在第一类人中间，牺牲金钱利益和个人利益的高尚举动，已经出现了；而现在这样把他们和拥护解放奴隶的人们之间存在的鸿沟越来越加宽，越来越加深（不管是怎样加宽，怎样加深的），只有使人深以为憾；不错，很应该深以为憾；因为在这班奴隶主中间，毫无可疑，有好些是心慈的人，在行使他们那种实在违反人性的权力的时候，是以温柔的态度出之的。话虽如此，我们却总觉得，这种人受的这种不公平的待遇，是和那种不得不诉诸人道和真理以求解决的事态分不开的。不能说，因为有些人，能部分地不受奴隶制度那种使人狠戾的影响，而就认为这种制度有丝毫还可容忍之余地。也不能说，因为义愤的怒潮，在前进的时候，淹没了无数罪人之中几个比较可算无辜的人，而这种怒潮就应该停止前进。

拥护奴隶制度的人中间这种稍微好一些的人最普通的论据是这样的："这个制度是不好的，论到我自己的话，如果我办得到，我情愿废除这个制度——极端情愿。不过这个制度并没坏到像你们在英国所想象的那种样子。你们是叫解放奴隶派所说的那些话蒙蔽了。我的奴隶里面，就有一大半是我的忠仆。你要说啦，这是因为你不肯叫他们受到太严厉的待遇，所以他们才对你忠心。不过，我问你这样一句话好啦，不拿奴隶当人待，是不是要减低奴隶的价值？那是不是显然和主人的利益冲突？如果是的话，那你想，不拿奴隶当人待还能普遍流行吗？①"

盗窃、赌博、狂饮弄得体力和脑力都毁了，撒谎、作假证②、肆意怨忿、不顾一切报仇雪恨，还有设谋杀人——难道这类事是于任何人有利的吗？决非于任何人有利。所有这一类事，都是走向毁灭的道路。但是为什么还是有人在这些道路上走呢？因为人性中有恶的一方面，要在这些道路上走，就是属于那一方面的。你们这些拥护奴隶制度的人哪，你们从人类各种情欲里，先把兽性的淫欲、残酷的暴戾和一朝得手对于权力的滥用（在尘世凡人身上所有的诱惑里，这是最难抵抗的）这些天性，都铲除了好啦；不是你们把这些情欲都铲除了以前，而是你们把这些情欲都铲除了以后，我们才能探讨一下，在一个奴隶主对于奴隶的生命和肢体有权随意处置的时候，他鞭打奴隶，戕贼奴隶，是否对他自己有什么利益。

不过还有一节：这一班人，还有我所说的人里面最后那一类——就是由冒牌共和国蕃殖出来的那种可怜的贵族阶级——他们大声疾呼，说"舆论就很可以制止你所谴责的那种残酷的了！"舆论！舆论是什么！在蓄奴各州里，舆论就是奴隶制度的化身，

---

① 狄更斯在美国的时候给伐斯特一封信里，曾有同样的话："前几天，有一个面目狠戾、相貌丑恶的家伙对我说，'一个人，虐待他的奴隶，是于自己不利的；你在英国听到的那些话，都完全是胡说八道。'我安安静静地回答他说，'酗酒、盗窃、赌博、或者沉溺于别的癖好，都不是于人有利的，但是人们却照样沉溺于这种种癖好。残酷、暴虐和一朝权在手滥用权力，更是人类的两种恶性，为了满足这种种恶性，人们是不顾什么利益不利益的。'"

② 作假证：指在法庭上向法官作假见证。有些坏人以"作假证"为职业。

难道不是吗？在蓄奴各州里，把奴隶解递到奴隶主手里，听凭奴隶主发落的是什么？不是舆论吗？制订法律，把奴隶置于法律的保护之外的是什么？不是舆论吗？在鞭子穗儿上打疙瘩的，把烙铁烧红了的，装枪的，庇护杀人犯的是什么？不是舆论吗？恫吓废奴派，说要是他胆敢闯进南方，就要把他处死的，用绳子把他拦腰捆住，在光天化日之下把他拖过东方第一名城的是什么？不是舆论吗？就在不几年以前①，用慢火把一个奴隶在圣路易斯城活活烧死的是什么？不是舆论吗？陪审员审理杀害这个奴隶的人犯时，就位之后，法官谆谆告诫他们，说这些人的这种最骇人听闻的行动，都是舆论造成的，舆论既然是这样，那就不能用只凭群情民意制订的法律来制裁他们；让发这样议论的高贵法官一直到现在仍然高踞法官席上的是什么？② 不是舆论吗？对于他这番议论狂呼叫好，把犯人释放，让他们仍旧和从前一样地声势烜赫，高踞显要，在城中大摇大摆晃来晃去的是什么？不是舆论吗？

---

① 几年以前：狄更斯给伐斯特一封信里说，"不到六年以前，就在圣路易斯城，有一个奴隶被捉。他自知不管所犯何罪，他都不会得到公正的审理，所以他就用布伊刀把警察豁了。跟着发生斗殴。那个黑人，在不顾一切的情形下，把另外两个人也扎了。于是一大群人蜂拥而上（其中有地位高、钱多、势力大的人），他们人多势众，把那个奴隶抓住，把他拖到城外一块空地上，把他活活烧死。这件事，是在不到六年以前，在光天化日之下，在一个有法院，有法官，有律师，有法警，有监狱，有行刑吏的城市里发生的。而那些私自烧人的匪徒之中任何一个，却直到现在，连一根毫毛都没受到损害。"

② 狄更斯在他的小说《马丁·瞿述伟》第21章里说：美国"水泡吐司协会"（Watertoast Association）的会员，在大会上通过决议案，把一个银杯赠给一个法官，因为他曾以法官的身份，订过一项原则，即：任何白人，故意杀害任何黑人，都是合法的。

舆论！在立法机构里，最能代表舆论，势力压倒社会上一切人的是谁？不是奴隶主吗？蓄奴州一共是十二个，却选一百个议员，而那十四个无奴州，人口比蓄奴州几乎加倍，而且都是自由人，却只选一百四十二名议员。总统候选人对于谁最毕恭毕敬？对于谁最胁肩谄笑？在他们奴颜婢膝地宣布主张的时候，对于谁的好恶最尽心尽力地迎合？不永远是对于那班奴隶主吗？

舆论！现在来听一听自由南方的舆论吧，听一听它自己的代表在华盛顿的众议院里所发表的舆论吧。"我对于议长是十分尊敬的，"代表北卡罗来纳州的议员说，"我看在他是本院议长的份儿上尊敬他，我也看在他本人的份儿上尊敬他，要不是因为我尊敬他，我早就跑到桌子前面，把刚递进来的那份要求在哥伦比亚地区废除奴隶制度的请愿书撕得粉碎了。""我对废奴派，他们这些愚妄无知、满腹忿怒的野蛮东西，"代表南卡罗来纳州的议员说，"提出警告：要是他们有人一旦落到我们手里，我们就一定把他按照杀人放火的匪徒那样置之于死。""让废奴派到我们南卡罗来纳境内来试一试好啦。"第三个议员说，他是那两位卡罗来纳州议员态度温和的伙伴，"只要我们抓住了他，那我们就要审问他，我们就要把他绞死，不管地球之上哪个政府（包括联邦政府在内）来出头干涉。"[1]

---

[1] 《马丁·瞿述伟》第21章：美国"水泡吐司协会"的会员，在大会上还通过一个决议案，把另一个银杯，赠给一个爱国志士，因为他在立法议会里说过，如果有任何废奴派，敢到他们州里去，那他就和他的朋友，把那个人绞死，还不要经过审理程序。

舆论曾制订了这样一条法律：——在华盛顿，在那个跟着美国自由之父的名字叫的城市里，任何治安法官，见到任何在街上过的黑人，都可以给他戴上脚镣，把他关在狱里，黑人方面不必有什么犯罪的行为。只要治安法官说，"我认为这个人应该说是一个在逃的奴隶，"那他就可以把这个人关到狱里。舆论还给这些司法人员一种权力，叫他们把黑人关进监狱之后，在报上登广告，警告这个黑人的主人，要他来领他的奴隶，如果不来领，官方就要把这个黑人卖了，用卖价交付他住狱的费用。如果这个黑人是个自由人，没有主人，那据我们想，当然要把他释放了的了。谁想却大不然。因为即便他是个自由黑人，也要照样把他卖了，来补偿看守他的狱吏。这样的事，一次一次又一次地发生。这样一个黑人，自己没有任何办法能证明自己是一个自由人，也没有任何人给他做顾问，给他传递消息，给他任何帮助。关于他的案情，没有正式的调查，没有正式的侦查讯问。他本是一个自由人，也许是做了多年的奴隶而后来赎了身，然而他却可以不经过任何法律程序，没犯任何罪过，也提不出任何罪名，就叫人关在狱里，就叫人出卖，来交付住狱的费用。即便在美国，这种事都好像令人难以相信，然而这种事却又的的确确为法律明文所规定。

下面所引的一个案件，就是迁就舆论的许多案件之一，曾登在报上，标题是：

趣案

趣案一件，现正在最高法院审理中，案情如下。住在马里兰德一位绅士，有两个奴隶，是一对年老夫妇，他多年以来，虽然没经法律手续，事实上却早就已经给了他们自由了。就在这种情况下，他们生了一个女儿，这个女儿也是以自由人的身份长大了的。她后来嫁了一个自由黑人，夫妇一同迁往宾夕法尼亚住家去了。他们生了好几个孩子，一直平安无事。不料旧主人一死，旧主人的继承人就想把他们再弄回去。他把他们告到法官跟前，不过那个法官认为这个案子不属于他的权限之内。于是这个奴隶主就在夜间把这个黑妇，连同她的孩子，一齐捉住，押回马里兰德去了。

"悬赏寻黑奴"，"悬赏寻黑奴"，"悬赏寻黑奴"，这是广告拥挤的报上一栏一栏中用大字印出的标题。[①]在看看可以消闲的广告文中间，还插有木刻，印着逃亡的奴隶戴着手铐，蜷伏在穿着长统靴、带着粗暴气的追捕人脚下，追捕人抓住了奴隶之后，就掐着奴隶的脖子，这样，使读着解闷儿的广告读起来更加有趣。报上的社论就对废止奴隶的主张大肆抗议，说那是万恶不赦、最可憎恨的东西，是一切上帝的法律和自然的法律所摈斥的东西。娇气的妈妈，在她那凉爽的廊子下面，读着这种活泼生动的文章，面带笑容，表示赞成；她那最小的孩子紧拉着她的裙子麻烦她的时候，她就哄他，说要给他"一根鞭子，好打小黑奴"。然而黑奴，却不管大小，都有舆论保护！

我们现在还可以再给舆论一次考验，这种考验从三个方面看，

---

① 狄更斯在给伐斯特的信里说，在所有的蓄奴地方上，报上登广告寻捕逃走的奴隶，和我们在报上登广告说晚上演什么戏一样地视同家常便饭。

都很重要：第一，这个考验可以表明，奴隶主在有广大读者的报上所登载寻找在逃黑奴的广告，既然那样细腻，那么，可以看出来，奴隶主究竟害怕舆论害怕到怎样不顾一切的程度。第二，这种考验可以表明，奴隶怎样心满意足，奴隶逃亡的事例，怎样罕闻稀见。第三，这个考验可以表明，不是根据撒谎的那种废奴者的描绘，而是根据毫不说谎的那种奴隶主的描绘，奴隶怎样身上完全没有因受虐待而留下疮疤、残疾或者别的伤痕。

下面是从报上的广告里选出来的几个例子，这几个例子里，顶早的不过四年。和这些例子同样性质的广告，每天在报上源源不断地大批涌现。

"在逃黑妇一名，名加罗林，项上戴有铁圈，铁圈有一个齿儿往下弯着。"

"在逃黑妇一名，名拜特西。右腿戴有铁箍。"

"在逃黑奴一名，名马呶尔。身上有烙疤甚多。"

"在逃黑妇一名，名范尼。项上戴有铁圈。"

"在逃黑人男童一名，约十二岁。项上戴有链式狗项圈，上刻'德·兰蒲'字样。"

"在逃黑奴一名，名浩恩。左脚戴有铁环。又在逃女奴一名，是该奴的老婆，名格利司，左腿戴有铁圈及铁链。"

"在逃黑人男童一名，名詹姆士。该男童在逃走前，曾受烫烙。"

"在押黑人一名，自称名约翰。右脚戴有铁脚绊一个，约重四五磅。"

"警厅看守所在押黑妇一名,名米拉。身上有鞭打伤痕若干条,脚上戴有脚镣。"

"在逃黑妇一名,黑童二名。在该妇逃走前几日,左脸曾被烙,烙痕约略作 M 字形。"

"在逃黑男一名,名亨利。左眼已瞎,左臂里外两面都有许多小刀扎的伤痕,身上鞭伤很多。"

"赏格一百元,捉拿逃走黑奴一名,名旁皮,年四十岁,左颊有烙印。"

"在押黑人一名,左脚无趾。"

"在逃黑妇一名,名拉吉。两脚除大趾外,它趾尽失。"

"在逃黑人一名,名山姆。在逃前不久,手上曾中枪弹。左臂及左腰内嵌有弹粒。"

"在逃黑人一名,名登尼斯。该逃奴左臂肩头与拐肘之间曾受枪伤,因而左手全废。"

"在逃黑人一名,名西门。左肩及背脊都有重枪伤。"

"在逃黑人一名,名阿绥。前胸及两臂,有刀伤重伤痕。该逃奴极喜谈上帝的恩德。"

"赏格二十五元,捉拿在逃奴隶一名,名以卡。额上有拳打伤疤一块,背上有手枪子弹伤痕。"

"在逃黑女一名,名玛利。眼上有伤痕一小块,牙几全缺。颊与额上,烙有 A 字。"

"在逃黑奴一名,名本。右手有伤疤,大指和二指,去年秋天曾受枪伤。手骨一部分露出,背及腰也有一两处大块伤疤。"

"在押混血人一名，名汤姆。左腮有伤痕一块，脸上有火药烧伤痕。"

"在逃黑人一名，名奈德。有三个手指因受刀伤而紧拳掌上，不能伸开。后颈有刀伤，几尽全颈的一半。"

"在押黑人一名，自称名约书亚。背上鞭伤痕很多。大腿和腰部有烙印三四处，如下状（JM）。右耳耳轮已咬掉或割掉。"

"赏格五十元，寻找黑奴爱德华。嘴角上有疤痕一块，臂里臂外各有刀伤一块，臂上烙有 E 字形。"

"在逃黑人男童一名，名艾礼。一臂有狗咬伤痕。"

"从捷姆士·塞尔捷特的农场逃出以下黑奴：伦德尔，一耳耳轮已割去；巴布，一眼已瞎；肯塔基·汤姆，有一面牙床已伤。"

"在逃安敦尼一名，一耳耳轮已割去，左手有斧伤痕。"

"赏格五十元，寻找黑奴机姆·布雷克。该奴两耳各割去一块，左手中指第二节以上割去。"

"在逃黑妇一名，名玛利亚。一腿有刀伤痕，背上也有伤痕。"

"在逃混血妇人一名，名玛利。左臂有刀伤痕一处，左肩有伤疤一处，上边的牙掉了两个。"

我在这里，也许应该把上面这个广告里的话解释一下。舆论给黑人带来的种种"幸福"之中，有一种就是硬把黑人的牙拔掉，这是通行的办法。叫他们白天晚上都戴着铁圈，叫狗咬他们，这两种办法太普通了,连说都用不着说。

"在逃奴隶一名,名方屯。耳上有穿孔多处,右额有伤疤一块,后腿经枪打过,背上有鞭打伤痕。"

"二百五十元赏格,寻找黑奴知姆。该奴右股上有弹粒伤痕甚多。弹粒都是由胯骨外侧和膝盖之间射入的。"

"在押黑人一名,名约翰。左耳割去。"

"拿获黑人一名,脸上和身上伤痕甚多,左耳咬掉。"

"在逃黑女一名,名玛利。脸上有伤痕一处,一趾趾尖割掉。"

"在逃混血妇一名,名周狄。右臂折。"

"在逃黑人一名,名利韦。左手烧伤,二指指尖好像割掉。"

"在逃黑人一名,**名华盛顿**。中指一部分、小指指尖都掉了。"

"赏格二十五元,寻找黑奴约翰。他的鼻子尖咬掉。"

"赏格二十五元,寻找黑奴沙利。他走路的时候,背部有残废模样。"

"在逃周·顿尼一名。他有一只耳朵,上面有一个小口子。"

"在逃黑人男童一名,名甲克。左耳割掉了一块。"

"在逃黑人一名,名艾弗里。每只耳朵的上端,都割去一小块。"

说到割去耳朵这件事,我可以再添一段:纽约有一位著名的废奴派,有一次从邮局收到一只黑人的耳朵,是在紧贴着头部的地方割下来的,就装在普通信封里。那位自由、独立的绅士,也就是割耳朵的绅士,还很客气地请收件人把耳朵保存起来,作他所"搜集"的标本之一。

我本来可以举出无数缺腿、断胳膊、肉绽皮裂、牙齿砸掉、背有鞭花、狗咬伤痕、火烙伤痕的例子,使这一系列事例更多起来。不过读者既然觉得够恶心、够龌龊的了,那我就再谈一谈这个题目的另一方面好了。

和这一类广告一样的,每一年,每一月,每一星期,每一天,都可以搜集一大堆。这一类广告,是个个家庭里无动于衷、视为当然的读物,是每日新闻的一部分,是闲谈资料的一部分;这一类广告可以证明舆论为黑人造了多少"福利",舆论对于黑人有多少"温情"。但是我们姑且不必问奴隶主和他们大多数出身所自的那个社会阶层的人,如何对待奴隶。我们只先问一问:他们相互之间的行为,受了舆论多少影响;他们对于自己的感情,究竟克制到什么程度;他们自己立身处世之道究竟如何;他们究竟是凶猛,还是温雅;他们的社会习惯究竟是残暴、狠戾、野蛮,还是带有文明和文雅的迹象:这是值得研讨的问题。

关于这些情况的研讨,我们也要避免废奴派的偏见,因此我们仍旧要根据奴隶主们自己的报纸,并且我还只从我在美国的时候每天出的报纸里,只从我在美国的时候所发生的事件里,选择材料。材料里的加重符号,和以前我所引用的文字一样,是我自己加上去的。

这些事件中的大多数，并且其中最恶劣的那些，像前面所引的广告里那些事件那样，都发生在法定蓄奴州的境内，但并非全数发生在那里。虽然如此，出事地点，既是大多数都是在蓄奴州境内，而这些暴行和其他事件之间又明显相似，因此我觉得我很有理由认为，当事人有那样性格，是蓄奴地区的成绩，他们会那样野蛮，是蓄奴习惯的结果。

惊人惨剧

据威斯康星《南港电讯》的毛条所载，参议会代表布朗郡的参事查利司·西·皮·昂特先生，在参议室本室内，被代表格兰特郡的参事詹姆士·拉·文雅德枪击致命。出事原因，由于格兰特郡郡长候选人的提名而起。昂特先生提出并支持依·斯·培克君。文雅德反对他。文雅德要他自己的兄弟得到这个职位。在开会的时候，二人辩论中间，被枪击致命的昂特先生作了一些陈述，文雅德就说那些陈述都是诬枉；他用粗暴、侮辱的话反击，话里大部涉及个人私事。昂特当时未作答复。散会之后，昂特先生走到文雅德面前，要求他承认他说的都是假话，文雅德不但没答应那样做，反倒把这些辱骂的话重说了一遍；昂特先生于是打了文雅德一拳，文雅德就往后退了一步，掏出手枪来，把昂特打死。

这件事好像完全由文雅德而起，文雅德决心不顾一切，使培克做不得郡长；他的决心遭到失败，遂迁怒于不幸的昂特，在他身上发泄怨气。

威斯康星惨剧

对于查利司·西·皮·昂特在准州①立法大厅之被害,威斯康星准州群情极为激昂,该准州各郡都分别举行了大会,谴责在州立法机构中暗中携武器之不当②。我们看见过流血事件的犯人詹姆士·拉·文雅德被开除出议会的报道。死者的老父正好来看他的儿子,万万没想到亲眼看着儿子被人打死。在目击行凶的人们把凶犯开除会籍之后,法官邓竟把文雅德交保释放,这是我们极为诧异的。《矿工自由报》以应有的谴责指出,法官这样做,是触犯威斯康星人民的感情的。文雅德对准昂特先生的要害开枪那时候,他离昂特先生只有半拓之远,他正中要害,所以昂特先生连声儿都没吭就一命呜呼了。文雅德离昂特既然那样近,昂特的生命就操在文雅德的手里,文雅德本来可以给昂特留一条活命,只要把他打伤就算了。但是文雅德却偏要叫他死去。

杀人案

从本月十四日圣路易斯一家报纸上刊登的一封信里面,我们看到艾奥瓦州柏凌屯城的凶杀事件。有布里奇曼先生者,

---

① 准州:一个地方,在正式加入美国联邦以前,只能称准州(Territory)。威斯康星是1836年经美国国会准许,作为准州,1848年才经允许,正式加入联邦。
② 《马丁·瞿述伟》第16章:马丁在美国,跟一个人谈话,谈了五分钟之后,他就明白了:在美国,带着手枪到立法机构里去,带"二人夺"或者其他同样和平玩具,掐住敌人的脖子,像狗掐耗子那样,用直接动武恫吓人,欺负人,压迫人,都是有光彩的事情。

素与当地一公民罗司先生有隙。罗司先生的妻弟就自己弄到一支柯尔特式左轮手枪,他拿着这支枪,在街上遇见了布里奇曼先生,把枪膛里五颗子弹①都向布里奇曼先生射去,每颗子弹都中要害。布里奇曼先生虽然受伤很严重,却当时就还击,把罗司立即打死。

罗伯特·波特的惨死

本月十二日《卡多报》载罗伯特·波特上校惨死的消息。该上校夜间在家里被叫作娄司的仇家所袭击。他从床上跳起,抓到了一支枪,穿着睡衣,从家里冲出。他跑了二百码之远,追他的人没赶得上他;但是后来由于一片丛杂纠纷的矮林把他绊住了,他终于被捉。娄司对波特说,他宽大为怀,愿意给波特一个逃命的机会。他跟着告诉波特,叫他往前跑,在跑到一定远的地方不受拦阻。波特听了口令往前跑去,一直跑到一个湖边上,他的敌人并没开枪打他。他到了那儿,当时一想,只好跳进湖去,钻到水里;他也就那样办了。娄司紧跟在后面,把他带来的人安插在湖边上,等波特一露头就开枪。在几秒钟以后,波特从水里要探出头来呼吸;他的脑袋还没露出水面,就叫岸上的人用枪弹密密穿透了。他这次沉到水里,再也起不来了。

---

① 柯尔特式手枪是六轮,装六颗子弹。现在是六颗之中放了五颗。

阿肯色州的凶杀案

我们听说，几日前辛奈卡民族区发生严重冲突，冲突人一方为沁尼卡、夸泡、萧尼混合族组的副代表①露司先生，另一方是阿肯色州奔屯郡梅飞尔城"托玛司·直·阿利孙商号"的詹姆士·吉莱司皮先生。在这场冲突中，吉莱司皮被露司用布伊刀②扎死。他们两个本来有些时日嫌隙甚深。那天的冲突，据说是由吉莱司皮先用手杖打露司而惹起的。彼此拼命想胜对方，吉莱司皮放了两枪，露司放了一枪，最后露司用布伊刀扎了吉莱司皮。那种刀扎到人身上没有不致命的。大家极为吉莱司皮的惨死悲伤，因为他这个人，胸襟开阔、精力充沛。上面这段新闻上了版的时候，我们又听说，阿利孙少校对人说，先动手的是露司先生。既是法院要对这个案件作侦察，我们就不作详细的报道了。

卑劣行为

刚从密苏里河开到的"泰晤士号"轮船，带来了一个海

---

① 沁尼卡等都是印第安人的部落。美国政府不拿印第安人当美国公民看待，而把他们赶在指定的地方居住，派有常驻代表，和他们接洽一切有关事项，代表有正副。

② 布伊刀：由发明人布伊少校得名，长十——十五英寸，单刃，刃直尖弯。美国人带布伊刀和手枪是极普通的。如《黑奴吁天录》和《马丁·瞿述伟》里所写的那样。后者第33章里，写到一个叫查勒浦的人，身上带着两支转轮手枪，都是七转的。还带着一个"二人夺"，……一把刀。他善于用这些武器，每次用，都中要害，他的武功，都在报上登载过。

捕文书，上面写着悬赏五百元，捉拿在逃凶手；他是本月六日晚，在独立城把本州州长利勒本·乌·巴格司杀害了的。在一个书面备忘录上说，巴格司先生受伤很重，但还未死。

上面这段新闻脱稿之后，我们从"泰晤士号"的账房那里又收到一个简录，提供了下列各情节。巴格司，于本月六日（星期五）晚间，在独立城自己住宅的一个屋子里独坐的时候，被恶徒狙击。他的儿子，还是一个小孩子，听见枪声，跑到他的房间里，只见长官坐在椅子上，下颏脱臼，头往后歪。这孩子看见他父亲受了伤，立即声张起来。窗外庭园里发现足迹，同时拾到一支手枪，好像原先火药装得太多，凶手放完了就扔掉了。三颗火药很多的[①] 大型弹粒命中，一颗由嘴里穿过，一颗打到脑子里，另一颗可能在脑子里，也可能在脑子附近。这三颗子弹全都穿进脖颈和头的后部。州长于七日晨还没死，但他的亲友认为他已无救，据医生们看，也是回生乏术。

有一个嫌疑犯，也许这时候郡长已经把他逮捕了。

手枪本来一对儿，是独立城里一个面包师的东西，前几天从他那儿偷走了一支。另一支的详细情形，当地法官已经取得。

冲突

本星期五晚，在查特尔街发生了一桩不幸事件，在这个事件里，我们最体面公民之一，在腹部受了危险的攮子伤。

---

① 这种手枪，是旧式的，弹壳内装火药和砂子弹粒，装得可多可少。

从昨天新奥尔良城的《蜜蜂报》上,我们得知以下各节。据云上星期一法文版上发表了一篇文章,其中对炮兵营有所指摘,因该营于星期日晨回敬"昂塔流号"和"吴德贝利号"两舰而放炮,使彻夜在外维持治安人员①的家属大起惊慌。炮兵营营长西·盖利少校看了这篇文章,极为不满,亲自去到报馆,追问写文章的人是谁。报馆的人告诉他,说那是皮·阿平先生写的,那时他正好不在报馆。报馆的一个东家和盖利少校争吵起来,跟着就要决斗。双方的朋友曾设法给他们调解,但未成功。星期五晚七点钟左右,盖利少校在查特尔街上碰见了皮·阿平先生,就先开口跟他说:

"你是阿平先生吗?"

"不错,少校。"

"那样的话,我应该对你说,你是一个——"(他用了一个合适的词)

"你这个话,我总不能叫你白说了的,少校。"

"但是我还说过,我要用手杖打你,不打到手杖折了不算。"

"不错,我听说来着,不过,直到现在,我还没领过大教哪!"

盖利少校,听了这话,手里恰好拿着手杖,就往阿平先生脸上打了一下,阿平先生就从口袋里掏出一把攮子来,在

---

① 1803年,美国从法国手里购进了路易斯安那,当地的法国人和西班牙人不愿承认他们的主权,因此美政府派军队驻在新奥尔良等地,实行镇压。

盖利的肚子上扎了一下。

据说盖利少校伤势很重，救活不易。据我们了解，阿平先生已经具保，准备到刑事法庭答辩。

密西西比的斗殴

上月二十七日，在密西西比州利克郡卡遂直城附近发生斗殴，当事人为詹姆士·柯廷厄姆和约翰·维尔奔。柯廷厄姆用枪击伤了维尔奔，伤势甚重，恢复无望。本月二日，在卡遂直本城也发生了一场斗殴，当事人为阿·西·沙奇和乔治·高夫，沙奇用枪击伤高夫，伤势也很重。沙奇本已自首，但后来又变卦逃走。

冲突

数日前，在斯巴达发生了一场冲突事件，冲突人一方面是一个旅店酒吧间的掌柜的，另一方面是一个名叫布锐的人。事实好像是这样：布锐酒后吵闹叫嚷，酒吧间的掌柜的一心要维持秩序，就威吓布锐，说要拿枪打死他。于是布锐就真掏出手枪来，把酒吧间的掌柜的打倒。我们听到最后消息的时候他还没死，不过救活的希望很小。

决斗

"讲坛号"小汽船上的账房告诉我们，说上星期二又发生了一场决斗，决斗人一方面是维克堡的银行里一个职员拉宾先生，另一方面是《维克堡哨兵》报馆的编辑伐勒先生。按照事先的安排，他们两方各有手枪六支，开枪的口令一发出，双方就要尽力快放。伐勒放了两枪，都没中，拉宾先生头一枪打中了伐勒的大腿，伐勒遂倒地，因而决斗中止。

克拉克郡发生斗殴

上月十九日（星期二）在密苏里州克拉克郡滑铁卢附近发生了一件不幸的斗殴事件，事由清理"莫开恩与马利司特合伙公司"而起，该公司经营酿酒业。莫开恩有威士忌酒七桶，在公家执行拍卖时，为马利司特以一元一桶之价买得。马利司特搬酒的时候，莫开恩不允，因而发生斗殴。斗殴结果，马利司特被莫开恩枪杀。出事后，莫开恩立即逃逸，直到最后得到消息的时候，尚未捕获。

这场不幸的斗殴在本地引起极大的注意，因当事人双方都有一大家人靠他们生活，同时他们两个在本地都很有声望。

我现在只再引一个事例就够了。这个事例极端荒谬滑稽，看了刚才那些暴残的事例再看这个，也许可以松快一下。

荣誉事件[①]

星期二在六英里岛上发生了一场决斗。我们刚刚得知它的细情。当事人是我们城里的两个小纨绔，一个叫撒末尔·塞司屯，十五岁，另一个叫维廉·海恩，十三岁。他们

---

① 荣誉事件：决斗的雅称。

两个各有年岁相同的少年绅士,作他们的助斗者。他们用的武器是一对最精的狄克孙造来福枪,距离是三十码。他们每人打了一枪,双方都没受伤,只是塞司屯的子弹把海恩的帽子顶儿打穿了。由于荣誉委员会的干预,他们中止决斗,争端也好好地和解了。

在任何别的地方,遇到上面所说的情形,都要把这两个孩子好好地驮在当差的背上①,用桦木条子把他们打一顿的,而在这里,却要通过荣誉委员会给他们好好地调解;读者试想一下这种进行调解的荣誉委员会,就毫无疑问,会和我一样深深感到事情的荒谬滑稽,多会想起来就多会忍不住要发笑。

我现在对所有最懂普通情理、最有普通人性的人恳求——我对所有不感情用事、会运用理智的人恳求,不管他们的主张如何——我现在对所有这样的人恳求,请他们答复我:既然他们亲眼看着美国蓄奴各地及其附近这种反映社会真相、令人不胜发指的事例摆在他们面前,那他们还能不能对于奴隶的真实处境有所怀疑?那他们自己那种主持公道的良心,还能不能有一时一刻,对于这种制度本身,或者这种制度任何令人可怕的情形,加以迁就?既然他们只要翻开报纸,走马观花地浏览一下,就能看到奴隶统治者自己所提供的这一类事件,看到奴隶主对于和自己一样的人,在完全自主的情况下,所作所为,那他们听到任何残酷、凶狠的新闻,尽管令人怵目惊心到无以复加的程度,还能不能说

---

① 驮在背上:这是从前责打儿童的方式之一。

这种新闻不见得可信？

那班生而自由的强盗匪徒，得以为所欲为，横行霸道：这种情形本身就是奴隶制度最丑最恶那些方面的原因，同时也就是这种制度最丑最恶那些方面的结果，这个难道我们不知道吗？一个人，在奴隶制度的罪恶中出生，在奴隶制度的罪恶中长大；一个人从幼童时代就眼看着做丈夫的听了主人的命令而不得不鞭打自己的妻子；就眼看着人们不顾妇女的羞臊，硬逼着她们撩起自己的衣服来，好叫男子在她们的大腿上留下更深的鞭痕；就眼看着妇女在快要临盆的时候，还被惨无人道的监工驱使、折磨，在做苦工的地里，在抽着她们的鞭子下面，做了母亲；一个人在少年时代，就自己读——并且看着他那些还未经人道的姊妹读——那种在别的地方决不会发表的文章，里面描写男男女女逃跑、男男女女缺鼻子少眼睛，只好像是描写农田上的牲畜或者展览会上的动物一样：这样的人，一旦怒气爆发，当然就非变成一个和野兽一样的野人不可，这个难道我们不知道吗？这种人，在自己家里，在怕他如鼠避猫的男女奴隶中间高视阔步的时候，都必得带着粗鞭子，那么，这样的人，去到外面的时候，当然要在身上藏着懦夫的武器，一旦和人争吵起来，当然要用枪打人，用刀扎人，这个难道我们不知道吗？即使我们的理性，对于我们，不能启发到这种程度，不能启发到超过这种程度，即使我们是白痴，睁着大眼硬看不见这种高雅的熏陶会产生什么样的人，但是，既然这种人，连对于和自己身份一样的人，都在立法机关内，在账房里，在市场上，在一切从事和平活动的场所，动起枪来，动起刀来，那他们对待他们有生杀予夺之权的人们（即使这些人是自由的仆役）当然要无法无天，暴虐狠戾，这个难道我们不知道吗？

怎么！难道我们只知道痛骂那些缺乏知识的爱尔兰农民，[①]而说到美国这些主子的时候，却温语微责就完事了吗？难道我们只会对于把牛的后腿筋割断了的人[②]，大叫残酷，大呼可耻，而对于人间的"自由明星"——那些把男人和妇女的耳朵豁了的人——那些在畏痛抽缩的皮肉上刺绣花草当作好玩的人——那些在人脸上用烧红了的烙铁当笔练字的人——那些苦搜诗肠，曲尽诗意，用刀瘢鞭痕作文饰，残肢断体作锦绣，制成号衣[③]，教他们的奴隶活着穿一辈子，死了带到坟里的人——那些像戏弄、杀害世界救主的兵士[④]那样，毁伤戕贼活人肢体的人——那些拿丝毫无法自卫的人当枪靶的人——难道对于这些人，我们却应该饶过不问吗？难

---

① 爱尔兰在英国统治之下，受尽压迫剥削，屡次起义，前仆后继。英统治阶级采用了最残酷的镇压手段。在爱尔兰的英军司令自己都说，所有的残酷暴行，凡是哥萨克人和凯尔末克人（他们认为最凶蛮的两种人）所做得出来的，在爱尔兰都做出来了。爱尔兰农民在这种暴行之下，不得已采取报复手段，如1798年的起义，爱尔兰农民就是以暴行对付暴行的。狄更斯在这儿可能受英统治阶级的蒙蔽，信了一面之词，所以语气之中，对爱尔兰农民有不满的意思。

② 割断牛的后腿筋：割断以后，牛就不能行动。这是通常对仇家用的一种泄恨办法。又在宰牛以前，往往先把牛的后腿筋割断，以免牛挣扎。

③ 号衣：本为封建主给他们的仆从穿的制服，以作为标志，后变为一切仆役的制服。此处为比喻说法。

④ 《新约·马太福音》第27章第27节以下说：耶稣被鞭打了以后，交给人钉十字架。巡抚的兵就把耶稣带进衙门……给他脱了衣服，穿上一件朱红色袍子，用荆棘编作冠冕，戴在他头上……跪在他面前，戏弄他说，恭喜犹太人的王啊。……戏弄完了，就……带他出去，要钉十字架。

道我们应该听到异教的印第安人互相折磨的故事①就呜咽失声,而看到基督徒的残酷,却报之以微笑吗?在这些事态还没消灭以前,难道我们应该眼看着这个威仪俨然的种族,零落殆尽,孑遗仅存,②而反倒狂欢喜跃,应该眼看着白人享有他们的广大土地,而反倒扬眉吐气吗?要让我说的话,我宁愿使过去的森林和印第安人的村落恢复旧观,宁愿现在灿星与花条飘扬的地方,有几根凋零的鸟羽③在微风中战抖,宁愿在有街道和广场的地方,使印第安人的皮幕重新出现。如果那样,自然要有高傲的战士,高唱死亡之歌,声震林野的了;但是一百个那样的战士英勇高歌,比起一个不幸的奴隶呼疼哀鸣,还是高歌好听得多。

有一件事(这件事经常在我们面前出现,在这件事方面,我们英国人的国民性都很快地改变了④),我们谈起来,最好老老实实地说真话,而不要像阴险的小人那样,绕着圈子,旁敲侧击,

---

① 英美人自夸文明,而以印第安人为野蛮,尽情夸张,例如说他们把同类人埋在土里,并在他脸上抹上蜂蜜,让蚂蚁来咬他等等。

② 指印第安人而言。在白人发现新大陆以前,约有一百万印第安人,由于不断遭到白人的屠杀,美国的印第安人在十九世纪末,只剩了约三十万人。现在美国和加拿大的印第安人,合起来也不过五十几万。

③ 鸟羽:印第安人的战士或酋长,在头部或全身用鹰羽作装饰。

④ 有一件事:指两个人互相斗殴的方式而言。这一句里的"英国人的国民性都很快地改变",和后面"英国人所以变得这样",指的是同样情况:这种改变,就是由用拳而变为用刀。英国人向来的观念:用拳打人是勇敢的,用刀伤人是怯懦的。所以前面屡次提到动刀动枪是怯懦的话。直到二十世纪初,还有一个英国法官说:一个人,最好用上帝给他的武器,那就是,用拳头,而不要用刀。

往西班牙人或者凶狠的意大利人身上推①。那就是：遇到英国人发生冲突而也动起刀来的时候，我们就得说，我们就得承认，英国人所以变得这样，都是共和国的奴隶制度所赐。因为刀是"自由"的武器。"自由"就是用锋利的刀尖和刀刃，在美国砍她的奴隶，扎她的奴隶的。如果一旦奴隶砍不成，扎不得了，那美国的儿女，会把这种武器用在更好的地方的，会用它来对付他们自己的。

---

① 英国人看不起西班牙人和意大利人，说他们是南方人，头脑热，易动怒，而又卑鄙怯懦。他们都是用刀暗中使人不防而害人的。

第十八章
结束语

在这本书里，有许多地方，我都尽力约束自己，少作推断，少下结论，以免我的意见影响读者；因为我愿意读者根据我在他们面前所摆出来的大前提，自己下判断。我一开始的时候，就把后面这一句话当作我惟一的目标：那就是，我到什么地方，也把读者老老实实地带到什么地方；这个目标可以说达到了。

但是，据一个外国人看来，美国人民的一般品质如何？美国社会制度的一般情况怎样？关于这些方面，我在结束这本书以前，如果愿意简单地表示一下意见，我想是可以原谅的。

美国人的天性，坦白、勇敢、热诚、好客、友爱。教育和熏陶，都好像只是更提高了他们的热情，增强了他们的诚恳。就是因为他们这种品性极为显著，所以受过教育的美国人和别人做起朋友来，才最容易使人亲近，才最能够慷慨大方。从来没有别的人，像这班人那样博得我的好感；从来没有别的人，像这班人那样使我那么容易、那么快乐完全信赖，完全敬重；也从来没有别的人，使我在相交半年的工夫里，就觉得好像相契半生一样。

这种种品质，我毫无保留地相信，是美国整个人民生来就有的。但是，这种种品质，在广大群众中间生长的时候，却令人可伤地遇到了摧残，受到了腐蚀，同时，正有一些起大作用的影响，给它们带来了更大的危害，使它们现时看不出有恢复康健的希望：这也的确是事实，应该指出来。

任何一国的国民性里，都有这样一种情况，作它的主要成分：那就是，把国民性里的缺点硬看作是使人大可骄傲的东西，把缺点加甚的情况，硬认为是道德或智慧的表现。美国人民的思想里一个很大的缺点，同时也是无数邪恶汩汩不断的泉源，就是普遍存在的疑心。但是美国的公民，连在头脑比较清醒的时候，能看到这种精神会带来什么灾害，也都把这种精神看作是一种光荣。并且，不管自己的理智如何看法，时常认为这种精神，正表现了美国人的机警和聪明，表现了他们高人一等的乖觉天性和独立性格。

外国人看到他们这种特点，总要说："你们这种疑神疑鬼、防微杜渐的精神，表现在一切公务之中。它一方面把有价值的好人排斥在立法议会之外，另一方面繁殖了一种在每一个行动上都给你们的制度和选择带来了耻辱的选举候补人。这种精神，使你们非常喜怒无定，非常乐于改变，因而你们那种自相矛盾的情形都成了一句家常的俗语。本来么，你们刚刚把偶像四平八稳地安好了，你们马上就又把它拉扒下，把它摔碎了。而你们所以这样，还只是由于你们对一个恩人或者公仆刚刚奖励过，而正是因为你们对他奖励过，跟着你们就对他不信任起来；因此你们就马上采取了行动，总得找到借口，不是说你们对他奖励得太过，就是说他不配受那样奖励。任何人，从总统起一直往下，什么时候在你们中间取得了高位，那他就什么时候开始倒楣。因为，任何坏家伙说的谎话,只要印了出来,尽管和他攻击的那个人的品格和行为完全相反,却也一下就打动了你们那种多疑多虑的心理,使你们信之惟恐不及。如果对一个人信任、倚靠,虽然他应受信任,该被倚靠,你们却连蠓虫都滤出来,如果对一个人怀疑、提防,虽然怀疑得毫无道理,提防得卑鄙至极,你们却连骆驼都吞下去①。你们想一想,这样一来,你们中间治人者和被治者的品质,能不能提高,会不会提高?"

对于这番话的答复永远是一成不变的:"你要知道,我们这儿是讲思想自由的。每一个人都可以有他自己的想法。而我们都不愿意很容易地就叫别人骗了。就是因为这样,我们美国人才不轻易相信别人。"

另外一种突出的情况是:大家都喜欢做事机伶。这种精神,给许多欺骗的行为,许多严重背信的行为,许多吞蚀公私款项的行为,都镀了一层金,使许多本来应该受到重典的恶棍,都在最好的好人中间昂首阔步;尽管这种精神并不是没使美国人食到它的后果;因为这种机伶,几年之内,就曾在破坏国家的信用方面,在杜塞人民的财富、资源方面,都造成了很大的危害,这种危害,如果让老实规矩的人,放手胡为,一百年里,都难以做得出来。一个人经营失败了,一个人破产了,或者一个恶棍发财了,衡量

---

① 《新约·马太福音》第23章第24节:"你们这瞎眼领路的,蠓虫你们就滤出来,骆驼你们倒吞下去。"蠓虫滤出来,是从酒里滤出来;骆驼为不洁之物,见《旧约·利未记》第11章第2节。蠓虫指其小、骆驼这里指其大而言。

这些人的时候,不是看他们是否按照"己所不欲,勿施于人"①这条金科玉律行动的,而是看他们是否机伶。我记得,我从密西西比河旁那个运命不济的地方开洛两次经过的时候,我都曾说过,像关于那儿那种骗局,一旦揭穿了,一定影响恶劣,会使美国对外失去信用,会叫外国投资的人裹足不前。但是却有人告诉我,说关于开洛那个计划是很机伶的,因为当事人赚了许多钱;而其中最机伶的地方是:在很短的时间以内,国外的人就把这类事忘了,又和以前一样地放手经营起来。下面这种对话,我和别人进行过有一百次:"某某人,用最不名誉、最令人憎恶的手段,赚了大钱;他虽然犯了那么些罪,而你们美国的公民,却照旧任其所为,并且还从中帮凶,这是不是一种很可耻的情况呢?他是不是人民的公敌呢?""不错,先生,是。""他是不是一个证据确凿,专会撒谎的家伙呢?""不错,先生,是。""是不是有人拿脚踹过他,拿拳打过他,拿手杖揍过他呢?""不错,先生,有过。""他是不是一个完全卑鄙可恨、荒淫无耻的小人呢?""不错,先生,是。""那么,我真不明白,他的优点到底在哪儿?""呃,先生,他这个人机伶。"

同样,美国人把一切无益有损的积习成俗,都一概归到他们喜爱商业这件事上;但是,一个外国人,如果把美国人都看作是

---

① 《新约·马太福音》第 7 章第 12 节:"……无论何事,你们愿意人怎样待你们,你们也要怎样待人,因为这就是法律和先知的道理。"同样概念,也见于古希腊罗马名人的著作中。英文格言:"Do as you would be done by",等于孔子说的"己所不欲,勿施于人"。

只会做买卖的人,他们却又说那个外国人犯了极严重的错误,这种矛盾真得说是奇怪。在美国,结过婚的人,都住在旅馆里,没有家室之乐,从清晨到深夜,除了匆匆地在公共食堂里一聚而外,再就几乎没有和家人见面的机会;他们说,这种使人无欢而通行全国的风俗,是由于他们爱好商业而起。在美国,文学永远受不到保护,他们也说那是由于他们爱好商业而起。他们说,"因为我们都是买卖人,所以我们没有工夫理会诗文。"——不过,我们中间,有了诗人,我们也觉得骄傲——至于康健的娱乐、使人欢笑的消遣和益人智力的嗜好,在以商业为欢娱的严峻功利主义中,当然没有地位。

这三种特点,在生人面前全部呈现,到处可见。不过在美国生长出来的污浊东西,还有比这个疯癖更深的,那是在淫秽腌臜的新闻界里扎下了根儿的。

在美国,尽管学校可以东西南北到处办起来,尽管学生可以成千成万地教出来,教师可以成千成万地培养出来,尽管学院可以很发达,教堂可以有人满之患,禁酒运动可以到处流行,使人前进的知识还可以在全国各地以别种形式广泛地传播开;但是,如果美国的新闻界,仍旧是它现在这种卑鄙可耻的样子,或者近于它现在这种卑鄙可耻的样子,那美国人的道德,就决没有往高里发展的希望。年复一年,美国要越来越倒退,一定要越来越倒退;年复一年,美国人为国为公的精神,一定要越来越低落;年复一年,美国的国会和参议院,一定要在所有的体面人眼里,越来越变得无足轻重;年复一年,美国革命先贤的身后名声,一定要让他们那些不肖儿孙的腐败生活,越来越糟蹋得不成样子。

在美国发行的那些汗牛充栋的报纸，也有一些，品质优良，使人敬重，这用不着我对读者说。我和美国这一类报纸多才多艺的编辑，有机会亲身接触，使我又感到快乐，又受到教益。但是这一类报纸为数甚少，而其他的报纸却为数甚多。而好报纸提高人民道德的影响，决敌不过坏报纸毒化人民道德的影响。

美国的绅士，美国那班经多见广、谦虚恭谨的人——美国从事高级自由职业的人，美国法庭里的律师和法官——对于美国不名誉的新闻界所有的恶劣品质，只有一种意见，也只能有一种意见。有的时候，有人争辩——我对于这种争辩，不想用奇怪一类字样来形容。因为对于这种可耻的情况想找到原谅的借口，本是在情理之中的事情——说这种坏报纸的影响，并不像一个生人所想象的那样大。我很抱歉，认为这种看法，完全没有根据，并且，一切事实和情况，还都使人作出和这个正相反的结论。

如果任何人，只要他的智力和品格应该受一丁点敬重，能不用先卑鄙地匍匐地上，向这个堕落恶劣的怪物屈膝，而就在美国的众人中不论哪一方面，显露头角；如果任何私人道德可以不受这个新闻界的攻击而发生危害；如果人们互相的信任能不受它的破坏而安然无恙；或者人们相互的体面关系和荣誉联系，受不到它一点干涉；如果任何人在那个自由的国家里，都能有独立思想的自由，敢有独立的想法，敢有独立的说法，而对于这个完全愚昧无知、完全卑鄙无耻的检查机构，十分痛恨厌恶，断然不肯低首下心；如果那些强烈地感到这个新闻界不名誉、感到它给国家带来耻辱、而在他们中间表示极端反对它的人，敢当着大众把它踩在脚底下，把它碾得粉碎：如果那样的话，那我才能相信，这个新闻界的势力已经衰微了，人们的丈夫气概已经恢复了。但是，如果这个新闻界，对于每一个人家，都用它的恶眼来监视，对于每一种任命，上自总统，下至邮递员，都用它的魔掌来干涉，如果它仍旧一方面只有淫秽的诬蔑，做它惟一的货色，而另一方面却又是一个人数众多的阶级所有的标准文学，而这个阶级，如果不看报纸，就没有任何别的东西可读：如果是这样，那这个国家就要永远蒙受它的恶名，它的邪恶就要永远明显地在这个共和国里到处可见。

想要让那班对于英国的大报熟悉的人，或者对于欧洲大陆上体面的报纸熟悉的人，想要让那班对于任何印行出版的书报熟悉的人，明白美国新闻界这个可怕的机器到底是什么样子，没有大量的摘录（我没有工夫摘录，也不愿意摘录）是不可能的。不过，任何人，想要证实我在这一方面所说的话，那让他到伦敦市里这一类报纸散布、可见的地方去一下，自己在那儿下判断好啦。①

如果美国人全体，对于现实注意得少一些，而对于理想注意得稍微多一些，那毫无疑问会于他们有好处的。如果美国人对于轻松、欢乐多加鼓励，对于美的事物，多加扶植，而不必斤斤于这种事物有什么显著的或者直接的实用，那对于他们也会有好处的。在这一方面，一般的抗辩总是说，"我们这儿是一个新国"，

---

① 再不，他可以翻一翻这一个月（10月）出的《外国季刊》里一篇精悍强干、完全可靠的文章。在这本书付印的时候，我才注意到这篇文章。翻一翻那篇文章，可以看到美国报章的一些范例，对于到过美国的人，虽然不算什么，对于没到过美国的人，却够突出的。——原注

这是时常用来对于十分难以辩护的缺点作辩护的。我说，这种抗辩，只是表明所谓的新国正在慢慢变老：我想我这种说法是有道理的。我还是希望美国人除了报纸上的政治而外，别有大家同享的娱乐。

美国人确实不是懂得幽默的民族，他们的脾气，给我一种印象，永远使我觉得他们迟钝，抑郁。在出言精当犀利方面，在某些习久成型的乖僻方面，毫无疑问要以扬基人，或者说新英格兰人为首。这也和其他表示智力各方面，以他们为首一样。但是在我漫游中到过的大城市里，我觉得他们那种弥漫各地，只顾公事的严肃、抑郁气氛，压得我透不过气来（这句话我在这本书里说过不止一次），这种气氛，到处一律，到处不变。因此，我到一个新城市的时候，总觉得好像又遇见了我刚离开的那个城市的人一样。美国国民态度方面一些缺点，我认为绝大部分都可以从这种精神里找到根源。这种精神，在粗俗的积习成俗里，生出了一种执拗不变的呆滞、抑郁气氛，把生活中的美好事物抛弃，认为不足道。华盛顿在仪节方面，永远斤斤注意，力事讲求，没有疑问，那是因为他在他那时候，早就看到美国人这种错误的趋向，而想尽力矫正。

别的作家，谈到这一类题目的时候，都认为美国没有定于一尊的教会，所以才到处都有教义不同的教派，我不同意这种看法。我认为，美国人如果允许他们中间有定于一尊的教会存在，那他们那种脾气，也要因为它只是定于一尊这一点而自然而然使他们背弃了它。即便有这种一尊的教会，我对于它有什么效果，对于它是否能把游荡的羊，收拢到一个大羊圈里①，也极怀疑，只是因为美国国内有那样多不同的派别，同时又因为，凡是在美国有的宗教形式，没有一种我们在欧洲，甚至于在英国，不熟悉的。歧异派之所以成群打伙地往美国跑，只是因为美国是一个汇萃的地方，也和别的人都往美国跑一样。美国所以有各派教会的定居区，只是因为在美国可以买到土地，可以建立起新市镇、新村落，以前没有人住过。但是连震颤教都是从英国迁到美国的。英国对摩门教的大法师约瑟·斯密士②或者对他那些愚昧无知的门徒，并非陌生；我在英国人口繁盛的市镇上所看到教徒聚会的光景，连美国的露营会③都不能胜过；我也不知道，有任何起源于美国的迷信骗局或者迷信轻信而在英国不是早就有过的——像索思科特太太④、生兔子的玛利·塔夫特⑤和坎特伯雷的汤姆⑥一类的先例；最

---

① 西方人把基督教教徒比作羊，把教会比作羊圈，把牧师比作牧人。

② 摩门教是美国的一个教派，创于约瑟·斯密士（Joseph Smith, 1805—1844）。他自称看到超自然景象，从天使得到用古埃及文写的天书，借神力眼睛之助译成英文，是为《摩门经典》，据之于1830年创立摩门教。后又自称，得神的启示，教他们行一夫多妻制。

③ 露营会为宗教团体举行的聚会方式之一，在露天或帐篷里举行，特别是美国的美以美会，可连续数日，与会者都在帐篷住宿。

④ 索思科特太太（J. Southcott, 1750—1814）：本为英国一个农民的女儿，曾做女仆多年，于1792年开始写预言打油诗，1801年开始有人信从；为人圆梦，并自称将生圣人。死于脑病。她是自信而欺人的妄人。

⑤ 玛利·塔夫特（Mary Toft, 1701—1763）：据说她生过小兔。当时曾因此惹得人们纷出小册子和嘲笑的文章。后来自认为骗局。

⑥ 坎特伯雷的汤姆（Tom of Canterbury, 1799—1838）：当时的骗子和疯子，自称为救世主。以圣痕示人，骗了一些信徒。后来死于暴徒之乱。

后一个是在黑暗世纪①过去很久以后才出现的呢。

美国的共和制度，毫无疑问，使美国人的自尊心和独立性得以发展。但是一个在美国旅行的外国人，却一定不要忘了他们那些制度，一定不要不假思索，就对某些在英国要避免交往而在美国却强来接近的人，生厌恶之感。这儿这种强行接近的态度，如果不掺杂愚昧的骄傲成份在内，或者如果还是在老老实实地给你服务的时候带出来的，我永远也不会觉得讨厌；我也没有经验过这种态度过于鲁莽或者太不适当的表现。有一两次，这种态度曾发展到令人可乐的程度，像下面举的那个例子那样，不过那只是一段可乐的插曲，并非到处那样，也并非几乎到处那样。

我在某市镇的时候，曾想做一双靴子，因为除了那一双值得纪念的软木底的②而外，我再就没有别的靴子可以在旅行的时候穿；而那一双软木底的，在小汽船那种烫人的甲板上穿起来，实在太热。因此我打发人找了一个做靴子的行家，除了对他致意而外，还对他说，如果他肯赏光枉驾，到我住的地方来一趟，那我真荣幸之至。他很客气地答应了我，说那天晚上六点钟"来转一下"。

靠近六点钟的时候，我手里拿着一本书，身边放着一杯葡萄酒，正在沙发上躺着，只见门开开了，一位围着硬领巾的绅士，年纪三十里外，头上帽子不摘，手上手套不除，走了进来，先站在镜子前面，把头发拢了拢，然后才脱了手套，慢慢地从袄上的

---

① 黑暗世纪指欧洲中古时期而言，为迷信骗局盛行之时。

② 见本书第24页。

口袋里最深的地方,掏出皮尺来,带着懒洋洋的口气,要我把靴子带儿"搞开"。我听从了他的话,一面把靴子带儿解开,一面带着好奇的神气,看他的帽子,因为他的帽子,一直戴在头上。也许是因为我这一看,也许是因为天气太热,他到底把帽子摘了。跟着在我对面一把椅子上坐好了,把每一只胳膊放在每一个膝盖上,往前使劲探着身子,用了很大的气力,从地上把我刚脱下的那只英国首都的工艺成品拿了起来,一面嘴里很惬意地吹着口哨儿。他脸上带着无法形容的鄙夷样子把那只靴子翻过来,复过去,看了半天,然后问我,是不是要他照着那一只的样子"搞"一双。我很客气地回答说,只要那只样子大小合适,那别的方面,我一概都唯他之命是听。如果没有什么不方便,没有什么不实际的话,仿照那只的样子做,我也不反对,不过我还是愿意完全听他的主张,看他的意思。"那么,你对跟儿上挖进去的那一块,是不在乎的了?"他说,"我们这儿可不是那样做法。"我又把我前面那句话说了一遍。这时候,他又跑到镜子前面,照自己的影子,还往镜子前面凑了一凑,把眯在眼角里的一两块渣子弄掉了;跟着又把硬领巾理直了。在所有他做这些动作的时候,我的腿和脚,都一直是在空中悬着的。"差不多成了吧,先生?"我问他。"呃,几乎可以了,"他说,"别慌。"我尽力地不慌,脚也不慌,脸上也不慌。这时候,他眼里的渣子已经弄掉了,铅笔盒也找到了,他才给我量尺码儿,一面量,一面把应该记的都记下来,都做完了,他又恢复了以前的姿势,又把我的靴子拿起来,琢磨了一些时候。"你这是在英国做的吧,是不是?你这是在伦敦做的吧,是不是?""不错,先生,是在伦敦做的。"他又把那只靴子琢磨了一番，那样子就和哈姆雷特琢磨姚列克的头颅骨①一样，一面直点头，好像是说，做出这样靴子来的那个国家，它的制度，一定叫人觉得非常可怜；他这样琢磨了半天，才站起身来，把铅笔、尺码单和纸都收了起来——在所有这个时间里，都一直看着他在镜子里的影子——戴上了帽子，慢条斯理地戴上了手套，最后走了出去。他走了一分钟，门又开开了，他的帽子和头又出现了。只见他往屋里四面看了一下，把我的靴子又看了一眼（靴子仍旧放在地上），一时之间，露出了满腹心事的样子，然后才说了一句，"呃，再见吧。""再见，先生，"我也说。我们的会见就这样结束的。

现在只有一点，我想再谈几句，那是关于公共卫生方面的。像美国这样一个大国，有几亿英亩的土地还没经过开发，还没有人居住，每一英寸地方上，每年都有大量的植物腐蚀朽烂——有那么些条大河纵横贯穿，而气候又那样冷热不同，变化多端，那么，在某个季节里，会有疫疠到处流行，本不足为怪。不过，我和美国医界许多人士接谈之后，我可以冒昧地说，如果美国人对于一些普通的预防方法注意一下，那么，那种到处流行的疾病，并不是不能防止的：这并不是我一个人的看法。要达到这种目的，更多的个人清洁卫生设备，一定非有不可。每日三次，匆匆忙忙地吞咽大量的肉类，而每饭之后，跟着就急忙跑回账桌，趴在桌

---

① 见莎士比亚悲剧《哈姆雷特》第5幕第1场。掘墓人在教堂坟地为莪菲莉娅掘墓，掘出了前丹麦国王的弄臣姚列克的头颅骨来。哈姆雷特见之顿增感触，取骨在手，沉入冥思。

子上工作,这种风俗应该更改。妇女应该穿戴得更合理一些,应该多做一些有益身体的运动;其实后面这半句话,应该把男性也包括在内。除此而外,在公共机构里,在所有大小城市里,流通空气、排泄污水、清除垃圾种种设备,都应该全部改善。美国所有的地方立法机关,把查德维克①关于《英国工人阶级卫生情况报告》研究一下,都会有很大的好处。

我现在到了结束这本书的时候了。我回到英国以后,曾有人警告过我,从那种警告里,我知道我没有什么理由希望这本书会受到美国人的欢迎,会取得美国人的好评;并且,我所写的既然都是群众里那班自己会下判断、自己会表示意见的人们所有的真实情况,那可以看出来,我并不想用任何旁门儿外道,博取大众的称赞。

不过,我知道,我在大西洋那一面的朋友,凡是能不负这个称号的,都决不会因为我写了这样一本书就和我翻眼不相识,连一个都不会;这在我就很满意了。除此而外,我绝对信赖我在这本书构思和着笔的时候所有的那种精神;同时我可以静待时机。

我在美国所受的招待,我一字未提,我也没让那番招待影响我这本书的写作;因为,大西洋对岸那些对我以前所出的书偏好的读者,使我感激深切,蕴于五内,即便我对那番招待尽描写

---

① 查德维克(S. E. Chadwick,1800—1890):英国卫生改革家。曾任政府贫民法调查职务。于1842年提出《英国工人阶级卫生情况报告》。

之能事，使那番招待尽影响之能事，而那种描写和影响，比起我的感激之心来，也都只能说是微不足道的：因为那班读者，和我见面的时候，都是披肝沥胆，推心置腹，而决非口蜜腹剑，笑里藏刀。

汉译文学名著

第二辑书目（30种）

枕草子	〔日〕清少纳言著　周作人译
尼伯龙人之歌	佚名著　安书祉译
萨迦选集	石琴娥等译
亚瑟王之死	〔英〕托马斯·马洛礼著　黄素封译
呆厮国志	〔英〕亚历山大·蒲柏著　李家真译注
波斯人信札	〔法〕孟德斯鸠著　梁守锵译
东方来信——蒙太古夫人书信集	〔英〕蒙太古夫人著　冯环译
忏悔录	〔法〕卢梭著　李平沤译
阴谋与爱情	〔德〕席勒著　杨武能译
雪莱抒情诗选	〔英〕雪莱著　杨熙龄译
幻灭	〔法〕巴尔扎克著　傅雷译
雨果诗选	〔法〕雨果著　程曾厚译
爱伦·坡短篇小说全集	〔美〕爱伦·坡著　曹明伦译
名利场	〔英〕萨克雷著　杨必译
游美札记	〔英〕查尔斯·狄更斯著　张谷若译
巴黎的忧郁	〔法〕夏尔·波德莱尔著　郭宏安译
卡拉马佐夫兄弟	〔俄〕陀思妥耶夫斯基著　徐振亚、冯增义译
安娜·卡列尼娜	〔俄〕列夫·托尔斯泰著　力冈译
还乡	〔英〕托马斯·哈代著　张谷若译
无名的裘德	〔英〕托马斯·哈代著　张谷若译
快乐王子——王尔德童话全集	〔英〕奥斯卡·王尔德著　李家真译
理想丈夫	〔英〕奥斯卡·王尔德著　许渊冲译
莎乐美　文德美夫人的扇子	〔英〕奥斯卡·王尔德著　许渊冲译
原来如此的故事	〔英〕吉卜林著　曹明伦译
缎子鞋	〔法〕保尔·克洛岱尔著　余中先译
昨日世界：一个欧洲人的回忆	〔奥〕斯蒂芬·茨威格著　史行果译
先知　沙与沫	〔黎巴嫩〕纪伯伦著　李唯中译
诉讼	〔奥〕弗兰茨·卡夫卡著　章国锋译
老人与海	〔美〕欧内斯特·海明威著　吴钧燮译
烦恼的冬天	〔美〕约翰·斯坦贝克著　吴钧燮译

图书在版编目（CIP）数据

游美札记／（英）查尔斯·狄更斯著；张谷若译．—北京：商务印书馆，2022
（汉译世界文学名著丛书）
ISBN 978-7-100-20610-5

Ⅰ.①游… Ⅱ.①查… ②张… Ⅲ.①游记—作品集—英国—近代 Ⅳ.①I561.64

中国版本图书馆 CIP 数据核字（2022）第 020057 号

权利保留，侵权必究。

汉译世界文学名著丛书
游美札记
〔英〕查尔斯·狄更斯 著
张谷若 译

商 务 印 书 馆 出 版
（北京王府井大街36号 邮政编码100710）
商 务 印 书 馆 发 行
北京通州皇家印刷厂印刷
ISBN 978-7-100-20610-5

2022年3月第1版　　　开本 850×1168　1/32
2022年3月北京第1次印刷　印张 12 1/2
定价：58.00 元